LE VOL DU FAUCON

Paru au Livre de Poche :

L'AMOUR DANS L'ÂME
L'AUBERGE DE LA JAMAÏQUE
LE BOUC ÉMISSAIRE
LA CRIQUE DU FRANÇAIS
LE GÉNÉRAL DU ROI
MAD
LA MAISON SUR LE RIVAGE
MARY ANNE
LES OISEAUX
REBECCA

DAPHNÉ DU MAURIER

Le Vol du Faucon

TRADUIT DE L'ANGLAIS PAR MAURICE BERNARD ENDRÈBE

LE LIVRE DE POCHE

Titre original :

THE FLIGHT OF THE FALCON

Couverture : Studio LGF. © Andrii-Oliinyk/iStock.
Titien, *Portrait d'Hippolyte de Médicis* (1532), palais Pitti, Florence.
© Luisa Ricciarini/Leemage.

ISBN : 978-2-253-93457-8

NOTE DE L'AUTEURE

Le Vol du Faucon est une œuvre romanesque. Bien que Ruffano s'inspire d'une ville italienne existante, la topographie, les événements, les habitants et tous les membres de l'université sont purement imaginaires.

1

Nous arrivâmes à l'heure dite. L'itinéraire imprimé des Sunshine Tours informait les passagers que leur car atteindrait l'hôtel Splendido, à Rome, vers dix-huit heures. Jetant un coup d'œil à ma montre, je vis qu'il était six heures moins trois.

— Tu me dois cinq cents lires, dis-je à Beppo.

Le chauffeur eut un sourire goguenard.

— Nous verrons ça à Naples, me rétorqua-t-il. À Naples, je te présenterai une facture qui se montera à plus de deux mille lires.

Pendant tout le voyage, nous n'avions cessé de faire des paris. Nous tenions tous deux un carnet où nous notions kilomètres et vitesse ; nous tirions un trait lorsque l'un de nous se sentait en humeur de payer. Quel que fût le gagnant, c'était généralement moi qui casquais. Comme guide, je recevais les plus gros pourboires.

Souriant, je me retournai vers mon chargement :

— Mesdames et messieurs, soyez les bienvenus à Rome, cité des papes, des empereurs et des chrétiens jetés aux bêtes, sans parler des vedettes de cinéma.

Une vague de rires salua mes paroles. Tout au fond du car, quelqu'un poussa un hourra. Ma manière de faire leur plaisait. Les remarques facétieuses du guide contribuent à établir le contact entre les touristes. En tant que chauffeur, Beppo était responsable de la sécurité sur la route, mais moi, tout à la fois guide, organisateur, médiateur et pasteur d'âmes, je tenais le sort de ces gens entre mes mains. C'est du guide que dépend la réussite ou l'échec d'un voyage. Tel le chef d'une chorale, il doit, par la seule force de sa personnalité, inciter l'ensemble à l'harmonie, apaiser les acariâtres, encourager les timides, se faire complice des jeunes tout en flattant les vieux.

J'ouvris la portière, sautai sur le trottoir et vis le portier, les grooms de l'hôtel, se précipiter à notre rencontre. Je regardai mon troupeau descendre du car : on eût dit des saucisses éjectées par une machine. Cinquante en tout. Inutile de les compter, nous avions fait Assise-Rome d'une seule traite. Je les conduisis jusqu'au comptoir de la réception où j'annonçai :

— Sunshine Tours… Amicale anglo-américaine.

L'employé de la réception me serra la main. Nous étions de vieilles connaissances : il y avait deux ans que je faisais le circuit.

— Bon voyage ? s'enquit-il.

— Pas mauvais, répondis-je, sauf le temps. Hier, il neigeait à Florence.

— Rien d'étonnant : nous sommes encore en mars. Que voulez-vous, vous commencez la saison trop tôt.

— Allez le dire à la direction de Gênes, répliquai-je.

Tout était en ordre. Les chambres retenues pour nous étaient groupées et, comme la saison venait seulement de commencer, la direction avait installé toute ma bande au premier étage. Ils seraient satisfaits. Quand la saison serait plus avancée, nous nous estimerions heureux d'être logés au cinquième, et sur la cour encore !

Le réceptionniste considéra mon groupe entré à la queue leu leu dans le hall.

— Que nous avez-vous amené ? La Sainte-Alliance ?

— Je n'en sais trop rien, répondis-je en haussant les épaules. Ils ont opéré leur jonction mardi, à Gênes. C'est une espèce de club. Du bœuf et des barbares. Au restaurant à sept heures et demie, comme d'habitude ?

— Oui, tout est prêt, et le car de remplacement est commandé pour neuf heures. Je vous souhaite bien du plaisir.

Dans le monde du tourisme, nous utilisons un certain code. Les Anglais, pour nous, c'est du bœuf, et les Américains, des barbares. Ce n'est pas flatteur, mais bien trouvé. Ces gens-là vivaient encore à l'état sauvage lorsque Rome gouvernait le monde, cela soit dit sans vouloir offenser qui que ce soit.

Je me retournai vers les deux chefs de ce groupe anglo-américain :

— La situation se présente bien, leur dis-je. Tout le monde est logé au premier étage et il y a le téléphone dans les chambres. Si vous avez besoin de renseignements, appelez le central qui vous branchera éventuellement sur moi. Je vous rejoindrai pour le dîner, qui aura lieu à sept heures et demie. Maintenant, le chef de la réception va vous conduire dans vos chambres. OK ?

En théorie, c'était le moment où, profitant d'un répit d'une heure et demie, je me retirais dans ma petite tanière, pour y prendre une douche et m'étendre un peu. Mais les choses se passaient rarement ainsi, et ce jour-là ne fit pas exception à la règle. Dès que j'eus retiré ma veste, le téléphone sonna.

— Monsieur Fabbio ?

— Oui ?

— Mrs Taylor à l'appareil. Il m'arrive une chose épouvantable. Tout ce que j'avais acheté à Florence, je l'ai laissé dans cet hôtel de Pérouse.

J'aurais dû m'en douter. Elle avait oublié un manteau à Gênes et une paire de caoutchoucs à Sienne. Elle avait insisté pour que je téléphone et fasse expédier à Naples ces accessoires qui lui seraient très certainement inutiles au sud de Rome.

— Oh ! je suis désolé, Mrs Taylor… Qu'y avait-il dans vos paquets ?

— Beaucoup de choses fragiles… Deux tableaux… Une reproduction du *David* de Michel-Ange… Quelques coffrets à cigarettes…

— Ne vous inquiétez pas, je vais m'en occuper. Je téléphone tout de suite à Pérouse qu'on envoie ces paquets à notre bureau de Gênes, où ils attendront votre retour.

Je demanderais à la réception de faire le nécessaire ou, s'ils étaient trop bousculés, je me débrouillerais seul. À la réflexion, mieux valait que je m'en charge. Dès son arrivée, j'avais compris que la Taylor était du genre semeuse. Elle jalonnait son chemin d'objets hétéroclites. Lunettes, foulards, cartes postales tombaient sans cesse de son gigantesque sac. C'est là un défaut typiquement anglais, une tare de la race. À part ça, la gent bovine nous cause très peu d'ennuis, encore que, dans leur nostalgie de la lumière, les Anglais attrapent plus de coups de soleil que les touristes de n'importe quel autre pays. Bras et jambes nus, ils sont en short et robe sans manches dès le premier jour du voyage, et virent immédiatement au rouge brique. Il me faut alors les conduire chez le plus proche pharmacien pour qu'ils achètent crèmes et lotions.

Le téléphone sonna de nouveau. Ce n'était pas Pérouse qui répondait, mais un appel de barbare. Encore une femme, bien entendu : les hommes ne me dérangent jamais.

— Monsieur Fabbio ?

— Lui-même.

— Vous savez… C'est un garçon !

Aussitôt, je me raclai les méninges. Dès le premier soir, à Gênes, les barbares vous racontent toute leur vie. Laquelle était-ce déjà qui attendait la naissance de son premier petit-enfant à Denver, dans le Colorado ? Mrs Hiram Bloom.

— Félicitations, Mrs Bloom ! Il va falloir fêter ça.

— Bien sûr, mais cela m'a mis dans un tel état que je ne sais plus ce que je fais ! (Dans sa joie, elle criait à m'en percer le tympan.) Je vous téléphonais justement pour vous dire que mon mari et moi aimerions que vous nous retrouviez au bar avant le dîner, avec deux ou trois des autres, pour boire à la santé du petit. Sept heures un quart, ça vous va ?

Cela réduirait mon repos à une demi-heure, et j'attendais encore la communication avec Pérouse. Mais qu'y faire ? La courtoisie avant tout.

— C'est très aimable à vous, Mrs Bloom. J'y serai. Votre belle-fille va bien ?

— Oh ! oui, parfaitement bien !

Je raccrochai avant qu'elle n'entreprît de me lire le télégramme. À tout le moins, j'avais le temps de me raser, et peut-être aussi de prendre une douche.

Il ne faut accepter les invitations des clients qu'avec circonspection. Une naissance ou un anniversaire de mariage, ça va. Mais il faut s'en tenir là, sinon cela crée des jalousies et risque de gâcher tout le voyage. En outre, un guide doit veiller à ne boire que très modérément. Quoi que fasse son troupeau, lui doit se garder de tout excès. Le chauffeur aussi. Et ce n'est pas toujours facile.

Ruisselant encore de la douche lorsque je reçus la communication avec Pérouse, j'enfilai ensuite une chemise propre et descendis au restaurant voir quelles dispositions avaient été prises. Deux longues tables au milieu de la salle, vingt-cinq couverts par table et, au centre de chacune d'elles, dominant un bouquet de fleurs, les drapeaux réunis des deux nations, l'Union Jack et la bannière étoilée. Détail qui ne manque jamais de ravir les clients, ils trouvent que ça donne de la « classe » aux agapes.

Un mot au maître d'hôtel, à qui je promis que tous mes gens seraient là à sept heures et demie pile. La direction tient à ce que nous en soyons au dessert avant que les autres clients commencent d'arriver. Pour nous aussi, c'est important, car notre emploi du temps est minuté et le départ du *Rome by night* est prévu pour vingt et une heures.

Après un dernier coup d'œil à ma montre, je gagnai le bar pour assister à la petite fête. Ils n'étaient là qu'un tout petit groupe, réuni pour boire à la santé du bébé Bloom, mais on pouvait les entendre depuis le hall où les bœufs, exclus de ces réjouissances, disséminés par deux ou par trois, restaient le nez dédaigneusement plongé dans des journaux anglais. Les rugissements des barbares expansifs réduisaient les Anglo-Saxons au silence.

Telle une frégate toutes voiles dehors, Mrs Bloom vint à moi :

— Cette fois, Mr Fabbio, vous n'allez pas refuser de boire du champagne ?

— Rien qu'une demi-coupe, je vous prie, Mrs Bloom. Uniquement pour souhaiter longue vie à votre petit-fils.

Toute sa personne exsudait la générosité et sa joie avait quelque chose de touchant. Glissant son bras sous le mien, elle m'entraîna vers les autres. Qu'ils étaient gentils, grands dieux, qu'ils étaient donc gentils ! Par la chaude cordialité dont ils rayonnent, s'exprime la soif d'affection des barbares. D'abord choqué, j'ai eu honte ensuite de ce réflexe et je me suis laissé submerger. À Gênes, j'avais quantité de souvenirs émanant de compatriotes de Mrs Bloom. Des douzaines de cartes de Noël, des lettres, des vœux. Me rappelais-je le voyage d'il y a deux ans ? Quand donc irais-je les voir aux USA ? Ils pensaient souvent à moi. Ils avaient appelé leur dernier-né Armino. La sincérité de ces messages me faisait honte. Je n'y répondais jamais.

— Je m'en veux de mettre fin à cette petite fête, Mrs Bloom, mais il est sept heures et demie.

— C'est vous qui commandez, Mr Fabbio. Vous êtes le chef !

Les deux nations se mélangèrent dans le hall d'entrée. On s'arrêta un instant pour saluer ceux avec qui l'on avait sympathisé, cependant que les femmes détaillaient du regard leurs robes respectives. Puis mes cinquante têtes de bétail s'engouffrèrent dans le restaurant, en beuglant ou chuchotant, tandis que, à l'arrière, je faisais fonction de bouvier. On se récria de plaisir à la vue des drapeaux et, l'espace d'un instant, je craignis que chaque groupe ne se mît à entonner son hymne national – le fait s'était déjà produit – mais je captai le regard du maître d'hôtel et nous parvînmes à les faire tous asseoir avant que leur patriotisme n'ait sévi. Après quoi, je gagnai ma propre table située dans un coin. Un barbare solitaire d'un certain âge, à l'œil embué, s'était assis au bout d'une des longues tables afin de pouvoir me couver du regard. Je l'avais repéré. Je connaissais le genre. Il ne recevrait aucun encouragement de ma part, mais pourrait nous compliquer l'existence lorsque nous serions à Naples.

Tout en mangeant, je fis les comptes de la journée. C'était mon habitude. Je fermai les oreilles au bruit des voix et au cliquetis des couverts. Si l'on ne tient pas ses comptes au jour le jour, on finit par ne plus s'y retrouver, ce qui vous vaut ensuite toutes sortes d'enquiquinements avec le bureau de Gênes. Cette comptabilité ne m'ennuyait pas ; je la trouvais, au contraire, délassante. Enfin, quand les totaux furent faits, le carnet rangé, mon assiette enlevée, je pus savourer un moment de détente, en fumant une cigarette et en achevant de boire mon vin. C'était le moment de penser un peu, non plus aux comptes expédiés chaque jour à Gênes, mais à mes raisons d'agir. Combien de temps allais-je continuer ainsi ? Pourquoi faisais-je ce métier ? Qu'est-ce qui me poussait, tel un convoyeur hébété, à continuer vainement cette éternelle randonnée ?

— On nous paie, non ? disait Beppo. On gagne bien notre vie.

Beppo avait à Gênes une femme et trois enfants. Milan… Florence… Naples… ça lui était égal. Un boulot, c'est un boulot. À la fin du circuit, trois jours de repos, la maison et le lit. Il était content de son sort. Aucun démon intérieur ne troublait sa quiétude en l'incitant à se poser des questions.

Le brouhaha des voix, où dominaient celles des barbares, tourna au rugissement. Mon petit troupeau débordait de vie. Repus, à l'aise, la langue déliée par ce qu'ils avaient bu, ils étaient dans l'attente de ce que la nuit allait leur apporter. Et que pouvait-elle leur apporter, sinon de se retrouver couchés auprès de leurs conjoints, après avoir jeté un coup d'œil à de vieux édifices – qui les laissaient indifférents et étaient pour eux dépourvus de signification – artificiellement éclairés en leur honneur et brièvement entrevus à travers les vitres d'un car de louage, embuées par leur respiration. Ils n'avaient plus d'individualités au cours de ce voyage et formaient un bloc. Momentanément libérés de tout souci, ils éprouvaient un sentiment d'évasion… mais vers quoi ?

Le garçon se pencha vers moi :

— Le car attend.

Neuf heures moins dix. Juste le temps d'aller chercher les manteaux, les chapeaux, les écharpes, de se poudrer le nez et s'isoler un instant. En comptant les têtes, au moment où mon troupeau grimpait dans le car à neuf heures une, je constatai qu'il m'en manquait deux. Je vérifiai avec l'aide du chauffeur – non pas Beppo, qui avait quartier libre pour la soirée, mais un autre fourni avec le car.

— Deux dames étaient arrivées en avance, me renseigna-t-il. Elles sont parties ensemble.

Par-dessus mon épaule, je jetai un coup d'œil en direction de la via Veneto. Situé une rue plus loin, l'hôtel Splendido jouit d'une paix et d'un silence relatifs. Mais, du trottoir, on pouvait voir ses lumières étincelantes, ses vitrines multicolores, et les voitures se ruer vers la Porta Pinciana. Or, pour la majorité des femmes, c'est là un tableau beaucoup plus attirant que le Colisée où nous devions aller.

— Non, me dit le chauffeur, elles sont parties par là.

Il me montrait la direction opposée. Au même instant, débouchant à l'angle d'une maison, deux silhouettes remontèrent à vive allure la via Sicilia. J'aurais dû m'en douter : les deux institutrices en retraite. Toujours à poser des questions et formuler des critiques, elles auraient voulu réformer le monde. Sur la route de Sienne, elles m'avaient demandé de faire arrêter le car, parce qu'elles affirmaient avoir vu un paysan maltraiter ses bœufs. À Florence, ayant découvert un chat errant, elles m'avaient fait perdre une demi-heure de notre précieux temps à chercher son domicile. À Pérouse, une mère qui grondait son enfant s'était vu, à son tour, dûment admonester. À présent, frémissantes d'indignation, elles venaient vers moi en martelant le trottoir à grands coups de talon.

— Monsieur Fabbio ! Il faut absolument faire quelque chose… Une pauvre femme, qui a l'air très malade, est accroupie sous le porche d'une église tout près d'ici…

J'eus peine à me contenir. Les églises de Rome offrent asile à tous les mendiants, clochards et ivrognes auxquels il plaît de se vautrer sur les marches jusqu'à ce que la police les en chasse.

— Ne vous inquiétez pas, mesdames. Cela n'a rien d'inhabituel. La police s'occupera d'elle. Maintenant, dépêchez-vous, s'il vous plaît, le car attend.

— Mais c'est absolument scandaleux ! En Angleterre, nous…

Prenant fermement les deux femmes par le bras, je les poussai à l'intérieur du car.

— Ici, mesdames, vous n'êtes pas en Angleterre, mais à Rome. Dans la ville des empereurs, les bœufs, les chats, les enfants et les vieillards sont traités comme il se doit. Votre vieille femme a de la chance qu'on ne donne plus ce genre d'épaves en pâture aux lions.

Les institutrices suffoquaient encore d'indignation lorsque le car passa devant l'église où gîtait la femme.

— Tenez, là, monsieur Fabbio… *Là !*

Docile, je donnai un coup de coude au chauffeur qui ralentit pour me permettre de mieux voir. Les passagers assis du côté droit regardèrent également cette silhouette que la clarté d'un réverbère mettait en relief.

Comme tout le monde, j'ai eu des moments dans ma vie où une sorte de déclic a paru se produire dans ma tête, où j'ai éprouvé ce que les Français appellent « une impression de déjà vu ». Un jour, quelque part – Dieu seul savait quand –, j'avais déjà vu cette forme prostrée dans un déploiement de draperie, les bras croisés, la tête enfouie sous le poids des châles. Mais ce n'était pas à Rome… C'était ailleurs que j'avais eu cette vision… Probablement un souvenir d'enfance, estompé par le temps.

Comme nous approchions des projecteurs et du paradis artificiel à l'usage des touristes, un des amoureux, assis sur la banquette du fond, sortit un harmonica de sa poche. Il entonna un air depuis longtemps démodé pour le chauffeur et moi, mais encore populaire chez les barbares et les bœufs : *Arrivederci Roma*.

Il était plus de minuit lorsque nous regagnâmes l'hôtel Splendido. Les cinquante membres de mon troupeau, bâillant, s'étirant, mais je présume satisfaits, s'extirpèrent du car l'un après l'autre pour franchir la porte à tambour de l'hôtel. En cet instant, ils avaient à peu près autant d'individualité que des machines fabriquées à la chaîne.

Mort de fatigue, j'aspirais à gagner mon lit. Instructions pour la matinée, dernières recommandations, remerciements, bonne nuit… Ouf, c'était fini ! Sept heures d'oubli. Le guide pouvait sortir de scène. Lorsque les portes de l'ascenseur se furent refermées sur le dernier d'entre eux, je poussai un soupir et allumai une cigarette. C'était le meilleur moment de la journée.

Alors, derrière l'une des colonnes où il était resté à l'insu des autres, surgit le barbare solitaire et d'un certain âge. Il se déhanchait en marchant, comme ils le font tous, s'identifiant ainsi inconsciemment à leurs frères de couleur.

— Si nous prenions un dernier verre dans ma chambre ? suggéra-t-il.

— Désolé, répondis-je brièvement, c'est contraire au règlement.

— Allons donc ! fit-il. Vous n'êtes plus de service.

Il se rapprocha de moi et, tout en jetant un coup d'œil par-dessus son épaule, me glissa un billet dans la main.

— Chambre 244, chuchota-t-il avant de s'éloigner.

Je franchis la porte à tambour et me retrouvai dans la rue. La chose s'était déjà produite et se reproduirait sans doute encore. Ma rebuffade allait me valoir son hostilité, facteur nouveau dont il me faudrait tenir compte pendant le reste du voyage. Je devrais l'endurer en silence par égard pour mes employeurs de Gênes. Mais les Sunshine Tours ne me payaient quand même pas pour apaiser la fringale sexuelle des clients esseulés.

J'allai jusqu'au bout du pâté de maisons et m'arrêtai un instant, buvant l'air frais de la nuit. Une ou deux voitures me dépassèrent, disparurent. Derrière moi, hors de vue, l'intense circulation de la via Veneto dont seul le bruit me parvenait. Je tournai les yeux vers l'église : la silhouette était toujours là, immobile sur les marches.

Regardant le billet que j'avais à la main, je vis qu'il était de dix mille lires. Sans doute pour me faire augurer des faveurs à venir. Traversant la rue, je me penchai vers la femme endormie. Une odeur furtive de vin aigri, de vêtements crasseux, me monta aux narines. Je cherchai la main enfouie sous l'amas de châles et y glissai le billet. Soudain, la femme remua et leva la tête. Les traits étaient fiers et aquilins, les yeux, autrefois grands, s'enfonçaient maintenant dans les orbites et les cheveux gris tombaient en mèches hirsutes sur les épaules. Elle devait venir d'assez loin, car elle avait à ses côtés deux paniers contenant du pain, du vin et encore un autre châle de laine. De nouveau, j'éprouvai cette impression de déjà-vu, j'eus l'inexplicable sensation d'un lien avec mon passé. La main elle-même, chaude en dépit de la fraîcheur nocturne, réveilla quelque chose en moi lorsqu'elle étreignit la mienne avec gratitude. La femme me regarda et ses lèvres remuèrent.

Me détournant, je crois que je dus courir jusqu'à l'hôtel Splendido. Si elle m'appelait – et j'aurais juré qu'elle l'avait fait –, je ne l'entendrais plus. Les dix mille lires qu'elle avait lui permettraient, le lendemain, de se nourrir et de trouver un gîte. Elle n'avait rien à voir avec moi, ni moi avec elle.

La silhouette drapée, suppliante, comme endeuillée, était un phantasme de mon cerveau et sans rapport avec une paysanne ivre. Il me fallait à tout prix dormir, être frais et dispos le lendemain matin, pour la visite de Saint-Pierre, du Vatican, de la chapelle Sixtine et du château Saint-Ange.

Un guide, un convoyeur n'a pas de temps à perdre.

2

Je m'éveillai en sursaut. Quelqu'un appelait-il Beo ? Allumant la lampe de chevet, je sortis du lit, bus un verre d'eau et regardai ma montre. Deux heures du matin. Je me recouchai, mais le rêve continuait de s'accrocher à moi. L'impersonnelle chambre d'hôtel, mes vêtements en travers de la chaise, le carnet de comptes et l'itinéraire du circuit sur la table, tout cela appartenait à une existence au jour le jour, et non à celle où mon subconscient s'était fourvoyé en rêve. Beo… Il Beato, celui qui est béni. Surnom que m'avaient donné mes parents et Marta, sans doute parce que j'étais venu tardivement m'ajouter au cercle de famille, puisqu'il y avait huit ans d'écart entre mon frère aîné, Aldo, et moi.

Beo… Beo… Comme dans le rêve, le cri retentissait à mes oreilles et j'éprouvais un sentiment d'oppression, de peur, que je n'arrivais pas à chasser. Durant mon sommeil, j'avais effectué un voyage dans le temps. Je n'étais plus guide et, main dans la main avec Aldo, je me trouvais dans la chapelle latérale de l'église San Cipriano, levant les yeux vers le retable. Il représentait la résurrection de Lazare. Du tombeau ouvert surgissait la silhouette du mort, encore enveloppé de son suaire dont les plis découvraient les yeux fixes, brusquement rendus à la vie et regardant le Seigneur avec épouvante. Le Christ, vu de profil, l'appelait de son index recourbé. Devant le sépulcre, dans une attitude de supplication désespérée, les bras implorants, la robe étalée, une femme était agenouillée, sans doute Marie de Béthanie, que l'on confond souvent avec Marie-Madeleine parce qu'elle aussi croyait en Jésus. Mais, pour mes yeux d'enfant, c'était Marta. Marta, la femme qui chaque jour m'habillait et me donnait à manger, me faisait sauter sur ses genoux, me berçait dans ses bras et m'appelait Beo.

La nuit, je demeurais hanté par ce retable et Aldo le savait. Les dimanches et jours de fête, lorsque nous accompagnions nos parents à la messe et que, au lieu de nous rendre au Duomo, nous allions à notre paroisse de San Cipriano, nous prenions place à gauche de la nef, près de la chapelle. Inconscients comme tous les parents de la terreur qui s'emparait de moi, les nôtres ne s'apercevaient point que mon frère, emprisonnant ma main dans la sienne, me poussait sans cesse vers la chapelle latérale, jusqu'à ce que je fusse obligé de lever la tête et de voir le retable.

— Lorsque nous serons de retour à la maison, me chuchotait Aldo, je t'habillerai comme Lazare. Moi, je serai le Christ et je t'appellerai.

Ça, c'était le pire, encore plus effrayant que le retable. Aldo, fouillant dans la corbeille où Marta mettait le linge destiné à la lessive, en extirpait une chemise de nuit appartenant à mon père, toute molle et froissée, qu'il m'obligeait à enfiler. Pour mon esprit délicat, il y avait là une sorte de dégradation et mon estomac d'enfant se soulevait à l'idée d'être enveloppé dans du linge qu'une grande personne avait porté. Je sentais la nausée croître en moi, mais je n'avais pas le loisir de me rebeller. J'étais poussé dans le placard qui se trouvait en haut de l'escalier, et la porte se refermait derrière moi. Cela, chose curieuse, ça m'était égal. Le placard était spacieux et, sur ses étagères, était rangé du linge propre qui sentait bon la lavande. Là, j'éprouvais une impression de sécurité. Mais elle était de courte durée. La poignée de la porte tournait, le battant s'ouvrait doucement, et Aldo criait :

— Lazare, lève-toi !

Si forte était ma terreur, et mon esprit si soumis aux ordres de mon frère, que je n'osais désobéir. Je sortais du placard, mais l'horrible était d'ignorer si c'était le Christ ou le démon que j'allais trouver en face de moi car, selon une ingénieuse théorie d'Aldo, les deux ne faisaient qu'un et, en outre, sans que mon frère m'eût jamais expliqué de quelle façon, étaient interchangeables.

Ainsi, enroulé dans une serviette et tenant une canne en guise de houlette, mon frère était parfois le Christ. Souriant, il me faisait alors signe d'approcher, me gavait de bonbons en me serrant dans ses bras, se montrait bienveillant et affectueux. Mais, d'autres fois, ayant revêtu la chemise noire des Jeunesses fascistes dont il faisait partie et armé d'une fourchette de rôtisseur, il était Satan et me piquait avec sa fourche. Je ne comprenais pas pourquoi Lazare, pauvre homme rappelé d'entre les morts, s'était attiré la haine du démon, ni pour quelle raison son ami, le Christ, l'avait si ignominieusement abandonné. Mais Aldo, jamais pris de court, me racontait que la partie engagée entre Dieu et Satan se continuait éternellement et qu'ils jouaient les âmes des mortels tout comme, dans les cafés de Ruffano, on jouait l'apéritif aux dés, philosophie qui n'avait rien de réconfortant.

Fumant maintenant une cigarette dans mon lit de l'hôtel Splendido, je me demandais pourquoi je m'étais trouvé si brusquement reporté dans ce monde de cauchemar où Aldo était mon roi. Sans doute, lorsque j'avais bu à la santé du nouveau-né barbare, mon subconscient l'avait-il assimilé au timide Beato que j'avais été. Et quand j'avais vu cette femme gisant sur les marches de l'église, l'image du retable de San Cipriano – où Marie, aimant à la fois son frère Lazare et le Christ, se prosternait, suppliante, devant le sépulcre ouvert – m'était brusquement revenue à l'esprit. Mais quelle que fût l'explication, ça n'était pas plaisant.

Après un moment, je finis par me rendormir, et ce fut pour plonger dans des affres nouvelles. Le retable s'associa au souvenir d'un tableau, exposé au palais ducal de Ruffano dont mon père était le surintendant. Ce tableau se trouvait dans la chambre du duc et tous les amateurs d'art le tenaient pour un chef-d'œuvre. Peint au XVe siècle par un élève de Piero della Francesca, il avait pour thème la tentation du Christ, et l'on y voyait Jésus debout sur le pinacle du Temple. L'artiste avait peint le Temple en s'inspirant d'une des tours jumelles du palais ducal, élément majeur d'une façade dont la beauté dominait Ruffano. En outre, l'audacieux artiste avait donné au Christ, contemplant les collines au-delà de la ville, le visage de Claudio, le duc fou, qui avait été surnommé le Faucon et, dans un accès de démence, s'était jeté du haut de la tour parce que, disait la légende, il croyait être le Fils de Dieu.

Des siècles durant, ce tableau était resté dans les caves du palais jusqu'à ce qu'on l'en exhumât après le Risorgimento, lorsque l'édifice fut en grande partie reconstruit. Depuis lors, il ornait

– ou, comme le murmuraient certains habitants de Ruffano scandalisés, il déshonorait – l'appartement ducal. À l'instar du retable de San Cipriano, le portrait me choquait et me fascinait tout à la fois, ce que n'ignorait point mon frère Aldo. En cachette de notre père, il me forçait à gravir le dangereux escalier en spirale de la tour et, ouvrant la vieille porte qui donnait accès à l'encorbellement, il me soulevait jusqu'à la balustrade, avec une force qui me semblait surhumaine.

— C'est là qu'était le Faucon et que le diable l'a tenté, me disait Aldo. *Si tu es le Fils de Dieu, jette-toi en bas ; car il est écrit : Il donnera ordre à ses anges de veiller sur toi et ils te porteront dans leurs mains, de peur que ton pied ne heurte contre une pierre.*

Cent mètres plus bas, s'étendait la cité de Ruffano. Les gens et les voitures traversant la piazza del Mercato semblaient des fourmis sur quelque plaine poussiéreuse. Terrifié, je me cramponnais à la balustrade. Je ne sais plus quel âge j'avais à l'époque. Six ans, peut-être sept.

— Dois-je te dire ce qu'a fait le Faucon ? me demandait Aldo.

— Non, suppliais-je, non…

— Il a étendu les bras et s'est envolé. Ses bras étaient des ailes, il était devenu oiseau. Il s'est élancé au-dessus des toits de cette ville qui était la sienne, et les gens l'ont contemplé avec émerveillement.

— Ce n'est pas vrai ! criais-je. Ce n'était pas un oiseau, il ne pouvait pas voler. Ce n'était pas un faucon, mais un homme, et il est tombé. Il est tombé, et il est mort. Papa me l'a dit.

— C'était un faucon, insistait Aldo. C'était un faucon, et il volait.

Cette scène terrible, dont je gardais le souvenir, se reproduisait une fois de plus dans mon rêve. Je m'accrochais à la balustrade et Aldo était derrière moi. Mais, avec plus de force que je n'en avais étant enfant, je me rejetais en arrière, échappais à l'étreinte de mon frère, et descendais en courant l'étroit escalier, au bas duquel attendait Marta qui appelait : « Beo… Beo… » Les bras prêts à m'accueillir, elle les refermait autour de moi pour me serrer contre elle, me cajolant et me consolant. Marta, chère Marta… Mais pourquoi cette odeur de vieux vêtements, ce relent de vin suri ?

Cette fois, lorsque je me réveillai, mon cœur battait à grands coups dans ma poitrine et j'étais en sueur. Le cauchemar avait été trop intense pour que je me risque à l'affronter une troisième fois. J'allumai, m'assis dans mon lit et, prenant le carnet, entrepris de vérifier mes comptes jusqu'à ce que, recru de fatigue, je sombre dans un demi-sommeil exempt de rêves, d'où me tira, à sept heures, le coup toqué à ma porte qui annonçait le garçon d'étage avec mes tartines et mon café.

La routine d'une nouvelle journée commençait et la nuit, avec ses terreurs, semblait maintenant loin. Comme d'habitude, le téléphone se mit à sonner et, dix minutes plus tard, j'étais déjà en plein dans les complications des heures qui allaient suivre. J'avais des gens qui voulaient passer la matinée à courir les boutiques pour ne nous rejoindre qu'à l'heure du déjeuner, et d'autres qui désiraient visiter Saint-Pierre, mais ne tenaient pas à parcourir les longues galeries du Vatican. En bas, je retrouvai le car avec Beppo dont, à la différence de la mienne, la soirée s'était passée dans la confortable chaleur de sa *trattoria* favorite.

— Tu sais, me dit-il, toi et moi devrions permuter. Tu conduirais, et moi, je ferais la cour aux clientes !

C'était une ironique allusion à mon visage rendu hagard par le manque de sommeil. Je lui répondis que je ne demandais pas mieux.

Tandis que s'embarquait notre chargement, reposé et avide de voir ce que lui réservait le *Rome by day*, je remarquai que mon soupirant de la veille, le barbare solitaire, affectait de m'ignorer.

Le car partit vers la gauche, passa devant l'église qui, se confondant d'effrayante façon avec San Cipriano, avait transformé un rêve en cauchemar. Les marches étaient désertes, la paysanne avait disparu. Je souhaitai qu'elle fût en train de siroter son vin et de ranimer sa flamme intérieure avec les dix mille lires que je lui avais données. Les institutrices en retraite avaient oublié son existence. Feuilletant déjà un guide, elles énuméraient à leurs voisins immédiats tout ce que contenait la villa Borghèse – premier arrêt –, que l'on ne devait, sous aucun prétexte, manquer de visiter. Je ne fus pas surpris de constater, vingt minutes plus tard, qu'elles passaient en hâte devant les statues plus conventionnelles pour détailler avidement du regard l'hermaphrodite couché.

Poursuivant notre circuit, nous laissâmes derrière nous la paix du Pincio, dépassâmes la piazza del Popolo, franchîmes le Tibre en direction du château Saint-Ange, atteignîmes Saint-Pierre et le Vatican. Puis, Dieu soit loué, ce fut l'heure du déjeuner !

Beppo, la sagesse même, mangea dans le car, lut le journal et dormit. Mais, moi, je demeurais le guide et, dans le restaurant proche de Saint-Pierre, je n'avais ni la place ni la possibilité de me reposer. Mrs Taylor avait déjà perdu son ombrelle et pensait l'avoir laissée au vestiaire du Vatican. Aurais-je l'obligeance de la récupérer dès que possible ? À deux heures, nous devions partir pour les Thermes de Caracalla, puis revenir sur nos pas jusqu'au Forum et finir l'après-midi au milieu des ruines, où j'avais l'habitude de laisser mon troupeau livré à lui-même.

Mais cet après-midi-là, le sort en décida autrement. Ayant récupéré l'ombrelle perdue, je traversais la via della Conciliazione pour rassembler mon troupeau, quand j'en aperçus une bonne partie entourant Beppo, lequel lisait un journal largement déployé. Il me gratifia d'un clin d'œil, ravi de jouer à l'interprète. Ses auditeurs paraissaient bouleversés et je remarquai, non sans appréhension, que les deux institutrices étaient dans le car.

— Que se passe-t-il ? demandai-je.

— Un meurtre a été commis dans la via Sicilia, m'apprit Beppo, à cent mètres de l'hôtel Splendido. Ces dames affirment avoir vu la victime.

La plus volubile des deux institutrices se tourna vers moi avec indignation :

— C'est cette pauvre femme ! C'est sûrement la même ! Le chauffeur dit que, ce matin à cinq heures, on l'a trouvée poignardée sur les marches de l'église. Nous aurions pu la sauver. C'est affreux !

Décontenancé par cette nouvelle, je ne sus que dire et, arrachant le journal des mains de Beppo, je lus pour moi-même. L'article était bref.

À cinq heures ce matin, le corps d'une femme a été découvert sur les marches d'une église de la via Sicilia. On l'avait poignardée. Il semble s'agir d'une vagabonde ayant bu plus que de raison. On n'a retrouvé sur elle que quelques pièces de monnaie, et le crime paraît dépourvu de mobile. La police recherche toute personne ayant pu voir cette femme, ou remarquer quelque chose de suspect dans les parages au cours de la nuit, de nature à renseigner utilement les enquêteurs.

Je rendis le journal à Beppo. Le groupe attendait ma réaction.

— C'est navrant, dis-je, mais cela n'a rien d'inhabituel, hélas ! Dans toutes les villes, il se commet des actes de violence. Espérons que le coupable sera vite arrêté.

— Mais nous l'avons vue ! s'écria une des institutrices. Hilda et moi avons même essayé de lui parler, peu avant neuf heures. À ce moment-là, elle n'était pas morte. Elle dormait et respirait bruyamment. Vous l'avez vue du car, quand nous sommes passés, tout le monde l'a vue ! Je voulais même que vous fassiez quelque chose !

Rencontrant mon regard, Beppo haussa les épaules et se hissa sur son siège. C'était à moi qu'il appartenait de régler cette affaire, et non à lui.

— Madame, dis-je, je ne voudrais pas paraître insensible mais, en ce qui nous concerne, l'incident est clos. Nous ne pouvions pas faire grand-chose pour cette pauvre femme et, maintenant, nous ne pouvons plus rien. La police a pris l'affaire en main. Nous sommes déjà en retard, et…

Mais une discussion avait éclaté au sein du groupe. Le reste de la bande nous rejoignit, demandant ce qui était arrivé. Des passants s'arrêtèrent pour nous regarder.

— Montez en voiture, dis-je d'un ton impérieux. Montez tous, je vous prie, nous gênons la circulation.

Lorsqu'ils furent tous assis, on se serait cru dans la tour de Babel. Les barbares, dont Mr Hiram Bloom était le porte-parole, estimaient qu'on a toujours tort de se mêler des affaires d'autrui, qu'on n'y récolte que des insultes. Les Anglo-Saxons – et surtout les deux institutrices – lui jetaient des regards furibonds. Une femme était morte sur les marches d'une église, à quelques centaines de mètres de la cité pontificale, du pape et de touristes britanniques couchés à l'hôtel Splendido ! Si la police romaine ne savait pas faire son travail, il était temps qu'un *bobby** londonien vînt lui apprendre son métier !

— Alors, où va-t-on ? me chuchota Beppo. Au commissariat ou aux Thermes de Caracalla ?

Beppo avait de la chance. Il n'était pas dans le coup. Mais je ne pouvais pas en dire autant. Meurtre dépourvu de mobile, avait écrit le journaliste qui ignorait la vérité. La femme avait été assassinée non pas pour les quelques pièces qu'on aurait pu trouver sur elle, mais à cause des dix mille lires que j'avais glissées dans sa main. C'était très simple. Aux petites heures, quelque vagabond, lui aussi le ventre vide, voyant cette femme en possession du

* C'est ainsi qu'on appelle familièrement les agents de police anglais. *(N.d.T.)*

billet, le lui avait volé. Ce faisant, peut-être avait-il réveillé la malheureuse. Craignant alors pour lui-même, il l'avait à jamais réduite au silence. La vie humaine a peu de prix pour ces criminels de bas étage. Et qui se soucierait d'une clocharde, ivrognesse par surcroît ? Une main plaquée sur la bouche, un coup rapide, la fuite…

— J'insiste, annonça l'institutrice d'une voix aiguë, j'insiste pour aller trouver la police. Mon devoir est de dire ce que je sais. Cela les aidera peut-être d'apprendre que cette femme était encore en vie, sous le porche de l'église, à neuf heures du soir. Si Mr Fabbio refuse de m'accompagner, eh bien, j'irai seule !

Mr Bloom me toucha l'épaule :

— Quelles peuvent être les conséquences ? me demanda-t-il *sotto voce*. Des ennuis pour tout le groupe ? Ou cela se bornera-t-il à une simple déposition de votre part, au nom de ces deux dames ?

— Je l'ignore, répondis-je. Avec la police, on ne sait jamais… Quand ils commencent à vous poser des questions !…

Je dis à Beppo de continuer à rouler. Derrière moi, ça discutait toujours. De chaque côté, des voitures nous dépassaient avec indifférence. Il me fallait absolument prendre une décision, bonne ou mauvaise. Si je commettais un impair, l'harmonie serait rompue et ferait place à une atmosphère d'hostilité, de ressentiment, on ne peut plus néfaste aux voyages organisés.

Sortant mon portefeuille, je tendis un rouleau de tickets à Mr Bloom en lui disant :

— Voulez-vous avoir la gentillesse de prendre la direction du groupe aux Thermes de Caracalla et au Forum ? Vous trouverez là-bas des guides parlant anglais, et Beppo pourra vous servir d'interprète si besoin est. Soyez à l'English Tea Room, près de la piazza di Spagna, à quatre heures et demie. Je vous y retrouverai.

— Qu'allez-vous faire ? me demanda l'institutrice en se penchant de mon côté.

— Vous conduire à la police, votre amie et vous, répondis-je.

L'affaire était engagée et il ne m'était plus possible de reculer. Je dis à Beppo de nous arrêter à une station de taxis. Les deux Samaritaines et moi regardâmes le car s'éloigner en direction des Thermes de Caracalla. J'avais rarement autant regretté de le voir partir sans moi.

Pendant le trajet jusqu'au commissariat, mes compagnes demeurèrent étrangement silencieuses. Elles ne s'étaient pas attendues que je leur cède aussi rapidement.

— Est-ce que les officiers de police parleront anglais ? me demanda la plus inquiète des deux.

— J'en doute, madame, répondis-je. Est-ce que vos policiers parlent italien ?

Elles échangèrent un regard. L'hostilité qui les figeait sur la banquette et leur profonde méfiance à l'endroit de la police romaine me devinrent presque tangibles. Il n'est jamais plaisant de se rendre dans un commissariat, mais la chose me déplaisait bien plus encore qu'aux deux Anglaises, lesquelles pouvaient encore la considérer comme une aventure de voyage. La vue d'un uniforme, de n'importe quel uniforme, me causait un sentiment de panique. Le pas lourd, le ton bref, l'œil inquisiteur des policiers éveillaient en moi, par association d'idées, de pénibles souvenirs de jeunesse.

Arrivés à destination, nous descendîmes du taxi et je dis au chauffeur de nous attendre. Je le prévins – en articulant bien pour que mes compagnes pussent comprendre – que nous pourrions être retenus pendant plusieurs heures.

Du bureau de l'agent de permanence nous passâmes dans une salle d'attente, et de la salle d'attente dans un bureau intérieur où un préposé nous demanda nos noms et adresses ainsi que la raison de notre venue. Lorsque je lui appris que ces dames anglaises voulaient lui donner des renseignements concernant la femme assassinée sur les marches de l'église de la via Sicilia, il ouvrit de grands yeux, puis il appuya sur une sonnette et aboya un ordre au planton aussitôt accouru. Après un moment, deux autres policiers firent leur apparition. On sortit des calepins et les trois hommes regardèrent fixement les institutrices, maintenant muettes. J'expliquai qu'elles ne parlaient pas l'italien, qu'il s'agissait de touristes anglaises et que j'étais guide aux Sunshine Tours.

— Si vous avez des renseignements concernant l'assassinat d'hier soir, veuillez nous les donner, me dit le titulaire du bureau. Nous n'avons pas de temps à perdre.

L'aînée des deux femmes prit la parole, s'arrêtant entre les phrases pour que je traduise. Je jugeai préférable d'omettre certaines parties de sa déposition quelque peu incohérente. Il n'intéressait guère nos interlocuteurs de savoir que son amie et elle jugeaient proprement scandaleux que, à notre époque, il n'y eût pas à Rome d'hôpital ou d'asile où une miséreuse pût trouver refuge.

— Vous avez *touché* cette femme ? s'enquit le policier.

— Oui, répondit l'institutrice. Je lui ai touché l'épaule et je lui ai parlé. Elle a émis un grognement. Mon amie et moi avons pensé qu'elle pouvait être malade. Nous sommes revenues en hâte au car et avons demandé à Mr Fabbio, ici présent, de faire quelque chose. Il a répondu que cela ne nous regardait pas et que le car nous attendait pour partir.

Le fonctionnaire me jeta un regard interrogateur. Je confirmai la chose, en précisant que cela s'était passé juste après neuf heures du soir.

— Quand vous êtes revenus vous coucher, vous n'avez pas su si la femme était encore là ? demanda-t-il à l'Anglaise.

Je traduisis.

— Non, le car n'est pas repassé devant l'église et nous étions tous très fatigués.

— Il n'a plus été question de cette femme ?

— Non… Mais mon amie et moi en avons reparlé en nous déshabillant. Nous avons estimé scandaleux que Mr Fabbio n'ait pas appelé une ambulance ou prévenu la police.

De nouveau, le policier me jeta un coup d'œil où je crus déceler une nuance de sympathie.

— Veuillez remercier ces dames de s'être dérangées, me dit-il. Leur témoignage nous sera utile. Il me faut maintenant leur demander si elles reconnaissent les vêtements portés par la victime.

Je n'avais pas prévu cela, et les institutrices non plus. Elles pâlirent quelque peu.

— Est-ce indispensable ? bredouilla la cadette.

— À ce qu'il paraît, répondis-je.

Nous suivîmes l'un des policiers le long d'un couloir et dans une petite pièce. Un préposé en blouse blanche s'avança et, après de brèves explications, s'en fut dans une sorte de cabinet d'où il ressortit avec des vêtements et deux paniers. La pâleur des Anglaises s'accentua.

— Oui, dit l'aînée en détournant précipitamment la tête, oui, je suis certaine que ce sont là ses effets. Quelle horrible histoire…

Remplissant avec zèle ses fonctions de goule, l'assistant en blouse blanche demanda si ces dames voulaient voir le corps.

— Non, intervins-je, ce n'est pas nécessaire. L'identification des vêtements suffit. Mais, si cela peut servir l'enquête, je veux bien le faire à leur place.

Le policier qui nous accompagnait eut un haussement d'épaules. Il me laissait libre d'en décider. Aucune des deux femmes ne comprenait de quoi nous discutions. Je suivis la blouse blanche à l'intérieur de la morgue.

Cédant à une sorte de fascination aussi douloureuse que troublante, je m'approchai de la salle où reposait le cadavre. L'assistant rabattit le drap, découvrant le visage. Dans la noble sérénité de la mort, il me parut plus jeune que la veille.

— Merci, dis-je au préposé en me détournant.

De retour dans le bureau, j'informai le fonctionnaire de service que les dames anglaises avaient identifié les vêtements et il les remercia derechef.

— Je présume, dis-je, que vous n'aurez plus besoin de les interroger ? Nous partons pour Naples demain après-midi.

Gravement, il nota la chose dans son rapport avant de me répondre :

— Non, je ne crois pas que leur présence soit de nouveau nécessaire. Nous avons leurs noms et leurs adresses. Je leur souhaite, ainsi qu'à vous, une bonne continuation.

J'aurais juré que, après avoir salué les deux femmes, il avait cligné de l'œil. Mais de mon côté et non du leur.

— A-t-on quelque indice permettant d'identifier la victime ? questionnai-je.

Il haussa les épaules :

— Vous le savez, des centaines de femmes comme elle errent dans Rome, et l'identification sera difficile. Elle ne possédait aucun objet de valeur. L'assassin peut être un clochard lui aussi, ayant eu quelque raison de se venger d'elle, ou bien encore un sadique qui aura tué pour le seul plaisir. Nous finirons bien par l'arrêter.

On nous signifia que l'entretien était terminé. Nous traversâmes la cour et rejoignîmes le taxi où j'aidai mes compagnes à prendre place.

— L'English Tea Room, dis-je au chauffeur.

Je consultai ma montre. J'avais fort correctement évalué le temps nécessité par cette démarche. Mes ouailles auraient encore la possibilité de boire tranquillement une tasse de thé avant l'arrivée du reste de la bande. Je réglai la course et escortai les deux dames à l'intérieur du salon de thé, où je les installai à une table d'angle.

— Maintenant, leur dis-je, vous pouvez vous détendre.

Elles ne répondirent à mon sourire tout machinal que par une brève inclination de tête.

Ressortant de là, je descendis la via dei Condotti, à la recherche d'un bar. J'avais besoin de réfléchir. Je revoyais sans cesse les traits aquilins, creusés par la mort, de la femme assassinée. Assassinée parce que je lui avais glissé dix mille lires dans la main.

À présent, j'étais sûr de ne m'être point trompé. La nuit précédente, j'avais lu dans ses yeux qu'elle me reconnaissait et elle avait crié : « Beo ! » quand j'étais reparti en courant.

Cela faisait plus de vingt ans que je ne l'avais revue, mais c'était bien Marta.

3

C'était lorsque les policiers interrogeaient les deux Anglaises que j'aurais dû parler. L'occasion m'en était offerte. Ils avaient demandé si, en revenant de notre circuit dans Rome, nous avions remarqué que la femme était encore sous le porche de l'église. C'eût été le moment. « Oui, pouvais-je dire, oui, je suis allé jusqu'au bout de la rue et j'ai vu qu'elle était toujours là. Je lui ai glissé un billet de dix mille lires dans la main. »

J'imaginais le regard surpris du policier.

— Un billet de dix mille lires ?

— Oui.

— Quelle heure était-il alors ?

— C'était peu après minuit.

— Quelqu'un du groupe vous a-t-il vu ?

— Non.

— Cet argent vous appartenait-il ou était-ce celui des Sunshine Tours ?

— On venait de me le donner. Une marque de faveur.

— Vous voulez dire qu'il s'agissait d'un pourboire ?

— Oui.

— D'un de vos clients ?

— Oui. Mais si vous le questionnez à ce sujet, il niera la chose.

Alors, le fonctionnaire aurait prié les deux Anglaises de se retirer et l'interrogatoire se serait fait beaucoup plus insistant. Non seulement je n'avais personne capable de confirmer que le barbare solitaire m'avait donné les dix mille lires et demandé de monter dans sa chambre, mais j'eusse été bien en peine de rendre plausible – aux yeux du policier – la raison qui m'avait poussé à faire cadeau de cet argent. Rien de tout cela n'avait de sens.

— Vous dites vous être souvenu d'un retable qui vous effrayait lorsque vous étiez enfant.

— Oui.

— Et c'est à cause de cela que vous avez glissé dix mille lires dans la main d'une inconnue ?

— Tout s'est passé très vite. J'ai cédé à une impulsion, sans guère réfléchir.

— Je crois, moi, que vous n'avez jamais reçu un billet de dix mille lires en pourboire, et que vous inventez tout cela parce que vous avez besoin d'un alibi.

— Un alibi pour quoi ?

— Un alibi pour cet assassinat même.

Je payai ma consommation et ressortis dans la rue. Il s'était mis à pleuvoir. Des parapluies s'ouvraient çà et là comme des champignons. Des filles, aux jambes éclaboussées, me bousculèrent. Des touristes, surpris par l'averse, s'étaient agglomérés sous les portes cochères. Mes institutrices étaient à l'abri dans l'English Tea Room. Par ailleurs, le ciel ayant été menaçant tout au long de l'après-midi, Mr Hiram Bloom aurait sans doute eu l'idée de battre le rappel de son groupe au Forum, pour le ramener à Beppo qui attendait dans le car.

Je relevai le col de mon pardessus, rabattis mon chapeau sur mes yeux et m'engageai dans les rues transversales qui menaient à la via del Tritone et à l'agence romaine des Sunshine Tours. Il allait être quatre heures. Avec un peu de chance, je trouverais mon camarade Giovanni de retour à son bureau, bien qu'il aimât à prolonger sa sieste.

La chance me favorisa : Giovanni était à sa place habituelle, dans l'angle le plus éloigné de la salle, parlant dans l'inévitable téléphone. M'apercevant, il leva la main en guise de salut et m'indiqua une chaise. Le bureau était relativement désert, si l'on exceptait une poignée de touristes qui faisaient patiemment la queue devant le guichet central, réclamant des changements de locations ou des places dans tel ou tel hôtel ; le train-train habituel.

Giovanni raccrocha le combiné et me serra la main en souriant :

— Ne devrais-tu pas être à Naples ? me demanda-t-il. Mais non, que dis-je ! Naples, c'est pour demain… Ta petite bande et toi avez de la veine, car Rome devient chaque jour plus impossible. Tu as fait bon voyage ?

— Comme ci, comme ça, mais je ne peux pas me plaindre. Des barbares et des bœufs, tous très aimables.

— De jolies filles ?

— Pas de quoi faire monter la tension. De toute façon, où trouverions-nous le temps ? Fais un peu le guide, et tu te rendras compte !

Il rit en secouant la tête :

— Bon… Et que puis-je pour toi ?

— Giovanni… J'ai besoin que tu m'aides. J'ai des ennuis.

Il compatit avec sympathie et j'ajoutai :

— Je voudrais que tu me trouves un remplaçant pour Naples.

— Impossible ! explosa-t-il. Absolument impossible en ce moment. Je n'ai personne à Rome et, en outre, le bureau principal…

— Le bureau principal n'a pas besoin de le savoir… Du moins, pas tout de suite. Voyons,

Giovanni, tu dois sûrement pouvoir me dénicher quelqu'un ? Suppose que j'aie l'appendicite ?

— Tu as l'appendicite ?

— Non, mais si cela doit t'aider, je peux feindre de l'avoir.

— Ça ne servirait à rien. Je te le répète, Armino, tu me demandes une chose impossible… Nous ne pouvons pas te trouver un remplaçant au pied levé, comme ça, simplement parce que tu as envie de vacances !

— Écoute, Giovanni. Ce que je veux, ce ne sont pas des vacances, mais simplement que tu me mettes sur un itinéraire du Nord. Combine un échange. Un échange provisoire, bien entendu. J'ai besoin d'aller dans le Nord.

— Milan ?

— Non… Mais n'importe quel circuit vers l'Adriatique fera l'affaire.

— Tu sais bien que c'est trop tôt pour l'Adriatique. Avant mai, personne n'y va.

— Je n'ai pas besoin qu'il s'agisse d'un voyage organisé. Tu peux avoir un client particulier qui soit désireux de voir Ravenne, Venise…

— Trop tôt pour Venise.

— Ce n'est jamais trop tôt pour Venise. Giovanni, je t'en prie !

Il se mit à compulser des papiers posés devant lui.

— Je ne peux rien te promettre, Armino… D'ici à demain, il surviendra peut-être quelque chose, mais c'est court comme délai. Tu pars pour Naples demain à quatorze heures et, à moins que je ne parvienne à arranger un double échange, ça ne collera pas…

— Je sais, je sais, mais essaie quand même.

— Il s'agit d'une femme, je suppose ?

— Évidemment.

— Et elle ne peut pas attendre ?

— C'est moi qui ne peux plus attendre.

Il émit un soupir expressif et saisit de nouveau le téléphone :

— Si j'ai quelque chose pour toi, je te laisserai un message au Splendido afin que tu me rappelles. Ah ! que ne faut-il pas faire pour les amis !

Quittant Giovanni, je repris le chemin de l'English Tea Room. La pluie avait cessé et le soleil brillait, mettant fin à la pénitence des piétons. Tant pis si Giovanni n'arrivait pas à combiner un échange… Du moins aurais-je fait un geste. Un geste tendant à quoi ? Je n'aurais su le dire. Peut-être à apaiser la morte ou ma propre conscience. D'ailleurs, il se pouvait encore que je me fusse trompé et que la femme assassinée ne fût point Marta.

Auquel cas, tout en me sentant indirectement complice de son assassinat pour avoir mis les dix mille lires dans sa main, je n'avais rien de plus grave à me reprocher. Mais il en allait tout autrement si c'était Marta. Si elle avait bien appelé « Beo ! », alors j'étais à tout point de vue aussi coupable que le criminel, le voleur qui l'avait poignardée.

En arrivant sur la piazza di Spagna, je vis que mon troupeau avait fini de prendre le thé et se préparait à remonter en voiture. Je le rejoignis. À l'air important des institutrices, je compris qu'elles avaient raconté leur histoire. Elles étaient les héroïnes du moment.

À l'hôtel, je n'avais pas de message de Giovanni et, après un dîner tout semblable à celui de la veille, mais agrémenté cette fois d'allocutions, nous prîmes le car de remplacement pour le Trastevere afin que mes ouailles pussent avoir, durant une heure ou deux, une idée de la « vie de café » qu'elles imaginaient inhérente à ce quartier.

— Ça, c'est vraiment Rome ! soupira Mrs Hiram Bloom lorsque, dans une rue de traverse, elle se trouva inconfortablement assise à la terrasse d'une *taverna* qui, pour sa naïve satisfaction de touriste, était éclairée *a giorno* par de pseudo-lanternes. Six musiciens, en culottes courtes, bas et chapeaux napolitains, surgirent comme par enchantement, porteurs de guitares enrubannées, et mon groupe se balança en mesure pour accompagner les accords rythmés. La candeur et la joie de mes clients avaient quelque chose de touchant. Je me sentis presque mélancolique à l'idée que le lendemain, peut-être, ils seraient tous à Naples confiés aux soins d'un autre guide. Un berger aussi a ses moments d'attendrissement…

À notre retour, toujours aucun message de Giovanni. Je dormis néanmoins et cette nuit-là, Dieu merci, d'un sommeil sans rêves.

Giovanni me téléphona peu après neuf heures.

— Armino, me dit-il précipitamment, je crois t'avoir arrangé ça ! Deux Allemands en Volkswagen, qui vont vers le Nord et veulent un interprète. Tu parles allemand, n'est-ce pas ?

— Oui.

— Alors, saute sur l'occasion ! Herr Turtmann accompagné de sa *Frau*, laide comme le péché. Tous deux cramponnés à leurs cartes et leur Baedeker. Peu leur importe où ils vont, du moment que c'est dans le Nord. Des mordus qui veulent *tout* voir.

— Et mon remplaçant ?

— C'est arrangé. Tu connais mon beau-frère ?

— Tu en as plusieurs.

— Celui qui a travaillé à l'American Express. Il est rompu à toutes les ficelles et meurt d'envie d'aller à Naples. C'est un type bien. Nous pouvons lui faire confiance.

J'eus un instant d'hésitation. Le beau-frère de Giovanni allait-il gâcher le voyage ? Saurait-il s'y prendre avec mes gens ? Et, à supposer même que tout allât bien, ne perdrais-je pas mon emploi lorsque le bureau principal de Gênes apprendrait la chose ?

— Tu me le garantis, Giovanni ?

Sa voix se nuança d'impatience :

— Mon vieux, c'est à prendre ou à laisser, et moi, je fais ça pour te rendre service. Personnellement, je m'en fiche. Mon beau-frère, lui, est d'accord. Il va venir te voir tout de suite pour que tu le mettes au courant. Moi, je dois encore prévenir Herr Turtmann qui désire partir à dix heures trente.

Je disposais à peine d'une heure et demie pour mettre au courant mon remplaçant, aller à l'agence et faire la connaissance de mes nouveaux clients. Pas une minute à perdre !

— D'accord ! dis-je à Giovanni et je raccrochai.

Je bus une seconde tasse de café froid et jetai mes quelques affaires dans ma valise. À dix heures moins vingt, le beau-frère de Giovanni frappait à ma porte et je le reconnus aussitôt. Il était empressé, volubile, mais songerait-il à emporter des cachets de magnésie à l'intention des fragiles estomacs anglo-saxons ? S'intéresserait-il au petit-fils Bloom ? Tant pis ! Un guide ne peut avoir toutes les qualités ! Nous nous assîmes sur le lit défait. Je lui montrai mes notes et l'itinéraire du circuit, plus la liste des passagers, à laquelle j'ajoutai une courte relation des particularités de chaque client.

Nous quittâmes la chambre ensemble, puis je le laissai pour qu'il allât au bureau de la réception expliquer qu'il me remplaçait. Nous nous serrâmes la main et je lui souhaitai un bon voyage. En poussant la porte à tambour de l'hôtel, j'eus l'impression d'être une infirmière abandonnant ses malades. La sensation était étrange. Jamais encore je n'avais lâché ainsi, au milieu d'un voyage.

Mon taxi me déposa devant le bureau de la via del Tritone. Dès l'entrée, je vis que Giovanni avait pris son air officiel. Tout sourire, débordant de courtoisie, il parlait à deux personnes qui devaient très certainement être mes futurs clients, car leur nationalité ne faisait aucun doute. Tous deux étaient d'un certain âge et porteurs de caméras. Lui était robuste, large d'épaules, avec des cheveux raides comme des poils de brosse et des lunettes cerclées d'or. Elle, avait un teint cireux et les cheveux empilés sous un chapeau trop petit pour son visage. Pour une raison que j'ignore, elle avait mis de longues chaussettes blanches qui contrastaient avec son manteau sombre.

Je m'avançai vers eux et, dès que Giovanni eut fait les présentations, Herr Turtmann me déclara :

— Ma femme et moi sommes des passionnés de la prise de vues. Nous aimons filmer de la voiture en marche. Il paraît que vous pouvez conduire, au besoin ?

— Mais certainement.

— Parfait. Alors, partons tout de suite.

Plus souriant que jamais, Giovanni s'inclina, puis me décocha un clin d'œil :

— Je vous souhaite un bon voyage ! dit-il.

Nous prîmes un taxi pour aller jusqu'à l'endroit où ils avaient laissé leur Volkswagen. Le toit et la moitié de la banquette arrière étaient surchargés de bagages. Les Allemands ne voyagent jamais sans s'encombrer de valises, et achètent encore des tas de choses en cours de route.

— Vous allez conduire, me dit Herr Turtmann, car ma femme et moi désirons filmer notre sortie de Rome. Je vous laisse le choix de l'itinéraire, mais nous aimerions passer par Spolète. Mon guide accorde deux étoiles au jardin de la cathédrale.

Je m'installai au volant, avec Herr Turtmann à côté de moi, tandis que sa femme se tassait à l'arrière. Lorsque nous franchîmes le Tibre, ils collèrent l'œil au viseur de leurs caméras qu'ils firent pivoter lentement vers la droite, puis vers la gauche, comme un mitrailleur balayant son champ de tir.

Quand ils s'arrêtaient de filmer – ce qui leur arrivait de temps à autre – ils se nourrissaient copieusement de provisions extraites de sacs en papier, et buvaient le café d'une énorme thermos. Ils parlaient peu, et j'appréciais ce silence. Il me fallait toute mon attention pour doubler les camions sur la route, et nous avions environ deux cent soixante kilomètres à faire avant d'arriver à la destination que je m'étais fixée.

— Et ce soir ? s'enquit brusquement Herr Turtmann. Où coucherons-nous ce soir ?

— À Ruffano, dis-je.

Il feuilleta le guide posé sur ses genoux, et dit à sa femme, par-dessus son épaule :

— Gerda, il y a là-bas plusieurs monuments à trois étoiles. Nous pourrons les filmer tous. D'accord pour Ruffano.

Il y avait comme une ironie du sort dans le fait que, après avoir quitté en compagnie d'un Allemand la ville où j'étais né et avais passé les onze premières années de mon existence, j'y revinsse vingt ans plus tard en compagnie d'un autre Allemand.

Nous étions en mars et la campagne vallonnée était d'un gris violet, âpre, hostile, sous un ciel qui semblait chargé d'une neige semblable à celle qui était tombée à Florence… Durant le mois de juillet brûlant de 1944, les routes au nord de Ruffano étaient blanches de poussière. Les camions et les véhicules militaires, qui suivaient le même chemin que nous, cédaient le passage à la Mercedes arborant le fanion du commandant. Parfois, conscients de l'importance de la voiture et bien qu'exténués, les conducteurs des camions adressaient au commandant un salut rigide qu'il leur rendait à l'occasion. Lorsqu'il était trop indolent pour le faire, je saluais à sa place. Cela m'aidait à supporter le voyage, à lutter contre la nausée, et m'épargnait la vision de ma ravissante traînée de mère occupée à gaver de raisins son conquérant. Elle avait fréquemment un rire niais qui, mêlé à celui du commandant, offensait la conception que j'avais de la dignité des adultes.

— Je vois, signala Herr Turtmann à sa femme, qu'au palais ducal de Ruffano se trouve le remarquable tableau représentant la tentation du Christ et qui, jusqu'à ces derniers temps, était jugé blasphématoire. J'avais toujours cru que nos compatriotes l'avaient mis en lieu sûr pendant la guerre.

Je me rappelai mon père et ses aides empaquetant la toile avec soin et descendant l'entreposer avec quelques autres dans les caves du palais, afin précisément de parer à une éventualité de ce genre. Mais je n'en dis rien à Herr Turtmann.

Mes clients acceptèrent de prendre un léger repas à Spolète, où ils filmèrent rapidement la piazza et la façade du Duomo, puis nous continuâmes le voyage et traversâmes Foligno. La route ne cessait de tourner et de se tordre entre les ondulations du terrain coupé de collines, tandis que les montagnes, couvertes de neige, m'avertissaient que ma ville natale, située à cinq cents mètres d'altitude, devait encore être aux prises avec l'hiver. Les premiers flocons de neige se mirent à tomber ou plus exactement nous les rencontrâmes comme nous approchions de Ruffano, car sans doute tombaient-ils depuis le matin. Le ciel avait l'apparence d'un suaire. Les rivières, grossies par les torrents des montagnes, rugissaient dans les ravins proches.

Sept heures allaient sonner quand j'aperçus ma ville.

Aux yeux du voyageur venant de Rome, elle surgit brusquement, couronnant les deux collines et dominant les vallées. Je ne me rappelais pas l'avoir jamais vue ainsi, sous la neige. Elle était superbe, mais avec aussi quelque chose semblant prévenir l'intrépide voyageur qu'il y entrait à ses risques et périls. Qu'elle avait peu changé, mon Dieu, qu'elle avait peu changé !

Herr Turtmann et sa femme, affrontant la neige, tenaient leurs caméras à hauteur des vitres ouvertes et, pour leur être agréable autant que pour ma satisfaction personnelle, je fis le tour de la vallée, juste au pied du mur d'enceinte, afin d'entrer par la porte de l'ouest, la *porta del Sangue*... La porte du Sang.

— Et elle est bien nommée, disait mon père, car c'est par là que Claudio, le premier duc, conduisait ses captifs à la mort.

La neige recouvrait la route qui s'incurvait en montant, et formait des couches épaisses sur les toits, transformant les arbres en spectres. Elle couronnait les clochetons des tours jumelles du palais, ainsi que le Duomo et le campanile voisin, muant ma ville en cité de légende, de rêve. J'avais oublié que pareille beauté pût encore exister.

Je remontai la via dei Martiri jusqu'au centre de la ville, la piazza della Vita, où je m'arrêtai. Rien n'avait changé, sauf que la neige, bloquant les gens chez eux, avait réduit la ville au silence.

Des bâtiments entre l'ocre et le rose éteint encerclaient la piazza, dont la symétrie n'était rompue que par les cinq rues convergentes. Les boutiques étaient fermées, mais je reconnaissais des noms. La librairie, la pharmacie n'avaient pas changé. Dominant le tout, l'hôtel dei Duchi, délabré, étalait ses dépendances. Lorsque j'étais enfant, c'était un événement que d'y venir déjeuner le dimanche. Plus tard, quand il était devenu le QG du commandant, on en avait barré l'entrée. Là, les sentinelles s'étaient tenues au garde-à-vous ou avaient martelé le sol de leurs talons. Des voitures d'état-major et les motocyclettes des estafettes s'étaient arrêtées où je venais de ranger la Volkswagen de Herr Turtmann. Refoulés pendant plus de vingt ans, les souvenirs me submergeaient, et je cédais à l'émotion.

Je poussai la porte de l'hôtel et regardai autour de moi, sans trop savoir ce que je cherchais… Était-ce le bureau du commandant avec le cliquetis des machines à écrire, ou bien le salon de réception avec ses chaises aux dossiers raides, où mon père et ses amis buvaient le Cinzano après la messe ? Je crois que c'était le salon. Et ce fut lui qui m'accueillit, bien qu'il fût modernisé afin de ressembler un peu à un bar pour touristes, avec des tourniquets de cartes postales, des magazines sur la table et un poste de télévision dans un coin.

Il régnait là un profond silence. J'appuyai sur le bouton d'une sonnette qui retentit sinistrement.

Autrefois le propriétaire, le signor Longhi, et sa femme Rosa étaient toujours là pour accueillir mon père. Longhi avait l'œil vif, bienveillant, et marchait – si j'avais bonne souvenance – en boitillant. Jeune homme, il avait été blessé à la Première Guerre mondiale. Sa femme, Rosa, vive, bien en chair, avait les cheveux roux. Elle échangeait des banalités avec ma mère et, lorsque celle-ci était absente, flirtait gentiment avec mon père.

Une petite bonne survint en réponse à mon coup de sonnette. Tout émue, elle me répondit que nous pourrions sans doute avoir des chambres, mais qu'elle devait d'abord demander à la *padrona*. Une voix sonore retentit à l'étage et la *padrona* descendit avec lenteur, à cause de son obésité qui lui faisait le souffle court. Ses yeux aux poches sombres me dévisagèrent par-dessus ses bajoues ; ses cheveux étaient auburn, mais la mauvaise teinture provinciale était mal répartie. Avec un choc, je reconnus la signora Longhi parvenue à l'âge mûr.

— Vous voulez des chambres pour la nuit ? s'enquit-elle avec indifférence.

Après lui avoir expliqué ce que les Turtmann et moi désirions, je la quittai, le cœur désenchanté. Je ressortis sous la neige suivi de la petite bonne, qui paraissait être l'unique domestique, pour aller chercher mes clients et leurs bagages. Bien sûr, la saison touristique n'était pas encore commencée, mais… Cet accueil me semblait de mauvais augure.

Impassibles, les Turtmann signèrent le registre et gravirent lourdement l'escalier sous l'œil de la *padrona* qui bâillait. Elle avait depuis longtemps oublié le petit garçon à qui, jadis, elle donnait des bonbons.

Après m'être assuré que les Turtmann étaient convenablement installés dans une chambre du premier étage, je m'en fus jusqu'à la mienne, petite pièce dominant la piazza. Bien qu'il continuât de neiger, j'ouvris les persiennes et demeurai un moment à la fenêtre, immobile, respirant l'air vif.

J'étais un peu comme un fantôme revenant hanter des lieux familiers. Les maisons somnolaient, indifférentes. Soudain l'heure sonna au campanile voisin du Duomo. À cette voix grave répondirent les différentes notes des autres églises. San Cipriano, San Michele, San Martino, Sant'Agata. Je les connaissais toutes, et toutes je les reconnaissais. Le tintement grêle de l'horloge de San Donato, sur la colline, au pied du palais ducal, s'égrena en dernier. Autrefois, c'était l'heure à laquelle je disais mes prières aux genoux de Marta. Je tirai les volets, fermai la fenêtre et descendis à la salle à manger.

4

Herr Turtmann et sa femme étaient déjà en train de dîner. Je fus soulagé de voir qu'ils ne m'invitaient point à me joindre à eux, et allai m'installer à une petite table proche du paravent masquant l'entrée des cuisines. Une autre bonne, moins effarouchée que sa collègue, assurait le service. De temps à autre, elle recevait des instructions de la *padrona* qui, émergeant de derrière le paravent, nous jetait un coup d'œil, glapissait un ordre et disparaissait de nouveau. Chaque bouchée de nourriture, chaque gorgée du vin râpeux du pays, couleur de raisin, ravivait ma nostalgie. La table du centre dressée, selon l'habitude ancienne, pour douze couverts, était celle où Aldo avait fêté son quinzième anniversaire. Beau comme un jeune dieu, il avait levé son verre à la santé de nos parents, les remerciant de l'honneur qu'ils lui faisaient, cependant que les invités applaudissaient et que moi, le cadet, j'ouvrais de grands yeux. Mon père – qui devait mourir de pneumonie, prisonnier dans un camp des Alliés – avait répondu en souriant au toast de son aîné. Radieuse dans une robe verte, ma mère faisait la roue, envoyant des baisers à son mari et à son fils. Le commandant n'avait point encore paru à l'horizon.

Comme j'achevais de vider ma carafe de vin, tel un écho à mes pensées, je vis un petit homme à cheveux blancs sortir de derrière le paravent et s'approcher en claudiquant. Il tenait à la main une revue illustrée qu'il alla poser sur la table des Turtmann. Il leur montra fièrement un article sur Ruffano où il y avait une photo de lui-même, le signor Longhi, propriétaire de l'hôtel dei Duchi. Laissant le magazine aux Turtmann, il boitilla dans ma direction.

— Bonsoir, signore. Le service vous donne toute satisfaction ?

Sa main gauche était atteinte d'un tremblement nerveux qu'il s'efforçait de dissimuler en la gardant derrière son dos. Sans doute une maladie de la vieillesse. Le signor Longhi à l'œil vif, plein d'ardeur, n'existait plus. Quand je l'eus remercié de sa courtoisie en l'assurant que tout était parfait, il s'inclina et disparut derrière le paravent, son regard passant sur moi sans me reconnaître. Comment en eût-il été autrement ? Pourquoi eût-on fait un rapprochement entre le guide insignifiant d'aujourd'hui et le fils cadet du signor Donati, Il Beato, dont les grandes personnes caressaient la tête ? Nous étions tous oubliés, trépassés…

Le repas terminé, après avoir escorté les Turtmann jusqu'à leur chambre, je pris mon pardessus et sortis sur la piazza. Paisible et blanc, le silence m'enveloppa. Il y avait devant moi des traces de pas sur la neige, empreintes laissées par un inconnu et qui, d'abord nettes, profondément marquées, se perdaient bientôt au milieu d'autres. L'air vif transperçait mon mince pardessus. Comme un quelconque touriste, je m'étais laissé surprendre par cette réminiscence de l'hiver au milieu du printemps.

Je regardai à droite, puis à gauche, ayant oublié, après plus de vingt ans, comment la grand-rue se divisait en atteignant la piazza, chaque tronçon courant presque perpendiculairement, semblait-il, vers son propre sommet.

Au hasard, je tournai à gauche, dépassai la grande masse de San Cipriano surgie devant moi de la neige, et compris aussitôt mon erreur. Cette rue, large et escarpée, me conduisait vers la colline nord, où elle se terminait face à la statue du duc Carlo, Carlo le Bon, le jeune frère de Claudio le Fou, qui, durant les quarante années de son règne, avait conquis l'affection et le respect de ses sujets, rebâti le palais et la ville, rendant célèbre Ruffano.

Je retournai donc sur la place et pris la petite rue sinueuse qui montait vers le sud et débouchait brusquement sur la piazza Maggiore. Là, dans toute sa majesté, se dressait le palais ducal de mon enfance, le palais de mes rêves, ses murs roses caressés par les flocons de neige.

Stupidement, les larmes me vinrent aux yeux ; moi, le guide, ému tel un quelconque touriste par la vue d'un chromo pour carte postale ! Comme en un songe, je m'approchai des murs familiers. Je vis la porte donnant sur la cour carrée, qui s'ouvrait pour mon père le surintendant, Aldo et moi, mais jamais pour la foule des visiteurs. Là, se trouvaient les marches d'où, enfant, je m'amusais à sauter, et, un peu plus loin, la massive façade du Duomo, reconstruit au XVIIIe siècle. Des glaçons s'étaient formés à la fontaine de la piazza et, tels des cristaux, pendaient aux lèvres des chérubins de bronze. J'avais coutume de boire à cette fontaine, Aldo m'ayant affirmé que ses eaux limpides recelaient toute la pureté du monde en sus de nombreux secrets. Mais, à supposer que ces secrets existassent, je n'en avais appris aucun. Levant les yeux vers le toit du palais, j'aperçus tout là-haut, dominant l'entrée, couronnée de neige, les ailes déployées, la grande et songeuse silhouette de bronze du faucon, emblème des Malebranche, la famille ducale.

Me détournant alors du palais, je poursuivis mon chemin vers le sommet de la colline, passai devant l'université et m'engageai dans la via dei Sogni, la rue des Songes, où il n'y avait âme qui vive, pas même un chat errant. Les seules empreintes imprimées dans la neige étaient celles de mes pas. Quand j'atteignis les grands murs entourant la maison de mon père, d'où émergeait l'unique arbre du petit jardin, un vent froid, aussi coupant qu'une lame, balaya l'étroite rue, faisant tourbillonner devant moi la neige, d'une légèreté de plume.

De nouveau, j'eus l'étrange impression d'être un fantôme de retour ici-bas... Ou peut-être pas un fantôme, mais quelque esprit désincarné, venu du passé. Il me sembla qu'Aldo et moi dormions dans cette maison obscure. Nous avions partagé la même chambre jusqu'au jour où il avait eu le droit d'en posséder une pour lui seul. Ce soir, les persiennes closes ne laissaient filtrer aucun rai de lumière. Je me demandai qui logeait là et même si la maison était habitée. Je lui trouvais un air abandonné, réprobateur, et le mur du jardin, qui m'avait toujours paru si haut, semblait avoir rapetissé. Je m'en éloignai aussi furtivement qu'un chat de gouttière, passai devant l'église San Martino et pris au plus court en coupant par l'escalier abrupt qui, près de l'église, rejoignait la piazza della Vita. Je n'avais rencontré absolument personne au cours de cette opération de reconnaissance.

De retour à l'hôtel, je montai dans ma chambre, me déshabillai et me couchai. Cent images surgissaient dans mon esprit, se coupant et se croisant comme les voies convergentes d'une autoroute, les unes très nettes, les autres floues. Le présent se mêlait au passé, le visage de mon père se confondait avec celui d'Aldo, tous deux vêtus des uniformes qu'ils portaient la dernière fois que je les avais vus. L'uniforme aux insignes de pilote, qui seyait si bien aux dix-neuf ans d'Aldo, se confondait pareillement avec ceux des amants de ma mère – le commandant allemand, le général de brigade américain avec lequel nous avions vécu pendant deux ans à Francfort. Le maître d'hôtel du Splendido, que j'avais aperçu peut-être une douzaine de fois et auquel je n'accordais jamais une pensée, prit les traits du directeur de banque que ma mère avait fini par épouser à Turin, mon beau-père Enrico Fabbio, qui m'avait donné son nom dans le même temps qu'il assurait mon éducation. Trop de visages, trop d'étrangers de passage, trop de chambres d'hôtel, trop de meublés... Rien qui m'appartînt, rien que je pusse appeler mon chez-moi. Ma vie était un interminable voyage qui n'avait point de but...

Je fus réveillé par une sonnerie stridente retentissant dans le couloir et, tournant le commutateur, je vis qu'il était huit heures du matin. Je rabattis vivement les persiennes. Sur la piazza della Vita, les gens vaquaient à leurs occupations. Les boutiques étaient ouvertes, on balayait la neige devant les maisons. Le tableau familier d'un matin à Ruffano, depuis longtemps oublié, avait conservé son aspect coutumier. L'odeur dont je me souvenais, l'odeur pénétrante et saine de la piazza, monta à mes narines. À une fenêtre une femme secouait un tapis. Sous la mienne, des hommes discutaient. Un chien à la queue en trompette, pourchassant un chat tigré, faillit passer sous une voiture qui fit un écart. La circulation était plus intense qu'autrefois, ou bien était-ce que, pendant la guerre, seuls les véhicules militaires avaient le droit de rouler ? Je ne me rappelais pas avoir jamais vu des agents de police régler la circulation ; à présent, il y en avait un, le bras tendu, qui aiguillait les voitures vers la via Rossini et le palais ducal. Partout des jeunes gens, à pied ou sur des vespas, roulant tous vers le sud, vers le sommet de la colline. Je me surpris à penser que la petite université de mon enfance avait dû s'agrandir et que le palais ducal, dont Ruffano était si fier, avait peut-être perdu sa suprématie.

Abandonnant la fenêtre, je descendis à la salle à manger pour épargner à la petite bonne de devoir me monter mon café. Le signor Longhi m'apporta lui-même un plateau, qu'il posa sur la table avec des mains tremblantes.

— Mes excuses, signore… Nous manquons de personnel et, de plus, nous sommes en train d'effectuer certaines transformations dans la cuisine avant le commencement de la saison.

Depuis mon réveil, j'avais entendu des coups de marteau, les voix d'ouvriers qui s'interpellaient, senti une odeur de peinture et de mortier.

— Il y a longtemps que vous êtes propriétaire de cet hôtel ? lui demandai-je.

— Oh ! oui, me répondit-il avec un peu de sa vivacité d'autrefois. Cela fait plus de trente ans, mais avec une interruption, car, sous l'Occupation, un état-major s'est installé ici, pendant un certain temps. Ma femme et moi sommes alors partis vivre à Ancône. Autrefois, l'hôtel dei Duchi était fréquenté par beaucoup de gens célèbres, des écrivains, des hommes politiques. Je peux vous montrer.

Il gagna en claudiquant une bibliothèque située dans un angle de la pièce, il l'ouvrit et en tira un livre des visiteurs qu'il m'apporta aussi tendrement que s'il s'était agi d'un nouveau-né. Le livre s'ouvrit de lui-même à une certaine page.

— Stanley Baldwin, le ministre anglais, nous a fait une fois l'honneur de sa visite, dit-il en me montrant une signature. Il n'est resté qu'une nuit, regrettant de ne pouvoir s'attarder davantage. L'acteur américain, Gary Cooper… Là, sur l'autre page… Il devait tourner un film ici, mais finalement cela ne s'est pas fait.

Il feuilletait fièrement le volume sous mes yeux… 36, 37, 38, 39, 40, les années de mon enfance… J'eus envie de lui demander : « Et le signor Donati, le surintendant du palais ? Vous souvenez-vous de lui et de la signora ? Vous rappelez-vous Aldo à quinze ans ? Et le petit Beo ? Beo, si petit pour son âge qu'on lui donnait quatre ans lorsqu'il en avait sept ? Eh bien, le voici, toujours petit, toujours aussi insignifiant. »

Je maîtrisai cette impulsion et bus mon café. Le signor Longhi continuait à feuilleter le livre des visiteurs – omettant, je le remarquai, les années de honte – et nous arrivâmes ainsi aux années 50 et 60, où il n'y avait plus ni ministres ni vedettes de cinéma, mais les noms de centaines de touristes anglais, américains, allemands, suisses, la clientèle de passage qui arrivait et repartait, celle que, guide des Sunshine Tours, je prenais sous mon aile.

Une voix grinçante appela l'hôtelier qui s'éloigna pour exécuter les ordres de son épouse. Furtivement, un œil tourné vers le paravent, j'ouvris le registre à l'année 1944. Hardie et soulignée d'un paraphe, s'y étalait la signature du commandant qui, des mois durant, avait fait de l'hôtel le QG de son état-major. Le reste de la page était vierge. Les Longhi étaient partis pour Ancône…

Refermant le livre d'un coup sec, je le reportai dans la bibliothèque. C'était bien l'endroit convenant à ces souvenirs du passé. Mieux valait garder sous clef le commandant, avec son pas arrogant, sa voix autoritaire qui, très vite – trop vite –, se chargeait de sentimentalité sirupeuse. Sans lui et sa symbolique présence – le conquérant conquis, fleuron pour la couronne maternelle –, mon père étant mort dans un camp de prisonniers et Aldo ayant péri dans son avion abattu en flammes, ma mère et moi serions peut-être allés à Ancône avec les Longhi. Il en avait été question. Et alors ? Vaines spéculations que tout cela. Ma mère aurait trouvé un autre amant sur la côte et s'en serait quand même allée, traînant son « Beato » avec elle.

— Vous êtes prêt ?

Je tournai la tête. Herr Turtmann et sa femme se tenaient sur le seuil de la salle à manger, avec manteaux, bottes et tout leur harnachement de caméras.

— À votre disposition, Herr Turtmann.

Leur intention était de visiter le palais ducal, puis de poursuivre leur voyage vers le nord. Je les aidai à porter les bagages dans la voiture, et Herr Turtmann me donna de quoi payer la note. La signora Longhi compta les billets, me rendit la monnaie, et bâilla. Si ma mère n'était pas morte d'un cancer de l'utérus en 1956, elle eût fini par ressembler à Rosa Longhi. Elle aussi s'était empâtée et se teignait les cheveux. Par désenchantement ou peut-être à cause de sa maladie, elle harcelait mon beau-père, Enrico Fabbio, d'une voix presque aussi aigre que celle de la *padrona* rabrouant son mari infirme.

— Avez-vous une forte concurrence à Ruffano ? m'enquis-je en pliant la note de Herr Turtmann.

— Il y a l'hôtel Panorama, construit voici trois ans, répondit-elle avec un haussement d'épaules. Tout y est moderne. Il est situé sur l'autre colline, près de la piazza Carlo. Comment pourrions-nous continuer à tenir le coup dans ce taudis ? Mon mari est âgé, je suis fatiguée… Nous ne sommes plus à la hauteur de la tâche.

Ayant prononcé cette épitaphe, la *padrona* se laissa choir dans son fauteuil, derrière le comptoir, et je rejoignis les Turtmann en traçant une croix sur une autre période de mon enfance.

Nous quittâmes la piazza della Vita pour remonter l'étroite via Rossini et nous arrêter ensuite devant le palais ducal. Le matin avait rendu à la réalité mon univers imaginaire de la nuit précédente. D'autres voitures stationnaient entre le palais et le Duomo, des piétons allaient et venaient, des vespas filaient bruyamment vers l'université.

À l'entrée, un gardien en uniforme passa la tête hors du petit bureau encastré dans la muraille.

— Avez-vous besoin d'un guide ? demanda-t-il.

Je secouai la tête en disant :

— Non, je connais.

Nos pas résonnèrent sur les dalles de pierre et, redevenu un fantôme, un vagabond à travers le temps, j'ouvris la marche jusqu'à la cour carrée. Là, j'avais coutume de pousser de grands cris, qui se répercutaient sous la colonnade :

— Aldo ? Aldo ? Attends-moi ! Où es-tu ?

Et la réponse me parvenait comme un écho :

— Ici ! Suis-moi…

À présent, je le suivais encore le long du grand escalier menant à la galerie. Partout on retrouvait le faucon des Malebranche avec les lettres C. M., initiales des deux ducs, Claudio et Carlo. Les Turtmann montaient pesamment derrière moi. Nous nous arrêtâmes un moment dans la galerie pour leur permettre de reprendre haleine, et je vis le banc, le banc où Marta avait l'habitude de s'asseoir pour tricoter tandis que je courais à droite ou à gauche. Parfois, lorsque Aldo n'était pas là pour me surprendre, j'osais me risquer à faire tout le tour, m'arrêtant de temps à autre pour jeter un coup d'œil par les grandes fenêtres donnant sur la cour carrée.

— Eh bien ? fit Herr Turtmann, le regard fixé sur moi.

Je détournai les yeux de la galerie, du banc vide, et me dirigeai vers la salle du Trône. Mon Dieu !… Quelle mélancolique odeur de renfermé, évoquant le temps jadis, les querelles anciennes, les ducs et les duchesses depuis longtemps défunts, les courtisans, les pages… Odeur des plafonds voûtés, des murs ocre, senteur lourde et poussiéreuse des tapisseries…

Les morts m'escortaient quand j'entrai dans la pièce familière. Non seulement les spectres de l'histoire que j'avais apprise : Claudio, le duc fou,

Carlo le bien-aimé, la gracieuse duchesse et ses dames d'honneur, mais aussi mes propres morts. Mon père, aussi distingué qu'un duc, faisant les honneurs du palais aux historiens venus de Rome ou de Florence… Marta, m'imposant silence si j'élevais la voix et m'entraînant doucement hors de portée d'oreille de nos éminents visiteurs. Et par-dessus tout Aldo. Aldo s'avançant sur la pointe des pieds, un doigt aux lèvres :

— Il attend !

— Qui ça ?

— Le Faucon… pour te saisir dans ses serres et t'emporter !

Un brouhaha s'éleva derrière moi. Un groupe de jeunes gens, sans doute des étudiants, escortés par une conférencière, entraient bruyamment dans la salle qu'ils emplirent de leur présence.

Comme les Turtmann paraissaient désemparés, je leur fis signe de passer dans les salles de réception, un peu plus loin. Un gardien en uniforme, réprimant un bâillement, s'approcha de mes clients, dans l'espoir d'un généreux pourboire. Il avait quelques notions d'anglais et prit mes Allemands pour des barbares.

— Remarquez le plafond, dit-il. Le plafond, très beau… Restauré par Tolomeo.

Je le laissai s'occuper des Turtmann et m'esquivai. Négligeant les appartements de la duchesse, j'entrai dans la salle des Chérubins et la chambre à coucher ducale. Elles étaient désertes. Dans un coin, près d'une fenêtre, un gardien somnolait.

Je trouvais peu de changement. À la différence des humains, les palais supportent bien le poids des années. Seuls les tableaux n'étaient plus aux mêmes places. Remontés des caves où ils avaient trouvé refuge durant la guerre, ils étaient maintenant exposés avec plus de goût – je dus en convenir à contrecœur – que du temps de mon père. Ils se trouvaient à présent placés de façon que la lumière pût jouer sur eux. *La Madone et l'Enfant*, la toile préférée de ma mère, n'était plus accrochée au mur, dans une relative obscurité, mais splendidement isolée sur un chevalet. Les mornes bustes de marbre, d'époque plus récente, qui autrefois s'échelonnaient autour de la salle, avaient disparu. Maintenant, l'attention se concentrait d'emblée sur la Madone. Comme le gardien ouvrait un œil, je m'approchai de lui.

— Qui est le surintendant ? lui demandai-je.

— Il n'y a pas de surintendant, me répondit-il. Le palais est placé sous la surveillance du Comité culturel de Ruffano… du moins, pour ce qui est des appartements ducaux, des tableaux, des tapisseries, et des pièces de l'étage au-dessus. La bibliothèque, au rez-de-chaussée, sert aux membres de l'université.

— Merci, dis-je.

Je m'éloignai avant qu'il n'eût pu me montrer les chérubins dansants de la cheminée. À une certaine époque, j'avais donné un nom à chacun d'eux. Je pénétrai dans la chambre à coucher ducale, cherchant instinctivement au mur *La Tentation du Christ* dont Herr Turtmann avait parlé à sa femme. Le tableau s'y trouvait toujours. Celui-là, aucun comité culturel ne pouvait le placer sur un chevalet.

Pauvre Christ… Ou plutôt, comme l'artiste l'avait peint avec une ingénieuse candeur, pauvre Claudio… Vêtu d'une tunique safran, debout, une main sur la hanche, il regardait dans le vague, à moins qu'il ne contemplât les toits de cet univers révélé à ses yeux et qui pouvait être à lui s'il cédait à la tentation. Le démon, sous les dehors d'un ami et d'un conseiller, chuchotait à son oreille. Derrière lui, le ciel rose annonçait une aube triomphante. La cité de Ruffano dormait encore, mais elle était prête à s'éveiller pour obéir aux ordres de Claudio.

— Je te ferai don de toutes ces choses si, te prosternant à mes pieds, tu m'adores.

J'avais oublié que ses yeux étaient aussi pâles que sa chevelure dorée, dont les mèches couronnant le front évoquaient des épines.

Des voix résonnèrent soudain derrière moi. Les Turtmann et leur guide, les étudiants et leur conférencière allaient me rejoindre. Je gagnai vivement la salle d'audience, me doutant bien que la bande volubile qui me poursuivait, non seulement s'attarderait devant la *Tentation*, mais irait visiter le *studiolo* du duc et la chapelle. En glissant quelques centaines de lires au guide, les Turtmann seraient peut-être autorisés à jeter un coup d'œil dans l'escalier en spirale menant à la tour.

C'était dans la salle d'audience que se trouvait la porte dérobée donnant accès à la seconde tour. Du temps de mon père, cet escalier en spirale, bien qu'identique à l'autre, était réputé dangereux. C'était donc à la tour de droite que, en passant par la garde-robe ducale, on conduisait les touristes assez intrépides pour s'imposer cette ascension en bravant le vertige.

Je soulevai la tapisserie qui recouvrait le mur. La porte existait toujours, la clef était dans la serrure. Je la manœuvrai, la porte s'ouvrit. Devant moi s'amorçait l'escalier, tournant sans cesse plus haut jusqu'au sommet de la tour. Je me demandai combien de temps avait pu s'écouler depuis qu'un être humain avait gravi ces degrés. Des toiles d'araignées, des mouches mortes souillaient la petite fenêtre plombée. La peur, la fascination que j'éprouvais autrefois me saisirent de nouveau, et je posai ma main sur la froide marche de pierre, me préparant à monter.

— Qui est là ? Il est interdit de gravir cet escalier !

Je regardai par-dessus mon épaule. Le gardien, que j'avais laissé dans la salle des Chérubins, m'avait suivi et vrillait sur moi un regard étréci par le soupçon.

— Que faites-vous ? Comment êtes-vous entré là ?

Je me sentis aussi coupable que jadis. Pour une incartade de ce genre, mon père m'eût envoyé immédiatement au lit et je me serais passé de dîner, à moins que Marta ne me l'ait apporté en cachette.

— Excusez-moi, dis-je. En regardant par hasard derrière la tapisserie, j'ai vu cette porte…

Quand je fus passé devant lui, il ferma la porte, donna un tour de clef et laissa retomber la tapisserie. Je lui glissai un billet de cinq cents lires dans la main et, radouci, il me désigna la pièce en face de nous :

— La salle des Papes… Le long du mur, les bustes de vingt papes. Tous très intéressants.

Je le remerciai et poursuivis mon chemin. La salle des Papes avait toujours manqué d'allure.

Je me bornai à jeter un rapide coup d'œil aux autres pièces, avec leurs céramiques et bas-reliefs. Jadis, elles constituaient d'excellentes cachettes, car l'écho s'y répercutait plus clairement. Je redescendis le grand escalier, traversai la cour et sortis dans la rue. Là, j'allumai une cigarette et m'adossai à l'un des piliers du Duomo pour attendre mes clients. Un vendeur de cartes postales s'approcha avec sa camelote. Je secouai la tête tout en m'enquérant :

— Quand l'invasion commence-t-elle ?

Il haussa une épaule :

— Oh ! d'un jour à l'autre maintenant, si le temps s'améliore. La municipalité fait tout son possible pour lancer Ruffano, mais nous sommes mal situés. Les voyageurs allant sur la côte préfèrent s'y rendre directement. Nous n'avons guère que les étudiants pour acheter ces trucs-là, conclut-il en tripotant ses cartes postales et des petits fanions pour bicyclettes ornés du faucon des Malebranche.

— Ils sont nombreux actuellement ?

— Les étudiants ? Plus de cinq mille, paraît-il. Beaucoup d'entre eux arrivent le matin, car ils ne trouvent pas à se loger en ville. Ça n'est ainsi que depuis trois ans. Les vieilles personnes n'ont pas manqué de pousser les hauts cris… La ville allait devenir impossible, les étudiants feraient les quatre cents coups ! Bah, ils sont jeunes, pas vrai ? Et c'est bon pour le commerce.

L'effectif de l'université avait dû doubler, peut-être même tripler. Autant qu'il m'en souvînt, les étudiants d'autrefois causaient peu de souci, et je gardais l'impression qu'ils se destinaient tous à l'enseignement.

Mon informateur s'éloigna et, continuant d'attendre les Turtmann tout en fumant ma cigarette, j'eus conscience que, pour la première fois depuis des mois, des années, je n'avais pas à me soucier de l'heure. Je n'étais plus esclave d'un horaire, et sur la piazza, devant moi, aucun car des Sunshine Tours ne stationnait.

Sous l'ardent soleil, la neige fondait rapidement. Des enfants se poursuivaient autour de la fontaine, tandis qu'une vieille femme, son tricot à la main, trottinait jusqu'à la boulangerie. D'autres groupes d'étudiants, garçons et filles, pénétrèrent dans le palais ducal.

Je levai les yeux vers le faucon, au-dessus de l'entrée : ses ailes de bronze semblaient prêtes à l'envol. La veille au soir, couvert de neige, projetant obliquement son ombre sur le ciel, il paraissait menacer les intrus. Ce matin, bien qu'il continuât de veiller sur le palais, ses ailes déployées devenaient comme le symbole de la liberté.

Dans le campanile voisin du Duomo, la cloche à la voix grave sonna onze heures. Les dernières résonances s'étaient à peine tues que les Turtmann, gesticulants, firent claquer la portière de la Volkswagen. Ressortis du palais sans que je m'en aperçoive, ils étaient maintenant pressés de repartir :

— Nous avons vu tout ce que nous voulions voir, aboya mon client. Nous allons quitter la ville par l'autre colline, après avoir photographié la statue du duc Carlo. Nous pourrons ainsi rester plus longtemps à Ravenne.

— À votre guise, dis-je.

Nous regagnâmes la voiture où je m'installai au volant, comme la veille. Laissant derrière nous la piazza Maggiore, nous descendîmes la colline jusqu'à la piazza della Vita et, après avoir traversé le centre de la ville, nous nous lançâmes à l'assaut de la colline nord pour atteindre la piazza del Duca Carlo. Je compris alors pourquoi les Longhi ne faisaient plus d'affaires. Le nouvel hôtel Panorama, avec sa vue sur la ville et la campagne environnante, ses balcons aux couleurs vives, ses pelouses et ses orangers nains, devait avoir plus d'attrait pour les touristes que le pauvre hôtel dei Duchi.

— Ah ! regardez donc ! C'est là que nous aurions dû descendre ! s'exclama Herr Turtmann en se tournant vers moi d'un air irrité.

— Trop tard, mon ami, trop tard, murmurai-je dans ma propre langue.

— Comment ? Que dites-vous ?

— L'hôtel Panorama n'ouvre pas avant Pâques, répondis-je d'un ton suave.

J'arrêtai la voiture et ils en descendirent pour filmer la statue du duc Carlo ainsi que le panorama. Autrefois, c'était là qu'avait lieu la promenade dominicale. Les notables de la ville, avec femme, enfants et chiens, paradaient sur ce plateau joliment orné d'arbres, de massifs et, en été, de plates-bandes fleuries. Là, des changements s'étaient produits, peut-être les seuls de tout Ruffano.

On avait construit de nouvelles maisons en contrebas et l'orphelinat, qui naguère se dressait dans toute sa hideuse nudité, était maintenant entouré d'élégantes habitations. Sans doute était-ce devenu le quartier riche de Ruffano, le défi jeté par les temps nouveaux à la collline sud, la plus célèbre des deux.

Au moment où mes clients, ayant fini de filmer, revenaient vers la voiture, j'en descendis, ma petite valise à la main.

— C'est ici, Herr Turtmann, dis-je en lui tendant la main, que je vous quitte. La route qui part de la piazza del Duca Carlo vous mènera à la Porta Malebranche puis vers le nord. Pour aller à Ravenne, prenez le long de la côte, c'est plus rapide.

Ils me regardèrent fixement. Ses yeux à lui clignotèrent derrière les lunettes à monture d'or.

— Je vous ai engagé comme guide et comme chauffeur, me dit-il. C'était convenu avec l'agent de Rome.

— Il y a malentendu, assurai-je avec une petite courbette. J'étais d'accord pour vous accompagner jusqu'à Ruffano, mais pas plus loin. Je suis désolé de ce contretemps.

Ce que j'apprécie chez les Allemands, c'est qu'ils savent se reconnaître vaincus. Si j'avais eu affaire à un compatriote ou un Français, il m'eût gratifié d'un flot d'invectives. Mais pas Herr Turtmann. Il me regarda un moment, les lèvres serrées, puis ordonna sèchement à sa femme de monter dans la voiture.

— À votre aise, dit-il. J'ai payé d'avance pour vos services. Le bureau de Rome devra donc me rembourser.

Il s'assit au volant, claqua la portière et mit le moteur en marche. L'instant d'après, traversant la piazza del Duca Carlo, sa Volkswagen disparaissait de ma vue comme de ma vie. J'avais cessé d'être un guide, un convoyeur. Tournant le dos au bon duc Carlo qui me dominait du haut de son piédestal, je contemplai l'autre colline, celle du sud. Avec ses tours jumelles faisant face à l'ouest, le palais ducal des Malebranche en ornait le sommet, telle une couronne.

Je me mis en marche pour descendre vers la ville.

5

À midi, la piazza della Vita mérite bien son nom. Les femmes, ayant achevé leurs emplettes, sont rentrées à la maison pour préparer le déjeuner, et les hommes prennent la relève. Ils étaient là en foule quand j'atteignis le centre de la place. Commerçants, employés de bureau, badauds, adolescents, hommes d'affaires conversaient et cancanaient ; certains, immobiles, se contentaient de regarder les autres. C'était la coutume, il en avait toujours été ainsi. Un étranger aurait pu les croire membres d'une organisation sur le point de s'emparer de la ville. Erreur : ces hommes, c'était la ville même, c'était Ruffano.

J'achetai un journal et, m'adossant à l'un des piliers de la colonnade, je cherchai la page donnant les nouvelles de Rome. J'y trouvai trois lignes sur le crime de la via Sicilia.

La femme assassinée, voici deux jours, dans la via Sicilia, n'a pas encore été identifiée. Un transporteur routier a déclaré que, en partant de Terni, il avait pris à bord de son camion une femme dont le signalement correspondait à celui de la victime. L'enquête se poursuit.

Nous avions traversé Terni la veille, avant de gagner Spolète. Une vagabonde, allant de Ruffano à Rome, aurait été bien aise de faire en camion le reste du parcours. Le chauffeur avait sans doute identifié le cadavre, et le signalement de la morte allait être maintenant communiqué à toutes les villes d'Italie, afin que la police pût le comparer à celui des personnes disparues. Mais si la victime ne figurait point parmi ces dernières ? Si, poussée par un brusque *Wanderlust*, elle était tout simplement partie de chez elle ? Je ne me rappelais plus si Marta avait de la famille. Probablement pas. Elle s'était attachée à mes parents après la naissance d'Aldo, et, depuis lors, ne nous avait plus quittés. Jamais elle ne parlait de frères ou de sœurs. Toute sa vie, son dévouement, elle nous les avait consacrés.

Je repliai le journal et regardai autour de moi. Même parmi les gens âgés, je ne voyais aucun visage qui me fût familier. Quand ma mère et moi étions partis dans la voiture du commandant, Marta était à la messe. Elle y allait tous les matins.

Le sachant, ma mère en avait profité pour faire coïncider l'heure de notre départ avec son absence.

— Je vais laisser un mot pour Marta, avait-elle dit. Elle pourra nous rejoindre plus tard, avec nos affaires. Nous n'avons pas le temps de nous en occuper maintenant. Le commandant est obligé de partir tout de suite.

Je ne comprenais pas ce qui se passait. Sans cesse des militaires entraient ou sortaient. La guerre était apparemment terminée, pourtant il semblait y avoir plus de soldats que jamais. Et des soldats allemands, pas des nôtres. Cela dépassait mon entendement.

— Où allons-nous avec le commandant ? demandai-je à ma mère.

Elle éluda la question.

— Peu importe, du moment que nous quittons Ruffano, me dit-elle avec impatience. Il prendra soin de nous.

J'eus la certitude que Marta se trouverait désemparée à son retour de la messe. Elle ne voudrait peut-être pas partir. Elle détestait le commandant.

— Tu es sûre que Marta nous rejoindra ?

— Oui, oui, bien entendu.

Et voilà comment je fis le voyage dans la voiture d'état-major, saluant à la portière, observant le paysage et pensant chaque jour de moins en moins à Marta, dupé que je fus, au cours des mois qui suivirent, par d'autres mensonges, d'autres réponses évasives. Finalement, l'oubli était venu. Jusqu'à deux jours auparavant.

Je traversai la place en direction de l'église San Cipriano. Elle était fermée, naturellement. Toutes les églises ferment à midi en Italie. En tant que guide, il m'avait fallu marteler ce fait aux touristes et, comme eux, je devrais attendre l'après-midi.

Soudain, je vis un homme que je reconnus, discutant sur la place avec un groupe d'amis. Le visage maigre et allongé, affligé de strabisme, il était âgé de quarante-cinq ans lorsque je l'avais connu et n'avait guère changé depuis lors. C'était un cordonnier de la via Rossini qui, autrefois, réparait nos chaussures. Sa sœur, Maria, avait été cuisinière chez nous pendant un certain temps, et était une amie de Marta. Cet homme et sa sœur – si elle vivait encore – avaient dû rester en contact avec Marta. Mais comment l'aborder, sans me faire connaître ? Tout en allumant une cigarette, je gardai l'œil sur lui.

La discussion se termina et l'homme s'éloigna. Non point dans la via Rossini, mais vers la gauche, le long de la via dei Martiri, d'où il tourna dans une rue étroite. Je le suivis en me faisant l'effet d'être un détective de roman policier. Nous progressions avec lenteur, car il s'arrêtait fréquemment pour échanger un mot avec quelqu'un de connaissance. J'étais alors obligé de me baisser pour renouer le lacet de ma chaussure, ou bien je regardais autour de moi, tel un touriste désorienté. La caméra des

Turtmann m'eût été fort utile pour sauver les apparences.

Le cordonnier continua son chemin et, à l'autre extrémité de la ruelle, tourna de nouveau à gauche. Quand je parvins à cet endroit, je le vis à deux pas de moi, en haut des marches qui longent le petit oratoire d'Ognissanti en descendant abruptement, presque à pic, jusqu'à la via dei Martiri. Il s'écarta pour me laisser le passage en disant :

— Excusez-moi, signore…

— C'est moi qui vous demande pardon, répliquai-je, car j'allais au hasard, ne connaissant pas la ville.

Son strabisme m'avait toujours déconcerté. Je ne savais jamais si son regard était ou non posé sur moi.

— L'escalier d'Ognissanti, me dit-il en désignant les marches. L'oratoire d'Ognissanti.

— Oui, je vois…

— Vous voulez visiter l'oratoire, signore ? Ma voisine a la clef.

— Une autre fois, dis-je. Ne vous dérangez pas, je vous en prie.

— Mais ça ne me dérange pas du tout. Elle est certainement chez elle. Plus tard, durant la saison, elle ouvre l'oratoire à heures fixes. Pour le moment, ça n'en vaut pas la peine.

Avant que j'aie pu l'en empêcher, il avait crié un nom vers la fenêtre de la petite maison contiguë à la chapelle. La fenêtre s'ouvrit et une femme d'un certain âge s'y pencha.

— Qu'y a-t-il, signor Ghigi ?

Ghigi, c'était bien ça ! Je revoyais ce nom peint sur la porte de sa boutique. Notre cuisinière s'appelait Maria Ghigi.

— Un visiteur pour l'oratoire, cria-t-il, puis il attendit que la femme descende.

La fenêtre claqua. J'eus l'impression d'être importun.

— Je suis navré de causer du dérangement, dis-je.

— Mais ce n'est rien, signore, répondit-il.

Ayant le sentiment que son regard torve était en train de me dévisager, je tournai la tête. Après quelques instants, la porte de la maison s'ouvrit et la femme apparut, cherchant une clef dans un trousseau. Elle ouvrit la porte de l'oratoire et me fit signe d'entrer.

Je regardai autour de moi, feignant l'intérêt. La curiosité de l'oratoire est un groupe de martyrs, modelé dans la cire. Je me rappelais être venu là enfant, et avoir été réprimandé par le gardien pour avoir voulu toucher les statues.

— C'est très beau, dis-je au couple qui m'observait.

— C'est unique, déclara le cordonnier puis, comme après réflexion : Le signor m'a bien dit qu'il ne connaissait pas Ruffano ?

— En effet, confirmai-je. Je viens de Turin.

D'instinct, j'avais mentionné la ville de mon beau-père, celle où ma mère était morte.

— Ah ! Turin… fit-il, apparemment déçu, avant d'ajouter : Vous n'avez rien de comparable à Turin.

— Nous avons le Saint-Suaire, celui qui a enveloppé le Sauveur. Les marques de Son corps sacré s'y voient encore.

— Je l'ignorais, dit-il, mortifié.

Un silence s'établit. La femme fit tinter ses clefs. Le regard que le cordonnier posait sur moi me mettait mal à l'aise.

— Je vous remercie, leur dis-je. J'en ai assez vu.

Je tendis à la femme deux cents lires qu'elle enfouit dans sa volumineuse jupe, puis je serrai la main du cordonnier en le remerciant de son obligeance. Après quoi, je descendis l'escalier d'Ognissanti, devinant qu'ils me suivaient des yeux. Peut-être avais-je rappelé à Ghigi quelqu'un ou quelque chose. Pourtant, rien ne pouvait lui permettre d'établir un rapprochement entre un habitant de Turin et le gamin de dix ans que j'avais été.

En m'en revenant vers la piazza della Vita, je trouvai un petit restaurant dans la via San Cipriano, à quelques mètres de l'église. J'y déjeunai et fumai une cigarette, la tête encore vide de projets. Le restaurant devait être connu – il n'existait pas de mon temps – car il s'emplit rapidement, et les clients furent obligés de se partager les tables.

Une prudence instinctive me fit déplier mon journal et l'appuyer devant moi contre la carafe de vin.

— Pardon, cette place est-elle libre ?

Je levai les yeux.

— Mais certainement, signorina, répondis-je en lui faisant place, déconcerté par cette soudaine intrusion dans mes pensées.

— Je crois vous avoir vu ce matin au palais ducal, me dit l'arrivante.

Je la regardai fixement, puis la priai de m'excuser. C'était la conférencière qui servait de mentor au groupe d'étudiants.

— Vous vous êtes efforcé de nous échapper, dit-elle, ce dont je ne saurais vous faire le reproche !

Elle sourit et son sourire était agréable, bien que sa bouche fût trop grande. Une raie médiane partageait ses cheveux rejetés souplement en arrière. Son âge ? Trente-deux ans, peut-être… Elle avait un large grain de beauté près de l'œil gauche. Il y a des hommes pour voir en ces marques quelque chose d'émoustillant, une sorte de piment sexuel. Chacun ses goûts…

— Ce n'est pas à vous que j'essayais d'échapper, dis-je, mais seulement à votre auditoire.

À fréquenter tant de gens d'une nationalité autre que la mienne, notamment des Américains et des Anglais, en face desquels j'occupais une position subalterne, j'avais perdu l'habitude des femmes de ma race, lesquelles considèrent comme la plus élémentaire politesse qu'on leur fasse la cour.

— Si vous désiriez être renseigné sur les tableaux du palais, vous auriez pu vous joindre à nous, dit-elle.

— Je ne suis pas étudiant, et je déteste les visites en groupe.

— Un guide personnel vous conviendrait peut-être mieux ? suggéra-t-elle à mi-voix.

Je compris que le flirt serait de rigueur pendant le reste du repas. Lorsque j'en aurais assez, je pourrais toujours consulter ma montre et prétexter un rendez-vous.

— La plupart des hommes préféreraient sûrement cette solution, répondis-je. Vous ne vous en êtes pas encore aperçue ?

Elle eut un sourire complice et passa sa commande au garçon.

— Je crois que vous avez raison, acquiesça-t-elle. Mais, en tant que chargée de cours à l'université, j'ai un devoir à remplir. Il me faut plaire aussi bien aux filles qu'aux garçons, et tâcher de faire entrer certaines notions dans leurs cervelles obtuses.

— Est-ce tellement difficile ?

— Dans la majorité des cas, oui, m'affirma-t-elle.

Elle avait de petites mains, et j'aime qu'une femme ait la main petite. Elle ne portait pas de bagues.

— En quoi consistent vos fonctions ? questionnai-je.

— Je suis attachée à la faculté des lettres. Je fais deux ou trois cours par semaine, à des étudiants de seconde et troisième année, et j'emmène les jeunes de première année visiter le palais ducal ou autres lieux historiques. C'est très intéressant. Cela fait maintenant deux ans que je suis ici.

Le garçon la servit. Après avoir mangé en silence pendant quelques minutes, elle leva les yeux vers moi en souriant :

— Et vous ? Vous êtes venu visiter Ruffano ? Vous n'avez pas l'air d'un touriste.

— Je suis guide, répondis-je. Je veille sur les touristes comme vous sur les étudiants.

Elle esquissa une petite grimace :

— Vos clients sont à Ruffano ?

— Non. Ce matin, j'ai pris congé des derniers.

— Et maintenant ?

— Eh bien, disons que je suis ouvert à toute proposition.

Elle se tut un moment, fort occupée à manger. Puis, repoussant son assiette, elle s'attaqua à la salade.

— Quel genre de propositions ? questionna-t-elle.

— Faites-m'en, et je vous dirai si ça me convient.

Elle me considéra d'un air songeur :

— Quelles langues parlez-vous ?

— L'anglais, l'allemand et le français. Mais je n'ai jamais fait un cours de ma vie.

— Je m'en doute bien. Vous avez des diplômes ?

— Un certificat de langues modernes, passé à Turin.

— Alors, pourquoi êtes-vous guide ?

— On voit du pays et on se fait de bons pourboires.

Je me commandai une seconde tasse de café. Cette conversation ne m'engageait en rien.

— Ainsi donc, vous êtes inoccupé ? dit-elle.

— De mon plein gré. On ne m'a pas renvoyé. Je voulais simplement me libérer de mon travail habituel pendant quelques semaines. Comme je vous l'ai dit, je suis ouvert à toute proposition.

Elle avait fini sa salade et je lui offris une cigarette qu'elle accepta.

— Je suis peut-être en mesure de vous aider, dit-elle. La bibliothèque de l'université est momentanément à court de personnel. La moitié de notre matériel est encore entassé dans une salle du palais. Il doit être transporté dans de nouveaux locaux, situés entre l'université et le foyer des étudiants, mais notre beau bâtiment tout neuf n'ouvrira ses portes qu'après Pâques. Pour l'instant, c'est le chaos. Aussi le bibliothécaire – un excellent ami à moi – aurait-il besoin d'aide. Et avec un certificat de langues modernes…

Elle laissa la phrase en suspens, mais son geste impliquait que le reste serait facile.

— Ça me paraît intéressant, dis-je.

— J'ignore ce qu'on vous paierait, ajouta-t-elle vivement. Et, comme je vous l'ai dit, il s'agit d'un emploi temporaire, mais qui me semble pouvoir vous convenir.

— Oui, en effet.

Elle commanda à son tour du café, puis sortit de son sac une carte de visite qu'elle me tendit. J'y lus : *Carla Raspa, 5 via San Michele, Ruffano.*

Je lui donnai la mienne en échange : *Armino Fabbio, Sunshine Tours, Turin.*

Elle eut un haussement de sourcils ironique et rangea ma carte dans son sac.

— Sunshine Tours, murmura-t-elle. Voilà ce qu'il me faudrait. Ruffano est plutôt mort après les heures de travail.

Elle but son café tout en m'observant :

— Il faut que je vous quitte, car j'ai un cours à trois heures. Mais, après quatre heures, je serai à la bibliothèque. Réfléchissez donc et, si vous vous décidez, je pourrai vous présenter au bibliothécaire, Giuseppe Fossi. Il ferait n'importe quoi pour moi. Il me mange dans la main !

Son regard me donna à comprendre que Fossi faisait même plus que cela. Galamment, je lui retournai ce regard de façon expressive. Nous étions devenus quasiment complices.

— Vous avez vos références sur vous ? s'enquit-elle en se levant de table.

Je tapotai la poche intérieure de mon veston :

— Elles ne me quittent jamais.

— Parfait. Alors, au revoir !

— Au revoir, signorina. Et merci !

Elle franchit le seuil du restaurant et disparut. De nouveau, je regardai sa carte de visite. Carla Raspa. Le nom lui seyait. Coriace, mais tendre au centre, comme une glace napolitaine. Je plaignis le bibliothécaire, Giuseppe Fossi. Quant à moi, c'était exactement ce qu'il me fallait pendant les deux ou trois semaines qui allaient suivre. Pas Carla… l'emploi à la bibliothèque. L'un n'irait peut-être pas sans l'autre, mais il serait temps d'aviser le moment venu.

Je payai l'addition et sortis dans la rue. Ma valise à la main, j'avais l'impression d'être un escargot portant le monde sur son dos. Je traversai la rue et essayai de nouveau d'entrer à San Cipriano. Cette fois, la porte était ouverte. J'achevai de la pousser et pénétrai dans le sanctuaire.

Comme au palais ducal, l'odeur me rappela le passé. Ici, quoique moins intense, le souvenir était plus mélancolique, plus estompé. C'était le souvenir de dimanches et de jours de fête, marqués par la nécessité du silence et une impatience intérieure due à la hâte que j'avais de me retrouver dehors. Pour moi, San Cipriano n'évoquait pas le recueillement et la prière, mais le sentiment étouffant d'être un petit enfant entouré de grandes personnes, la psalmodie du prêtre, l'odeur de l'encens, la main d'Aldo sur la mienne, et l'envie de faire pipi.

L'église était déserte, exception faite du sacristain qui s'affairait autour des cierges du maître-autel. Je m'avançai dans la nef, du côté gauche, marchant instinctivement sur la pointe des pieds, et gravis l'unique degré de la chapelle. Des bruits étouffés me parvenaient du maître-autel où le sacristain poursuivait ses rangements. Je cherchai le commutateur de la chapelle et le tournai. La lumière tomba d'aplomb sur le retable.

Il n'y avait rien d'étonnant à ce que, dans mon enfance, j'aie été terrifié par cette silhouette enveloppée d'un suaire dont les pans découvraient le visage, par ces yeux fixant sur le Seigneur un regard d'épouvante. Je me rendais compte maintenant que ce retable n'était pas un chef-d'œuvre. Exécuté à l'époque où l'on avait un faible pour les expressions torturées et l'exagération des attitudes, le Lazare ressuscité semblait grotesque à mes yeux d'adulte. Cependant, la silhouette inclinée de l'implorante Marie, au premier plan, continuait d'évoquer le souvenir de Marta, le souvenir de la femme recroquevillée sur les marches de cette église de Rome…

Je quittai la chapelle après avoir éteint l'électricité. Deux nuits auparavant, en rêve, j'étais encore un enfant à l'imagination fiévreuse. Maintenant, c'était le désenchantement : le Lazare ressuscité avait perdu tout son pouvoir.

Comme je regagnais la nef, le sacristain trottina à ma rencontre, et une idée me vint brusquement.

— Je vous demande pardon, dis-je, mais est-ce que les registres de baptême sont conservés ici, à l'église ?

— Oui, signore, me répondit-il. Ceux de la sacristie permettent de remonter à peu près jusqu'au début du siècle. Les registres antérieurs sont conservés au presbytère.

— Pourrais-je voir une entrée datant de 1933 ?

Il hésita, disant que le prêtre chargé des registres n'était pas là. Je lui glissai un billet dans la main, en lui racontant que, de passage à Ruffano, je n'aurais sans doute pas la possibilité de revenir et qu'un parent m'avait demandé de vérifier une entrée dans le registre des baptêmes. Sans plus soulever de difficultés, il me conduisit à la sacristie.

Tandis qu'il cherchait le registre, je fis quelques pas dans la pièce où régnait une atmosphère sacrée. Des étoles et des surplis pendaient à des crochets. Une faible odeur d'encens, mêlée à celle de l'encaustique, dominait le tout. Le sacristain s'approcha de moi, tenant le registre à deux mains.

— Nous avons ici les inscriptions allant de 1930 à 1935, me dit-il. Si votre parent a été baptisé à San Cipriano, son nom doit s'y trouver.

Je pris le volume et l'ouvris. En tourner les pages, c'était effectuer un retour dans le passé. Combien de mes contemporains, nés et baptisés à Ruffano, avaient leur nom inscrit là ? Adultes maintenant, ils s'étaient dispersés ou habitaient peut-être encore la ville, mais étaient devenus commerçants, employés, etc. Néanmoins, dans ce registre, ils continuaient d'avoir seulement quelques jours…

J'arrivai à la page du 13 juillet, jour de ma naissance. J'avais été baptisé un dimanche, quinze jours plus tard. *Armino, fils d'Aldo Donati et de Francesca Rossi. Parrains : Aldo Donati, son frère, et Edda Ponenti.* J'avais oublié qu'Aldo, alors âgé de huit ans à peine, avait été mon parrain. Il avait signé son nom d'une écriture ronde, enfantine, qui cependant témoignait déjà de plus de caractère que le griffonnage uniforme de la cousine germaine qui partageait cette responsabilité avec lui. Elle habitait Ancône, si je me rappelais bien… À présent, les souvenirs revenaient en foule. La première communion. Le regard d'Aldo posé sur moi, me menaçant d'un châtiment éternel si, par peur ou maladresse, je laissais l'hostie tomber de ma bouche ouverte.

— Avez-vous trouvé votre inscription ? questionna le sacristain.

— Oui, dis-je, oui, elle est bien là.

Refermant le registre, je le lui rendis. Il alla le ranger dans le placard, parmi d'autres volumes semblables.

— Un instant, dis-je. Auriez-vous aussi les inscriptions des années 20 ?

— Les années 20, signore ? Laquelle, exactement ?

— Attendez que je réfléchisse… Ce doit être 1925.

Il sélectionna un autre registre :

— Voici de 1920 à 1925.

Je pris le volume et l'ouvris au mois de novembre 1925, le 17 novembre. Cette date avait toujours eu de l'importance pour moi, car c'était celle de l'anniversaire d'Aldo. Même à Gênes, lorsque, par un matin d'automne, je regardais le calendrier et y voyais 17 sous l'indication du mois de novembre, cela me causait une sensation toute particulière.

Bizarre… Aldo avait dû être un bébé chétif, car il avait été baptisé le jour même de sa naissance. *Aldo, fils d'Aldo Donati et de Francesca Rossi.* Aucun parrain n'était mentionné.

Je tournai la page et vis avec surprise que, deux jours plus tard, l'inscription se répétait. *Aldo, fils d'Aldo Donati et de Francesca Rossi. Parrains : Luigi Speca, Rossana Rossi.*

Rossana Rossi devait être ma grand-mère que je n'avais pas connue. Mais qui était Luigi Speca ? Je n'avais jamais entendu parler de lui. Aldo non plus, j'en étais sûr. Alors, pourquoi cette double inscription ?

— Dites-moi, demandai-je, arrive-t-il qu'un enfant soit baptisé deux fois ?

Le sacristain secoua la tête :

— Non, signore. Toutefois, si l'enfant est malade et que les parents redoutent de le voir mourir, il est possible qu'on l'ondoie le jour de sa naissance, et que le baptême ait lieu ensuite lorsque le bébé est rétabli. Le signor en a-t-il terminé avec ce registre ?

— Oui, dis-je, vous pouvez le reprendre, merci.

Le volume retourna parmi ses frères, et le sacristain donna un tour de clef au placard.

Je ressortis dans le soleil, traversai la piazza della Vita et remontai la via Rossini. Il était étrange qu'Aldo eût été baptisé deux fois. C'était bien le genre d'histoire que – si nous l'avions sue – Aldo aurait tournée à son avantage. Je l'imaginais disant : « J'ai été doublement béni. »

Marta avait dû connaître ce détail. Cette pensée me rappela le cordonnier bigle et je cherchai sa boutique qui, si j'avais bonne mémoire, devait se trouver un peu plus loin sur la gauche… Oui, elle était toujours là, mais agrandie, embellie, présentant des rangées de chaussures neuves, et non plus seulement des chaussures réparées avec les semelles en l'air, pour qu'on pût apprécier le fini du travail. Le nom inscrit au-dessus de la boutique avait changé lui aussi. Mon Ghigi, qui louchait, avait dû prendre sa retraite et aller habiter près de l'oratoire.

Il restait probablement le seul à pouvoir me renseigner sur Marta – lui ou sa sœur, si elle vivait encore – mais, à moins de dévoiler mon identité, je ne voyais aucun moyen de l'entreprendre à ce sujet.

Il en allait de même pour les Longhi, à l'hôtel dei Duchi. Il m'eût été facile d'y retourner en déclarant : « Hier soir, je voulais vous dire que j'étais le fils cadet d'Aldo Donati. Vous vous souvenez de mon père, le surintendant du palais ducal ? »

Même le flasque visage de la signora s'éclairerait d'un sourire, une fois passé le premier choc. Ensuite : « Et Marta ? Vous vous souvenez aussi de Marta ? Qu'est-elle devenue ? »

Non. Ce n'était pas possible. Quelqu'un revenant comme moi du passé devait le faire incognito, pour éviter d'inutiles complications.

Seul, en secret, je pourrais démêler les fils de ce passé, alors que je n'y parviendrais point si l'on savait qui j'étais.

Je repassai devant le palais ducal, tournai à gauche, et me retrouvai bientôt dans la via dei Sogni. Je voulais revoir en plein jour la maison de mon enfance. La neige avait fondu, comme presque partout dans Ruffano, et durant toute la matinée le soleil avait dû baigner la maison car, derrière l'arbre, je voyais ouvertes les fenêtres de l'étage. Là, jadis, était la chambre de mes parents – dans les premiers temps, une sorte de sanctuaire à mes yeux. Par la suite, je m'en étais tenu à l'écart.

Quelqu'un jouait du piano. Nous n'avions jamais eu de piano. L'inconnu avait le doigté d'un professionnel. Un flot de notes jaillissaient du clavier. C'était un morceau que je connaissais, pour l'avoir sans doute entendu à la radio, ou plus probablement encore à l'université de Turin, lorsque je passais en hâte devant la salle de musique pour me rendre à mes cours. Mes lèvres suivirent silencieusement la modulation qui, tantôt gaie, tantôt triste, montait ou s'éteignait. C'était une mélodie qui n'avait pas d'époque… Debussy… Oui, Debussy ! *L'Arabesque* si connue, mais ici magistralement interprétée.

Debout près du mur, j'écoutai. La musique fluait et refluait, changeait d'humeur, se faisait grave, puis retrouvait son frémissement joyeux du début, montait plus haut, toujours plus haut, avec une assurance allègre, pour finalement se dissoudre, s'évanouir au terme d'un decrescendo.

Cette musique semblait dire : « C'est fini… Jamais plus. L'innocence de la jeunesse, la joie de l'enfant qui bondit hors du lit pour saluer le jour nouveau… Fini tout cela, épuisée la ferveur… »

La répétition de la phrase n'était qu'un rappel, un écho de ce qui avait été si vite enfui, impossible à retenir.

Le piano se tut avant les dernières mesures. J'entendis la sonnerie du téléphone. La personne qui jouait devait être allée répondre. La fenêtre se ferma, et ce fut le silence.

Autrefois, le téléphone se trouvait dans le hall. Si ma mère était au premier étage, il lui fallait courir pour répondre et elle était hors d'haleine en arrivant à l'appareil. Je me demandai s'il en était de même pour l'invisible artiste. Je levai les yeux vers l'arbre qui, à la façon d'un dais, ombrageait le petit jardin. Quelque part dans les branches, il devait y avoir une balle en caoutchouc à laquelle je tenais beaucoup. Un jour, par désœuvrement, j'avais donné dedans un coup de pied qui l'avait envoyée voler là-haut, où je ne l'avais jamais récupérée. Comme je me demandais si elle se trouvait encore dans l'arbre, j'éprouvai un brusque ressentiment, une étrange animosité à l'endroit de l'actuel propriétaire de la maison. Lui, il avait le droit de se promener dans les pièces, d'ouvrir et de fermer les fenêtres, de répondre au téléphone quand, moi, je n'étais qu'un étranger regardant le mur.

La musique reprit. Cette fois, c'était un prélude de Chopin, funèbre et passionné. Le coup de téléphone avait changé l'humeur de l'artiste, qui donnait maintenant libre cours à sa mélancolie. Mais cela ne me concernait pas.

Je continuai donc mon chemin dans la via dei Sogni, et parvins à la via dell' 8 Settembre, en face de l'université. Ce fut comme si j'avais changé de siècle. Il y avait de la jeunesse partout autour de moi, sortant des salles de cours, riant, bavardant, enfourchant des vespas. Le vieux bâtiment qui avait toujours été connu sous le nom de Maison des Études s'enorgueillissait à présent d'ailes nouvelles et ses fenêtres ne rayonnaient pas seulement de propreté, mais aussi de vitalité. Il y avait des immeubles neufs de l'autre côté de la rue et un autre en construction – peut-être la nouvelle bibliothèque – au sommet de la colline. L'université n'était plus ce foyer de science, décrépit et plutôt désuet, que j'avais connu dans mon enfance. L'austérité en était bannie. La jeunesse, avec son beau mépris des méthodes caduques, avait pris la relève. Les postes à transistors rugissaient.

Ma valise à la main, je demeurais immobile, voyageur entre deux mondes : celui de mon passé, la via dei Sogni avec tous ses souvenirs mais qui ne m'appartenait plus, et cette autre rue, animée, bruyante, indifférente elle aussi. Les morts ne devraient jamais revenir. L'épouvante de Lazare se concevait. Horrifié de se trouver pris entre le passé et le présent, il souhaitait en vain les fuir tous deux en retournant à l'anonymat du tombeau.

— Re-bonjour ! fit une voix à mon oreille. Avez-vous pris une décision ?

Me retournant, je vis Carla Raspa, rayonnante de sérénité et de tranquille assurance. Pour elle, il n'était point de rongeuse incertitude.

— Oui, signorina. Merci de vous être donné tout ce mal, mais j'ai décidé de quitter Ruffano.

Voilà ce que j'avais eu l'intention de lui répondre, mais je n'en fis rien. Un jeune homme qui pilotait une vespa, le rire aux lèvres, nous dépassa en faisant une embardée. Un petit drapeau fixé à sa machine, et qui flottait au vent, me rappela l'emblème exécré que, bien des années auparavant, arborait la voiture du commandant. Le fanion de l'étudiant était un souvenir pour touristes, probablement payé quelques centaines de lires sur la piazza Maggiore, mais on y voyait le faucon des Malebranche, ce qui, à mes yeux, en faisait un symbole.

Reprenant mon masque habituel de guide et de courtisan, je m'inclinai devant la signorina, en la gratifiant d'un long regard caressant qui, elle le savait aussi bien que moi, ne signifiait absolument rien.

— Je me rendais au palais ducal, lui dis-je. Si vous êtes libre, nous pourrions y aller ensemble ?

J'avais atteint le point d'où l'on ne peut plus revenir en arrière.

6

Au rez-de-chaussée du palais ducal, la bibliothèque occupait la salle qui servait jadis pour les banquets. Du temps de mon père, on y rangeait les manuscrits et les documents. Je supposai qu'ils devaient encore s'y trouver, sur des rayons séparés de ceux provisoirement mis à la disposition de l'université. Ma nouvelle amie me pilotait avec toute l'assurance de qui est en terrain familier, et je la suivais en feignant l'ignorance d'un étranger.

La salle était encore plus vaste que je n'en gardais le souvenir, et il y flottait l'odeur de moisi inséparable des livres, dont un grand nombre étaient empilés sur le plancher. Il y régnait aussi une certaine confusion. Un employé, agenouillé sur le sol, glissait des fiches imprimées dans les volumes. Un autre, juché à mi-hauteur d'une échelle, s'affairait parmi les rayonnages supérieurs.

Une femme, à l'air harassé, prenait des notes sous la dictée d'un personnage que je supposai être – et je ne me trompais pas – le bibliothécaire, Giuseppe Fossi. Court et trapu, il avait le teint olivâtre, l'œil exorbité au regard vagabond que j'associe toujours aux rendez-vous clandestins. Interrompant net sa dictée, il se précipita au-devant de ma compagne.

— Je vous ai déniché un assistant, Giuseppe, dit-elle. Le signor Fabbio a un diplôme de langues modernes, et il aimerait trouver un emploi momentané.

L'œil protubérant de Giuseppe me dévisagea avec une certaine hostilité – étais-je un rival ? – puis, pour gagner du temps, le bibliothécaire se tourna de nouveau vers l'objet de sa flamme :

— Le signor Fabbio est un de vos amis ?

— Un ami d'ami, rectifia-t-elle promptement. Il a travaillé à Gênes pour une agence de tourisme dont je connais le directeur.

Le mensonge était inattendu, mais il fut efficace. Le bibliothécaire se retourna vers moi :

— J'ai effectivement besoin d'aide, reconnut-il, et une personne capable de cataloguer les livres étrangers me serait d'un grand secours. Vous pouvez voir par vous-même dans quel pétrin nous sommes !

Comme en s'excusant, il me montra la salle d'un mouvement contrit :

— Je vous préviens que le salaire sera modeste, et encore me faudra-t-il insister auprès du secrétaire de l'université pour qu'on vous engage.

D'un geste, j'exprimai que j'étais prêt à accepter n'importe quoi, et son regard se posa de nouveau sur Carla Raspa.

Elle lui répondit par un coup d'œil dans le style de celui qu'elle m'avait lancé au restaurant de la via San Cipriano, mais encore plus éloquent. Fossi en fut tout émoustillé.

— Eh bien… Je vais voir ce que je peux faire auprès du secrétaire. Évidemment, si je vous avais pour m'aider, je serais un peu plus libre. En ce moment, mes soirées…

Les deux intéressés échangèrent un regard complice et Fossi saisit le combiné de son téléphone. J'avais compris ce que Carla Raspa sous-entendait en disant que Ruffano pouvait être mortel le soir ; toutefois, elle semblait se satisfaire de peu.

Nous feignîmes la surdité pendant que Giuseppe tenait une brève conversation au téléphone. Le récepteur claqua sur son support.

— Tout est arrangé ! annonça Fossi. Actuellement, c'est la même chose dans toute l'université : personne n'a le temps de s'occuper des problèmes des autres… Chacun de nous, en ce qui le concerne, doit prendre les décisions qui s'imposent.

Je formulai mes remerciements, un peu surpris que l'on pût si facilement engager un membre du personnel.

— Le recteur est en congé de maladie, expliqua Giuseppe Fossi. Lui absent, il n'y a pas d'autorité responsable. L'université, c'est lui.

— Notre recteur bien-aimé, murmura la signorina – avec un rien d'ironie dans la voix, me sembla-t-il – a eu une thrombose après avoir assisté à un congrès qui se tenait à Rome, et depuis lors il est à l'hôpital. Cela fait des semaines qu'il est malade et, sans lui, nous sommes perdus !

— Personne ne le remplace ? questionnai-je.

— Si, le professeur Rizzio, recteur adjoint, me répondit Carla Raspa en haussant les épaules. Il est à la tête de l'enseignement et se querelle tout le temps avec le professeur Elia, le doyen des sciences économiques et commerciales.

Fossi prit un air réprobateur :

— Allons, Carla, allons ! Ici, il est défendu tout autant de cancaner que de fumer. Vous devriez le savoir.

Il lui tapota le bras avec indulgence et me regarda en secouant la tête. Le hochement de tête indiquait qu'il ne partageait pas le point de vue de Carla, tandis que la petite tape sur le bras marquait la possession. Je souris et gardai le silence.

— Il faut que je m'en aille, déclara alors Carla Raspa. J'ai un autre cours à cinq heures.

Elle me fit un salut de la main, en disant : « À bientôt ! » et se dirigea vers la porte. Le signor Fossi se hâta de la rejoindre. « Un instant, Carla… » Pendant que j'attendais son retour, un des employés leva la tête et me gratifia d'un clin d'œil appuyé. Au terme d'un conciliabule tenu à voix basse, Giuseppe Fossi revint vers moi en disant :

— Si vous acceptiez de commencer tout de suite, ça nous rendrait grand service.

Je passai les deux heures qui suivirent à apprendre mon travail sous sa direction. Ce travail demandait beaucoup d'attention, car certains volumes appartenant à la bibliothèque de l'université avaient été mélangés à d'autres qui, étant propriété du palais ducal, dépendaient du Comité culturel.

— Déplorable inefficacité ! me dit le signor Fossi. Cela s'est passé avant mon arrivée et ne risquera plus de se reproduire quand tout sera transféré dans la nouvelle bibliothèque universitaire. Vous avez vu le bâtiment neuf ? Il est presque terminé. Nous le devons au recteur, le professeur Butali, qui a vraiment fait des prodiges pour l'université.

Il baissa la voix, l'œil fixé sur l'un des employés qui travaillait à proximité de nous :

— Mais il lui a fallu vaincre une forte opposition. Dans une petite communauté telle que la nôtre, c'est toujours pareil : les facultés se jalousent entre elles, de même qu'il y a de l'antagonisme entre l'université et le Comité culturel. Les uns veulent ceci, les autres, le contraire, et le recteur a la tâche ingrate de maintenir l'harmonie !

— Est-ce la cause de sa crise cardiaque ? demandai-je.

— Probablement, dit Fossi dont le regard se mit soudain à pétiller. Mais il est aussi marié à une femme ravissante, qui a plusieurs années de moins que lui.

Je continuai de trier les livres jusqu'à ce que, peu après six heures, Giuseppe Fossi poussât une exclamation en consultant sa montre :

— J'ai un rendez-vous à sept heures. Ça ne vous ennuie pas de rester ici encore une heure ? Merci… Et, en partant, allez vous faire inscrire au secrétariat. Si vous le désirez, ils vous donneront une liste d'adresses où vous pourrez trouver à vous loger. L'université a droit de priorité sur un certain nombre de chambres et de petites pensions de la ville. S'il y a des renseignements dont vous puissiez avoir encore besoin, la signorina Catti vous les donnera.

La signorina Catti, femme d'une cinquantaine d'années, me considéra d'un œil torve à travers ses lunettes, cependant que Giuseppe Fossi se hâtait de partir en nous disant bonsoir. Puis elle continua de porter des annotations, toujours avec la même expression maussade. Le plus jeune des deux employés – que j'avais entendu appeler Toni – s'approcha de moi pour m'aider, et me chuchota :

— Il va perdre du poids ce soir !

— Avec la fille de tout à l'heure ? m'enquis-je de même.

— Il paraît qu'elle est infatigable, mais je n'ai pas encore tenté ma chance auprès d'elle.

D'une voix sèche, la signorina Catti lui demanda d'enlever quelques livres posés devant elle, et je dissimulai mon visage derrière un énorme registre.

À sept heures précises, je m'approchai de la signorina Catti et, lui ayant fait admettre à contrecœur que mon travail était terminé, je la quittai pour me rendre au secrétariat. Le jeune Toni m'emboîta le pas et nous traversâmes de conserve la cour carrée.

Je m'immobilisai près du grand escalier menant aux appartements ducaux, car un bruit de voix me parvenait du premier étage où les lumières étaient allumées.

— Que se passe-t-il là-haut ? demandai-je. On ne ferme donc pas à quatre heures, en dehors de la saison touristique ?

— C'est fermé pour le public, me dit Toni, mais le président du Comité culturel a toujours libre accès au palais. Actuellement, il s'occupe beaucoup des préparatifs du Festival.

Un gardien était de faction près de la porte latérale. Nous lui souhaitâmes le bonsoir tout en sortant sur la piazza Maggiore.

— Le Festival ? répétai-je.

— Oui, vous n'êtes pas au courant ? C'est notre grand jour ! Il a été lancé par le recteur, le professeur Butali, pour faire mousser l'université. Mais, à présent, tout Ruffano en tire fierté et les gens y viennent en masse de plusieurs kilomètres à la ronde. Les étudiants procèdent à une très belle reconstitution historique. L'an passé, elle a eu lieu ici même, au palais ducal.

Toni s'approcha d'une vespa rangée contre le mur et noua un foulard autour de son cou.

— Vous avez une poule ? s'informa-t-il. Sinon, ma Didi vous arrangera ça. Elle travaille à l'atelier de céramique, en bas de la ville, mais elle connaît un tas d'étudiants des SEC, où les filles n'engendrent pas la mélancolie.

— Des SEC ?

— Sciences économiques et commerciales. Leur faculté n'existe que depuis trois ans, mais elle surpassera bientôt les autres quant au nombre d'inscrits. Les étudiants des SEC logent en ville, pour la plupart, ou bien arrivent ici chaque matin, d'où la rigolade ! Ils ne sont pas cloîtrés dans les foyers d'étudiants, comme les autres.

Il sourit et mit sa vespa en marche. Par-dessus le vacarme, je lui criai que je devais aller me faire inscrire et trouver un gîte. Il agita la main et démarra. En le regardant filer à toute allure, j'eus l'impression d'avoir cent ans. Aux yeux de la jeunesse, quiconque a passé la trentaine se range parmi les « croulants ».

Je gagnai le bâtiment de l'université. À gauche, je vis une porte avec l'inscription « SECRÉTARIAT » et, au-dessous, « Privé ». À côté, il y avait un guichet à panneau mobile derrière lequel trônait un employé.

— Mon nom est Fabbio, annonçai-je en lui présentant mes papiers. Le signor Fossi, le bibliothécaire, m'a dit de venir vous trouver…

— Oui, oui…

Il semblait être au courant et griffonna quelque chose dans un registre, puis me tendit un laissez-passer et un formulaire à signer, ainsi qu'une liste d'adresses.

— Dans tout ça, vous devriez pouvoir trouver une chambre, me précisa-t-il, et on nous consent des prix spéciaux.

Je le remerciai et m'apprêtais à repartir quand j'eus l'idée de lui demander :

— Pourriez-vous me dire qui habite au n° 8 de la via dei Sogni ?

— Au 8 ? répéta-t-il.

— Oui, la maison au grand mur… Avec un petit jardin où il n'y a qu'un seul arbre ?

— C'est la maison du recteur, répondit-il en me regardant fixement. La maison du professeur Butali. Mais, en ce moment, il est malade et se trouve dans un hôpital, à Rome.

— Je savais cela, mais j'ignorais qu'il habitât au 8 via dei Sogni.

— Oui, cela fait plusieurs années que le recteur et la signora Butali y sont installés.

— Qui joue du piano chez lui ?

— La signora. Elle est professeur de musique. Mais je ne crois pas qu'elle soit là en ce moment. Ces dernières semaines, elle était à Rome, auprès de son mari.

— En passant près de la maison, cet après-midi, j'ai entendu jouer du piano…

— Alors, elle doit être de retour. Mais je n'en ai encore rien su.

Je lui dis bonsoir et m'en fus. Ainsi donc, « ma » maison avait l'honneur d'être devenue la résidence du recteur. Autrefois, le chef de l'université habitait à proximité du foyer des étudiants. Comme me l'avait dit le vendeur de cartes postales, il y avait eu depuis lors de nombreux changements. Avec les garçons et filles des SEC qui venaient chaque jour à Ruffano, ma paisible cité rivaliserait bientôt avec Pérouse et Turin.

Redescendant la colline, je m'arrêtai un instant sous un réverbère pour étudier la liste d'adresses. Via Rossini, via dell' 8 Settembre, via Lambetta… Non, c'était trop près de l'agitation estudiantine. Via San Cipriano… peut-être. Via San Michele… Je souris : n'était-ce pas là que logeait la signorina Carla Raspa ? Je vérifiai la chose sur sa carte de visite. Oui, elle habitait au 5 et la pension que m'indiquait la liste du secrétariat était au 24. Cela valait la peine d'aller voir. Reprenant une fois de plus ma valise, je marchai jusqu'à la piazza della Vita.

La veille, ce devait être la neige qui avait incité les gens à rester chez eux. Ce soir, il faisait froid, mais le ciel était étoilé et la piazza noire de monde. Contrairement à la session de midi où, depuis toujours, les hommes d'un certain âge étaient en majorité, maintenant, c'était la jeunesse qui prédominait. Les filles, bavardant et se donnant le bras, paradaient devant la colonnade, tandis que les garçons flânaient par groupes, mains dans les poches, riant et sifflotant, certains poussant une vespa. Le cinéma, sous les arcades, allait ouvrir ses portes. L'affiche affriolante promettait de la passion sous le ciel des Caraïbes. L'hôtel dei Duchi, de l'autre côté de la rue, avait un air vieillot, abandonné.

Je traversai la place en feignant de ne point remarquer l'œillade d'une jolie petite rousse – une étudiante des SEC – et, ayant pris à droite, je me trouvai dans la via San Michele où je me mis en quête du n° 5, un immeuble discret devant lequel stationnait une petite auto. La voiture de Giuseppe Fossi ? Les persiennes du premier étage laissaient filtrer de la lumière. Était-ce là ? Eh bien, bonne chance à Fossi ! Je continuai mon chemin, à la recherche du n° 24. Comme il se trouvait de l'autre côté de la rue, de ses fenêtres on devait avoir vue sur le 5. En proie à un soudain amusement, je décidai, avec une malice de collégien, de tenter ma chance au 24. La porte était ouverte, le vestibule bien éclairé. Le nom de la patronne était mentionné sur ma liste : la signora Silvani. J'entrai et, du regard, inspectai les lieux. Tout était propre, fraîchement repeint, et une alléchante odeur de *fegato alla salvia* me parvenait d'une invisible cuisine. Quelqu'un descendit l'escalier à toute allure, en criant quelque chose par-dessus son épaule. C'était une fille d'une vingtaine d'années, avec d'immenses yeux dans un fin visage d'elfe.

— Vous cherchez la signora Silvani ? me demanda-t-elle. Elle est dans la cuisine… Je vais la prévenir…

— Non, attendez !

L'ambiance me plaisait, la fille aussi. Elle m'apprendrait peut-être ce que je désirais savoir.

— C'est à l'université qu'on m'a donné cette adresse. Je travaille momentanément à la bibliothèque et je voudrais une chambre pour une semaine ou deux. Pensez-vous que ce soit possible ?

— Il y en avait une de libre au dernier étage, mais peut-être est-elle déjà louée. Il faut demander à la signora Silvani. Moi, je suis une étudiante.

— SEC ?

— Mais oui ! Comment l'avez-vous deviné ?

— Je me suis laissé dire que les plus jolies filles y étaient inscrites.

Elle se mit à rire et acheva de descendre l'escalier pour me rejoindre. Je suis toujours ravi de trouver une fille plus petite que moi, et celle-ci aurait pu être une enfant.

— Ça, je l'ignore ! dit-elle. Mais nous aimons vivre et le faisons savoir aux autres. N'est-ce pas, Paolo ?

Un garçon, aussi beau qu'elle, descendait la dernière volée de marches.

— Voici mon frère… Nous sommes tous deux étudiants en SEC, et nous venons de San Marino.

Je tendis la main :

— Armino Fabbio, de Turin… mais travaillant à Gênes.

Ils répondirent en même temps :

— Caterina et Paolo Pasquale.

— Me conseillez-vous de prendre une chambre ici ? leur demandai-je.

— Oh ! certainement, m'assura le jeune homme. C'est propre, confortable et on y mange bien… (Il hocha la tête en direction de la cuisine.) En outre, elle ne nous embête pas question horaires. Nous allons et venons à notre guise.

— Et nous sommes tous faciles à vivre, ajouta la jeune fille. Celui qui veut travailler, travaille. Celui qui veut s'amuser, s'amuse. Paolo et moi faisons un peu les deux ! Oui, tâchez donc d'avoir une chambre…

Comme celui de Paolo, son sourire était amical, encourageant. Sans attendre ma réponse, elle disparut en direction de la cuisine, appelant la patronne. Une porte s'ouvrit et la signora Silvani parut. C'était une femme d'un certain âge, corpulente, avec une poitrine haut perchée, d'énormes hanches et un plaisant visage, rayonnant de cordialité.

— Vous désirez une chambre ? me dit-elle. Venez voir ce que j'ai.

Passant devant Paolo, elle se mit à gravir l'escalier.

— Vous voyez ? fit Caterina en riant. Ici, tout est aussi simple. Je souhaite que cette chambre vous convienne. Paolo et moi allons au cinéma. À bientôt, j'espère !

Ils sortirent ensemble de la maison en bavardant gaiement, et je suivis la signora Silvani.

Parvenue au dernier étage, elle ouvrit la porte d'une chambre dont la fenêtre donnait sur la rue. Elle alluma l'électricité, et je traversai la pièce pour rabattre les persiennes. J'aime savoir où je suis, voir ce qui m'entoure. Regardant vers le bas de la rue, j'aperçus la petite voiture toujours rangée devant le 5. Après quoi, je jetai un coup d'œil à la chambre, qui n'était pas grande, mais contenait tout ce qu'il fallait.

— Je la prends, dis-je.

— Parfait. Installez-vous, alors… La pension complète est facultative. On me prévient le matin quand on dîne en ville mais, lorsqu'on oublie, je n'en fais pas un drame. Si vous désirez manger ici ce soir, nous allons servir le dîner dans quelques instants.

L'accueil sans façon, l'atmosphère bon enfant, tout cela me convenait parfaitement. Je défis ma petite valise, me lavai, me rasai et descendis au rez-de-chaussée. Le bruit des voix me guida vers la salle à manger. La signora Silvani s'était déjà installée au bout de la table et servait la soupe. Il y avait là quatre autres convives : un homme d'âge mûr, qu'elle me présenta aussitôt comme son mari – aussi volumineux et bien nourri qu'elle-même – et trois étudiants, d'aspect anodin, dont aucun n'avait la remarquable beauté du jeune Paolo.

— Notre nouveau pensionnaire, le signor Fabbio, annonça mon hôtesse. Voici Gino, Mario et Gerardo. Asseyez-vous et mettez-vous à votre aise.

— Pas de cérémonie à cause de moi, je vous en prie, dis-je. Je me prénomme Armino et, il n'y a pas tellement longtemps, j'étais encore étudiant à Turin.

— Lettres ?

— Langues étrangères. Ai-je l'air d'un étudiant de lettres ?

Le « Oui ! » fut général, mais suivi d'un grand éclat de rire. Gino, assis près de moi, m'expliqua que c'était la plaisanterie traditionnelle de la maison. Chaque nouveau venu était aussi accusé d'appartenir à la fac de lettres.

— Mon métier est de servir de guide aux touristes, expliquai-je, mais, étant provisoirement employé à la bibliothèque universitaire, je suppose, en effet, que cela me rattache aux lettres ?

Il y eut un cri de désapprobation unanime, mais dépourvu de toute animosité.

— Ne faites pas attention à eux, me dit mon hôte en souriant. Parce que ces gamins étudient le commerce et l'économie, ils se croient les maîtres de Ruffano.

— Mais nous en sommes les maîtres, signore ! protesta l'un d'eux, qui devait être Gerardo. Nous sommes le sang neuf de l'université. Les autres ne comptent pas.

— C'est vous qui le dites, rétorqua la signora Silvani tout en me servant de potage, mais j'ai entendu un autre son de cloche. Ceux de la faculté des lettres – et la plupart des autres aussi, d'ailleurs – vous considèrent comme une bande de vauriens.

Elle m'adressa un clin d'œil malicieux tandis qu'un nouveau hurlement saluait sa remarque, et toute la tablée se lança dans une discussion sur la politique universitaire, à laquelle je ne compris rien. Mais je mangeais et ils m'amusaient. Je découvrais un Ruffano que je n'avais jamais connu.

Mon voisin Gino m'expliqua que la nouvelle faculté des sciences économiques et commerciales était en plein essor. Grâce aux droits supplémentaires d'inscription que versaient ses étudiants, l'université était plus riche qu'elle ne l'avait jamais été au cours de sa longue histoire. D'où les agrandissements de divers bâtiments et la nouvelle bibliothèque.

— Sans nous, ils n'auraient pas pu s'offrir tout ça, dit Gino avec fougue, ce qui n'empêche pas les gars des autres facs, ceux de l'enseignement et des lettres, de nous traiter de haut, comme si nous étions des minables. Mais nous sommes déjà plus nombreux qu'eux, et dans un an nous les submergerons !

— Pour sûr, déclara Mario. Un de ces jours, il y aura de la bagarre, et je sais bien qui gagnera !

À la bibliothèque, mon ami Toni m'avait raconté que les étudiants des SEC étaient de fortes têtes, et il ne se trompait pas.

— Vous savez ce que c'est, me dit à mi-voix le signor Silvani tandis que les étudiants continuaient de discuter entre eux, ces garçons n'ont pas connu la guerre. Ils ont de l'énergie à revendre. Ces rivalités entre facultés leur fournissent le moyen de se dépenser.

— Peut-être, acquiesçai-je, mais cela ne tient-il pas aussi à ce que les professeurs manquent de doigté ?

Il secoua la tête :

— Le recteur est un homme très bien. Nul n'est plus estimé à Ruffano que le professeur Butali. Mais il est malade en ce moment.

— Oui, j'ai entendu dire cela à la bibliothèque.

— Il a failli mourir, paraît-il, mais va mieux à présent. La signora Butali est charmante, elle aussi. On les estime beaucoup tous les deux. Cette rivalité stupide s'est considérablement aggravée en l'absence du recteur. Mais, dès son retour, il aura tôt fait d'y mettre bon ordre, je puis vous l'assurer. Pourtant, comme vous le dites, les grands responsables sont les plus anciens professeurs, si j'en crois ce qu'on raconte à la *prefettura*, où je travaille. Le professeur Rizzio – qui est à la tête de l'enseignement – et sa sœur – qui dirige le foyer des étudiantes – ont tous deux l'esprit étroit et des idées bien arrêtées. Alors, naturellement, ils n'apprécient guère les méthodes du professeur Elia, le doyen des SEC, lequel est ce qu'on appelle un arriviste, et un peu trop sûr de lui. Il est de Milan.

Tout en faisant honneur à l'excellente cuisine de la signora Silvani, je me dis que s'occuper d'un convoi de touristes étrangers devait être plus facile que maintenir la paix dans un groupe d'étudiants comme ceux-là. Je n'avais pas souvenir que, à l'université de Turin, on se passionnât de la sorte.

Le dîner terminé, notre petit groupe se dispersa. Quand les étudiants filèrent vers la piazza della Vita, je déclinai poliment l'offre que me firent les Silvani d'aller prendre le café dans leur salon. Ils étaient très aimables et très sympathiques, mais j'avais ma suffisance de bavardages pour ce soir-là.

Je montai donc dans ma chambre afin d'y prendre mon pardessus, puis sortis de la maison. La voiture stationnait toujours devant le 5.

La jeunesse de Ruffano continuait de parader sur la piazza della Vita, mais elle était maintenant plus clairsemée. Beaucoup d'étudiants avaient dû aller au cinéma voir le film sur les Caraïbes, quand ils n'étaient pas rentrés chez eux ou partis en quête de l'obscurité complice. Je passai devant l'hôtel dei Duchi et gagnai la piazza del Mercato.

À gauche, très au-dessus de moi, se dressait la façade ouest du palais ducal, avec ses tours jumelles s'élançant vers le ciel. Enfant, j'étais toujours couché à pareille heure et n'avais donc encore jamais vu les tours la nuit, ni compris leur grâce et leur beauté. Au théâtre, ce tableau aurait pu constituer un fantastique décor qui, brusquement révélé au lever du rideau, eût stupéfié le public. À première vue, il semblait irréel, éthéré, et c'était seulement ensuite que l'on en ressentait toute la force. Ces murs étaient bien réels et massifs. Tout comme ceux d'une forteresse, ils ne laissaient point paraître l'énorme résistance dont ils étaient capables. Les flèches des tours jumelles s'enfonçaient dans la nuit comme des lames acérées, et leur extrême beauté recelait une menace.

La via delle Mura, qui faisait tout le tour de Ruffano, s'étendait devant moi, doucement incurvée. Immédiatement à ma gauche se trouvait l'escalier menant au palais et à la ville haute. Ayant décidé de le prendre, je posais le pied sur la première marche lorsque je perçus un bruit de pas précipités. Quelqu'un venait vers moi en courant. L'escalier était abrupt et, à le descendre aussi vite, on risquait un accident grave.

— Attention, vous allez tomber ! criai-je.

La silhouette émergea de l'obscurité, trébucha, et j'étendis le bras pour empêcher sa chute. C'était un jeune homme, peut-être un étudiant, qui, tout en se débattant pour me faire lâcher prise, me regardait avec terreur :

— Non… non… laissez-moi !

Stupéfait, j'obéis. Il se mit à sangloter en achevant de dévaler l'escalier, et le bruit de sa course éperdue se fondit dans la nuit.

L'oreille tendue, l'œil aux aguets, je poursuivis mon ascension. L'ombre noyait les marches qu'éclairait de haut une unique lampe et, dans cette obscurité, je vis refluer une forme humaine.

— Quelqu'un est là ? demandai-je.

Aucune réponse. Je continuai de monter avec encore plus de circonspection et, parvenu en haut de l'escalier, je m'immobilisai en regardant autour de moi. Le palais ducal se trouvait à ma droite où, toute proche, une des tours jumelles se dressait, sombre et menaçante. Je m'aperçus alors que la petite entrée voisine du portique était ouverte. Mais, comme je me dirigeais vers elle, la silhouette entrevue s'y engouffra et le vantail se referma sans bruit.

Passant devant le palais enveloppé d'ombre, j'atteignis la ruelle qui menait au Duomo et à la piazza Maggiore. Je demeurais troublé par le souvenir de ce garçon terrorisé. Il aurait pu se rompre le cou… Et la porte ouverte, la silhouette aperçue me faisaient une sinistre impression. Je traversai la place. Tout était paisible. Je m'engageai dans la rue latérale conduisant à la via dei Sogni. Comme la veille, j'éprouvais le désir de revoir mon ancienne demeure.

Il n'y avait personne dans les parages et je demeurai un moment au pied du mur, les yeux levés vers la maison. Au premier étage, de la lumière filtrait entre les lames des persiennes de la chambre, mais je ne perçus aucune musique. En revanche, j'entendis de nouveau des pas, qui semblaient arriver dans mon sillage. Instinctivement, je me dissimulai derrière une avancée du mur et attendis. Nets et décidés, les pas se rapprochèrent. Si tant était qu'il y eût poursuite, celle-ci n'avait rien de furtif.

Derrière moi, la sombre cloche du campanile sonna dix heures et, dans les instants qui suivirent, les églises plus éloignées lui firent écho. Les pas s'arrêtèrent près de la grille du jardin. Avançant la tête, je vis une silhouette masculine. L'homme leva les yeux vers la maison, comme je l'avais fait, après quoi il tourna la poignée de la porte. À l'instar de la femme qui l'avait précédée dans cette maison, vingt ans auparavant, l'épouse du recteur cherchait peut-être des consolations ?

Au moment où l'homme allait pénétrer dans le jardin, son visage traversa la clarté d'un réverbère proche du mur. Il entra et referma la grille derrière lui. Je demeurai figé sur place, vidé de toute force, de tout sentiment.

Cet homme n'était pas un inconnu, mais mon frère Aldo.

7

Je passai devant le groupe d'étudiants qui bavardaient à la porte du 24 de la via San Michele, parmi lesquels se trouvaient les deux Pasquale, et montai directement dans ma chambre. Je m'assis au bord du lit, le regard perdu dans le vague. Bien sûr, j'avais été victime d'une illusion, d'un jeu de lumière, d'un souvenir réveillé en moi par la vue de notre maison. L'avion d'Aldo avait été abattu en 1943, ma mère avait reçu le télégramme… Je me rappelais l'arrivée de ce dernier, la façon dont ma mère l'avait regardé fixement. Il ne pouvait être porteur que de mauvaises nouvelles. Puis elle s'en était allée dans la cuisine, avait appelé Marta, et toutes deux étaient demeurées ensemble derrière la porte fermée.

Lorsque quelque chose ne va pas, les enfants le sentent instinctivement. Je m'assis sur une marche de l'escalier et attendis. Ma mère finit par ressortir de la cuisine. Elle ne pleurait pas mais avait l'expression hébétée, égarée, des adultes qui sont profondément émus ou bouleversés.

— Aldo est mort, me dit-elle. Abattu en plein vol par les Alliés.

Après quoi elle gagna sa chambre et je me faufilai dans la cuisine. Marta y était assise, les mains sur les genoux. À la différence de ma mère, elle ne contenait pas sa douleur. Les larmes ruisselaient sur son visage et elle me tendit les bras. Éclatant aussitôt en sanglots, je courus à elle et, serrés l'un contre l'autre, nous pleurâmes celui qui venait de mourir.

— Mon petit Beato, mon agneau, mon Beato ! Tu l'aimais tant, tu aimais tant ton frère !

Je ne cessais de répéter entre deux sanglots :

— Ce n'est pas vrai, non, ce n'est pas vrai… Ils n'ont pas pu tuer Aldo ! Personne ne peut tuer Aldo !

Et elle, me serrant contre sa poitrine :

— Si, c'est vrai… Il s'en est allé comme il l'aurait souhaité. Aldo, ton Aldo, était né pour voler… pour voler et pour tomber…

La mémoire est miséricordieuse. Après ce premier jour, une sorte de vide se créa dans le temps et, bientôt, je ne ressentis plus rien. Des semaines passèrent et il est probable que j'allai chaque jour à l'école, portant un brassard noir et disant fièrement à mes camarades : « Oui, mon frère est mort. Son avion a été descendu en flammes ! » comme si cette mort ajoutait à sa gloire. Je continuai de jouer, de courir dans l'escalier. Ce fut à cette époque que, d'un coup de pied, j'envoyai la balle dans l'arbre. Isolés sur l'instant, ces faits s'amalgamèrent à d'autres, aux conséquences plus graves encore : la reddition, l'armistice – dont je ne compris pas le sens –, l'arrivée à Ruffano des Allemands et du commandant.

Ç'avait été la fin de l'existence que j'avais jusqu'alors connue.

À présent, assis sur le lit de la pension Silvani, je revivais ces premiers moments et me disais que je venais de voir un vivant, un vivant que j'avais confondu avec un homme mort depuis longtemps. C'était une hallucination. C'était cela qui devait arriver aux disciples lorsqu'ils croyaient voir leur Seigneur, le Christ, ressuscité…

Je tressaillis en entendant frapper soudain à ma porte, et criai :

— Qui est là ?

Je n'eusse su dire qui je m'attendais à voir. Peut-être l'inconnu que j'avais cru être un fantôme. Ma question fut prise pour une invite et la porte s'ouvrit. Les Pasquale, frère et sœur, entrèrent, le visage soucieux.

— Excusez-nous, dit Caterina, mais vous paraissiez si pâle lorsque vous êtes revenu tout à l'heure… Nous avons craint que quelque chose n'aille pas ?

Je me redressai et fis un terrible effort pour paraître à mon aise.

— Ce n'est rien, dis-je, absolument rien… J'avais marché un peu trop vite, voilà tout.

Un silence salua ma réponse maladroite et, sur leurs visages, je pus voir la curiosité le disputer à la courtoisie.

— Pourquoi avez-vous marché si vite ? me demanda Paolo.

Je trouvai la question étrange. On eût dit qu'il avait deviné… Mais comment l'aurait-il pu ?

— Oh ! comme ça… J'étais allé me promener du côté du palais ducal et dans les rues avoisinantes mais, en rentrant, le chemin m'a paru plus long qu'il ne m'avait semblé à l'aller.

Ils échangèrent un regard. Comme s'ils devinaient, comme s'ils savaient…

— Nous ne voudrions pas être indiscrets, dit Paolo, mais avez-vous été suivi ?

— Suivi ? répétai-je. Mais… non. Pourquoi m'aurait-on suivi ?

Je me sentais sur la défensive. Que pouvaient savoir ces enfants de mon passé, de ma maison ? Que pouvaient-ils savoir de mon défunt frère Aldo ?

— Voici ce qui se passe, dit Caterina, parlant à voix basse après s'être assurée que la porte était bien fermée. Il arrive que des gens soient suivis si, la nuit, ils vont du côté du palais. Bien des bruits courent à ce sujet… Cela ne se produit jamais quand on est en groupe, uniquement lorsqu'on est seul.

Je repensai alors au fugitif, à la silhouette en haut de l'escalier, et à la porte qui s'était refermée sans bruit.

— Il se pourrait, dis-je, moins pour eux qu'à moi-même, il se pourrait que j'aie été suivi.

— Que s'est-il passé ? demanda vivement Caterina.

Je leur parlai du garçon et de sa fuite éperdue, de la silhouette entrevue dans l'ombre et qui avait disparu derrière la porte du palais. Mais je ne leur dis rien de mon retour par la via dei Sogni ni de mon arrêt devant ma maison. De nouveau, ils se regardèrent en hochant la tête.

— C'est bien ça, dit Paolo d'un ton ferme. Ils étaient en chasse.

— Qui donc ?

— Comme vous venez d'arriver à Ruffano, vous n'êtes pas au courant, m'expliqua Caterina, mais une société secrète s'est constituée au sein de l'université. Aucun de nous n'en connaît les membres. Ils peuvent appartenir aussi bien à la fac de lettres qu'à l'enseignement, aux SEC ou à n'importe quelle autre faculté, mais ils font serment de ne jamais rien révéler à ce sujet.

Je leur offris des cigarettes. Je me sentais déjà plus à l'aise. Le passé s'évanouissait, et je me retrouvais dans le monde des facéties estudiantines.

— Ne souriez pas, me dit Paolo, cela n'a rien de drôle… Au début, comme vous, nous avons cru que c'étaient des amusements de jeunes. Mais il n'en est rien. Des étudiants ont été maltraités… Non seulement des étudiants, mais aussi des gosses de la ville. Attaqués par surprise, bâillonnés… et même, s'il faut en croire certaines rumeurs, torturés. Le hic, c'est que personne ne sait rien de précis. Les victimes gardent le silence. Un jour, on apprend qu'un étudiant s'est fait porter malade, qu'il n'a pas assisté aux cours, et tout le monde se dit : « *Ils* s'en sont pris à lui. »

Le frère et la sœur s'assirent sur le lit, de chaque côté de moi, l'air grave et sérieux. Je fus flatté qu'ils me missent dans la confidence.

— Les autorités ne pourraient-elles faire quelque chose ? suggérai-je. C'est sûrement à l'université qu'il appartient de mettre fin à ce genre d'histoires ?

— Les autorités en sont bien incapables ! répondit Caterina. Vous n'imaginez pas le pouvoir de ces gens-là. Il ne s'agit pas d'un groupement universitaire normal, agissant au grand jour, mais d'une organisation secrète. Et maléfique.

— Pour ce que nous en savons, intervint Paolo, elle peut comprendre aussi bien des professeurs que des étudiants. Et quoique, aux SEC, nous ayons tous l'impression qu'elle est dirigée contre nous, rien ne le prouve… Nous avons entendu dire que des membres de notre propre groupe lui servaient d'espions.

— Voilà pourquoi, reprit Caterina, nous avons été inquiets quand nous vous avons vu revenir si bouleversé. J'ai dit à Paolo : « C'est sûrement encore eux ! »

Je leur donnai à chacun une tape amicale sur l'épaule et me levai du lit.

— Non, dis-je, s'ils étaient dehors, ce n'est pas après moi qu'ils en avaient.

J'ouvris la fenêtre, repoussai les persiennes. La voiture n'était plus devant le 5.

— Parfois, dis-je aux deux jeunes gens, on a des hallucinations. Cela m'est déjà arrivé. On croit voir quelque chose de… disons surnaturel, et ensuite tout s'explique de façon très normale. Votre société secrète existe peut-être… et même sûrement… Mais vous en avez sans doute exagéré l'importance, si bien qu'elle vous semble plus redoutable qu'elle ne l'est en réalité.

Paolo se leva à son tour :

— C'est précisément ce que soutiennent les sceptiques, me dit-il. Mais ils ont tort. Vous verrez. Viens, Caterina.

Sa sœur eut un léger haussement d'épaules et le suivit jusqu'à la porte :

— Je sais que tout cela paraît absurde et ressemble à une histoire de croquemitaine pour faire peur aux petits enfants… Mais ce qui est certain, c'est que je ne me promènerai jamais dans Ruffano le soir sans être accompagnée d'au moins une demi-douzaine de camarades. De ce côté-ci et sur la piazza della Vita, on ne risque rien. Mais sur la colline ou près du palais, c'est différent.

— Merci de l'avertissement, dis-je. J'en tiendrai compte.

Je finis ma cigarette, puis me déshabillai et me couchai. L'histoire de la « société secrète » m'avait servi d'antidote. Le bon sens me disait que la rencontre sur les marches, la disparition de la silhouette près de la porte ouverte avaient stimulé une imagination déjà émue par le souvenir du passé et que, lorsque j'avais retrouvé ma vieille maison, j'avais tout naturellement tiré mon frère des ténèbres pour le ramener, vivant, à la lumière. Cela faisait deux fois que pareille mésaventure m'arrivait. La première fois, j'avais pris pour Marta la femme assassinée dans la via Sicilia. Aucune preuve : une simple hallucination. La seconde fois, j'avais cru voir mon frère. Je m'endormis apaisé et avec la curieuse impression de m'être moi-même absous.

Quand je me réveillai le lendemain matin, la tête froide, affamé et plein d'énergie, je me dis qu'il était temps de conjurer tous les spectres, de chasser à jamais les ombres qui m'avaient hanté. J'irais trouver le cordonnier bigle et lui demanderais si Marta vivait encore. Je pousserais même l'audace jusqu'à tirer la sonnette de mon ancienne demeure, dans la via dei Sogni, pour demander à la femme du recteur, la signora Butali, qui était son visiteur de la nuit précédente. Cela me vaudrait probablement une rebuffade bien méritée, une plainte auprès du secrétaire de l'université, et la perte de mon emploi temporaire. Tant pis. Du moins aurais-je chassé mes fantômes et recouvré ma tranquillité d'esprit.

Mes jeunes amis les Pasquale et les autres étudiants étaient déjà partis à leurs cours quand je quittai la pension, à neuf heures moins le quart.

Je remontai la via Rossini jusqu'au palais ducal. Ruffano arborait son joyeux visage matinal, tout bruissait et s'agitait autour de moi. Il n'y avait plus maintenant de sombres silhouettes embusquées sous des porches pour effrayer les passants. Je me demandai jusqu'à quel point l'histoire racontée par les étudiants était vraie, et non engendrée par une sorte d'hystérie collective. Les rumeurs, comme les maladies infectieuses, se propagent rapidement.

J'entrai dans la bibliothèque du palais au moment où l'heure sonnait au Duomo, et devançai ainsi mon supérieur d'environ trois minutes. Giuseppe Fossi me parut bien amorphe ; peut-être ses activités de la nuit précédente l'avaient-elles vidé de toute énergie. Il nous gratifia d'un bref bonjour et me chargea aussitôt de rassembler les volumes en langue allemande appartenant à l'université qu'on avait, par erreur, mélangés aux ouvrages du palais. Parce qu'elle me changeait de mes préparations d'itinéraires et vérifications de comptes, cette tâche m'absorba complètement, d'autant qu'un ouvrage en quatre volumes, intitulé *Vie des ducs de Ruffano* et écrit au début du XIXe siècle par un érudit allemand, était rarissime s'il fallait en croire Giuseppe Fossi.

— Le Comité culturel nous en dispute la possession, me dit-il. Mieux vaut donc, pour l'instant, mettre ces volumes de côté et ne pas les emballer avec les autres. Il faudra que je m'informe auprès du recteur.

Je décidai de ranger soigneusement ces livres sur une étagère, à l'écart. Lorsque j'en ouvris un, les feuilles restèrent collées ensemble et je doutai qu'ils eussent jamais été lus. L'archevêque de Ruffano, qui les avait eus en sa possession avant le Risorgimento, ou bien ne lisait pas l'allemand, ou avait été trop scandalisé par le contenu de l'ouvrage pour faire autre chose que le feuilleter.

Je lus au hasard :

Claudio Malebranche, premier duc de Ruffano, avait été surnommé le Faucon. Sa courte vie reste entourée de mystère, faute de témoignages nous permettant de nous prononcer avec certitude sur les épouvantables vices dont la tradition et la rumeur noircissent sa mémoire. Jeune homme de grand avenir, il fut grisé et, rejetant bientôt toute contrainte, il s'entoura d'un groupe de compagnons dissolus, terrifiant les honnêtes citoyens de Ruffano par le dérèglement de ses mœurs et sa cruauté révoltante. Personne ne pouvait se promener de nuit sans craindre que le Faucon ne fondît soudain sur la ville où, avec l'aide de ses séides, il se livrait aux pires méfaits...

— Signor Fabbio, voudriez-vous m'aider à enregistrer ces livres ?

Trahissant l'irritation et la lassitude, la voix de mon supérieur m'arracha aux révélations prometteuses de l'historien allemand.

— Si vous désirez lire des ouvrages de la bibliothèque, ajouta-t-il, faites-le en dehors de vos heures de travail.

Je m'excusai aussitôt. Du geste, il me fit comprendre que l'incident était clos et chacun de nous s'absorba de nouveau dans son travail. Fossi avait du mal à se remettre des exigences de la signorina, à moins que ce ne fût de sa cuisine. Je fis mine de ne pas voir la pantomime de Toni qui, derrière le dos de notre chef, feignait l'épuisement en se tenant la tête à deux mains. Mais je ne fus pas surpris d'entendre Giuseppe Fossi nous annoncer, peu avant midi, qu'il ne se sentait pas bien.

— Hier soir, j'ai dû manger quelque chose qui ne me convenait pas, déclara-t-il. Il faut que je rentre m'étendre. Si je vais mieux, je reviendrai en fin d'après-midi. En attendant, je vous serais extrêmement obligé de poursuivre le classement.

Il partit en hâte, son mouchoir sur la bouche. Tout le monde savait, crut devoir dire la signorina Catti, que le signor Fossi souffrait de l'estomac et se dépensait sans compter au lieu de ménager ses forces. De nouveau, l'incorrigible Toni se mit à gesticuler, mimant un athlète en pleine action, mais, cette fois encore, j'affectai d'ignorer ses singeries. Le téléphone sonna et, étant près de l'appareil, je décrochai le combiné. Une voix de femme, agréable et douce, demanda le signor Fossi.

— Je suis désolé, répondis-je, mais le signor Fossi est absent. Puis-je vous être utile ?

Elle s'enquit combien de temps Fossi resterait absent et je lui répondis l'ignorer. Se sentant souffrant, il était rentré chez lui.

La voix de mon interlocutrice avait des intonations trop graves pour que ce pût être Carla Raspa.

— Qui est à l'appareil ? demanda-t-elle.

— Armino Fabbio, assistant provisoire du signor Fossi, la renseignai-je. Puis-je savoir qui désire lui parler ?

— La signora Butali. J'ai une commission à lui faire de la part du recteur, au sujet de certains ouvrages.

Mon intérêt s'éveilla. La femme du recteur en personne, téléphonant de ma maison. Devenue une seconde nature, mon obligeance de guide se manifesta aussitôt :

— Si je puis vous être utile en quoi que ce soit, signora, déclarai-je de mon ton le plus suave, vous n'avez qu'à me le dire. Le signor Fossi nous a chargés de le remplacer, la signorina Catti et moi-même. Voulez-vous que je lui transmette le message ?

Elle eut une hésitation avant de répondre :

— Comme vous le savez, le recteur est hospitalisé à Rome et, au cours d'une conversation téléphonique que j'ai eue ce matin avec lui, il m'a demandé de prier le signor Fossi de bien vouloir lui prêter certains livres rares, à propos desquels l'université et le Comité culturel ont un léger différend. Il voudrait les examiner lui-même. Si le signor Fossi y consent, je pourrai les emporter la prochaine fois que j'irai à Rome.

— Mais bien sûr, signora, dis-je. Je suis convaincu que le signor Fossi n'y verra aucune objection. De quels ouvrages s'agit-il ?

— D'une *Vie des ducs de Ruffano*, en allemand.

La secrétaire me faisant des signes, je lui expliquai, la main sur la plaque sensible, que je parlais à la femme du recteur. Aussitôt son expression aigrement désapprobatrice disparut et, se précipitant, elle m'arracha l'appareil des mains.

— Bonjour, signora ! s'exclama-t-elle, d'une voix sucrée. J'ignorais que vous étiez rentrée de Rome. Comment va le recteur ? (Elle sourit et inclina la tête, en m'imposant le silence d'un geste de la main.) Mais bien sûr ! Nous n'avons rien à refuser au recteur. Je veillerai à ce que ces volumes soient déposés chez vous dès aujourd'hui. Moi-même ou l'un de nos assistants vous les remettrons en main propre.

Elle confirma de nouveau la chose, ajoutant que, comme toujours, le signor Fossi était débordé. Nouveaux sourires. Nouveaux hochements de tête. Puis, ayant reçu les remerciements mettant fin à l'entretien, elle raccrocha.

— Je lui porterai ces livres tantôt, m'empressai-je d'annoncer.

La signorina Catti me regarda fixement, retrouvant son habituelle aigreur :

— Inutile de vous déranger. Enveloppez simplement ces volumes et je les déposerai moi-même. C'est sur mon chemin, et la signorina me connaît.

— Le signor Fossi m'a recommandé de ne pas perdre ces ouvrages de vue, rétorquai-je. Et, ici, vous êtes beaucoup plus indispensable que moi.

Furieuse, mais se reconnaissant vaincue, elle retourna à son bureau. Une toux ironique, en haut de l'échelle, m'avertit que Toni n'avait rien perdu de l'entretien. Je souris et me remis au travail. J'avais trouvé le moyen de pénétrer dans ma maison de la via dei Sogni. Pour l'instant, c'était tout ce qui m'importait.

Je ne retournai pas à la pension pour déjeuner. Je découvris, dans la via Rossini, un petit restaurant qui, bien que rempli d'étudiants, me convint pour un repas rapide. Je fus de retour à la bibliothèque alors que mes collègues étaient encore en train de déjeuner, et fis un paquet des volumes destinés à la signora Butali. Je trouvais étrange que l'ouvrage ayant piqué ma curiosité fût précisément celui réclamé par le recteur, cloué sur son lit d'hôpital. À mon grand regret, je n'avais plus le temps d'approfondir l'histoire du Faucon. Je me rappelais sa folie et sa mort, mais mon père avait glissé sur les autres détails, lesquels n'étaient sûrement pas mentionnés dans les guides de Ruffano, ni dans les notices imprimées que l'on distribuait aux touristes visitant le palais ducal.

> … *Ses excès étaient de si singulière nature que seul le diable avait pu les inspirer. Quand les habitants de Ruffano, indignés, formulèrent ouvertement leurs accusations, le duc Claudio rétorqua qu'il avait été chargé par Dieu d'infliger à ses sujets le châtiment qu'ils méritaient. L'arrogance serait mise à nu ; la superbe, violentée ; la calomnie, réduite au silence, et la vipère mourrait de son propre venin. De la sorte, la balance de la Justice divine recouvrerait son équilibre.*

Cela continuait dans le même style pendant plusieurs pages. Le tableau de la *Tentation* qui se trouvait dans la chambre ducale, au-dessus de moi, prenait soudain à mes yeux une signification nouvelle.

Le duc Claudio était indéniablement atteint de folie. Ce fut l'excuse que lui trouva, après son épouvantable trépas, le frère doux et bienveillant qui lui succéda, le noble duc Carlo. On ne peut témoigner autant d'indulgence aux séides du Faucon. Ces débauchés ne se croyaient pas chargés d'une mission divine ; ils ne visaient qu'à souiller et détruire. Ils avaient inspiré à la population de Ruffano une haine et une crainte telles que, dit-on, lors du massacre final au cours duquel le Faucon et sa bande trouvèrent la mort, les couloirs et les salles d'apparat du palais ruisselèrent de sang, et que des atrocités indescriptibles furent perpétrées sur les cadavres.

Voilà qui allait certainement distraire le recteur sur son lit d'hôpital !

Je quittai la bibliothèque avec mon paquet, dès que le second assistant fut revenu de déjeuner. Je pris le chemin de la via dei Sogni, et mon émotion s'accrut lorsque j'aperçus le mur clôturant le jardin. Cette fois, je ne rôdais pas dans l'ombre. Je rentrais chez moi. À mesure que j'approchais, comme la veille, j'entendais jouer du piano. Un impromptu de Chopin. Les notes jaillissaient du clavier avec une intensité presque sauvage. Cela faisait songer à une diatribe violente, passionnée, ne supportant aucune intervention, balayant tous les arguments contraires et qui, soudain, fondait, se muait en une émouvante protestation. Ce n'était pas là une musique pour malade. Il est vrai que le recteur se trouvait à Rome.

Ma main pesa sur la grille et j'entrai. Rien n'avait changé. L'arbre solitaire dominait toujours le petit jardin clos où, toutefois, la pelouse était tondue plus ras que de notre temps. Je suivis le court chemin dallé menant à la maison et sonnai. La musique se tut. Une panique de collégien me saisit. Je faillis poser le paquet sur le seuil et m'enfuir. Comme cent fois, mille fois auparavant, j'entendis des pas descendre l'escalier, puis la porte s'ouvrit.

— Signora Butali ?

— Oui.

— Excusez-moi de vous déranger, signora. Comme vous me l'aviez demandé, je vous apporte les ouvrages de la bibliothèque.

Dans la salle d'audience du palais ducal, il y a un tableau officiellement appelé *Portrait d'une noble dame* et que mon père avait surnommé *La Taciturne*. Le visage est grave, fermé, et les yeux sombres regardent le peintre avec indifférence, certains disent même avec désapprobation. Aldo n'était pas de cet avis. Il affirmait à mon père que la Taciturne brûlait intérieurement, et que sa bouche pincée trompait l'observateur. La signora Butali aurait pu poser pour ce portrait. Sa beauté appartenait au XVIe siècle et non au nôtre.

— C'est à vous que j'ai parlé au téléphone ? questionna-t-elle et, tenant la réponse acquise, elle ajouta : C'est très aimable à vous d'être venu si vite.

Elle étendit la main vers le paquet, mais je regardais le vestibule. À part les murs, tout y était changé. Les chaises n'étaient plus les nôtres et un grand miroir semblait modifier la perspective. Mon père aimait les reproductions de ses toiles préférées du palais et en avait mis un peu partout, coutume certainement démodée, mais qui nous avait appris à les bien connaître. À présent, il n'y avait plus dans le vestibule qu'un seul tableau, moderne par surcroît : des fruits vernissés et trop gros, s'étalant près d'une partition de musique. Jadis blanc, le mur de l'escalier menant au premier étage était maintenant d'un gris tourterelle. Un seul regard me suffit pour constater tout cela et je me sentis déraisonnablement offensé qu'un étranger eût osé pénétrer dans notre maison, la transformer à sa guise et détruire du même coup la patine de l'habitude attachée à chaque chose. Les murs et les plafonds qui nous connaissaient n'avaient-ils pas voix au chapitre ? Devaient-ils tout endurer en silence ?

— Je vous demande pardon, signora, dis-je, mais si je suis ici, ce n'est pas seulement à votre requête. J'étais aussi attiré par cette maison. Hier, en passant, j'ai entendu jouer du piano. J'aime la musique et me suis arrêté pour écouter. À ce moment-là, j'ignorais même que cette maison fût celle du recteur. Je l'ai appris ensuite, à la bibliothèque. Alors, quand vous avez demandé ces livres, ce matin…

Comme chez la noble dame du portrait, la bouche demeura sévère, mais ses yeux s'adoucirent :

— Vous avez décidé de mettre à profit l'occasion qui vous était ainsi offerte ?

— Franchement, oui.

Je lui abandonnai les livres. De nouveau, mon regard se porta vers l'escalier. La dernière fois que je l'avais descendu, c'était en courant. Ma mère m'appelait du jardin, emportant sa valise qu'elle donna ensuite à l'ordonnance du commandant. La voiture d'état-major attendait dans la via dei Sogni.

— Vous jouez aussi du piano ? me demanda la signora Butali.

— Non. Non, je n'ai jamais été doué. Mais hier… Hier, vous jouiez, je crois, *L'Arabesque* de Debussy… Dieu sait qu'on l'entend souvent à la radio, mais elle m'a paru différente. Elle m'a soudain rappelé des souvenirs d'enfance, des choses anciennes et oubliées… Pourquoi ? Je l'ignore… Personne ne jouait du piano dans ma famille.

Elle me considéra gravement, comme si j'étais un éventuel élève, puis dit :

— Si vous avez le temps, montez avec moi dans la salle de musique, et je vous jouerai *L'Arabesque*.

— Si j'ai le temps ? Peu importe que je l'aie ou non, signora… Mais vous, l'avez-vous ?

De nouveau, le regard s'adoucit. La bouche elle-même se détendit :

— Dans le cas contraire, je ne vous inviterais pas à entrer. Il est encore tôt et mon prochain élève n'arrive qu'à trois heures.

Elle ferma la porte et, laissant les livres sur une chaise du vestibule, elle gravit l'escalier, me conduisant directement à la chambre de ma mère, si complètement transformée que je n'y reconnus rien. Cela valait mieux, car, en y entrant, je m'étais attendu à voir le grand lit défait comme au jour de notre départ, la penderie avec ses portes béantes, ses étagères de guingois, les vêtements abandonnés par ma mère suspendus aux cintres, le parquet jonché de papier de soie, le plateau avec les restes du petit déjeuner…

— J'aime cette pièce, déclara la signora Butali. Je la trouve sereine. Dès notre arrivée, j'ai dit à mon mari : « C'est ici que j'installerai le piano. »

Les murs étaient peints en vert, les chaises recouvertes d'un tissu à rayures. Le parquet luisait d'encaustique. Une autre toile contemporaine, représentant cette fois de monstrueux tournesols, décorait le mur. Ma compagne s'approcha du piano qui occupait exactement l'endroit où se trouvait autrefois le grand lit de ma mère.

— Vous pouvez fumer, me dit-elle. Cela ne me dérange pas. Et maintenant, *L'Arabesque*…

Debout près de la fenêtre, je regardai le jardin à travers les branches de l'arbre. Il avait grandi. Ses branches s'étendaient maintenant comme des ailes et touchaient presque les murs. Si elle nichait encore là, ma balle était bien cachée.

Les notes fusèrent, extasiées, pathétiques, douloureuses… Le brûlant soleil de juillet baignait le chemin dallé, où sonnaient les talons de l'ordonnance qui faisait la navette avec les bagages. Marta était à la messe, à San Donato.

— Vite, vite… criait ma mère. Le commandant n'attendra pas !

Il me fallait trouver la photo d'Aldo. Aldo avant qu'il ne fût abattu. Aldo en uniforme, arborant l'insigne ailé des pilotes.

— Laisse faire ! Marta te l'enverra !

— Non, je l'ai ! Et elle entre dans ma poche.

J'avais redescendu l'escalier en courant… Comme couraient les doigts de la signora vers le haut du clavier, puis vers le bas, répétant une fois de plus la phrase, avec une joyeuse nonchalance. Il n'y a rien d'émouvant dans une arabesque… à moins qu'on ne soit comme moi un guide, un convoyeur, poursuivant une interminable course et volant du présent vers le passé…

— Je jouais du Chopin quand vous avez sonné, me dit la signora Butali.

Peut-être a-t-on la mort que l'on mérite, et ma mère, avec son cancer de l'utérus, avait-elle payé le douteux plaisir connu dans ce lit à deux places... Peut-être que le commandant et aussi mon père, en se gorgeant de tout ce qu'ils avaient pu posséder, s'étaient eux-mêmes condamnés à mourir de faim, l'un dans un camp russe, l'autre dans un camp allié... Mais pourquoi un couteau pour Marta ?

Je m'assis sur une chaise et regardai la signora Butali. Jouer du piano la rendait plus vivante, son visage trop pâle avait pris de l'éclat. C'était là, pensai-je, qu'elle pouvait se détendre et oublier son époux malade. Je la détaillai sans aucune passion. Elle avait mon âge ou quelques années de plus... Entre trente-cinq et trente-six ans. L'âge des regrets, des brusques flambées, des drames. L'âge où l'on ouvre, après dix heures, sa porte aux visiteurs.

Comme la veille, la musique fut interrompue par le strident appel du téléphone. Avec un regard d'excuse à mon adresse, la signora Butali se leva pour aller répondre. Je m'aperçus que, maintenant, l'appareil se trouvait dans cette même pièce et qu'il n'était plus besoin de se précipiter au rez-de-chaussée comme le faisait ma mère.

— Oui, dit-elle dans le récepteur, oui, je les ai.

Je devinai qu'elle faisait allusion aux livres. Le recteur devait les attendre avec impatience. Il dut également demander à sa femme si elle était seule, car je l'entendis répondre : « Non, pas en ce moment. Rappelez-moi plus tard. »

Et elle raccrocha assez vivement.

Suivant le fil de mes pensées, je lui demandai si le recteur allait mieux. Elle parut déconcertée, mais se ressaisit aussitôt :

— Oh ! oui… beaucoup mieux. J'avais quantité de choses à faire ici, à la maison, sans quoi je serais restée à Rome.

Avait-elle cru que je lui reprochais de négliger son mari ? Peut-être. En tout cas, j'eus le sentiment que ce bref coup de téléphone n'émanait point de Rome.

Le charme était rompu. La signora Butali ne revint pas vers le piano. Comme je m'étais levé en entendant le téléphone, je jetai un coup d'œil à ma montre.

— Vous avez été très aimable, signora, dis-je, et m'avez fait un grand plaisir. Mais je ne veux pas abuser davantage de votre temps.

— Ni moi du vôtre, répondit-elle. Il faudra revenir me voir. Voulez-vous me rappeler votre nom ?

— Fabbio… Armino Fabbio. Je travaille provisoirement à la bibliothèque.

— Ils doivent être très contents de vous avoir, j'en suis sûre, me dit-elle. J'espère que le signor Fossi va vite se rétablir. Veuillez lui transmettre mes amitiés, je vous prie, ainsi qu'à la signorina Catti.

Déjà, elle se dirigeait vers la porte. Le coup de téléphone avait brisé l'enchantement. Je la suivis sur le palier. Sans doute utilisait-elle comme chambre celle que nous réservions aux hôtes de passage. De cette pièce, donnant au sud-est, on voyait, par-delà la via dei Sogni, les jardins du vieux monastère qui servait maintenant d'hôpital. Ma chambre à moi était un peu plus loin dans le couloir.

— Encore merci, signora.

Elle me gratifia d'un sourire aimable mais machinal :

— Il n'y a pas de quoi. J'ai plaisir à jouer pour qui aime la musique.

Nous redescendîmes au rez-de-chaussée. Parvenue dans le vestibule, elle prit les volumes et ce geste me donna à penser qu'elle les emporterait au premier étage dès mon départ.

— Vous les trouverez très intéressants, lui assurai-je. Si vous lisez l'allemand, bien sûr !

— Non, je ne le lis pas, dit-elle sans ajouter de commentaire.

Je n'avais plus aucune excuse pour m'attarder. Je n'étais qu'un étranger, et elle m'avait assez vu. La maison, ma maison, me témoignait la même indifférence. Souriant, je m'inclinai sur la main tendue et pris congé. La porte se referma. Je suivis le chemin dallé jusqu'à la grille du jardin et me retrouvai dans la rue. Une vieille femme courbée marchant au loin, la brève vision d'une soutane, un chien qui flairait le mur, la beauté même de ce jour ensoleillé, tout cela appartenait au présent, au Ruffano qui n'était plus le mien.

On dit qu'il faut faire d'une pierre deux coups. Pourquoi ne pas anéantir le second fantôme aussitôt après le premier ? Au lieu de retourner directement au palais ducal et à la bibliothèque, je descendis la colline en direction de l'oratoire d'Ognissanti, afin d'aller affronter dans son antre même le cordonnier bigle. Comme j'atteignais le coin de la rue, je vis un attroupement. Des gens se penchaient aux fenêtres, parmi lesquels la maussade gardienne de l'oratoire. Une voiture était arrêtée près des marches, un véhicule de la police, dans laquelle on faisait monter un homme et une femme. Je reculai instinctivement, tandis que la voiture virait et s'éloignait. La foule volubile l'éclipsa à ma vue, avant de se disperser en gesticulant. Je m'adressai à une femme aux yeux ronds, portant un enfant en larmes.

— Ils ont arrêté quelqu'un ?

Elle se tourna vivement vers moi, toute disposée, comme n'importe quelle femme dans un attroupement, à renseigner un passant.

— C'est le signor Ghigi et sa sœur, me dit-elle. Non, on ne les arrête pas, heureusement pour eux ! La police est venue les chercher pour qu'ils identifient un cadavre. Il s'agirait de cette femme qui a été assassinée à Rome et dont tous les journaux ont parlé. À ce qu'on raconte, ça pourrait bien être la locataire des Ghigi, une femme qui habitait chez eux depuis quelques mois. Elle buvait, et cela fait plusieurs jours qu'elle a disparu sans avoir rien dit à personne. Maintenant, les Ghigi, la police, tout le monde dans le quartier se demande s'il ne s'agirait pas d'elle, de cette pauvre Marta Zampini…

Elle parlait encore et l'enfant pleurait toujours lorsque je la quittai pour rebrousser chemin, le cœur battant à grands coups.

8

Piazza della Vita, j'achetai un journal et, debout sous la colonnade, en tournai les pages. Il n'y était pas question de l'assassinat. De toute évidence, la police avait pointé la liste des personnes disparues dans les provinces, et emmenait les Ghigi à Rome pour identifier le corps. Ou peut-être la police romaine avait-elle envoyé les vêtements, les châles, le panier, qui suffiraient probablement pour permettre une identification.

Et après ? On ne serait pas plus avancé. Cela ne révélerait pas pour autant le mobile du crime. La police ne saurait jamais que, juste après minuit, quelqu'un avait mis un billet de dix mille lires dans la main de la victime. À présent, cet argent était dépensé ; des mains de l'assassin, il était passé dans celles d'une douzaine d'autres personnes. Ce voleur meurtrier ne serait jamais arrêté. Non plus que l'homme au billet. Tous deux étaient coupables. Tous deux partageaient la responsabilité de cette mort.

Quand j'arrivai à la bibliothèque, la secrétaire et les assistants avaient repris le travail depuis longtemps, l'après-midi étant déjà fort avancé. Tous les regards se braquèrent sur moi. On eût dit qu'ils savaient que je revenais de l'oratoire d'Ognissanti, et pour quelle raison j'y étais allé.

Sans leur prêter attention, je me dirigeai vers les rayonnages et me mis à trier les autres livres en allemand, mais cette fois sans m'intéresser à ma tâche. Le visage de Marta qui, durant ces trois derniers jours, s'était fondu dans les ténèbres, en surgissait de nouveau, refusant de me laisser en paix. Ce n'était pas la Marta d'autrefois qui me hantait ainsi, mais la silhouette tassée de l'ivrognesse qu'elle était devenue. Pourquoi cette odeur aigre et rance ? Elle qui avait toujours été si propre, si méticuleuse, sans cesse en train de laver, de repasser, de plier des vêtements et du linge propre pour les ranger dans les placards ? Deux personnes seulement étaient en mesure de répondre à cette question : le cordonnier et sa sœur, notre ancienne cuisinière. Eux sauraient. Eux pourraient évoquer interminablement les détails sordides de cette déchéance progressive.

C'était notre faute, bien sûr. Celle de ma mère d'abord, puis la mienne. Habitant Turin, nous aurions pu écrire. J'aurais pu écrire. Nous aurions pu effectuer des recherches. Ou, plus tard, de l'agence de Gênes, j'aurais pu toucher Ruffano par téléphone, me renseigner. Je n'en avais rien fait. Vingt ans s'étaient écoulés. En vingt ans, Marta avait eu le temps de se désintégrer.

En fin d'après-midi, le téléphone sonna. La signorina Catti répondit, parla quelques instants d'une voix onctueuse, puis raccrocha.

— Le signor Fossi est toujours souffrant, nous annonça-t-elle sèchement. Nous ne le reverrons pas aujourd'hui. Il nous demande de travailler jusqu'à sept heures.

Aussitôt, Toni protesta :

— C'est samedi ! Le samedi, le signor Fossi nous laisse toujours partir à six heures !

— Peut-être, rétorqua la secrétaire, mais c'est quand il est là. Aujourd'hui, il est au lit.

Elle se replongea dans son registre, et Toni se prit le ventre à deux mains, d'un air faussement accablé.

— Un homme qui a dépassé la quarantaine, murmura-t-il, ne devrait pas abuser des plaisirs de la chair.

— Et un garçon qui n'a pas vingt-trois ans, rétorqua la secrétaire, devrait témoigner plus de respect à ses supérieurs.

Elle avait l'ouïe plus fine que je ne l'aurais cru, et peut-être aussi l'esprit plus aiguisé. Nous nous remîmes au travail, mais je crois que nous fûmes tous également surpris lorsque, peu avant sept heures, la cause du malaise de Giuseppe Fossi poussa la porte de la bibliothèque. Elle avait une seyante robe rouge, de petits anneaux d'or aux oreilles, et un manteau sombre jeté sur ses épaules. Gratifiant la secrétaire d'un signe de tête désinvolte et ignorant les deux assistants, Carla Raspa traversa la pièce pour venir à moi.

— Bonsoir, dit-elle.

— Bonsoir ! répondis-je.

— Ça marche ?

— Ça marche.

— Le travail vous plaît ?

— Ça me change des touristes.

— Je m'en doute… mais on ne peut pas tout avoir.

Elle leva les yeux vers les rayons, fredonnant entre ses dents. Penchée sur son bureau, la secrétaire paraissait sculptée dans l'albâtre.

— Que faites-vous ce soir ? me demanda Carla.

— Ce que je fais ?

— Oui.

Semblables à des amandes amères, ses yeux ne me quittaient pas du regard. Je cherchai à me rappeler si c'était un oiseau ou un reptile qui, après l'accouplement, dévorait son mâle. Non, c'était un insecte : la mante religieuse.

— J'ai rendez-vous avec deux étudiants de la pension où je loge, mentis-je vivement. Nous devons dîner ensemble et aller ensuite au cinéma.

— De quelle pension s'agit-il ?

J'hésitai.

— Celle de la signora Silvani.

— Au 24 via San Michele ? s'exclama-t-elle. Mais alors, nous sommes voisins !

— Je crois que oui.

Elle sourit et son sourire sous-entendait l'existence d'une complicité entre nous.

— Êtes-vous bien installé ?

— Très bien, et les étudiants sont extrêmement sympathiques. Tous des SEC.

— Des SEC ? En ce cas, je vous plains ! Le vacarme va vous empêcher de dormir. Ils sont d'un bruyant !

— Hier soir, ils étaient plutôt calmes.

Elle continuait de me soupeser du regard et je me rendais compte que, en haut de son échelle, Toni nous écoutait.

— Où allez-vous dîner ? me demanda Carla Raspa.

— À la pension. La nourriture y est excellente.

Et pour rendre mon alibi plus convaincant, j'ajoutai :

— Mes deux jeunes amis se nomment Pasquale, Paolo et Caterina Pasquale.

Elle haussa les épaules :

— Je n'ai jamais de rapports avec les étudiants des SEC.

Ce fut Toni qui me perdit.

— Vous avez bien dit les Pasquale ? questionna-t-il avec le visible désir de se montrer bon camarade.

— Oui.

— Alors, vous avez dû vous tromper de jour. Le samedi, ils s'en vont toujours chez eux, à San Marino. Je les ai même vus partir cet après-midi, comme je revenais de déjeuner. Ce n'est pas de chance !

Il sourit et, persuadé de m'avoir rendu service, alla chercher son pardessus.

— Alors, parfait ! fit Carla Raspa. Dans ces conditions, vous êtes libre.

J'eus une brève vision de Giuseppe Fossi gisant épuisé sur son lit, mais me rappelai avec soulagement qu'il était de plusieurs années mon aîné. Et, après tout, c'était peut-être la cuisine qui ne lui avait pas convenu.

Carla Raspa eut droit à mon large sourire de guide :

— Oui, je suis libre. Nous dînerons à l'hôtel dei Duchi, voulez-vous ?

Elle haussa les sourcils :

— Pourquoi gaspiller votre argent ? D'ailleurs, lorsque nous voudrons aller dîner, l'hôtel sera fermé pour la nuit.

La remarque m'inquiéta. Elle laissait présager une séance épuisante, sans même un Cinzano pour me stimuler, et je n'étais pas certain d'être à la hauteur. Par ailleurs, pour ce genre de divertissement, j'aime choisir mon heure.

— Alors ? questionnai-je.

Son regard dériva vers les employés qui s'en allaient et la signorina Catti qui s'attardait près de la porte.

— J'ai un projet ! me chuchota-t-elle.

Nous gagnâmes la sortie. La signorina Catti ferma la porte en détournant les yeux et nous dit bonsoir avec froideur. Elle s'éloigna dans la cour, en faisant sonner ses hauts talons sur les dalles. Ma compagne attendit que ce martèlement s'éteignît au loin, puis se tourna vers moi, souriante. Je me rendis compte qu'elle était la proie d'une excitation qui exsudait non seulement de ses yeux et de son sourire, mais de tout son être.

— Nous avons de la chance ! me dit-elle. J'ai deux laissez-passer pour les appartements ducaux. Je les tiens du président du Comité culturel en personne. C'est un honneur, car il n'invite pas n'importe qui.

Je la regardai fixement. C'était là une curieuse volte-face. Mais peut-être m'étais-je mépris quant à la façon dont elle souhaitait passer la soirée.

— Les appartements ducaux ? répétai-je. Mais vous pouvez les voir aussi souvent qu'il vous plaît. Vous y conduisez tous les jours des groupes d'étudiants…

Elle se mit à rire en me demandant une cigarette. Je lui en offris une et l'allumai.

— Le soir, c'est différent, me dit-elle. N'y vont que les invités personnels du président et personne d'autre. Je vous le répète, c'est un honneur !

Je souris. Ce programme me convenait. Ce qui semblait un événement à Carla se reproduisait chaque semaine du temps de mon père, et je me réjouissais de voir que se perpétuait toujours cette coutume que j'avais oubliée. Enfant, j'avais de temps à autre accompagné Aldo ou ma mère à ces réunions, et vu mon père souligner aux yeux de ses invités les beautés d'une salle ou d'un tableau.

— Comment cela se passe-t-il ? m'informai-je. Reste-t-on en groupe, sans dire un mot, pendant que le président expose ses idées ?

— Je l'ignore, et c'est bien ce que je brûle de savoir, me répondit ma compagne. Ce soir, j'imagine qu'il nous donnera un avant-goût du Festival.

Elle regarda les laissez-passer qu'elle tenait à la main :

— L'heure indiquée est dix-neuf heures trente, mais je crois que nous pouvons monter dès maintenant. Si les portes ne sont pas ouvertes, nous en serons quittes pour attendre dans la galerie.

Il m'amusait qu'une invitation du président du Comité culturel fît tant d'impression à une chargée de cours aussi sophistiquée que la signorina Carla Raspa. Peut-être occupait-elle un poste moins important que je ne l'avais cru. Elle me rappelait ces touristes qui ont obtenu des entrées pour une audience pontificale au Vatican. Il ne lui manquait que le voile.

Tandis que nous gravissions l'escalier menant à la galerie, je m'informai :

— Qu'est-ce exactement que ce Festival ?

— Le recteur en a été le promoteur voici quelques années. Il l'organise en collaboration avec le président du Comité culturel, et ce Festival connaît un succès prodigieux. Chaque année, ils choisissent un thème historique que les étudiants interprètent dans les appartements ducaux, la cour carrée, ou le vieux théâtre qui est situé en contrebas du palais. Cette fois-ci, en raison de la maladie du recteur, le Festival est placé sous la seule responsabilité du président du Comité culturel.

Nous arrivâmes en haut des marches. Déjà un petit groupe de gens attendaient devant les portes closes de la salle du Trône. Tous étaient jeunes, des étudiants sans doute, et l'élément masculin prédominait. Ils devisaient entre eux calmement et même avec une certaine réserve, sans rien de cette jovialité toujours un peu forcée qui me paraissait inséparable des réunions estudiantines. Carla Raspa échangea une poignée de main avec deux ou trois d'entre eux, me présenta, puis me donna quelques précisions à leur sujet :

— Ce sont tous des étudiants de troisième ou quatrième année. Personne ne reçoit d'invitation avant d'être en troisième année. Combien serez-vous à participer au Festival, cette fois ?

— Nous nous sommes tous portés volontaires, répondit un garçon à la tignasse ébouriffée, arborant des favoris et que mes amis Pasquale eussent certainement catalogué *lettres*. Mais c'est le président qui décide en dernier ressort. Si on ne remplit pas les conditions, on est éliminé.

— Et quelles conditions faut-il remplir ? m'enquis-je.

L'étudiant aux cheveux rebelles regarda ses compagnons et tous sourirent :

— C'est assez dur… Avant tout, il faut être en parfaite condition physique et pratiquer l'escrime. Pourquoi ? Je l'ignore, mais c'est bien précisé.

Carla Raspa intervint :

— Le dernier Festival organisé par le recteur était vraiment magnifique. Ils avaient reconstitué la visite du pape Clément VII à Ruffano, et c'était le professeur Butali lui-même qui incarnait le pape. On avait ouvert les portes de l'entrée principale donnant sur la cour, et les étudiants, vêtus en gardes pontificaux, ont porté le recteur jusque dans la salle du Trône, où il était accueilli par le duc et la duchesse. La duchesse, c'était la signora Butali, et le duc, le professeur Rizzio. Ensuite, ils ont traversé les appartements en grand cortège. Les costumes étaient splendides !

Entendant la clef tourner dans la serrure, nous nous rapprochâmes tous de la salle du Trône. La double porte s'ouvrit à deux battants. Un étudiant – du moins, supposai-je que c'en était un – vérifia les invitations à mesure que nous entrions. Il avait certainement dû passer avec succès les épreuves d'aptitude physique. Mince, le visage dur, il me rappela un footballeur professionnel que j'avais connu à Turin. Peut-être le président du Comité culturel l'avait-il chargé de flanquer dehors ceux d'entre nous qui se tiendraient mal.

Nous entrâmes dans la salle du Trône, puis gagnâmes la salle des Chérubins d'où parvenait un murmure de voix. D'autres nous y avaient précédés. L'ambiance ressemblait de plus en plus à celle d'une audience pontificale. Sur le seuil de la salle des Chérubins se tenait un second « contrôleur » qui, lui, garda nos laissez-passer. Je me sentis comme dépouillé car, en l'occurrence, seules ces cartes nous conféraient un statut particulier.

Je vis alors avec étonnement que l'on avait éteint l'électricité. La salle était éclairée uniquement par des torches et des flambeaux qui, projetant des ombres monstrueuses sur le plafond cannelé et les murs safran, conféraient à la scène une atmosphère insolite, sombrement médiévale, en même temps qu'étrange et excitante. D'énormes bûches brûlaient dans la cheminée monumentale qui, du temps de mon père, était considérée comme une pièce de musée sacro-sainte. Les flammes bondissantes exerçaient sur tous les regards un effet magnétique.

Toutes ces flammes projetaient des ombres sur le plafond, mais éclairaient peu nos voisins. Il nous était impossible de distinguer les invités comme nous de ceux qui nous recevaient. Tous étaient jeunes et il n'y avait presque que des garçons. Les quelques filles présentes semblaient n'être là que par faveur spéciale.

La grande salle se remplissait lentement, sans jamais donner l'impression d'être comble. Mes yeux s'accoutumant à la clarté des torches, je vis que ceux, comme nous, venus là pour la première fois formaient de petits groupes sans trop savoir quelle contenance adopter, alors que d'autres se déplaçaient avec assurance à travers la vaste pièce, se retournant de temps à autre pour nous regarder avec l'indifférence amusée, légèrement dédaigneuse, des habitués.

Soudain, le contrôleur posté à l'entrée referma les portes et s'y adossa, les bras croisés, le visage impassible. Aussitôt, le silence s'établit. Une femme rit avec nervosité, que ses voisins firent immédiatement taire. Comme je jetais un coup d'œil à Carla Raspa, elle me prit la main et la serra entre ses doigts crispés. Nous subissions tous l'emprise de cette atmosphère étrangement silencieuse, et je me sentais comme pris dans un piège. Pour qui eût souffert de claustrophobie, la fuite était impossible.

La porte menant à la chambre du duc s'ouvrit en grand. Un homme entra, suivi de six autres qui se rangèrent autour de lui comme des gardes du corps. L'arrivant se mit à serrer la main de ses invités, lesquels, maintenant détendus, s'empressèrent pour être les premiers à le saluer. Oubliant ma présence, Carla Raspa, les yeux brillants, se précipita avec les autres.

— Qui est-ce ? demandai-je.

Elle était déjà trop loin pour m'entendre, mais un jeune homme me dit, l'air surpris :

— Voyons, c'est le professeur Donati ! Le président du Comité culturel !

Je me rejetai hors de la clarté des torches. Flanqué de son escorte, l'homme continuait d'avancer, ayant un mot pour celui-ci, un sourire pour celui-là, gratifiant un autre d'une tape sur l'épaule. J'étais dans l'impossibilité de changer de place, de m'échapper, car ceux qui se tenaient derrière moi me poussaient en avant. Je me retrouvai sans savoir comment à côté de Carla et l'entendis dire :

— Voici le signor Fabbio, qui aide le signor Fossi à la bibliothèque.

Je tendis la main et il la prit en disant : « Bien, bien… Ravi de vous connaître », puis, m'accordant à peine un regard, il continua d'avancer. Carla Raspa se mit à parler avec excitation à son voisin de gauche et non à moi. Dieu merci. Car, pour moi, le tombeau venait de s'ouvrir, les cieux rugissaient, le Christ avait reparu dans toute sa majesté. L'homme de la via dei Sogni n'était pas une hallucination. Si j'avais eu encore des doutes, le nom seul eût suffi pour les chasser.

Le président du Comité culturel. Le professeur Donati. Le professeur Aldo Donati. En vingt-deux ans, la silhouette était devenue plus massive, la démarche plus assurée et plus arrogant le port de tête. Mais ce front haut, ces grands yeux sombres, cette bouche dont le coin droit s'abaissait presque imperceptiblement, et cette voix, plus grave maintenant mais toujours nonchalante, tout cela appartenait bien à mon frère.

Aldo vivait de nouveau. Aldo était ressuscité d'entre les morts, et mon univers basculait.

Je me tournai vers le mur, regardant la tapisserie. Je ne voyais ni n'entendais plus rien. Des gens parlaient, se déplaçaient dans la salle, mais mille avions auraient pu vrombir au-dessus de ma tête que je n'y aurais prêté aucune attention. Vingt-deux ans auparavant, un avion ne s'était pas écrasé au sol, et cela seul m'importait. Ou, s'il s'était écrasé, il n'avait pas pris feu, ou s'il avait pris feu, le pilote s'en était sorti indemne. Mon frère vivait. Mon frère n'était pas mort.

Quelqu'un me toucha le bras. C'était Carla Raspa, qui me dit :

— Quelle impression vous fait-il ?

— J'ai l'impression de voir Dieu lui-même, répondis-je lentement.

Elle sourit et me chuchota derrière sa main :

— C'est aussi leur sentiment à tous !

Je m'adossai au mur. Je ne voulais pas qu'elle me vît trembler. J'avais peur de défaillir, de tomber, d'attirer sur moi l'attention et d'être reconnu par Aldo devant tous ces gens. Plus tard, oui, plus tard, mais pas maintenant… Il m'était impossible pour l'instant de mettre de l'ordre dans mes pensées, de dresser un plan, et il fallait absolument que je domine ce tremblement. Je ne devais point me trahir.

— Il a fini de nous passer en revue, me murmura Carla Raspa. Il va prendre la parole.

Un seul siège se trouvait dans la salle, le tabouret du XVe siècle à dossier étroit qui était ordinairement placé devant la cheminée. Un des gardes du corps l'apporta au centre de la pièce. Aldo sourit et fit un geste. Aussitôt, tout le monde s'assit par terre, les uns le dos au mur, d'autres en groupes compacts à proximité de l'orateur. À cause de cette marée de têtes, les ombres projetées au plafond étaient plus grotesques que jamais. Combien étions-nous ? Je n'aurais su le dire… Quatre-vingts, cent, peut-être même davantage… Aldo s'assit sur le tabouret et je fis un terrible effort pour empêcher mes mains de trembler.

— Voici cinq cent vingt-cinq ans ce printemps, commença Aldo, le peuple de Ruffano tua son duc. Vous chercheriez en vain, dans les guides ou l'histoire officielle, la façon dont il mourut. Même à l'époque, voyez-vous, les censeurs s'employèrent à cacher la vérité. Je fais allusion, bien sûr, à Claudio, premier duc de Ruffano, dit le Faucon, méprisé et rejeté par les hommes, parce qu'ils avaient peur de lui. Pourquoi avaient-ils peur de lui ? Parce qu'il avait le don de lire dans leurs âmes. Leurs petits mensonges, leurs mesquines tromperies, leurs rivalités commerciales – les habitants de Ruffano ne pensaient qu'à s'enrichir aux dépens des paysans qui mouraient de faim –, le Faucon les condamnait à raison. Ces gens ne comprenaient rien à l'art, ni à la culture, alors qu'ils se trouvaient à l'aube d'une ère nouvelle, celle de la Renaissance. L'évêque et ses prêtres s'unirent aux nobles et aux marchands pour maintenir le peuple dans l'ignorance, à peine au-dessus du niveau de la bête, et faire échec au duc par tous les moyens dont ils disposaient.

« Son intention à lui était de réunir à sa cour une élite de jeunes – peu importait leur naissance, pourvu qu'ils fussent intelligents et eussent de l'esprit – qui, par leur courage personnel, leur maîtrise des armes, et leur totale dévotion à tous les aspects de l'art, constitueraient un noyau de… disons de fanatiques dont l'exemple enflammerait peu à peu tous les duchés du pays. L'art régnerait alors en souverain maître, les galeries pleines d'œuvres admirables auraient plus d'importance que les banques, on attacherait plus de prix à une statuette de bronze qu'à des pièces de drap. À cet effet, le duc leva des impôts que les marchands refusèrent de payer. Il organisa en son palais des tournois et des divertissements chevaleresques pour l'entraînement de ses jeunes courtisans, et le peuple le traita de débauché.

« Cinq cent vingt-cinq ans se sont écoulés depuis lors, et je crois qu'il est temps de réhabiliter le duc. Ou plutôt, d'honorer sa mémoire. C'est pourquoi, puisque, en l'absence du recteur de l'université – le professeur Butali que nous révérons tous –, il m'incombe d'organiser le Festival de cette année, j'ai décidé de choisir pour thème le soulèvement de la cité de Ruffano contre son seigneur et maître si méconnu, Claudio, premier duc, appelé par tous… le Faucon.

Aldo prit un temps. C'était une habitude chez lui, un truc auquel il avait déjà recours quand nous étions étendus côte à côte dans notre chambre et qu'il me racontait une histoire.

— Certains d'entre nous, reprit-il, sont déjà au courant. Nous avons eu des répétitions. Souvenez-vous que le Vol du Faucon – tel sera le titre du Festival de cette année, puisque c'est ainsi que mourut Claudio – n'a jamais encore été reconstitué, et ne le sera sans doute jamais plus. Je le veux si parfaitement rendu qu'il marque vos esprits et la mémoire de tous ceux qui l'auront vu, au point de demeurer inoubliable. En comparaison, tout ce qui a été fait jusqu'à présent dans nos festivals paraîtra n'être rien. Je veux mettre en scène la plus grande production que cette ville ait jamais connue. Et c'est pourquoi il va me falloir beaucoup plus de volontaires que les années précédentes.

Un murmure monta de ceux qui étaient assis par terre, à ses pieds. Tous levèrent la main et leurs visages, pâlis par la mouvante clarté des torches, se haussèrent vers le sien.

— Attendez ! dit Aldo. Il y aura plus d'appelés que d'élus. Je choisirai ceux qui me paraîtront remplir le mieux les conditions voulues. La question est la suivante…

Il s'interrompit de nouveau et se pencha en avant, scrutant leurs visages :

— Vous connaissez mes méthodes. Nous les avons déjà appliquées ces deux dernières années. Il est essentiel que chaque volontaire croie au rôle qu'il joue, qu'il se prenne pour son personnage. Cette année, vous serez les courtisans du Faucon. Vous, étudiants de lettres, vous incarnerez ce petit groupe d'hommes résolus. Votre nature même vous désigne pour être cette élite. Vous la constituez déjà. C'est pour cela que vous êtes venus à Ruffano, c'est votre raison d'exister. Pourtant, au sein de l'université, vous représentez une minorité. Vous êtes peu nombreux en face de tous ceux qui ont envahi les autres facultés, ces hordes de barbares, de Goths et de Vandales qui, à l'instar des marchands d'il y a cinq cents ans, ne comprennent rien à l'art, ni à la beauté. S'ils le pouvaient, ils détruiraient tous les trésors que nous possédons dans les appartements de ce palais, peut-être même abattraient-ils celui-ci pour le remplacer par… par quoi ? Des usines, des bureaux, des banques, des maisons de commerce… Non point pour assurer du travail et une vie plus facile aux paysans – dont la condition n'est guère meilleure qu'il y a cinq cents ans – mais pour s'enrichir eux-mêmes, améliorer sans cesse leur niveau de vie, posséder plus de voitures, de postes de télévision, de villas sur l'Adriatique, engendrant ainsi encore plus de mécontentement, de pauvreté et de malheur.

Ayant dit, Aldo se leva. Il étendit la main pour arrêter la salve d'applaudissements dont le plafond cannelé renvoyait l'écho.

— C'est assez pour ce soir, déclara-t-il. Maintenant, nous allons vous donner un bref aperçu de l'entraînement que nos volontaires ont déjà suivi. Écartez-vous, sans quoi vous risqueriez d'être blessés !

Les applaudissements s'éteignirent aussitôt. L'assistance se pencha en avant, pour mieux voir ce qui allait suivre. Deux des gardes du corps emportèrent le tabouret, cependant que quatre autres s'avançaient, un flambeau à la main, pour délimiter un carré au centre de la salle.

Aldo prit place à côté d'un des porteurs de torches. Au même instant, deux garçons bondirent dans le carré, vêtus de chemises blanches, aux manches relevées jusqu'au coude, et de jeans noirs. Leurs visages étaient masqués, non point par mesure de protection, mais pour dissimuler leurs traits. Chacun tenait à la main une épée nue. Ils s'affrontèrent comme autrefois les duellistes, très sérieusement et non en jouant. Bottes et parades n'avaient rien de feint, la posture ramassée des adversaires n'était pas du chiqué. Les lames d'acier cliquetaient, tandis que les duellistes frappaient ou se fendaient. L'un d'eux démontra bientôt qu'il avait plus d'allonge que son adversaire et le contraignit à s'agenouiller, en lui pointant sa lame sur la gorge. Un cri jaillit des rangs serrés des spectateurs car le vaincu, haletant, regardait fixement par les fentes étroites de son masque et la pointe acérée venait de faire sourdre le sang. Une égratignure, rien de plus peut-être que n'en eût fait un rasoir en glissant, mais l'épée avait atteint son but, des gouttes de sang roulaient le long de la gorge, allant tacher la chemise blanche.

— Assez ! ordonna Aldo. Vous avez montré de quoi vous étiez capables. Vous vous êtes bien battus, merci.

Il lança son mouchoir à l'homme agenouillé, lequel étancha sa blessure tout en se relevant. Les deux jeunes gens quittèrent le carré éclairé et disparurent par la porte de la chambre ducale.

Sidérée par le réalisme de la scène, l'assistance était trop émue pour applaudir. Retenant son souffle, elle attendait qu'Aldo reprît la parole. Une fois de plus, je me rappelai les jours de mon enfance et l'effet que mon frère avait alors sur moi ; c'était toujours le même pouvoir, mais parvenu maintenant à une dangereuse maturité.

— Vous avez vu, dit Aldo, qu'il n'était pas question pour nous de simulacres de combat. À présent, je demande aux quelques femmes se trouvant ici de bien vouloir quitter la salle, avec les hommes ne désirant pas se porter volontaires. Personne ne tiendra rigueur à ces derniers, mais que seuls les volontaires restent ici.

Une jeune fille s'avança vers lui en protestant, mais il secoua la tête :

— Désolé, dit-il. Pas de femmes. Du moins, pas pour cela. Rentrez chez vous et apprenez à faire des pansements, oui, mais c'est uniquement à nous, les hommes, qu'il appartient de se battre.

La porte de communication avec la salle du Trône se rouvrit et lentement, à regret, les femmes s'en allèrent, suivies d'une douzaine d'hommes au plus, y compris moi. Le contrôleur qui se trouvait dans la salle du Trône nous fit signe de poursuivre notre chemin. Nous gagnâmes en silence la galerie extérieure et la porte se referma derrière nous. En tout, nous devions être dix-huit ou vingt. Méprisantes, les filles n'attendirent pas qu'on les raccompagnât. Celles qui se connaissaient bien se prirent par le bras et descendirent l'escalier en faisant claquer leurs talons. Les hommes, gênés, sur la défensive, s'offrirent mutuellement des cigarettes.

— Je ne peux pas encaisser ce genre de truc ! dit l'un. Il veut remettre ça avec le fascisme, c'est évident !

— Tu es fou, répliqua un autre. Tu n'as donc pas compris qu'il en avait après les industriels ? Il est communiste, ça saute aux yeux ! J'ai d'ailleurs entendu dire qu'il était membre du Parti.

— Moi, déclara un troisième, je crois qu'il se fout éperdument de la politique. Mais, pour le bourrage de crâne, il est champion ! Et c'est grâce à des trucs comme ça qu'il obtient le maximum de réalisme le jour du Festival. Il avait fait de même, l'an passé, avec ceux qui représentaient la garde pontificale. Je me serais porté volontaire, s'il n'y avait eu ce duel. Je ne veux pas risquer de me faire percer la peau pour la seule satisfaction de Donati !

Aucun n'élevait le ton. Tous discutaient farouchement, mais à mi-voix. Nous descendîmes l'escalier dans le sillage des filles.

— Une chose est certaine, remarqua alors quelqu'un. Si la bande des SEC a vent de cette histoire, ça va faire du vilain.

— Du vilain pour qui ?

— Tu le demandes, après ce que nous venons de voir ? Pour eux, bien sûr. Pour ceux des SEC.

— Alors, je me porte volontaire ! Je ferais n'importe quoi pour enquiquiner ces gars-là !

— D'accord ! Tous aux barricades !

Ils avaient retrouvé la face. Debout sur la piazza, ils continuèrent de palabrer et discuter. De toute évidence, les étudiants des SEC suscitaient de dangereuses rancœurs chez ceux des autres facultés. Le groupe finit par s'égailler en direction de l'université et du foyer des étudiants.

J'avais repéré la silhouette de Carla Raspa sur les marches du Duomo, et j'attendis qu'elle me rejoignît.

— Eh bien ? fit-elle.

— Eh bien ? répliquai-je.

— Ce soir, pour la première fois de ma vie, j'ai regretté de n'être pas un homme. Je me disais, comme dans la chanson américaine : « Tout ce qu'ils font, je puis le faire encore mieux ! » Sauf, semble-t-il, me battre.

— Peut-être les femmes auront-elles aussi un rôle à jouer. Il vous recrutera par la suite. Dans la foule, il y a toujours des femmes pour crier, jeter des pierres.

— Je ne veux pas crier, mais me battre !

Puis, me considérant avec non moins de mépris que ne l'avaient fait les étudiantes, elle me demanda :

— Pourquoi ne vous êtes-vous pas porté volontaire ?

— Je ne suis qu'un oiseau de passage.

— Ce n'est pas une raison. À ce compte-là, moi aussi : je peux partir quand ça me chante et aller faire mes cours ailleurs. Il me suffit de demander ma mutation. Mais pas maintenant. Pas après ce que j'ai entendu ce soir ! Il se pourrait bien… (elle s'interrompit tandis que j'allumais sa cigarette) il se pourrait bien que ce soit là ce que je cherchais. Un but, une cause !

Nous nous mîmes à descendre la via Rossini.

— Jouer un rôle dans le Festival donnerait un but à votre vie ?

— Il ne parlait pas de *jouer*, rétorqua-t-elle.

La soirée n'était pas encore bien avancée et, comme tous les samedis, les gens se promenaient, par couples ou en famille. Il me sembla que les étudiants étaient peu nombreux. Sans doute passaient-ils le week-end chez eux. Les jeunes gens qui flânaient par la ville étaient des employés de commerce, de banque, de bureau ; la population indigène de Ruffano.

— Depuis combien de temps est-il ici ? demandai-je.

— Le professeur Donati ? Oh ! cela fait plusieurs années maintenant. D'ailleurs, il est né ici. Pendant la guerre, il a combattu comme pilote de chasse et été porté disparu. Puis il est revenu à Ruffano, où il a terminé ses études. Ensuite, il est resté comme professeur à l'université. Enfin, le Comité culturel de Ruffano, conscient de son exceptionnelle valeur, se l'est attaché, puis l'a élu président voici quelques années. Il est le chouchou de certaines « huiles », et vivement critiqué par d'autres. Mais pas par le recteur. Le professeur Butali lui est tout acquis.

— Et la femme du recteur ?

— Livia Butali ? Je n'en sais rien. C'est une snob. Elle reste très à l'écart et ne pense qu'à la musique. Elle appartient à une vieille famille florentine et ne le laisse point oublier. Je ne pense pas qu'une femme comme elle intéresse beaucoup le professeur Donati.

Nous avions atteint la piazza della Vita. Je me rappelai seulement alors ma promesse d'emmener Carla dîner au restaurant. Et je me demandai si, elle aussi, l'avait oubliée. Nous traversâmes la place en direction de la via San Michele, et nous arrêtâmes devant la porte du 5.

Brusquement, ma compagne me tendit la main :

— Ne le prenez pas en mauvaise part, me dit-elle, mais j'ai envie maintenant d'être seule. Je veux réfléchir à ce que nous avons vu ce soir. Je vais me faire chauffer un peu de soupe et me coucher. Cela vous contrarie-t-il ?

— Non, dis-je. Je me sens exactement comme vous.

— Une autre fois, alors, fit-elle en hochant la tête. Peut-être demain… Cela va dépendre… De toute façon, vous habitez à deux pas de chez moi.

Nous sommes donc voisins et finirons toujours par nous retrouver.

— Bien sûr, dis-je. Bonne nuit. Et merci.

Elle ouvrit la porte du 5, et je continuai mon chemin jusqu'au 24 où j'entrai avec précaution. Il n'y avait personne en vue, mais la télévision bourdonnait dans la salle de séjour des Silvani.

Sur une table, dans le vestibule, l'annuaire du téléphone était posé à côté de l'appareil. Je le pris et le feuilletai. DONATI… DONATI Aldo, professeur. L'adresse : 2 via dei Sogni.

Je ressortis dans la rue.

9

Pour m'y rendre, je dus passer devant notre ancienne demeure et aller presque jusqu'en haut de la via dei Sogni, juste avant que celle-ci tourne à droite dans la via dell' 8 Settembre, au-dessus de l'université. Le n° 2 était une grande maison étroite, à l'écart des autres, donnant sur l'église San Donato et la longue via delle Mura qui faisait le tour de la ville. Autrefois habitait là notre médecin, le bon docteur Mauri, qui venait me rendre visite dès que je toussais et éternuais, car on disait que j'avais les bronches fragiles. Je me souviens qu'il n'employait jamais de stéthoscope pour m'ausculter, mais posait directement son oreille sur ma poitrine nue en s'agrippant à mes petites épaules, contact qui m'était odieux. À l'époque, Mauri était déjà d'un certain âge et, à présent, il devait être mort ou depuis longtemps à la retraite.

La maison comportait un grand porche sous lequel deux portes se faisaient face, et qui constituait aussi une manière de passage entre la via dei Sogni et l'escalier de pierre, précédé d'une pente herbeuse, menant à l'église San Donato. Sur la porte de droite, je vis une plaque au nom de Donati. La porte de gauche était celle des communs où, jadis, logeait la cuisinière du docteur Mauri.

Je regardai la plaque. Nous en avions une semblable au 8, que Marta mettait un point d'honneur à toujours bien astiquer. Pour un peu, j'aurais pu croire que c'était la même. Il y avait à côté d'elle une sonnette dont je pressai le bouton. J'entendis le timbre vibrer à l'intérieur de la maison, sans provoquer aucune réaction. Aldo devait vivre seul. Ou, si quelqu'un habitait là avec lui, cette personne se trouvait sans doute elle aussi en sa compagnie au palais ducal, dans la salle des Chérubins.

Par acquit de conscience, je sonnai une seconde fois, mais toujours sans obtenir de réponse. Je me tournai alors pour regarder l'autre porte. J'hésitai un instant, puis allai y sonner. Elle s'ouvrit au bout d'un moment et un homme me demanda ce que je voulais. Ses sourcils broussailleux et ses cheveux en brosse, bien que gris maintenant, m'étaient familiers. La mémoire me revint. Cet homme avait été un des compagnons d'armes de mon frère, un « rampant » de la base aérienne. Il s'était attaché à Aldo, lequel l'avait amené chez nous lors d'une permission. Sauf qu'il grisonnait maintenant, il n'avait pas changé. Moi, si. En voyant un homme de trente-deux ans, personne ne se rappelle un gamin de dix ans.

— Le professeur Donati n'est pas chez lui, me dit-il. Vous le trouverez au palais ducal.

— Je sais, répondis-je, je l'y ai vu. Mais je désirais m'entretenir avec lui en privé.

— Je regrette… Je ne peux pas vous dire à quelle heure le professeur rentrera. Il ne m'a pas donné d'ordres pour son dîner. Si vous voulez bien me laisser votre nom, vous pourrez lui téléphoner pour prendre rendez-vous.

— Je m'appelle Fabbio, mais mon nom ne lui dira rien.

Je me demandai s'il me fallait déplorer ou bénir l'anonymat que me conférait ainsi mon beau-père.

— Le signor Fabbio, répéta l'homme. Je m'en souviendrai. Si je ne vois pas le professeur Donati ce soir, je l'informerai de votre visite dès demain matin.

— Merci, dis-je. Merci, et bonne nuit.

— Bonne nuit, signore.

Il referma la porte. Debout sous le porche, je laissai mon regard se perdre dans la via dei Sogni. Je venais de retrouver le nom de cet homme : Jacopo. Il avait paru mal à l'aise lorsque mon frère l'avait amené chez nous en permission, se sentant comme déplacé. Du premier coup d'œil, Marta avait saisi la situation et emmené Jacopo dans la cuisine, avec elle et Maria Ghigi.

J'envisageai un instant de retourner au palais ducal attendre mon frère, mais j'y renonçai vite, comprenant qu'il serait accompagné par ses gardes du corps et peut-être même par la foule des étudiants qui l'adulaient.

J'allais sortir du porche lorsque j'entendis approcher quelqu'un. Je vis que c'était une femme, et cette femme était Carla Raspa. Je reculai aussitôt de l'autre côté du porche, le côté de San Donato, et me plaquai contre le mur. De la sorte, je pouvais voir Carla sans qu'elle me vît. Arrivée devant la porte d'Aldo, elle y sonna comme je l'avais fait. Elle attendit un moment, jetant par-dessus son épaule un coup d'œil vers la porte de Jacopo, mais sans y aller. Finalement, elle ouvrit son sac et en sortit une enveloppe qu'elle glissa dans la fente destinée aux lettres. À la voussure de ses épaules, je compris qu'elle était déçue. Elle émergea de nouveau dans la via dei Sogni et j'entendis décroître au loin le bruit de ses hauts talons. Elle avait inventé un prétexte pour se débarrasser de moi. Ce qu'elle avait en tête, ce n'était pas la soupe et puis le lit. L'idée de cette visite avait dû lui venir en sortant du palais ducal. Cette déception allait lui faire mieux apprécier sa soupe, mais elle la mangerait seule !

Je lui laissai prendre une bonne avance, puis m'engageai à mon tour dans la via San Michele. Cette fois, je pénétrai dans le sanctuaire des Silvani et expliquai à la signora que je n'avais pas dîné, mais que n'importe quoi ferait l'affaire… Elle protesta aussitôt en éteignant la télévision et me poussa dans la salle à manger, où son mari me suivit pour me tenir compagnie. Je leur racontai que j'avais été invité au palais ducal et ils en parurent impressionnés.

— Allez-vous participer au Festival ? me demanda la signora Silvani.

— Non, je ne le pense pas…

— Oh ! si, vous devriez ! insista-t-elle. C'est un événement ici que ce Festival. Les gens viennent de loin pour le voir. L'année dernière, on a été obligé d'en renvoyer un grand nombre. Nous, nous avons eu de la chance : mon mari avait réussi à obtenir des places sur la piazza Maggiore et nous avons vu le défilé des gardes pontificaux. C'était si réaliste que, comme je l'ai dit ensuite, on aurait cru vivre à cette époque-là. Quand j'ai été bénie par le recteur qui jouait le rôle du pape Clément VII, ça m'a fait la même impression que s'il s'était agi réellement du saint-père !

Elle s'affairait autour de moi, me passant les plats et la boisson.

— Oui, reconnut son mari, c'était splendide, mais on dit que, cette année, ce sera encore mieux, malgré la maladie du recteur. Le professeur Donati est véritablement un artiste. Certains estiment qu'il a raté sa vocation et aurait dû être metteur en scène au lieu de consacrer tout son temps au Comité culturel. Après tout, Ruffano n'est qu'une petite ville.

Mon émotion était encore à son comble et je mangeais plus par désœuvrement que par faim.

— Quel genre d'homme est ce professeur Donati ? demandai-je.

La signora sourit en roulant les yeux :

— Vous l'avez vu tout à l'heure, n'est-ce pas ? Alors, vous imaginez sans peine ce qu'une femme peut penser de lui. Si j'avais vingt ans de moins, je lui courrais après !

Son mari se mit à rire :

— Ce sont ses yeux sombres ! Il sait y faire non seulement avec les femmes, mais aussi avec la municipalité. Quoi qu'il demande, il l'obtient. Non, sérieusement, le recteur et lui ont fait beaucoup pour Ruffano. Évidemment il est né ici, où son père, le signor Donati, a été surintendant du palais pendant de nombreuses années. Il était donc bien placé pour savoir ce dont la ville avait besoin. Lorsqu'il est revenu, après la Libération, ç'a été pour apprendre que son père était mort dans un camp de prisonniers et que sa mère avait filé avec un général allemand en emmenant son jeune frère… Toute sa famille anéantie, en quelque sorte. Il faut du courage pour surmonter un coup pareil. Il est resté ici et s'est entièrement consacré à Ruffano, sans jamais se soucier d'autre chose. Un homme comme ça, on ne peut que l'admirer !

La signora Silvani me proposa des fruits.

— Non, merci, dis-je en secouant la tête, j'ai terminé. Juste une tasse de café, s'il vous plaît.

Je pris une des cigarettes offertes par Silvani et enchaînai :

— Il ne s'est pas marié, alors ?

— Non… Vous savez ce que c'est, dit la signora. Il était pilote et, son avion ayant été abattu, il avait rejoint la Résistance. Alors, quand après tout ça un jeune homme revient chez lui en pensant retrouver sa famille et apprend que sa mère a fichu le camp avec un Allemand, ça n'est pas pour lui faire voir l'autre sexe sous un jour bien favorable. À mon avis, ça l'a dégoûté des femmes pour toujours !

— Mais non ! protesta son mari. Il s'en est remis. Après tout, ce n'était encore qu'un gamin, à l'époque. Il doit avoir maintenant dans les quarante ans. Donne-lui le temps, et il saura bien se trouver une femme quand il se sentira mûr pour le mariage !

Je bus mon café et me levai.

— Vous paraissez fatigué, me dit la signora Silvani avec sympathie. Ils vous font trop travailler, à la bibliothèque. Heureusement, demain, c'est dimanche. Si ça vous chante, vous pourrez rester au lit toute la journée !

Je les remerciai et montai dans ma chambre. Je me déshabillai rapidement, le cerveau toujours enfiévré, et m'allongeai sur le lit. Non pour dormir, mais pour revoir le visage d'Aldo éclairé par les flammes mouvantes de la salle des Chérubins, ce visage si pâle, inoubliable ; pour entendre de nouveau cette voix aimée et redoutée, dont je me souvenais si bien.

Après m'être tourné et retourné pendant quelque deux heures, je me relevai, ouvris la fenêtre et demeurai accoudé à la barre d'appui à fumer une cigarette. Le dernier flâneur était rentré chez lui et tout était silencieux. Regardant vers le bas de la rue, je vis que, au premier étage du 5, les persiennes étaient ouvertes : une silhouette féminine se penchait à la fenêtre. Elle non plus ne dormait pas, elle aussi fumait une cigarette. La même raison nous tenait éveillés, Carla Raspa et moi.

Le lendemain matin, les cloches me tirèrent du sommeil troublé où j'avais fini par sombrer. À sept heures d'abord, puis à huit. Le Duomo, San Cipriano et les autres ensuite. Elles ne sonnaient pas l'heure, mais la messe. Allongé dans mon lit, j'évoquai le temps où nous allions, mon père, ma mère, Aldo et moi, à la grand-messe de San Cipriano. C'était peu avant la guerre. Nous étions sur notre trente-et-un. Resplendissant dans son uniforme de la Jeunesse fasciste, Aldo attirait déjà le regard des filles. Nous descendions la colline jusqu'à San Cipriano, puis mon supplice commençait près du retable.

Quittant mon lit, j'ouvris en grand les persiennes que j'avais fermées avant de me recoucher. La pluie tombait, emplissant les caniveaux. Courbés sous leurs parapluies, quelques passants se hâtaient. Au premier étage du 5, les persiennes étaient closes. Je n'étais pas retourné à la messe depuis l'époque où j'étais écolier à Turin. Du moins, volontairement. Parfois, escortant un troupeau de touristes, je m'arrêtais près du maître-autel de l'église que nous visitions, et attendais un peu en regardant célébrer l'office. Mais ce dimanche, j'irais à l'église tout exprès pour la messe.

J'étais à demi vêtu quand un coup toqué à la porte m'annonça l'arrivée de la signora Silvani avec le petit déjeuner.

— Oh ! ne vous pressez pas, dit-elle. Regardez le temps qu'il fait ! Quand rien ne vous oblige à sortir, autant rester couché !

C'est ce que je me disais depuis des années quand le hasard m'offrait un dimanche de liberté, qu'il fût pluvieux ou ensoleillé. À Turin ou à Gênes, je n'avais aucune raison de me lever. Mais maintenant le monde avait changé.

— Je vais à la messe à San Cipriano, dis-je.

Elle faillit en lâcher le plateau et le posa avec précaution sur le lit.

— Je n'en reviens pas ! s'exclama-t-elle. Je croyais que plus personne n'allait à la messe, sauf les vieillards et les enfants. Je suis heureuse de constater le contraire. Vous y allez régulièrement ?

— Non, dis-je, mais aujourd'hui, j'ai une raison particulière de le faire.

— Oui, c'est le carême. Tout le monde devrait aller à la messe pendant le carême.

— Mon carême est fini, déclarai-je. C'est la Résurrection que je veux célébrer.

— Alors, vous feriez mieux de rester couché et d'attendre Pâques !

Je pris mon petit déjeuner et achevai de m'habiller. La tête ne me tournait plus, et mes mains aussi avaient fini de trembler. Peu m'importait la pluie et même la mort de la pauvre Marta, en dépit de la façon dont elle était morte, puisque j'allais revoir Aldo dans la journée. Pour la première fois de ma vie, c'est moi qui avais l'avantage. J'étais préparé à cette rencontre et lui pas.

Relevant jusqu'aux oreilles le col de mon léger pardessus qui devait faire office d'imperméable, je sortis sous la pluie. Les persiennes du 5 étaient toujours fermées. Quelques personnes traversaient la piazza, marchant dans la même direction que moi. D'autres, pressées sous les arcades de la colonnade, attendaient l'autobus qui apportait les journaux du dimanche, ou le car qui les emmènerait hors de Ruffano. Deux ou trois jeunes gens, bravant la pluie, enfourchaient des vespas.

— Ça ne va pas durer ! cria l'un d'eux pardessus le rugissement de sa machine. Il paraît que, sur la côte, il fait soleil !

Les cloches de San Cipriano continuaient d'appeler les fidèles. Leur voix n'était pas aussi grave que celle du Duomo, mais elle me parut plus solennelle, chargée de plus d'autorité, comme pressant les retardataires de gagner le lieu saint avant que sonnât l'heure.

Une fois à l'intérieur de l'église, dont m'émut la sombre odeur familière, je fus frappé par le petit nombre des fidèles. Lorsque j'étais enfant, nous arrivions de bonne heure, car mon père tenait à avoir toujours la même place, et l'église était pleine, avec des gens debout dans les bas-côtés. Ce n'était plus le cas maintenant, où l'assistance était moitié moins nombreuse, avec une majorité de femmes et d'enfants. En ayant l'impression d'obéir à un rite ancien, je m'approchai de la chapelle latérale. Les portes en étaient ouvertes mais, au-dessus du retable, aucune lumière n'éclairait le visage de Lazare. Dans la pénombre, l'image était voilée. Il en était de même des autres tableaux, des statues et des crucifix. Je me souvins alors que c'était le dimanche de la Passion.

J'entendis toute la messe chantée, sans que les voix grêles des enfants de chœur me fissent souffrir. J'avais l'esprit vide. Ou peut-être rêvais-je. Un prêtre d'un certain âge, que je ne reconnus point, nous fit un sermon de vingt minutes, nous reprochant nos erreurs passées et nous mettant en garde contre les périls à venir, en nous rappelant que le Seigneur, le Christ, continuait de souffrir pour nos péchés. Près de moi un enfant bâilla, son petit visage blême de fatigue, et une femme qui aurait pu être ma mère le poussa du coude pour le rappeler à l'attention. Plus tard, quelques personnes allèrent communier à pas comptés. Des femmes, pour la plupart. Bien habillée, la tête couverte d'une mantille noire, une femme était restée à genoux pendant tout l'office. Elle n'alla pas communier et demeura la tête dans ses mains. Quand ce fut fini, lorsque les officiants et les enfants de chœur eurent disparu, les gens se dispersèrent d'un air encore recueilli, mais soulagés cependant d'en avoir terminé avec leur devoir dominical. La femme à la mantille se leva et, lorsqu'elle se retourna, je vis que c'était la signora Butali. Je pressai le pas de façon à l'attendre devant l'église. Le garçon à la vespa avait eu raison : la pluie avait cessé. Le soleil qui brillait sur la côte était parvenu jusqu'à Ruffano.

— Signora ? dis-je.

Elle tourna vers moi le regard vague de qui est, malgré soi, ramené à un monde moins plaisant.

— Oui ? fit-elle.

Je vis que je n'avais pas marqué sa mémoire et que mon visage ne signifiait rien pour elle.

— Armino Fabbio… Hier, je suis allé vous porter quelques livres.

Elle me reconnut, et je me rendis compte qu'elle pensait : « Ah ! oui, l'adjoint du bibliothécaire… »

— Mais oui, bien sûr ! Excusez-moi, dit-elle. Bonjour, signor Fabbio.

— Pendant la messe, j'avais cru vous reconnaître devant moi, mais je n'en étais pas sûr…

Elle descendit les marches avec moi et, jetant un coup d'œil vers le ciel, vit qu'elle n'avait pas besoin d'ouvrir son parapluie.

— J'aime aller à San Cipriano, me confia-t-elle. Je préfère son atmosphère à celle du Duomo. Va-t-il faire beau ?

Elle regarda autour d'elle d'un air absent, et je fus vaguement vexé qu'elle se souciât si peu de l'homme qui l'accompagnait. Lorsqu'elle est belle, une femme est généralement consciente de l'admiration qu'elle suscite. Reconnaissant implicitement qu'on lui rend hommage, elle fait un effort en retour. La signora Butali semblait ignorer tout cela.

— Êtes-vous en voiture ? lui demandai-je.

— Non. La nôtre est en réparation pour le week-end. En revenant de Rome, j'ai eu des ennuis avec elle.

— Verriez-vous une objection à ce que je monte la colline avec vous ? Du moins, si vous rentrez chez vous ?

— Mais je vous en prie !

Nous traversâmes la piazza della Vita et remontâmes la via Rossini jusqu'à la *prefettura*, puis la signora Butali tourna à gauche, vers l'escalier menant à la via dei Sogni. Là, essoufflés, nous nous arrêtâmes et, pour la première fois, elle me sourit :

— Ah ! ces collines de Ruffano, dit-elle. Il faut du temps pour s'y habituer. Surtout lorsque, comme moi, on est de Florence.

Ce sourire la transfigurait. Sa bouche qui semblait dure, désapprobatrice, la bouche de la noble dame du portrait cher à mon père, s'adoucissait, se féminisait, et il y avait même de l'humour au fond de ses yeux.

— Vous avez le mal du pays ? questionnai-je.

— Parfois... Mais je savais ce qui m'attendait en venant ici. Mon mari m'avait prévenue.

Elle se détourna brusquement et nous commençâmes à gravir les marches.

— Ce n'est pas facile alors, signora, dis-je, d'être la femme d'un recteur d'université ?

— Oh ! non, loin de là ! répondit-elle. Il y a tant de jalousies, de rivalités, qu'il faut affecter d'ignorer... Et puis je suis moins patiente que mon mari. Lui se donne totalement à son travail. S'il se ménageait un peu, il ne serait pas aujourd'hui à l'hôpital.

Elle souhaita le bonjour à un couple qui descendait les degrés, mais sa gracieuse inclination de tête ne s'accompagnait d'aucun sourire, et je compris pourquoi Carla Raspa avait parlé d'elle avec une malveillance toute féminine. La signora Butali, consciemment ou non, exsudait la fierté patricienne. Je me demandai quel effet elle faisait aux femmes de professeurs.

— Hier soir, dis-je, j'ai eu la chance d'obtenir une entrée pour une réunion organisée au palais ducal par le président du Comité culturel.

— Vraiment ? fit-elle avec une animation soudaine. Racontez-moi… Cela vous a impressionné ?

— Oui, beaucoup, répondis-je, conscient qu'elle avait tourné la tête pour me regarder. Non seulement le cadre, éclairé pour la circonstance avec des flambeaux et des torches, mais aussi la reconstitution d'un duel qui a suivi et, par-dessus tout, l'allocution du professeur Donati.

Un peu de couleur avivait maintenant ses joues, due, estimai-je, moins à la fatigue de gravir les marches qu'à la tournure prise par notre conversation.

— Il faudra que j'aille à l'une de ces séances. J'en ai grande envie, mais il se produit toujours quelque chose qui m'en empêche.

— Ils m'ont dit que, l'an passé, vous aviez vous-même participé au Festival. Allez-vous recommencer cette année ?

— Non, impossible, me répondit-elle. Pas avec mon mari à Rome, dans un hôpital. De toute façon, je ne crois pas qu'il y aurait un rôle pour moi.

— Vous connaissez le thème ?

— Ce pauvre duc Claudio, n'est-ce pas ? Mes notions à son sujet sont plutôt vagues, j'en ai peur. Je sais seulement qu'il y a eu une insurrection et qu'il a été assassiné.

Nous avions atteint la via dei Sogni et, au loin, j'apercevais le mur du jardin. Je ralentis imperceptiblement le pas.

— Le professeur Donati semble être un homme absolument remarquable, dis-je. À la pension où je loge, on m'a raconté qu'il est né à Ruffano ?

— Mais oui, acquiesça-t-elle. Son père était le surintendant du palais ducal et il est né, il a passé toute son enfance dans la maison que mon mari et moi habitons maintenant. Je sais qu'il aimerait beaucoup la récupérer, mais cela ne serait possible que si la santé de mon mari le contraignait à prendre sa retraite. Comme vous pouvez le penser, le professeur Donati raffole de cette maison, en aime toutes les pièces. J'ai le sentiment qu'il est très fier de son père, tout comme son père l'était de lui. Il y a eu une véritable tragédie dans cette famille…

— Oui, je l'ai entendu dire, en effet.

— Il en parlait autrefois, remarqua-t-elle, mais plus maintenant. J'espère qu'il commence à oublier. Vingt ans se sont écoulés depuis lors et c'est quand même un assez long temps.

— Qu'est-il advenu de sa mère ? demandai-je.

— Il n'a jamais pu le savoir. Elle est partie avec les troupes allemandes qui occupaient Ruffano en 1944 et comme, peu après, il y a eu des combats dans le Nord, elle a sans doute été tuée dans le bombardement, elle et le jeune frère de Donati.

— Il avait un frère ?

— Oui, un enfant de dix ou onze ans. Les deux frères étaient très unis. Je pense parfois que ce doit être à cause de lui que le professeur Donati s'occupe tellement des étudiants.

Nous arrivions au mur du jardin. Je consultai furtivement ma montre. Il était onze heures vingt-cinq.

— Merci, signora, dis-je alors. C'est très aimable à vous de m'avoir laissé vous accompagner.

— Mais non, c'est à moi de vous remercier.

Elle marqua un temps, la main sur la poignée de la porte, puis s'enquit :

— Aimeriez-vous faire la connaissance du professeur Donati ? Si oui, je serais ravie de vous présenter à lui.

La panique me saisit.

— Merci, signora, mais je ne tiens pas à causer du dérangement…

— Aucun dérangement, m'interrompit-elle en retrouvant son sourire. Le dimanche matin, le recteur a l'habitude d'inviter quelques-uns de ses collègues à la maison et, en son absence, je fais de même. Deux ou trois personnes vont sans doute venir ce matin et le professeur Donati sera sûrement du nombre.

Je n'avais pas prévu que les choses pussent se passer ainsi. Mon plan était d'aller chez Aldo, via dei Sogni. La signora Butali prit ma panique pour de l'embarras, un simple employé à la bibliothèque ducale pouvant craindre de se sentir déplacé.

— Ne soyez donc pas si timide ! fit-elle, toujours souriante. Ce sera quelque chose à raconter demain aux autres bibliothécaires.

Je la suivis dans le jardin, puis jusqu'à la porte de la maison, en continuant de chercher un prétexte pour m'esquiver.

— Anna doit être occupée à préparer le déjeuner, dit-elle. Vous pourrez m'aider pour les verres.

Elle ouvrit la porte. Nous entrâmes dans le hall et le traversâmes en direction de la salle à manger, sur la gauche. Mais ce n'était plus la salle à manger. Cette pièce avait maintenant ses murs tout garnis de livres et un grand bureau se trouvait près de la fenêtre.

— C'est la bibliothèque de mon mari, m'expliqua la signora Butali. Quand il est à la maison, c'est ici qu'il aime recevoir et, lorsque nous sommes nombreux, on ouvre cette double porte qui donne sur la petite salle à manger.

La petite salle à manger avait été la pièce où je jouais lorsque j'étais enfant. Quand la signora Butali ouvrit la double porte, je vis avec surprise, au centre de la pièce, une table où le couvert était mis avec beaucoup de formalisme pour une seule personne. Je me rappelai dans quel état j'avais laissé les lieux : mes modèles réduits d'automobiles dispersés sur le parquet, à côté des deux vieilles boîtes de biscuits que j'avais transformées en garage.

— Le vermouth est sur la desserte, me dit la signora Butali, avec le Campari, et les verres se trouvent sur la table roulante. Poussez-moi celle-ci dans la bibliothèque, voulez-vous ?

Elle arrangea tout cela à son idée, et elle s'occupait des cigarettes lorsqu'on sonna.

— Ce sont probablement les Rizzio, dit-elle. Je me réjouis que vous soyez là, car elle est très guindée. Le professeur Rizzio est à la tête du Bureau de l'enseignement, et sa sœur a la charge du foyer où logent les étudiantes.

Elle paraissait soudain vulnérable et plus jeune que son âge. Peut-être, lorsqu'il était à la maison, son mari s'occupait-il de ces mondanités ?

Reprenant mon masque de guide, je me plaçai derrière la table roulante, prêt à verser le vermouth lorsqu'on me le dirait. Elle se dirigea vers la porte pour accueillir les visiteurs et je les entendis échanger les civilités habituelles, puis la signora Butali introduisit ses hôtes dans la pièce. Ils étaient tous deux d'âge moyen, grisonnants et anguleux. Lui avait l'air harassé d'un homme perpétuellement submergé de travail, sur le bureau duquel ne cessent d'affluer lettres et dossiers. Je me le représentais très bien aboyant des ordres inefficaces à ses subordonnés, excédés et las. Sa sœur avait visiblement plus d'autorité : on eût dit une matrone romaine. Je plaignis les étudiantes qui avaient l'infortune de vivre sous sa coupe. Je fus présenté : le signor

Fabbio, employé momentanément à la bibliothèque comme assistant. La signorina eut une inclination, puis se tourna aussitôt vers la maîtresse de maison pour lui demander des nouvelles du recteur.

Le professeur Rizzio me regarda d'un air intrigué :

— Excusez-moi, dit-il, mais votre nom ne me rappelle rien. Depuis combien de temps travaillez-vous à la bibliothèque ?

— Depuis vendredi, répondis-je. J'ai été engagé par le signor Fossi.

— Alors votre nomination a eu lieu par son intermédiaire ?

— Oui, Professeur. J'ai posé ma candidature auprès du signor Fossi et il en a parlé au secrétaire.

— Vraiment ! s'exclama le professeur Rizzio. Je m'étonne qu'il ne m'ait pas consulté.

— J'imagine qu'il n'aura pas voulu vous déranger pour une si petite chose, murmurai-je.

— Toute nomination, si infime soit-elle, intéresse le recteur adjoint, déclara-t-il. D'où êtes-vous ?

— J'ai travaillé à Gênes, Professeur, mais ma famille est à Turin, où j'ai étudié à l'université. J'ai un certificat de langues modernes.

— Voilà, en tout cas, qui est heureux. C'est plus que n'en possèdent les autres aides-bibliothécaires.

Je lui demandai ce qu'il désirait boire et il opta pour un petit verre de vermouth. Je le servis et il s'éloigna. Sa sœur déclara d'abord ne vouloir rien prendre, mais devant l'insistance de la signora Butali, elle se ravisa en faveur d'un verre d'eau minérale.

— Ainsi donc vous travaillez à la bibliothèque ? s'enquit-elle en m'écrasant de toute sa stature.

Les femmes grandes ont le don de m'horripiler, comme c'est le cas pour la plupart des hommes dont la taille est inférieure à la moyenne.

— Ça me passe le temps, signorina, répondis-je. Je suis en vacances et l'emploi se trouvait me convenir.

— Vous avez de la chance, répliqua-t-elle en me regardant fixement. Bien des étudiants de troisième ou quatrième année seraient heureux qu'on leur offrît un pareil emploi.

— C'est possible, signorina, rétorquai-je avec une doucereuse courtoisie, mais je ne suis pas étudiant. Je suis un guide parlant plusieurs langues et j'ai l'habitude de promener des gens, internationalement connus, dans les plus grandes villes de notre pays : Florence, Rome, Naples…

Son visage laissa paraître combien mon impertinence lui déplaisait. Elle but un peu d'eau minérale et je vis frémir sa gorge au passage du liquide. Un nouveau coup de sonnette la tira d'embarras. La signora Butali, qui guettait ce coup de sonnette, se tourna vers moi tandis qu'une rougeur révélatrice avivait son visage :

— Voulez-vous répondre à ma place, je vous prie ? Ce doit être le professeur Donati.

Elle reprit rapidement sa conversation avec le professeur Rizzio, masquant sous une animation inhabituelle sa soudaine tension intérieure. Un guide boit rarement. Il n'ose le faire. Mais, en l'occurrence, j'avalai vivement un verre de vermouth sous l'œil désapprobateur de la signorina Rizzio et, après m'être excusé auprès d'elle, je me dirigeai vers la porte d'entrée. Aldo l'avait déjà ouverte, étant sans doute un familier des Butali, et fronçait les sourcils en voyant l'imperméable du professeur Rizzio jeté sur une chaise. Puis son regard se tourna vers moi, sans qu'il me reconnût, sans témoigner le moindre intérêt.

— La signora Butali vous attend, balbutiai-je.

— Je m'en doute, répondit-il. Qui êtes-vous ?

— Je m'appelle Fabbio, dis-je. J'ai eu l'honneur de vous rencontrer hier soir au palais ducal. J'étais avec la signorina Raspa.

— Oh ! oui, fit-il, oui, je me rappelle. J'espère que cela vous a plu.

Il ne se rappelait rien et peu lui importait ce que je pensais de la soirée. Il gagna la salle à manger, ou plus exactement la bibliothèque, et sa présence parut aussitôt donner vie à la pièce.

— Oh ! bonjour ! s'exclama la signora Butali et il lui répondit : « Bonjour » avec un peu d'emphase.

Il s'inclina pour lui baiser la main, puis se tourna immédiatement vers la signorina Rizzio. Sans lui demander ce qu'il désirait, la signora Butali servit un demi-verre de Campari qu'elle lui apporta.

— Merci, dit-il en prenant le verre sans la regarder.

La sonnerie de la porte d'entrée retentit de nouveau et, ayant interrogé du regard la maîtresse de maison, j'allai ouvrir. Je me réjouis d'avoir ce prétexte pour m'occuper et trouver le temps de maîtriser le tremblement qui menaçait de gagner mes mains. Le signor Fossi se tenait sur le seuil, en compagnie d'une dame. Surpris de me voir là, il me présenta aussitôt la dame comme étant sa femme. Pour je ne sais quelle raison, je ne l'avais pas cru marié.

— Le signor Fabbio nous aide momentanément à la bibliothèque, expliqua-t-il à sa compagne.

Et, comme je m'enquérais de son état, il se déclara complètement rétabli.

Ayant regagné mon poste derrière la table roulante, je leur servis à boire. On se mit à parler santé, la maîtresse de maison ayant dit combien elle avait été émue en apprenant pour quelle raison le signor Fossi était absent, lorsqu'elle avait téléphoné, la veille, à la bibliothèque.

— Fort heureusement, ajouta-t-elle, le signor Fabbio a pu me procurer les livres que je désirais.

Le bibliothécaire, tenant à détourner l'entretien de son indisposition, ne s'attarda point au prêt de livres et demanda aussitôt des nouvelles du recteur.

La conversation devint alors générale à propos du professeur Butali, chacun exprimant l'espoir qu'il pût quitter l'hôpital à temps pour assister au Festival.

J'entendis derrière moi la signorina Rizzio se plaindre à Aldo de la conduite tapageuse des étudiants des SEC qui, le soir, avaient pris l'habitude de tourner dans la ville sur leurs vespas.

— Ils ont même eu hier soir l'insolence de venir faire pétarader leurs machines sous les fenêtres du foyer, alors qu'il était au moins dix heures. J'avais demandé à mon frère d'en parler au professeur Elia et il m'affirme l'avoir fait, mais le professeur ne prend aucune mesure. Si cela continue, j'en appellerai au Conseil de l'université.

— Peut-être, suggéra Aldo, vos jeunes personnes encouragent-elles de leurs fenêtres ces fanatiques de la vespa ?

— Je vous assure bien que non ! rétorqua la signorina Rizzio. Mes jeunes personnes, comme vous dites, sont occupées à réviser leurs notes pour le cours du lendemain, ou bien déjà couchées, avec leurs volets clos.

Je me servis un autre verre de vermouth et, relevant la tête, je vis qu'Aldo me considérait d'un air intrigué. M'éloignant de la table roulante, j'allai à la fenêtre contempler le jardin. Derrière moi, les voix bourdonnaient. La sonnette retentit. Quelqu'un d'autre alla ouvrir. Cette fois, je ne me dérangeai pas pour être présenté et pensai que la signora Butali m'avait oublié.

Peu après, comme je regardais toujours le jardin, je sentis une main se poser sur mon épaule.

— Vous êtes un étrange garçon, dit Aldo. Je ne cesse de me demander ce que vous faites ici. Ai-je déjà eu l'occasion de vous rencontrer quelque part ?

— Si je m'enveloppais dans un linceul et me cachais dans le placard qui est en haut de l'escalier, peut-être me reconnaîtriez-vous ? Je m'appelle Lazare.

Me retournant, je le regardai droit dans les yeux. Son sourire disparut et ses traits parurent fondre. Je n'eus plus conscience que de deux yeux, immenses et brillants, dans un visage d'une intense pâleur. C'était mon moment suprême. Pour la seule et unique fois de sa vie, le disciple bouleversait son maître.

— Beo… dit-il. Oh ! mon Dieu… Beo.

Il ne bougea pas. Son étreinte se resserra sur mon épaule. Tout son corps me semblait s'engloutir dans ses yeux. Puis, au prix d'un terrible effort, il parvint à reprendre le contrôle de lui-même et sa main retomba.

— Trouve un prétexte pour t'excuser et file, me dit-il. Attends-moi dehors. Je te rejoins. Tu verras ma voiture, une Alfa Romeo ; monte dedans.

Je traversai la pièce à la façon d'un somnambule. Après avoir bredouillé une excuse, je remerciai la signora Butali de son amabilité et pris congé. J'eus une inclination du buste pour ceux des autres invités qui auraient pu remarquer mon départ. Je sortis de la maison, traversai le jardin et gagnai la rue. Trois voitures étaient rangées le long du mur, dont une Alfa Romeo dans laquelle je pris place comme Aldo me l'avait ordonné. Assis là, je fumai une cigarette et assistai ensuite au départ des Rizzio, puis à celui des Fossi et d'autres encore auxquels je n'avais pas été présenté. Aldo survint en dernier. Il monta dans la voiture sans dire un mot et claqua la portière. La voiture démarra, non point en direction de sa maison, mais vers le bas de la colline. Nous sortîmes de la ville par la Porta Malebranche. Aldo n'avait toujours pas prononcé une parole. Ce fut seulement lorsque nous eûmes laissé Ruffano derrière nous et que nous nous trouvâmes au milieu des collines qu'il s'arrêta brusquement, coupa le moteur et se tourna vers moi.

10

Son regard scrutait mon visage, me faisant subir comme autrefois l'inspection de détail dont je gardais le souvenir. Aldo procédait ainsi lorsqu'il sortait avec moi, s'assurant que mes cheveux étaient coiffés, mes chaussures bien cirées. Parfois, il m'envoyait changer de chemise.

— J'avais toujours dit que tu ne grandirais pas, laissa-t-il tomber.

— Je mesure un mètre soixante-cinq.

— Tant que ça ? Je n'en crois rien.

Il m'offrit une cigarette et me donna du feu. À la différence des miennes, ses mains ne tremblaient pas.

— Tu n'as plus tes boucles, sans quoi je t'aurais reconnu.

Il me tira les cheveux, geste brutal qui ne manquait jamais autrefois de me faire souffrir. Je le trouvai encore douloureux et secouai la tête.

— Je me les suis fait couper chez un coiffeur de Francfort et, après ça, mes cheveux n'ont plus bouclé. Je voulais ressembler au général de brigade et j'y étais parvenu.

— Le général de brigade ?

— Un Américain. Nous avons vécu avec lui pendant deux ans.

— Je croyais que c'était un Allemand.

— Il y a d'abord eu l'Allemand. Mais avec lui, ça n'a pas duré plus de six mois après que nous avons eu quitté Ruffano.

Je baissai la glace de la portière et contemplai la masse bleue de la montagne qui se trouvait devant nous. Le Monte Cappello. Nous pouvions le voir de notre maison, à Ruffano.

— Est-ce qu'elle vit toujours ? demanda-t-il.

— Non. Il y a trois ans qu'elle est morte du cancer.

— Tant mieux, dit-il.

Un oiseau, une sorte d'épervier, apparut dans mon champ de vision. Planant, il se tint immobile, comme posé sur la ligne d'horizon. Je crus qu'il allait plonger mais, au contraire, il s'éleva encore plus haut en décrivant un grand cercle, puis plana de nouveau.

— Comment cela a-t-il commencé ? questionna Aldo.

Il aurait pu vouloir parler de la maladie de notre mère, mais, connaissant mon frère, je compris à quoi il faisait allusion.

— Je me le suis souvent demandé, dis-je en me reportant à 1944. Je ne pense pas que ç'ait été la mort de papa, ni la nouvelle de la tienne. Elle s'est inclinée devant le destin, comme n'importe qui. Peut-être s'est-elle sentie seule… Ou peut-être, tout simplement, était-elle portée sur les hommes.

— Non, dit Aldo, je l'aurais su. C'est une chose dont je me rends toujours compte.

Il ne fumait pas. Il avait étendu son bras derrière moi, sur le dossier de la banquette.

— La proie du vainqueur, dit-il après un temps, c'est ce qu'elle devait se croire. Pour une femme comme elle, fondamentalement conventionnelle et soumise à son mari, cela a dû avoir l'effet d'un aphrodisiaque. D'abord, le commandant allemand, dans la ville qu'elle habitait, puis l'Américain quand le mythe germanique explosa. Oui… oui… Je me représente très bien la chose. Extrêmement intéressant.

Je suppose que cela devait effectivement l'intéresser. Pour lui, c'était comme s'il lisait le récit d'un événement. Il en allait différemment pour moi qui y avais été mêlé.

— Pourquoi Fabbio ? questionna-t-il alors avec concision.

— J'allais te le dire. Ça date de plus tard, à Turin, lorsque le général américain a quitté Francfort pour regagner les États-Unis. Nous avons fait la connaissance d'Enrico Fabbio dans le train. Il s'est montré extrêmement courtois, nous a aidés pour les bagages. Il travaillait dans une banque. Trois mois plus tard, elle l'avait épousé. On ne peut pas imaginer homme plus gentil. Or, prendre son nom, c'était aussi rompre avec le passé. Et. puis, après tout, il nous faisait vivre.

— C'est juste. Il vous faisait vivre.

Je jetai un coup d'œil à mon frère. Lui déplaisait-il particulièrement d'apprendre que nous avions un beau-père ? Sa voix avait une inflexion curieuse.

— Et je lui en reste reconnaissant, dis-je. Je continue d'aller le voir quand je passe par Turin.

— Et ça s'arrête là ?

— Bien sûr ! Qu'est-ce que tu t'imagines ? Il n'a jamais pris la place de papa, ni la tienne. Ce n'est pour moi qu'un brave homme ayant le sens de la famille.

Aldo se mit à rire et je me demandai pourquoi ma description de Fabbio lui semblait comique.

— D'ailleurs, repris-je, nous n'avions en commun que le fait de partager le même toit et de manger à la même table. Lorsque j'ai eu décroché mon diplôme, à Turin, je suis parti de mon côté. Je n'avais aucune envie de devenir employé de banque, comme il le suggérait, et, puisque je parlais plusieurs langues, je me suis lancé dans le tourisme.

— Comme quoi ?

— Commis d'abord, puis employé à l'agence, ensuite guide et finalement guide-convoyeur.

— Bonimenteur, quoi.

Ma foi, oui... À dire les choses sans fard, j'étais un bonimenteur. Un bonimenteur de qualité supérieure. Un échelon au-dessus du type qui vendait des cartes postales sur la piazza Maggiore.

— À quelle agence es-tu ?

— Sunshine Tours, à Gênes.

— Seigneur !

Ôtant son bras du dossier de la banquette, il remit la voiture en marche. On eût dit que c'était le coup final et que, après ça, point n'était besoin de poursuivre l'interrogatoire plus avant : la cause était entendue.

— Je suis bien payé, ne pus-je me retenir de protester, et je rencontre des tas de gens intéressants. J'acquiers de l'expérience, je voyage tout le temps...

— Où ça te mène ?

Je ne répondis pas. Où cela me menait-il, en effet ?... Aldo changea de vitesse et la voiture fonça en avant, escaladant les hauteurs environnantes le long desquelles la route s'élevait en lacets. Audessous de nous s'étendait la campagne, qui semblait un tapis fait de pièces et de morceaux aux dominantes olive et marron. Loin à l'ouest, posé sur ses deux collines, Ruffano brillait au soleil, telle une couronne.

— Et toi ? questionnai-je.

Il sourit. Habitué comme je l'étais à voir Beppo conduire le car à travers les ondulations de la Toscane et de l'Ombrie en se souciant, par obligation professionnelle, d'être avant tout prudent, je trouvais que mon frère témoignait d'une bien grande désinvolture à l'égard de ses Marches natales. À chaque virage en épingle à cheveux, il jouait avec la mort.

— Tu l'as vu hier soir : je suis un montreur de marionnettes. Je tire les fils, et les marionnettes dansent. Cela demande beaucoup d'adresse.

— Je n'en doute pas, mais pourquoi te donner tant de mal ? À quoi riment tout cet entraînement et cette propagande pour un jour dans l'année, un festival d'étudiants ?

— C'est leur grand jour, ce Festival. Tout un monde en miniature.

Il n'avait pas répondu à ma question, mais je laissai faire. Et, brusquement, il me demanda ce à quoi je n'étais point préparé :

— Pourquoi n'es-tu pas revenu ici plus tôt ?

C'est l'attaque qui constitue la meilleure des défenses. J'ai oublié qui a dit cela le premier, mais c'est une citation que le commandant allemand faisait souvent.

— Quelle raison avais-je de revenir, alors que je te croyais mort ?

— Merci, Beo, dit-il, apparemment surpris. Puis il ajouta : De toute façon, maintenant que tu es de retour, je saurai t'employer.

Après vingt-deux ans de séparation, il aurait quand même pu exprimer cela différemment. Je me demandai si c'était le moment de lui parler de Marta, et décidai que non.

— Tu as faim ? s'informa-t-il.

— Oui.

— Alors, rentrons et allons chez moi, 2 via dei Sogni.

— Je sais. J'y suis passé hier soir, mais tu n'étais pas encore de retour.

— Non, probablement, fit-il.

Cela ne l'intéressait pas. Il pensait à autre chose.

— Aldo, lui demandai-je, qu'allons-nous raconter ? Est-ce que nous dirons la vérité ?

— Quelle vérité ?

— Que nous sommes frères, bien sûr.

— Je n'ai encore rien décidé, répondit-il. Il vaut peut-être mieux pas. Pour combien de temps es-tu ici ? Est-ce que les Sunshine Tours t'ont congédié ?

— Non, aucunement. Je suis en vacances.

— Alors, c'est facile. Nous trouverons quelque chose.

Se détournant des collines, la voiture redescendit dans la vallée, puis fila comme une flèche vers Ruffano. Nous entrâmes dans la ville par le sud, gravîmes la via dell' 8 Settembre en passant devant le foyer des étudiantes, puis nous tournâmes à droite. Aldo arrêta la voiture devant le porche de sa maison.

— Descends, dit-il.

Je regardai autour de moi, souhaitant à demi qu'on pût nous voir. Mais la rue était déserte. Tout le monde devait être en train de déjeuner.

— J'ai vu Jacopo hier soir, dis-je comme Aldo me rejoignait, mais il ne m'a pas reconnu.

— Pourquoi aurais-tu voulu qu'il te reconnaisse ?

La clef tourna sous la main d'Aldo et il me fit entrer dans le hall. Je me trouvai reporté vingt ans en arrière. Les meubles, la décoration et jusqu'aux tableaux étaient les mêmes qu'à la maison. C'est ce que j'étais allé chercher et n'avais point trouvé au 8. Je me tournai, radieux, vers Aldo.

— Oui, dit-il, tout est là. Tout ce qu'il restait.

Il se baissa pour ramasser une enveloppe sur le dallage. La lettre que Carla Raspa avait dû glisser, la veille, dans la fente de la porte. Aldo regarda l'écriture puis, sans l'ouvrir, jeta l'enveloppe sur une table.

— Viens, dit-il. Je vais appeler Jacopo.

Je traversai ce qui devait être son living-room. Les fauteuils, le bureau, le canapé sur lequel ma mère avait l'habitude de s'asseoir, je reconnaissais tout. Le portrait de mon père était accroché au mur, à côté de la bibliothèque. Il me parut rajeuni et de moindre stature, mais son air de bienveillante autorité continuait de m'en imposer. Je m'assis et regardai autour de moi, les mains sur les genoux. La seule note plus récente était donnée par une série de dessins décorant un autre mur et représentant tous des avions. Des avions au combat, des avions s'élevant vers les nues ou descendant en piqué, avec de la fumée s'échappant de l'empennage.

— Jacopo va nous servir le déjeuner, annonça Aldo en revenant dans la pièce. C'est l'affaire de quelques minutes. Bois un verre.

S'approchant d'une table placée dans un angle – et que je reconnus également –, il versa du Campari dans des verres qui étaient aussi ceux de mon enfance.

— Je n'avais jamais pensé, Aldo, dis-je en montrant la pièce, que tu étais tellement attaché à tout cela…

Il vida son verre d'un trait :

— Beaucoup plus, évidemment, répliqua-t-il, que tu ne l'étais à ce qui entourait le signor Fabbio.

La réplique était assez ambiguë, mais je ne m'en souciai pas. Plus rien ne me souciait. Je me rendais enfin pleinement compte de ce que peut être la joie de Pâques.

— J'ai dit à Jacopo qui tu étais. Je pense que c'est mieux ainsi.

— Fais comme tu le juges bon, répondis-je.

— Où loges-tu ?

— Au 24 de la via San Michele, chez la signora Silvani. Sa maison est pleine d'étudiants, mais pas de ton bord, je le crains. Tous des SEC, et des fanatiques.

Aldo sourit :

— Bon, ça. Très bon, même.

Je haussai les épaules. La rivalité existant entre les deux factions me demeurait étrangère.

— Tu pourras servir d'intermédiaire, ajouta-t-il.

Je pesai la chose, en regardant mon verre. Je me rappelais vaguement des missions analogues, du temps qu'Aldo était au lycée de Ruffano, et qui n'avaient pas toujours été couronnées de succès. Des messages, glissés dans les poches de camarades d'étude, s'égaraient parfois. Le rôle avait ses inconvénients.

— Je n'en sais trop rien, répliquai-je.

— Moi, si.

Jacopo entra pour mettre le couvert et je lui lançai un joyeux salut. Posant son plateau, il se mit au garde-à-vous, telle une ordonnance.

— Je m'excuse de ne pas vous avoir reconnu hier, signor Armino, dit-il. Je suis très heureux de vous voir.

— Ne sois donc pas si pompeux, intervint mon frère. Beo ne mesure qu'un mètre soixante-cinq. Il est encore assez petit pour que tu lui flanques la fessée.

Ce que, poussé par Aldo, Jacopo avait fait en 43. J'avais oublié la chose. Marta avait protesté et fermé la porte de la cuisine. Marta…

Jacopo apporta les plats et une grande carafe du vin de la région. Plus tard, je demandai à mon frère si Jacopo se chargeait de tout dans la maison.

— Il fait de son mieux, dit Aldo. Une femme vient du dehors pour le ménage. J'employais Marta jusqu'à ce qu'elle se mette à boire. Alors, c'est devenu impossible. J'ai dû la congédier.

Le moment était venu. Mon assiette était vide et Aldo encore très occupé par le contenu de la sienne.

— J'ai quelque chose à t'apprendre, commençai-je. Et il vaut mieux que tu le saches tout de suite, car j'y suis mêlé. Je crois que Marta est morte. Je crois qu'elle a été assassinée.

Il posa sa fourchette et me regarda par-dessus la table :

— Qu'est-ce que tu racontes ? demanda-t-il d'un ton brusque.

Son regard, accusateur, ne quittait pas mon visage. Je m'essuyai la bouche, repoussai ma chaise et me mis à marcher de long en large dans la pièce.

— Je peux encore me tromper, dis-je, mais j'ai bien peur que non. Et si c'est exact, alors c'est ma faute. C'est à cause de ce que j'ai fait.

Je lui racontai toute l'histoire. Du commencement à la fin. Les touristes anglaises, le « barbare » solitaire et ses dix mille lires, mon cauchemar des petites heures et la façon dont il se rattachait au retable de San Cipriano. L'article dans le journal du lendemain, la démarche auprès de la police, comment j'avais pensé reconnaître Marta et l'impulsion qui m'avait amené à Ruffano. Je terminai en relatant le départ du cordonnier Ghigi et de sa sœur Maria, sous la garde de la police locale.

Aldo m'écouta jusqu'au bout, sans m'interrompre une seule fois. Durant tout le temps que je lui relatai l'histoire, je ne le regardai pas, arpentant la pièce et parlant beaucoup trop vite. Je m'entendais bégayer comme je l'aurais fait si j'avais été devant un juge, et je me reprenais sans cesse à propos de détails dénués d'importance.

Quand j'eus terminé, je me rassis. Je croyais le regard accusateur de mon frère toujours fixé sur moi, mais il était en train de peler très posément une orange.

— Tu vois ? fis-je, épuisé. Tu comprends ?

Il mit un gros quartier d'orange dans sa bouche et l'avala avant de me répondre.

— Oui, je vois, dit-il. C'est assez facile à vérifier. Je suis en très bons termes avec la police de Ruffano. Il me suffit de prendre le téléphone et de leur demander si la morte est Marta.

— Et si c'est elle ?

— Eh bien, c'est très triste évidemment, déclara-t-il en prenant un autre quartier d'orange, mais de toute façon, dans l'état où elle était, mieux vaut qu'elle soit morte. Les Ghigi, ni personne n'avaient plus la moindre autorité sur elle. Demande à Jacopo. C'était une ivrognesse.

Il n'avait pas compris. Il ne se rendait pas compte que si c'était Marta qui avait été assassinée, on l'avait tuée à cause du billet de dix mille lires que j'avais mis dans sa main. J'entrepris de le lui expliquer pour la seconde fois. Il finit son orange, trempa ses doigts dans le bol d'eau placé près de l'assiette.

— Et alors ? fit-il.

— N'est-ce pas une chose que j'aurais dû dire à la police de Rome ? Cela n'indique-t-il pas quelle raison on avait de la tuer ?

Aldo se leva et, allant à la porte, il cria à Jacopo d'apporter le café. Quand ce fut fait et la porte refermée, il servit le café puis, pensif, remua lentement la cuiller dans sa tasse.

— Une raison de tuer, c'est une chose que nous avons tous, à l'un ou l'autre moment de notre existence. Toi comme n'importe qui. Cours donc trouver la police, si tu le veux, et répète-leur ce que tu viens de me raconter. Tu as vu une vieille femme couchée sous le porche d'une église, et cela t'a rappelé un retable qui avait le don de t'horrifier lorsque tu étais enfant. Bien. Qu'as-tu donc fait ? Tu t'es penché vers cette femme et elle a levé la tête. Elle a reconnu en toi l'enfant qui, vingt ans auparavant, avait fui avec l'armée allemande. Tu l'as reconnue, toi aussi, et quelque chose a craqué dans ta tête. Tu l'as tuée, cédant à l'aveugle désir de tuer le cauchemar dont le souvenir te hantait. Après quoi, pour soulager ta conscience, tu lui as glissé un billet de dix mille lires dans la main.

Il but son café puis, traversant la pièce, alla décrocher le combiné du téléphone :

— J'appelle le commissaire. Un dimanche, il doit très probablement être chez lui. Il pourra, à tout le moins, me donner les dernières nouvelles.

— Non, attends, Aldo… attends ! m'écriai-je, pris soudain de panique.

— Pourquoi attendre ? Tu veux savoir, n'est-ce pas ? Et moi aussi.

Il demanda un numéro. Je n'étais plus maître de la situation. Mon tourment intérieur avait cessé d'être un secret. À présent, Aldo le partageait mais, en le partageant, il aggravait encore mon désarroi. Je pouvais avoir commis le meurtre comme il le disait. Je n'avais aucun témoin pour prouver le contraire. Le mobile même qu'il avait suggéré, ce geste issu du désespoir, paraissait vraisemblable. Protester de mon innocence ne servirait à rien. Les policiers ne me croiraient pas… Pourquoi m'auraient-ils cru ? Je ne parviendrais peut-être jamais à me disculper !

— Tu ne vas pas parler de moi, dis ? demandai-je.

Il leva les yeux au ciel en un feint désespoir, et parla dans l'appareil :

— Allô, c'est vous, Commissaire ? J'espère que je ne vous fais pas lever de table ? Donati à l'appareil, Aldo Donati… Très bien, merci. Commissaire, je suis extrêmement troublé par un bruit qui court dans Ruffano et que m'a rapporté Jacopo, mon domestique. On raconte que la vieille servante de ma famille, Marta Zampini, disparue depuis quelques jours, pourrait être cette femme qui a été assassinée à Rome… Oui… oui… Non, comme vous le savez, je suis un homme très occupé et je lis rarement le journal… En tout cas, je n'ai rien vu… Les Ghigi, oui. Elle habitait chez eux depuis quelques mois… Je vois… Oui…

Aldo me regarda en hochant la tête. Mon cœur se serra. La chose allait être confirmée et je me trouverais encore plus étroitement pris au piège.

— Cela ne fait donc absolument aucun doute ? Je suis désolé… Ce n'était plus qu'une épave, vous savez. Je l'avais gardée à mon service jusqu'à ce que cela devînt absolument impossible. Les Ghigi n'ont rien pu vous dire, je suppose ? Pourquoi Rome ? Oui, une impulsion peut-être… Et vous pensez pouvoir opérer bientôt une arrestation ! Bon… Bon… Merci, Commissaire… Oui, je vous serai extrêmement obligé de me tenir au courant dès que vous saurez quelque chose de nouveau. En attendant, tout cela reste entre nous, bien entendu… Oui, merci… merci.

Aldo raccrocha le combiné téléphonique. Puis, ouvrant une boîte, il y prit un paquet de cigarettes non entamé qu'il me lança.

— Rassure-toi, me dit-il, tu seras bientôt tiré d'affaire. Ils comptent opérer une arrestation dans moins de vingt-quatre heures.

Il tenait pour acquis que ma détresse était uniquement due au fait que je tremblais pour ma peau, et cela correspondait tellement à l'opinion qu'il avait toujours eue de moi, que je n'essayai même pas de protester. Oui, j'étais coupable. Coupable d'avoir mis l'argent dans la main de Marta et de n'être pas revenu sur mes pas lorsqu'elle m'avait appelé. Coupable de m'être détourné d'elle.

Le remords me poussa à l'attaque :

— Pourquoi s'était-elle mise à boire ? demandai-je. Tu ne t'occupais pas d'elle ?

Il riposta avec une chaleur qui me surprit :

— Elle était nourrie et vêtue par mes soins, je la chérissais. Malgré cela son moral s'est effondré. Pourquoi ? Ça, ne me le demande pas. Une manifestation d'atavisme, sans doute, due à une hérédité paysanne et alcoolique. Lorsque quelqu'un est résolu à se suicider, tu ne peux pas l'en empêcher.

Mon frère appela Jacopo qui vint chercher les tasses vides et la cafetière.

— Je n'y suis pour personne, lui dit-il. Beo et moi avons vingt-deux années à revivre, et il nous faudra plus de quelques heures pour faire le point.

Il se tourna vers moi et me sourit. Grâce à tout ce qui la meublait, la pièce me semblait maintenant familière et m'enveloppait de sa quiétude. Je ne me sentais plus de responsabilités et je ne craignais plus le monde extérieur : Aldo allait prendre la situation en main.

11

Nous continuâmes de parler ainsi, Aldo et moi, tandis que la journée s'écoulait. De temps à autre, Jacopo nous apportait du café et s'en retournait sans dire un mot. La pièce était pleine de fumée, mais due uniquement à mes cigarettes, car Aldo avait renoncé depuis longtemps au tabac, m'expliqua-t-il, n'en éprouvant plus le besoin. Indirectement, par des questions posées un peu au hasard, je finis par savoir comment il avait passé les années ayant suivi immédiatement la guerre. Après l'armistice, il avait rejoint la Résistance mais, même alors, il ignorait tout du fatal télégramme qui nous avait annoncé sa mort, et pensait que nous le croyions parmi les prisonniers de guerre. C'est seulement lorsqu'il revint à Ruffano, quelques mois après que nous-mêmes l'eûmes quitté avec le commandant, qu'il apprit la vérité par Marta. Ensuite, ils avaient entendu dire que, notre convoi ayant été bombardé alors que nous nous dirigions vers la frontière autrichienne, j'avais été tué ainsi que notre mère. Ainsi, chacun de notre côté, avions-nous vu se désintégrer notre petit univers personnel.

Lui à vingt ans et moi à douze, il nous avait fallu faire face à une nouvelle existence. La mienne consistait à veiller, semaine après semaine, sur une femme déracinée qui de jour en jour, de nuit en nuit devenait plus superficielle, fanée, vieillie, dénuée de tout sens critique. Aldo, lui, se rappelait cette même femme telle qu'il l'avait vue pour la dernière fois, lors d'une permission, débordante d'affection et de projets d'avenir pour nous tous. On lui avait détruit cette image ; non pas seulement Marta, mais tous ceux de Ruffano qui connaissaient notre mère et avaient dit à Aldo comment elle avait fini. Les commérages qu'il y avait eus, la honte, le scandale. Une ou deux personnes l'avaient même vue partir, assise près du commandant et riant tandis que j'agitais un petit drapeau à croix gammée par la portière de la voiture.

— C'est vraiment le coup qui m'a achevé, dit Aldo. Toi, avec ton drapeau.

Je revivais ces instants. Vue à travers Aldo, la déchéance de ma mère devenait ma propre déchéance, et j'en souffrais pour elle. Je voulus avancer des excuses, mais mon frère les repoussa du geste :

— Non, inutile, Beo. Je ne t'écouterai même pas. Quoi qu'elle ait pu faire à Francfort ou à Turin, de quelque façon qu'elle ait vécu avec l'homme que tu appelles ton beau-père, qu'elle ait été malade ou malheureuse, rien de tout cela ne compte à mes yeux. Pour moi, elle est morte le jour où elle a quitté Ruffano.

Je lui demandai s'il avait vu la tombe de notre père. Il me répondit que oui, qu'il était allé dans le camp de prisonniers où notre père avait été enterré. Mais il n'y était jamais retourné. De cela non plus, il ne tenait pas à parler.

— Il est là, dit Aldo avec un geste vers le portrait accroché au mur, cela me suffit. Son portrait et tout ce qu'il aimait, réunis dans cette pièce. Et puis aussi ce qu'il avait fait au palais ducal. J'ai eu à cœur de poursuivre sa tâche en la reprenant au point où il l'avait laissée, mais, comme tu as pu le constater, avec plus d'énergie qu'il n'en avait jamais témoigné. C'était mon but.

Il n'avait cessé de manifester une étrange amertume dans ses propos comme si, en dépit de sa rapide ascension et du poste éminent qu'il occupait à Ruffano, toutes ces années avaient été perdues pour lui. Quelque chose lui échappait encore, semblait-il, bien que ce ne fût ni la satisfaction de ses ambitions personnelles, ni la fortune, ni la célébrité. Il parlait toujours au passé : « J'ai voulu faire ceci… Je souhaitais arriver à cela… J'étais résolu à telle chose. » Pas une seule fois, il ne s'exprima au présent ou au futur. À un moment donné, au cours d'une des pauses qui jalonnèrent notre entretien, je lui demandai : « N'as-tu pas l'intention de te marier ? De fonder une famille ? Afin de laisser également quelque chose derrière toi lorsque tu t'en iras ? » Il se mit à rire. Il se tenait près de la fenêtre, regardant les collines au loin. De cette fenêtre, on pouvait voir le Monte Cappello, au pied duquel nous étions allés dans la matinée avec sa voiture. Maintenant, à l'approche du soir, le mont découpait sa bosse sur le ciel, bleu comme un manteau de mandarin.

— Tu te rappelles ? fit Aldo. Lorsque tu étais tout petit, il m'arrivait de me donner beaucoup de mal pour t'édifier des châteaux de cartes sur la table de la salle à manger, celle où nous avons déjeuné tout à l'heure. Je t'en faisais une quantité – je devais utiliser au moins une demi-douzaine de jeux – et venait le moment du triomphe suprême. Alors, soufflant dessus, j'abattais le tout.

Je m'en souvenais très bien. Le fragile échafaudage qui s'élevait, telle une pagode, maintenant son précaire équilibre. L'ultime carte qui le parachevait… Comme cela semblait beau à l'enfant pétrifié d'admiration que j'étais alors !

— Oui, répondis-je. Quel rapport avec ma question ?

— Je vais te l'expliquer.

Traversant la pièce, il alla décrocher un des dessins d'avion qui ornaient le mur et me l'apporta. Ce dessin représentait un avion de chasse tombant en flammes.

— Ce n'était pas le mien, mais ç'aurait pu l'être, me dit Aldo. J'en ai vu tomber ainsi. Des camarades, avec qui j'avais volé. Moi, j'ai sauté du mien avant qu'il ne prenne feu, et il ne s'est consumé qu'après avoir fini sa course à la façon d'un cerf-volant. Ce que je veux te dire c'est que, au moment de l'impact, j'étais en train de monter. Quand l'appareil a été touché, j'ai tout de suite compris. L'explosion et mon bond dans le ciel se sont produits presque simultanément. J'ai connu alors un instant de triomphe, d'extase, absolument indescriptible. C'était la mort, mais la puissance aussi, la création et la destruction intimement unies. J'avais vécu et j'étais mort.

Il raccrocha le cadre à sa place. Je ne voyais toujours pas quel rapport cela avait avec le mariage ou le fait de fonder une famille. À moins qu'Aldo n'ait voulu dire que, après une telle expérience – que j'essayais vainement d'imaginer en continuant de regarder la gravure –, plus rien n'avait de valeur. Avoir connu et savouré la mort déprécie la vie.

Aldo regarda la pendule qui indiquait sept heures moins le quart.

— Il faut que je te quitte, me dit-il. J'ai une réunion au palais ducal. Je ne pense pas qu'elle me prenne plus d'une heure. C'est encore au sujet du Festival.

De toute la journée, nous n'avions parlé ni du Festival ni de ce que faisait actuellement Aldo. Nous avions constamment vécu dans le passé.

— As-tu un rendez-vous ce soir ? me demanda-t-il.

Je secouai la tête en souriant. Qu'aurais-je eu à faire d'un rendez-vous, maintenant que nous étions réunis ?

— Parfait, dit-il. Alors, je t'emmènerai dîner chez Livia Butali.

Décrochant le téléphone, il demanda un numéro. Aussitôt, je me transportai en esprit devant notre ancienne maison, un peu plus bas dans la via dei Sogni. Il me semblait entendre le piano – Chopin encore – et la musique s'arrêtait soudain. La pianiste traversait la pièce pour aller répondre à cet appel qu'elle avait attendu tout au long de la journée.

— Nous serons deux, dit Aldo dans l'appareil. Vers huit heures un quart.

Il prévint toute question en raccrochant aussitôt. J'imaginai la signora Butali debout près du téléphone, déçue, intriguée, puis regagnant le piano pour se lancer dans une étude pleine de passion.

— Ne m'as-tu pas dit que, parmi tes connaissances superficielles, il y avait celle de l'allemand ? me demanda brusquement mon frère.

— Si, répondis-je. Je tiens ça du commandant.

Affectant d'ignorer cette pointe, Aldo alla derrière le canapé prendre les volumes que j'avais apportés, la veille, à la signora Butali.

— Jettes-y un coup d'œil en mon absence, me dit-il. Je comptais les donner à un de mes gars, un étudiant allemand, mais toi, ce sera encore mieux. Traduis-moi par écrit tout ce qui te semblera particulièrement approprié, conclut-il en jetant les livres sur une table proche de mon fauteuil.

— Je dois t'avertir que ce que j'en ai déjà lu – mais je reconnais n'avoir fait que les parcourir – donne à penser que le Faucon n'était pas le génie méconnu décrit par toi hier soir à tes élus, mais quelque chose de très différent. Si la signora Butali doit vraiment les porter à Rome pour que son mari les lise, il va en avoir une nouvelle attaque !

— Sois sans inquiétude, il ne les lira pas. C'est pour moi qu'elle voulait les livres, parce que je les lui avais demandés.

Je haussai les épaules. En tant que président du Comité culturel, il en avait évidemment le droit.

— De toute évidence, cet auteur allemand était de parti pris, continua mon frère. C'est fréquent chez ces lettrés du XVIIIe siècle. La semaine dernière à Rome, j'ai pu lire des manuscrits italiens antérieurs à ces ouvrages, et qui présentent sous un angle assez différent certains aspects de la vie du Faucon. Jacopo ?

Ouvrant la porte du hall, Aldo avait appelé le domestique qui accourut aussitôt.

— Je m'absente pour une heure, lui dit-il. Ne laisse entrer personne. Beo et moi irons ensuite dîner au 8.

— Bien, signore, acquiesça Jacopo qui ajouta : Une dame est venue deux fois tantôt. Elle m'a dit être la signorina Raspa.

— Que voulait-elle ?

Un sourire éclaira brièvement le visage impassible de Jacopo :

— Vous, de toute évidence.

Je montrai l'enveloppe non décachetée qui était demeurée sur la table du hall :

— Elle te l'a apportée hier soir. Je l'ai vue la glisser dans la fente. J'étais près du porche.

Prenant la lettre sur la table, Aldo me la jeta :

— Alors, lis-la. C'est ton amie autant que la mienne.

Il quitta la maison en claquant la porte derrière lui. J'entendis démarrer l'Alfa Romeo. À pied, le palais ducal n'était qu'à quatre minutes de là, mais il lui fallait quand même prendre sa voiture !

— Il reste toujours et avant tout un pilote, hein ? demandai-je à Jacopo.

— Il n'a jamais été autre chose, me répondit l'ancien aviateur. Le Comité culturel ?

Il fit claquer ses doigts en un geste de superbe mépris puis, remplissant un verre de vermouth, il le posa devant moi en esquissant une courbette :

— Je souhaite que vous ayez un bon dîner, dit-il avant de se retirer.

Je décachetai la lettre de Carla Raspa sans le moindre scrupule. Elle commençait par remercier très cérémonieusement le professeur Donati de lui avoir permis, ainsi qu'à son compagnon, d'assister à la réunion du palais ducal. Cette réunion l'avait profondément troublée et elle eût aimé discuter avec lui de tout ce qu'impliquait son allocution aux étudiants. Elle serait chez elle toute la soirée s'il rentrait avant minuit, et elle avait son dimanche entièrement libre si jamais il pouvait lui accorder une heure à n'importe quel moment de la journée. Elle se ferait un plaisir de se rendre chez lui ou, s'il préférait, elle le recevrait très volontiers à son appartement, 5 via San Michele, pour prendre un verre ou partager son repas. La missive se terminait tout aussi cérémonieusement par les salutations d'usage. Les lettres de la signature, Carla Raspa, s'entrelaçaient amoureusement en travers de la page. Je remis la lettre dans l'enveloppe en me demandant si la signorina Raspa continuait d'attendre puis, non sans soulagement, je passai aux fredaines du Faucon.

Le libertinage précoce du duc Claudio, disait l'auteur allemand, scandalisa Ruffano et fut préjudiciable à sa santé. Son dévergondage et ses vices prirent une si inquiétante ampleur que certains membres de la cour, parmi les plus âgés, finirent par craindre que de tels excès ne missent en danger la vie de leur suzerain. Poussé par son mauvais génie, le duc entra en contact avec des comédiens ambulants dont les mœurs relâchées le ravirent au point qu'il en fit ses intimes, nommant les plus jeunes d'entre eux à des postes très importants de sa cour.

Aldo ne pourrait point dire qu'il ne l'avait pas cherché ! Prenant une feuille de papier et un crayon, j'entrepris, tout en sirotant mon vermouth, de traduire les passages les plus significatifs.

Cette intimité du Faucon avec les comédiens finit par accaparer tout son temps et ses pensées. Ces gens, appartenant aux classes les plus viles de la société, devinrent les compagnons ordinaires du duc, aussi bien en public qu'en privé. Suivant leur exemple, il se mit à outrager la décence, passant d'une extravagance à l'autre, offrant à ses sujets le honteux spectacle de…

Pudiquement, l'auteur allemand avait recours au grec pour décrire ces turpitudes. Mes études à Turin n'avaient pas englobé les langues mortes. En ce qui concernait le Festival, c'était peut-être un bien, mais je me sentis frustré. Je tournai les pages pour revenir aux passages que j'avais lus la veille. Mais l'un des jeunes étudiants d'Aldo avait dû le faire avant moi. Sans doute mon frère était-il venu chercher les livres peu après que je les eus laissés chez la signora Butali, et les avait-il portés à son traducteur pour qu'il les parcourût. Un bout de papier avait été mis pour marquer la page. Je me rappelai le passage.

... Quand les habitants de Ruffano, indignés, formulèrent ouvertement leurs accusations, le duc Claudio rétorqua qu'il avait été chargé par Dieu d'infliger à ses sujets le châtiment qu'ils méritaient. L'arrogance serait mise à nu ; la superbe, violentée ; la calomnie, réduite au silence, et la vipère mourrait de son propre venin. De la sorte, la balance de la Justice divine recouvrerait son équilibre. Il arriva qu'un page oublia de renouveler le luminaire pour le dîner du duc. Aussitôt saisi par les gardes du corps du Faucon, l'infortuné fut enveloppé dans une toile enduite de produits combustibles et, après qu'on eut mis le feu à sa tête, on le promena à travers les salles du palais, jusqu'à ce qu'il ait expiré dans d'atroces souffrances.

Une édifiante histoire, qui déséquilibrait passablement la balance de la Justice divine !

Je poursuivis ma lecture :

Les habitants de Ruffano, excédés de voir le déshonneur s'abattre chaque soir sur leurs foyers, finirent par se soulever à l'instigation d'un citoyen éminent, dont la ravissante femme avait été profanée par le Faucon lui-même. Une émeute s'ensuivit, au cours de laquelle le duc Claudio trouva la mort. Gagné par le cabotinage de ses vils commensaux, il avait voulu réaliser un exploit que nul n'avait encore tenté, et qui consistait à conduire un char attelé de dix-huit chevaux de la forteresse située sur la colline nord jusqu'au palais ducal, en haut de la colline sud, en traversant le centre de la ville. La population presque tout entière lui donna la chasse après que de nombreuses personnes eurent péri sous les sabots de ses chevaux. Cette infernale randonnée qui, dans les annales de Ruffano, fut appelée le Vol du Faucon, s'acheva par le massacre du duc.

Je me servis un autre verre de vermouth. Je croyais que le duc s'était jeté du faîte de la tour, en prétendant être l'oiseau dont il portait le nom. L'auteur allemand ne faisait allusion à rien de semblable. Peut-être les manuscrits italiens étaient-ils plus explicites. Je traduisis laborieusement ces détails à l'intention de mon frère. Quelqu'un d'autre devrait se charger de déchiffrer le grec !

Quand Aldo revint, peu avant huit heures, il n'avait plus du tout cette humeur sombre qu'il avait manifestée durant que nous évoquions le passé, et paraissait au contraire très allègre. Je lui remis mes notes et le laissai en train de les lire pour aller me laver les mains. Lorsque je le rejoignis, quelques minutes plus tard, je le trouvai tout souriant.

— C'est très bien, me dit-il. Excellent ! Cela concorde avec ce que j'avais déjà pu lire.

Il fourra mes notes dans sa poche, cria un au revoir à Jacopo et nous sortîmes de la maison. Cette fois, il ne prit pas la voiture et nous descendîmes la via dei Sogni jusqu'à notre ancien domicile.

— Que vas-tu dire à la signora Butali en ce qui me concerne ? lui demandai-je.

— Ce matin, avant de m'en aller, je l'ai mise au courant. On peut se fier à elle tout autant qu'à Jacopo.

Il entra dans le jardin et me précéda le long de l'allée menant à la maison. La porte était ouverte à notre intention. Nous aurions pu facilement nous croire reportés dans le passé, et revenant d'une balade qui nous avait mis en retard alors que nos parents nous attendaient pour dîner. Tandis qu'Aldo présenterait des excuses, moi, je serais envoyé immédiatement au lit.

Pour la circonstance, notre hôtesse s'était changée. Elle me parut encore plus belle à la lumière artificielle, dans une robe d'un bleu foncé qui lui seyait particulièrement. Elle vint à moi en premier, souriante, la main tendue.

— J'aurais dû m'en douter, dit-elle. Ce n'était pas Chopin ni Debussy qui vous attiraient ici. Vous vouliez revoir votre maison.

— À vrai dire, Chopin et Debussy y étaient aussi pour quelque chose, répondis-je en lui baisant la main. Si je vous ai paru brusque et discourtois, je vous prie maintenant de m'en excuser.

Je n'étais plus l'aide-bibliothécaire qui l'avait raccompagnée de l'église jusque chez elle. Désormais, grâce à Aldo, je faisais partie des intimes.

— C'est fantastique et absolument merveilleux, reprit-elle. Je n'arrive pas encore à y croire. Cela va faire une telle différence pour vous deux. Je ne peux vous dire à quel point je m'en réjouis !

Son regard allait sans cesse de l'un à l'autre et, peut-être parce qu'elle avait été au bord des larmes durant toute la journée, je vis ses yeux s'embuer.

— Il n'y a pas lieu de vous émouvoir ainsi, dit Aldo. Où est mon Campari ? Beo, lui, préfère le vermouth.

Elle secoua la tête, comme pour lui reprocher son manque de sentiment, puis nous fit passer nos verres avant de se servir à son tour.

— Je bois à vous deux, dit-elle. Une longue vie et tout le bonheur possible.

Puis elle ajouta en se tournant vers moi :

— J'ai toujours aimé votre nom… Il Beato. Je trouve qu'il vous sied parfaitement.

Aldo éclata de rire :

— Savez-vous ce qu'il est ? s'esclaffa-t-il. Un guide pour touristes. Il se trimbale en car à travers le pays et fait voir aux Anglo-Saxons *Rome by night*.

— Eh bien, pourquoi pas ? rétorqua-t-elle. Je suis sûre qu'il s'en tire à merveille et que les touristes l'adorent.

— Il fait ça pour récolter des pourboires. Il va même jusqu'à plonger dans la fontaine de Trevi après avoir retiré son pantalon, déclara Aldo.

— Allons donc ! dit-elle en souriant, puis s'adressant à moi : Ne faites pas attention à lui, Beo. Il est jaloux parce que vous voyagez, alors qu'il reste confiné dans une petite ville universitaire.

C'était plaisant de l'entendre dire « Beo », et les voir échanger des taquineries me mettait à l'aise. Néanmoins… Je jetai un coup d'œil à mon frère. Il se déplaçait dans la pièce, feuilletant un livre, prenant un objet en main puis le reposant, et je me rappelais que c'était ainsi lorsqu'il contenait son excitation. Quelque chose se préparait.

La double porte était ouverte, donnant accès à ce qui était maintenant la salle à manger. La table était préparée pour trois et éclairée aux bougies. Une jeune domestique apporta des plats sur la desserte, mais se retira aussitôt, nous laissant nous servir nous-mêmes. Mon ancienne chambre de jeux, subtilement transformée par les rideaux tirés et la clarté des chandelles jouant sur le bois poli de la table comme sur nos visages, ne me semblait plus aussi étrangère que dans la matinée. Elle était mienne de nouveau. Mais, plus chaude, plus intime, elle me reportait à mon enfance tout en me donnant le sentiment d'être admis, avant l'âge, à l'un de ces jeux d'adultes qu'aimait Aldo.

Souvent dans le passé, je m'étais ainsi trouvé en tiers, aide et complice de mon frère, soit pour favoriser l'épanouissement d'une nouvelle amitié nouée au lycée où il passait ses journées ou, au contraire, pour mettre fin à une autre. Il me préparait des phrases que je devais dire au signal donné, causant ainsi de la confusion ou une violente dispute, voire une bagarre. Ses méthodes n'avaient pas changé. Seulement c'était avec une femme qu'il jouait maintenant, et le fait que j'en fusse témoin doublait le plaisir qu'il avait à observer la façon dont elle réagissait à ses provocations. Je me demandai à quel stade il en était arrivé ; leur badinage – où Aldo me mettait fréquemment en cause pour que la signora Butali prît ma défense – était-il une sorte de rite nuptial précédant l'acte final ? Ou bien, déjà amants, éprouvaient-ils une volupté accrue à faire ainsi étalage de leur secret devant un tiers qui était supposé n'y voir que du feu ?

Il ne fut fait aucune allusion au professeur Butali. Dans son lit d'hôpital à Rome, le malade n'était pas un spectre capable de troubler le festin : il aurait pu aussi bien ne pas exister. Je me demandai quelle influence sa présence aurait eue sur notre comportement à tous trois. Sans doute, la signora Butali serait-elle rentrée dans sa coquille pour n'être plus que la femme du recteur recevant à dîner, tandis qu'Aldo, flattant notre hôte d'une façon que j'eusse été seul à percevoir – comme il le faisait avec notre père lorsque j'étais enfant –, l'eût incité à se livrer de plus en plus. Aussi longtemps qu'il y amenait les gens à leur insu, peu importait à Aldo que leurs révélations fussent captivantes ou dépourvues d'intérêt.

Le dîner terminé, la signora Butali nous conduisit dans la salle de musique, au premier étage où, tandis que nous prenions le café et les liqueurs, la conversation se mit à rouler sur le Festival.

— Comment marchent les répétitions ? demanda-t-elle à mon frère. Ou tout doit-il rester aussi secret que l'an dernier pour les non-participants ?

— Encore plus secret, déclara Aldo. Mais je peux quand même vous dire que les répétitions marchent bien. Certains d'entre nous répètent déjà depuis des mois.

— Vous savez, Beo, dit-elle en se tournant de mon côté, l'an passé j'incarnais la duchesse Emilia, qui accueillit le pape Clément VII. Le professeur Rizzio, que vous avez vu ce matin, était le duc. Les répétitions et la mise en scène de votre frère étaient d'un tel réalisme que, depuis lors, je crois bien que le professeur Rizzio se prend pour un duc de Ruffano.

— Son attitude à mon égard, ce matin, était certainement très altière, dis-je. Mais je n'ai pas pensé que c'était dû au Festival de l'année dernière. Je me suis simplement dit que, étant recteur adjoint de cette université et à la tête du Bureau de l'enseignement, il avait sans doute conscience du gouffre qui nous séparait.

— Oui, c'est aussi son défaut, acquiesça la signora Butali qui ajouta à l'adresse d'Aldo : Mais sa sœur n'est-elle pas encore pire que lui ? Il m'arrive souvent de plaindre les étudiantes qui logent au foyer. Je me demande si, dans un couvent, elles n'auraient pas plus de liberté qu'enfermées dans cet hôtel avec la signorina Rizzio.

Mon frère s'esclaffa tout en se servant de cognac.

— Les couvents, jadis, étaient d'un accès plus facile. On n'a pas encore construit de souterrain pour relier le foyer des étudiants à celui des étudiantes. Peut-être pourrions-nous l'envisager.

Sortant de sa poche la traduction que j'avais faite pour lui, il s'installa dans un fauteuil et se mit à l'étudier.

— Il reste plus d'un problème à résoudre avant que puisse avoir lieu le Festival de cette année, dis-je à la maîtresse de maison.

— Par exemple ? demanda-t-elle.

— Eh bien, le duc Claudio était-il un moraliste ou un monstre ? D'après les historiens, c'était un monstre, et dément par surcroît. Mais Aldo pense différemment.

— Ça ne m'étonne pas, dit-elle. Il aime à être différent de tout le monde !

La voix était railleuse, mais le regard qu'elle tournait vers Aldo était de nature à l'aiguillonner. Notre hôtesse était prête à aborder une autre phase du rite nuptial. Je me rappelai son visage dépourvu d'expression lorsque je l'avais raccompagnée depuis l'église. La comparaison n'était pas flatteuse pour moi.

— Quoi qu'il en fût, continuai-je, les gens de Ruffano le prirent pour un monstre et se soulevèrent en une sanglante émeute contre lui et sa cour.

— Et nous allons voir cela au Festival ? s'enquit la dame.

— Ce n'est pas à moi qu'il faut le demander, mais à Aldo, répondis-je.

Son verre de liqueur à la main, fredonnant à mi-voix, elle s'approcha du fauteuil où était mon frère, et la façon dont elle marchait, la façon dont elle se penchait vers Aldo, tout à mes yeux clamait son désir. Seule ma présence la retenait de le toucher.

— Eh bien, questionna-t-elle, aurons-nous une insurrection et, dans l'affirmative, qui la fomentera ?

— Facile, répondit Aldo sans même lever la tête. Les étudiants des SEC. De toute manière, ils sont mûrs pour la rébellion.

Elle me regarda en haussant les sourcils et posa son verre sur le piano.

— Voilà qui est nouveau, dit-elle tout en levant le couvercle de l'instrument. Je croyais qu'il appartenait aux seuls étudiants de lettres de participer au Festival.

— Pas cette année. Ils ne sont pas assez nombreux.

Elle vida son verre, telle la reine des abeilles faisant sa provision de nectar avant le vol nuptial, puis s'assit sur le tabouret du piano.

— Que vais-je vous jouer ? demanda-t-elle.

La question s'adressait à moi, le sourire aussi. Mais son intonation, son attitude, les mains posées sur le clavier, tout cela était pour mon frère.

— *L'Arabesque*, dis-je. C'est asexué.

Il en avait été ainsi la veille pour moi, un inconnu, revenu en étranger dans ma propre maison, et tout environné de fantômes. Alors le flux et le reflux de la musique, l'égrènement des notes, disaient la nostalgie, le vain rappel de l'instant qui fuit. Mais à présent c'était la nuit, et Aldo se trouvait dans la maison. La pianiste qui, la veille, n'avait joué que par amabilité trouvait là maintenant un moyen de courtiser mon frère à sa façon. *L'Arabesque*, jouée par tant de jeunes élèves à travers le monde, devenait une danse d'amour, lascive, impudique. J'étais surpris que la femme du recteur se trahît pareillement et, assis très droit dans mon fauteuil, je regardais le plafond. Le couvercle levé du piano lui masquait l'homme qu'elle espérait charmer, mais, moi, je le voyais. Ayant trouvé un crayon, il annotait ma traduction, indifférent à la musique. Debussy, Ravel, Chopin le laissaient insensible. La musique n'avait jamais ému Aldo. La signora Butali jouait du piano, mais ce n'était pour lui qu'un bruit de fond, qu'il différenciait à peine de celui de la rue.

Il m'était pénible que notre hôtesse se dépensât ainsi en pure perte. Allumant une cigarette, je me mis à imaginer que j'étais à la place de mon frère. Lorsqu'elle cesserait de jouer, je me lèverais, traverserais la pièce et irais poser mes mains sur les yeux de la pianiste qui s'abandonnerait contre moi. Ce rêve crût en intensité à mesure que s'accélérait le tempo de la musique. Il me devint presque insupportable de demeurer assis là, silencieux, à endurer ce message qui, hélas, ne m'était pas destiné. Pour indifférent qu'il fût à la musique, je ne doutais pas un seul instant qu'Aldo eût conscience de ce message. Je souhaitais qu'elle parvînt à ses fins et qu'Aldo en eût de la joie, mais il m'était à tout le moins désagréable de participer ainsi à leurs relations charnelles.

La signora Butali sentit peut-être mon malaise, car elle se leva soudain en rabattant le couvercle du piano :

— Eh bien, demanda-t-elle, est-ce fini cette insurrection ? Pouvons-nous enfin nous détendre un peu ?

Même si elle était voulue, son ironie n'eut, sur mon frère, pas plus d'effet que sa musique. Il la regarda, se rendit compte qu'elle avait cessé de jouer et lui adressait la parole.

— Quelle heure est-il ? Il est tard ? s'informa-t-il en repliant les feuilles.

— Dix heures, répondit-elle.

— Il me semblait que nous venions à peine d'achever de dîner.

Il bâilla, s'étira et rangea mes notes dans sa poche.

— J'espère, dit-elle, que vous avez terminé votre scène d'ouverture, si c'est à cela que vous avez travaillé durant toute la soirée.

Quand elle voulut emplir de nouveau mon verre, je déclinai la proposition en secouant la tête, déclarant qu'il me fallait regagner la via San Michele. Aldo sourit, mais je n'aurais su dire si c'était dû à la raillerie désinvolte de la signora Butali ou à ma discrétion.

— Ma scène d'ouverture – laquelle, en fait, est au point depuis des semaines – se jouera dans la coulisse. Ou du moins devrait-il en être ainsi, si nous tenons à être discrets.

— Le tonnerre des chevaux lancés au grand galop ? questionnai-je.

— Non, non, fit-il en fronçant les sourcils, ça, ce sera pour la fin. Il nous faut d'abord la partie amusante.

— C'est-à-dire quoi, au juste ? questionna notre hôtesse.

— La séduction de la dame… Cette femme d'un éminent citoyen de la ville qui, selon mon traducteur allemand, avait été *profanée* par le Faucon lui-même.

Il y eut un silence qui se prolongea. Cette citation par Aldo de ma traduction hâtive survenait à un moment bien embarrassant. Je me levai aussitôt, arborant mon plus beau sourire de guide pour dire à la signora Butali qu'il me fallait être à la bibliothèque le lendemain matin dès neuf heures. C'était, du moins me le semblait-il, le seul moyen de rompre une pause qui menaçait de devenir oppressante. Mais, lorsque j'eus parlé, je me rendis compte que mon départ soudain était en soi comme une façon de blâmer ce qui venait d'être dit.

— Ne laissez pas le signor Fossi abuser de vos forces, ni des siennes, me recommanda la signora Butali en me donnant sa main à baiser. Et revenez chaque fois que vous éprouverez le besoin d'un peu de musique. Je n'ai pas à vous rappeler que cette maison était la vôtre. J'aimerais donc que vous vous y sentiez aussi à l'aise que votre frère.

Je la remerciai de son amabilité et lui dis que s'il y avait des livres à la bibliothèque dont elle pût avoir besoin, pour elle ou son mari, il lui suffirait de me téléphoner à n'importe quel moment.

— Vous êtes vraiment très gentil, me répondit-elle. Dans le courant de la semaine, je dois aller à Rome. Je vous tiendrai au courant.

— Je t'accompagne en bas, dit Aldo.

Il m'accompagnait en bas. Il ne prenait donc pas congé comme moi. Tandis que nous descendions l'escalier, en haut duquel la porte de la salle de musique était demeurée ouverte, je jacassai gaiement, rappelant à mon frère les nombreuses fois où il m'avait pourchassé jusqu'à l'étage. Je ne voulais pas que la signora Butali pense… ce qu'elle devait être en train de penser, à savoir : que moi, le petit frère, j'avais reçu le signal de me retirer.

Aldo traversa le jardin avec moi et m'ouvrit la grille. Au-dessus de nous, une lampe projetait des ombres dans la rue et les étoiles étaient brillantes.

— Qu'elle est donc belle ! dis-je. Et si sympathique à tout point de vue… Si calme, si posée. Je ne m'étonne pas que tu…

— Regarde, m'interrompit Aldo en effleurant mon bras, les voici qui arrivent. Tu vois leurs phares ?

Il pointait le doigt vers la vallée au-dessous de nous, où les routes principales, qui abordaient Ruffano par l'est et par le nord, étaient piquetées de points lumineux et mouvants. Une pétarade de vespas se rapprochait dans le silence de la nuit.

— Qui est-ce ?

— Les étudiants des SEC qui rentrent de leur week-end. Dans un moment, tu les entendras prendre d'assaut la via delle Mura. Ils en ont encore pour une heure au moins à tourner par la ville.

C'en était fait du silence nocturne. Le calme dominical était rompu qui, autrefois, enveloppait Ruffano comme un manteau,

— Avec l'autorité dont tu jouis ici, tu pourrais faire cesser ce tapage, s'il t'ennuie tellement, remarquai-je.

Aldo sourit et me donna une tape sur l'épaule.

— Il ne m'ennuie aucunement. En ce qui me concerne, ils peuvent bien pétarader toute la nuit si ça leur chante. Tu rentres directement, n'est-ce pas ?

— Oui, dis-je.

— Ne t'attarde pas. Va tout droit. Au revoir, Beo, et merci pour aujourd'hui.

Il rentra dans le jardin en repoussant la grille. Un moment plus tard, je l'entendis refermer la porte de la maison. Je descendis la colline en direction de ma pension, en me demandant quelle réception attendait Aldo quand il regagnerait la salle de musique. Je me demandai également si la fille qui avait apporté les plats couchait dans la maison.

Tandis que je cheminais, les étudiants, dont j'avais aperçu les phares, convergeaient déjà vers la piazza della Vita. Le vrombissement des vespas se mêlait à celui des petites voitures. Deux conduites intérieures s'arrêtèrent pile près de la colonnade et j'aperçus dedans mes jeunes amis, les Pasquale, riant et bavardant avec des camarades. Demain, oui, peut-être, mais pas ce soir… Ce soir, je souhaitais avant tout digérer ma journée. Je pressai le pas, de façon à n'être pas rejoint, et franchissant le seuil du 24, dont la porte était ouverte, je gagnai rapidement ma chambre. Durant que je me déshabillais, je ne cessai de voir Aldo debout dans l'ancienne chambre de notre mère, avec la signora Butali. Je me demandai si, habitué à la façon dont la pièce était maintenant transformée par le piano et les autres meubles, Aldo avait cessé de se la représenter comme elle était autrefois et comme je la voyais encore.

Sous ma fenêtre, les étudiants riaient et chantaient. Au loin, vers le centre de la ville, le halètement et la pétarade des vespas avertissaient les habitants de Ruffano que les philistins étaient de retour.

12

Le lendemain matin, lorsque je descendis pour prendre mon petit déjeuner, les étudiants m'accueillirent chaleureusement. Debout autour de la table, ils buvaient du café tout en échangeant des commentaires sur leur sortie de la veille. À ma vue, ce fut un tollé général et Mario qui, dès le premier soir, m'avait fait l'impression d'être le plus turbulent de tous brandit sa tartine en demandant comment le diplômé en lettres avait passé son week-end.

— Pour commencer, dis-je, nous autres, bibliothécaires, n'avons pas droit au samedi après-midi. J'ai donc trié les livres jusqu'à sept heures passées.

Un grognement général, mi-sympathique, mi-moqueur, salua ma remarque.

— Des esclaves, ce sont tous des esclaves, enchaînés par un système désuet. Voilà un exemple typique de la façon dont on les dirige là-haut. Notre patron à nous, Elia, a plus de bon sens. Il sait que nous donnons notre maximum pendant cinq jours, aussi nous laisse-t-il ensuite quarante-huit heures de liberté pour faire ce que bon nous semble. La plupart d'entre nous s'en vont chez eux, et lui fait de même. Il a une villa sur la côte et il y va secouer un peu la vieille poussière de Ruffano !

La signora Silvani, qui officiait avec la cafetière, me tendit une tasse en souriant :

— Êtes-vous allé à la messe hier ? s'enquit-elle. Lorsque nous ne vous avons pas vu revenir pour le manger, mon mari et moi nous sommes demandé ce qui avait pu vous arriver.

— J'ai rencontré un ami qui m'a invité à manger, et nous avons passé la journée ensemble.

— Ah ! ça me fait penser… Une demoiselle est venue vous demander en fin d'après-midi. La signorina Raspa. Si vous rentriez, elle vous faisait dire d'aller la voir au 5.

Pauvre Carla Raspa ! Ayant échoué par deux fois avec Aldo, elle se rabattait sur moi, en désespoir de cause.

— Quelqu'un a-t-il parlé de messe ? demanda Gino. Ai-je bien entendu, ou est-ce une erreur de mes sens abusés ?

— Je suis allé à la messe, lui confirmai-je. Les cloches de San Cipriano m'y appelaient et je leur ai obéi.

— C'est de la superstition pure et simple, vous savez ? reprit Gino. Cela profite aux prêtres, mais à personne d'autre.

— Autrefois, intervint Caterina Pasquale en rejoignant le groupe, on n'avait rien d'autre à faire qu'aller à la messe. C'était la distraction du dimanche matin. On y retrouvait ses amis. Mais, de nos jours, on a tant d'occupations. Devinez ce que nous avons fait, Paolo et moi ?

Ses grands yeux me souriaient tandis qu'elle mordait dans sa tartine.

— Dites-le-moi, répliquai-je en lui rendant son sourire.

— Nous avons emprunté la voiture de mon frère et nous sommes allés à Venise. C'était formidable ; on a mis quatre heures un quart. Voilà qui est vivre, non ?

— Cela pourrait aussi être mourir, fis-je remarquer.

— Ah ! mais c'est précisément de courir un risque qui est excitant ! protesta-t-elle.

Mario se mit à donner une imitation de Caterina au volant, virant, zigzaguant et faisant ronfler le moteur avant d'aller emboutir une autre voiture.

— Vous devriez faire comme moi, me dit-il. Avoir une vespa qui roule à pleins gaz !

— Et fait un boucan qui nous réveille tous ! répliqua la signora Silvani. Le dimanche soir, il n'y a plus moyen de dormir.

— Vous nous avez entendus ? s'esclaffa l'étudiant. On était toute une bande à revenir de Fano. Zup… zup… zup… Nous espérions bien mettre un peu d'animation ici. Franchement, c'est de cela que vous avez besoin à Ruffano : un peu de musique concrète exécutée par nos pots d'échappement pour percer la cire de vos oreilles.

— J'aurais voulu que vous voyiez ça ! lança Gerardo. On faisait sans cesse le tour de la via della Mura, en braquant nos phares sur le foyer des étudiantes pour qu'elles ouvrent leurs persiennes.

— Et elles les ont ouvertes ? demanda Caterina.

— Elles pouvaient pas ! Dès neuf heures, on les attache sur leurs lits !

Riant, discutant, se bousculant, ils finirent par s'en aller, mais pas avant que la jeune Caterina ne m'eût crié en se retournant vers moi :

— À ce soir ! On pourra sortir tous les trois.

La signora Silvani les regarda partir en souriant, et hocha la tête avec indulgence :

— Quels enfants ! Pas plus le sens des responsabilités que s'ils étaient encore au berceau. Mais tous très intelligents ! Vous verrez, dans un an, ils seront tous reçus à leurs examens… et s'en iront ensuite moisir dans quelque banque, au fin fond d'une province !

Quand je sortis pour me rendre au palais ducal, je vis que quelqu'un m'attendait un peu plus haut dans la rue, devant la porte du 5.

— Bonjour, me dit Carla Raspa.

— Bonjour, signorina, répondis-je.

— Je croyais, dit-elle en se dirigeant avec moi vers la piazza della Vita, que nous avions envisagé de passer le dimanche ensemble ?

— C'est exact. Et comment cela a-t-il fini ?

— Je suis restée chez moi toute la journée, fit-elle avec un haussement d'épaules. Vous n'aviez qu'à passer me prendre.

— Je n'ai pas pu. Cédant à une impulsion, je suis allé entendre la messe à San Cipriano. J'y ai rencontré la femme du recteur, à qui, la veille, j'étais allé porter des livres. Je l'ai accompagnée jusque chez elle, où elle m'a invité à entrer boire un verre.

— Et vous vous êtes empressé d'accepter ! s'exclama Carla Raspa qui s'était arrêtée pour me regarder. Oh ! je ne vous le reproche pas. Il suffit à Livia Butali d'incliner gracieusement la tête, et ça y est. Pas étonnant que vous ne vous soyez plus donné la peine de venir me voir, après avoir été ainsi invité chez elle. Qui y avait-il ?

— Un tas de professeurs, parmi lesquels mon supérieur direct, le signor Fossi et sa femme.

Je soulignai le dernier mot et Carla rit en se remettant à marcher :

— Pauvre Giuseppe ! Je l'imagine pénétré de sa dignité et tout gonflé d'importance à cause de cette invitation. Que pensez-vous de notre Livia ?

— Je l'ai trouvée très belle. Et charmante. Beaucoup plus que la signorina Rizzio.

— Grands dieux ! Elle y était aussi ?

— Oui, avec son frère. L'un et l'autre un peu trop guindés pour mon goût.

— Pour notre goût à tous ! Vous vous êtes bien débrouillé pour un nouveau venu, Armino Fabbio. Plus rien ne pourra vous arrêter maintenant. Mes félicitations ! Moi, au bout de deux ans, je n'en suis pas encore à ce stade.

Nous tournâmes dans la via Rossini, aux trottoirs encombrés par des ménagères sorties de bonne heure pour leurs emplettes, et des étudiants en retard qui se hâtaient vers leurs premiers cours.

— Est-ce que, par hasard, le président du Comité culturel se trouvait aussi chez Livia ? me demanda Carla.

Je lui avais déjà fait suffisamment impression pour n'avoir pas besoin de me grandir encore. Par ailleurs, mieux valait être discret.

— Oui, répondis-je, et je l'y ai laissé. J'ai eu l'occasion d'échanger quelques mots avec lui pendant qu'il buvait son Campari. Il m'a paru aimable, et beaucoup moins imposant qu'avec ses gardes du corps.

De nouveau, elle s'arrêta pour me regarder.

— Incroyable ! s'exclama-t-elle. À Ruffano depuis trois jours à peine, il vous échoit une chance pareille ! Vous devez avoir un don, pas possible ! Vous a-t-il parlé de moi ?

— Non, mais il n'en aurait guère eu le temps. De toute façon, je ne crois pas qu'il m'ait reconnu.

— Quelle occasion manquée ! Si seulement j'avais su… Je vous aurais chargé d'un message pour lui.

— N'oubliez pas que tout cela a été un coup de chance, lui rappelai-je. Si je n'étais pas allé à la messe…

— Ce doit être votre air innocent. Ne me racontez pas que si j'étais allée à la messe et y avais rencontré Livia Butali, elle m'aurait invitée à prendre l'apéritif. Je suppose qu'elle doit prendre plaisir à recevoir les gens de l'université pendant que son mari est à Rome, à l'hôpital. Aldo Donati lui a-t-il fait la cour ?

— Pas à ma connaissance, répondis-je. Elle parlait surtout au professeur Rizzio.

Nous nous séparâmes et je pénétrai dans le palais ducal tandis qu'elle continuait à gravir la colline jusqu'à l'université. Il n'avait pas été question d'un autre rendez-vous entre nous, mais j'avais le sentiment très net que cela ne tarderait pas.

Après le dimanche que je venais de passer, j'avais eu un peu de mal à reprendre le collier et, lorsque j'arrivai à la bibliothèque, je m'aperçus que les autres étaient déjà là, ainsi que mon chef, Giuseppe Fossi. Groupés dans un coin, ils parlaient avec excitation autour de la signorina Catti qui semblait accaparer l'attention générale.

— Ça ne fait aucun doute, était-elle en train de dire. Je le tiens d'une des étudiantes, Maria Cavallini. Elle était enfermée dans sa chambre, avec quatre de ses camarades. C'est seulement ce matin que le portier a pu les libérer, elle et les autres, lorsqu'il est venu pour s'occuper du chauffage central.

— C'est incroyable, scandaleux ! Cela va faire une histoire terrible ! dit Giuseppe Fossi. A-t-on prévenu la police ?

— Personne n'a su me le dire, et je ne pouvais pas rester poser des questions, ou je serais arrivée en retard ici.

En m'apercevant, Toni, les yeux brillants, se précipita vers moi :

— Vous connaissez la nouvelle ? me demanda-t-il.

— Non, répondis-je. Quelle nouvelle ?

— Le foyer des étudiantes a été envahi, la nuit dernière, et les filles se sont trouvées enfermées dans leurs chambres, sans qu'on sache ce qui s'est passé au juste, ni quels sont les responsables. Des hommes masqués… Combien étaient-ils, signorina ?

Il s'était retourné vers la pâle secrétaire, mise en vedette de façon inattendue par les étranges nouvelles dont elle était porteuse.

— Une douzaine au moins, à ce qu'on raconte, répondit-elle. Personne ne sait comment ils ont réussi à entrer. Cela s'est produit brusquement, au moment où les étudiants des SEC rentraient de week-end. Vous savez quel vacarme ils font avec leurs machines ? D'après moi, ils étaient de connivence. Vous pouvez considérer ça comme un simple chahut, moi, je trouve que c'est un véritable scandale !

— Allons, voyons, intervint Giuseppe Fossi, les yeux plus exorbités que jamais du fait de l'excitation, autant que nous le sachions, aucune des filles n'a été malmenée. Les enfermer dans leurs chambres n'est pas bien méchant… Je me suis laissé dire que c'est une farce courante. Mais évidemment, s'ils sont entrés par effraction dans le foyer, c'est autre chose. Elles vont devoir appeler la police. De toute façon, le professeur Elia sera mis en cause. Et maintenant, si nous commencions à travailler ?

Il se hâta vers son bureau, après avoir fait signe à la secrétaire, qui le suivit d'un air important, avec bloc-notes et crayon.

— Pourquoi mettre en cause le professeur Elia ? murmura Toni. Ce n'est pas sa faute si les étudiants des SEC s'amusent à organiser un chahut. Tantôt, je saurai la vérité par ma petite amie. Ses copines lui auront dit ce qui s'est exactement passé.

Nous nous mîmes au travail, mais sans y apporter beaucoup de concentration. Chaque fois que le téléphone sonnait, nous levions la tête et écoutions, mais les « Oui… Non… » du signor

Fossi ne révélaient aucun secret. L'invasion du foyer des étudiantes ne concernait pas la bibliothèque.

Vers le milieu de la matinée, Fossi nous envoya, Toni et moi, porter plusieurs paniers de livres à la nouvelle bibliothèque. Nous disposions pour cela d'une petite camionnette. C'était ma première visite là-bas. L'édifice était situé au-delà de l'université, au sommet de la colline, à côté d'autres bâtiments neufs, tels que l'École de commerce et les labos de physique. Ils n'avaient point la grâce de la vieille Maison des études, mais leur ligne n'était pas déplaisante et les grandes fenêtres assureraient air et lumière aux étudiants qui y travailleraient.

— Tout cela, nous le devons au professeur Butali et aux plus jeunes membres du Conseil de l'université, m'apprit Toni. Le vieux Rizzio leur a résisté avec acharnement.

— Pourquoi donc ? demandai-je.

— Il trouve que cela dégrade l'ambiance universitaire, transforme ses étudiants en ouvriers d'usine ! dit Toni en souriant. D'après lui, l'université de Ruffano est destinée, purement et simplement, à former des pédagogues qui, après avoir décroché leurs diplômes, s'en iront par le monde dispenser leur savoir dans les écoles.

— Ils peuvent toujours le faire.

— Certes, mais quel sacrifice ! Pensez donc : un type avec un diplôme en SEC peut, du jour au lendemain, trouver un poste dans une grosse firme et gagner en trois mois plus qu'un prof en une année ! Tandis que, de l'autre côté, il n'y a pas d'avenir.

Nous descendîmes les paniers de la camionnette et les transportâmes dans la nouvelle bibliothèque. Les décorateurs, me dit Toni, n'avaient vidé les lieux que depuis une semaine. Haut, clair, avec une galerie surélevée, entièrement tapissé de rayons et comportant en annexe une salle de lecture, l'endroit présenterait beaucoup plus de commodités que l'ancienne salle de banquet du palais ducal.

— Comment a-t-on trouvé l'argent ? demandai-je.

— Grâce à l'afflux d'inscriptions qu'ont procuré les SEC, me renseigna Toni. Où l'aurait-on trouvé sans cela ?

Nous étions simplement venus déposer les paniers, dont le contenu serait ensuite inventorié et classé sous la direction d'un collègue de Giuseppe Fossi, mais Toni ne put se retenir d'aller glaner des détails supplémentaires concernant l'invasion du foyer.

— Il paraît que le professeur Rizzio veut démissionner si le professeur Elia ne présente pas publiquement des excuses au nom des étudiants des SEC ! m'annonça-t-il avec excitation en me rejoignant. Je peux vous prédire que ce sera un match au finish, car je ne pense pas qu'Elia songe un seul instant à s'incliner.

— Et l'on m'avait dit que j'arrivais dans une ville morte ! remarquai-je. Est-ce souvent aussi agité ?

— Ce serait trop beau ! Mais je vais vous dire ce qui se passe. Comme le recteur est absent, Rizzio et Elia vont saisir ce prétexte pour se prendre à la gorge. Ils se détestent et chacun d'eux verra là une occasion d'abattre l'autre.

Vers une heure moins le quart, comme nous rangions la camionnette devant le palais ducal, j'aperçus Carla Raspa qui sortait par la porte de côté, avec un groupe d'étudiants. Me voyant, elle agita la main et je fis de même. Elle dit alors aux étudiants de continuer d'avancer et m'attendit.

— Vous avez prévu quelque chose pour votre déjeuner ? s'enquit-elle lorsque je la rejoignis.

— Non.

— Alors, allez au restaurant où nous avons fait connaissance et retenez une table pour deux. Je n'ai pas le temps de m'arrêter maintenant, il me faut reconduire mon jeune troupeau jusqu'à son gîte. Il n'est plus permis de s'amuser en route après ce qui s'est passé la nuit dernière. Vous êtes au courant ?

— L'envahissement du foyer des étudiantes ? Oui.

— Je vous en apprendrai davantage. C'est incroyable !

Elle se hâta de rejoindre son troupeau et je descendis la via Rossini. Comme la précédente fois, le restaurant était bondé, mais je réussis quand même à dénicher une table. Il n'y avait là aucun étudiant. Ce restaurant semblait plutôt être le rendez-vous préféré des *businessmen* de Ruffano qui ne rentraient pas déjeuner chez eux. Carla Raspa ne tarda pas à arriver. D'un claquement de doigts, elle appela le garçon et nous lui passâmes la commande. Puis elle me considéra en souriant.

— Allez, fis-je, dites-moi tout. Je sais garder les secrets.

— Oh ! il n'y a rien là de secret, répliqua-t-elle sans pouvoir s'empêcher cependant de regarder par-dessus son épaule. À l'heure actuelle, toute l'université doit être au courant. La signorina Rizzio a été violée.

Je la regardai avec une stupeur incrédule.

— C'est vrai ! insista-t-elle en se penchant vers moi. Je le tiens d'une de ses collègues. Ces garçons, quels qu'ils fussent, n'ont pas touché aux étudiantes. Ils les ont enfermées dans leurs chambres, puis se sont mis au travail sur la haute et puissante dame elle-même. N'est-ce pas magnifique ?

Elle s'étranglait de rire, mais j'étais loin de partager son amusement. Le plat de pâtes que le garçon venait de déposer devant moi me coupa soudain l'appétit. On eût dit des entrailles.

— C'est une agression caractérisée, dis-je brusquement. Cela concerne la police. Le coupable récoltera dix ans de prison.

— Mais non, justement ! On m'a dit que la signorina était en pleine crise de nerfs et voulait qu'on étouffe l'affaire.

— Impossible, dis-je. La police ne le permettra pas.

Carla s'attaqua avec appétit à son assiettée de pâtes, après les avoir saupoudrées de fromage râpé :

— La police ne peut pas ouvrir une enquête si personne ne porte plainte, dit-elle. Prévoyant la réaction de la donzelle, ces garçons ont dû décider de courir le risque. Bien sûr, le fait qu'on ait pénétré par effraction dans le foyer va provoquer un foin de tous les diables. Mais ce qui est arrivé à la signorina Rizzio ne regarde qu'elle. Si elle se refuse à porter plainte et que son frère l'approuve, personne ne peut rien faire. Avez-vous commandé du vin ?

J'en avais commandé et je remplis son verre. Elle devait avoir la gorge sèche, car elle le vida d'un trait.

— Ce n'est pas comme si elle avait été malmenée, reprit mon interlocutrice. À ce que j'ai compris, il n'a même pas été question de recourir à la force. On s'est borné à user de douceur et de persuasion après lui avoir fait comprendre ce que l'on désirait.

— Comment le savez-vous ?

— Eh bien, c'est ce que racontent les filles du foyer. Revenues maintenant de la frayeur que leur avaient causée les hommes masqués, et se retrouvant intactes – celles qui l'étaient encore ! –, elles ont peine à cacher leur joie que cela lui soit arrivé à elle, à la signorina ! Il faut reconnaître que ces garçons des SEC ne manquent pas de culot. Non mais, vous vous rendez compte !

— Je ne suis pas encore convaincu que ce soit vrai.

— Moi, si, rétorqua-t-elle. Et si la police n'est pas alertée, si l'on vient nous raconter que la signorina est indisposée, alors vous pourrez parier ce que vous voudrez que c'est la vérité. Pensez-vous qu'elle y ait pris plaisir ?

Carla avait les yeux brillants et je me sentis un peu écœuré. Sous n'importe quelle forme, la brutalité me révolte, et qu'on use de violence à l'égard de vieilles ou de très jeunes personnes est une chose que je n'ai jamais pu comprendre. Je ne répondis rien.

— Elle l'avait bien cherché, vous savez, continua Carla Raspa, en traitant ses étudiantes comme s'il s'agissait de novices sur le point de prononcer leurs vœux. Aucune visite masculine, même dans la salle commune, et les portes bouclées à dix heures du soir. Je le sais, parce que beaucoup de ces filles suivent mes cours. Leur exaspération a atteint le point limite. L'une d'elles a dû ouvrir aux garçons, c'est évident. Puis elle a collé son oreille au trou de la serrure et divulgué toute l'affaire !

Je repensai à cette femme intimidante et majestueuse que j'avais vue, la veille, boire son eau minérale d'un air quelque peu dédaigneux. Non, cela dépassait vraiment les possibilités de mon imagination.

Carla Raspa, qui faisait face à l'entrée du restaurant, se pencha vers moi et me toucha la main :

— Ne vous retournez pas tout de suite. Le professeur Elia vient d'entrer. Le grand chef des SEC. en personne, avec tout un groupe de collègues. Ce que je me suis demandé tout de suite, c'est s'il allait être obligé de démissionner.

— De démissionner ? Mais pourquoi donc ? questionnai-je. Comment peut-on imputer cette affaire aux élèves de sa discipline ?

— Parce que c'est évident. La signorina Rizzio se plaignait sans cesse de la conduite des étudiants des SEC. La chose a même été mentionnée dans le journal de l'université. Hier soir, c'était leur riposte.

J'attendis que les nouveaux arrivés se fussent installés à une table sur ma gauche, puis me tournai à demi pour les regarder.

— C'est le grand, me renseigna ma compagne, avec beaucoup de cheveux. Il n'y a pas à Ruffano homme plus content de soi, ni plus entêté, mais il obtient des résultats. C'est un Milanais. On s'en serait douté !

Le professeur Elia, cheveux en brosse, les yeux protégés par des lunettes à épaisse monture, était de ces hommes dont la carrure semble un défi à n'importe quelle sorte de costume. Le sien faisait d'ailleurs beaucoup de plis, en dépit de sa coupe élégante. Penché sur la table, Elia parlait rapidement, sans laisser personne l'interrompre. Brusquement, il renversa sa belle tête en arrière et partit d'un formidable éclat de rire.

— Cinq ! dit-il. L'un après l'autre ! C'est du moins ce que l'on m'a raconté. Et pas une plainte, pas la moindre protestation !

La table s'esclaffa. Le rire d'Elia emplit le restaurant. Plusieurs convives se retournèrent et l'un de ses compagnons lui fit signe de baisser le ton. Du haut de sa taille, Elia jeta autour de lui un coup d'œil dédaigneux et rencontra mon regard.

— Il n'y a personne ici qui soit dans le coup. Ils ne peuvent pas savoir de quoi je parle. Mais écoutez-moi bien : si jamais il est dit officiellement quoi que ce soit contre mes garçons, non seulement je ferai de la dame la risée de tout Ruffano, mais…

Il baissa la voix et nous ne pûmes en entendre davantage.

— Vous voyez, murmura Carla Raspa, les pauvres vieux Rizzio n'arriveront pas à grand-chose avec lui. Ils feront bien de laisser tomber ou, mieux encore, de s'en aller. De toute façon, après une histoire pareille, la signorina ne peut plus se montrer ici. Si elle le fait, elle déchaînera le genre de rire que nous venons d'entendre.

Elle accepta une cigarette, finit son vin et fit signe au serveur.

— C'est moi qui paie, dit-elle. Nous avons l'un et l'autre besoin de gagner notre vie, alors… Mais vous devez toujours m'emmener dîner. C'est pour quand ?

— Pas ce soir, répondis-je, me rappelant mon rendez-vous avec les Pasquale. Peut-être demain ?

— Entendu pour demain.

Nous nous levâmes de table et, sortant du restaurant, nous regagnâmes ensemble le haut de la colline.

— Vous connaissez la dernière ? me chuchota Toni depuis son échelle lorsque je pénétrai dans la bibliothèque.

— Quoi donc ? demandai-je, sur mes gardes.

— Il est question que le foyer soit fermé et que l'on renvoie les étudiantes dans leurs familles. Elles passeraient leurs examens par correspondance. On raconte qu'une histoire du même genre s'était déjà produite, voici trois mois, et que toutes les filles sont enceintes !

Giuseppe Fossi, occupé à dicter des lettres à sa secrétaire, leva la tête. Regardant le bavard, il dit d'un ton glacial en pointant l'index vers une des pancartes SILENCE accrochées aux murs :

— Voulez-vous, je vous prie, respecter le règlement ?

À deux reprises, durant l'après-midi, nous nous rendîmes à la nouvelle bibliothèque avec d'autres paniers. Chaque fois, nous recueillîmes toutes sortes de bruits, car les étudiants discutaient par petits groupes et Toni en connaissait un certain nombre.

Il n'était question que de l'affaire du foyer, et tout le monde était au courant de ce qui était arrivé à la signorina Rizzio. Certains disaient que les étudiants des SEC n'y étaient absolument pour rien, mais qu'il existait depuis des années, connu de quelques élus seulement, un passage souterrain entre le foyer des filles et celui des garçons. Que la signorina recevait fréquemment des hommes la nuit, qu'il n'était quasiment pas un professeur de l'université qui n'y soit passé et qu'elle avait un faible pour les plus costauds. D'autres, défendant la réputation de la dame, prétendaient que c'était le professeur Elia en personne qui avait conduit les agresseurs masqués dans la chambre de la signorina, et qu'il avait même en sa possession, pour attester la chose, une chemise de nuit appartenant à la victime.

À ce moment-là, l'hilarité était générale mais, en fin de journée, le vent tourna. Le bruit courut que les autorités – on ne précisait pas lesquelles – imputaient définitivement l'affaire aux étudiants des SEC, lesquels, soulignait-on, étaient rentrés de week-end en humeur de chahut. Ils avaient tourné bruyamment autour du foyer sur leurs vespas, en chantant, en sifflant, en émettant des miaulements, et poussé les plus hardis d'entre eux à pénétrer chez les filles.

Regardant par-dessus son épaule, Toni me montra la première vague d'étudiants et étudiantes des SEC sortant, l'air furieux, des salles de lecture mises à leur disposition de l'autre côté de la via dell' 8 Settembre, non loin de l'endroit où nous nous trouvions :

— Faisons gaffe, me dit-il. Ça va chauffer !

Quelqu'un lança une pierre qui vint étoiler le pare-brise de notre camionnette. Un autre projectile atteignit Toni sur le côté de la tête. Des clameurs s'élevèrent au sein d'un petit groupe d'étudiants de lettres et autres qui, venant de l'université proprement dite, gravissaient la colline. Certains d'entre eux se ruèrent vers leurs adversaires supposés. Le tumulte s'accrut aussitôt, des pierres se mirent à pleuvoir, et deux étudiants, montés sur des vespas, se lancèrent dans la bagarre, dispersant de part et d'autre les antagonistes.

— Vite, dis-je à Toni, filons ! Ne nous mêlons pas de ça !

Je le tirai à l'intérieur de la camionnette et mis le moteur en marche. Silencieux, Toni épongeait avec son mouchoir le sang qui coulait de sa blessure. Nous démarrâmes à fond de train et, louvoyant entre les étudiants qui accouraient de toute part, dépassant rapidement l'université, nous regagnâmes le palais ducal.

Je me garai à l'endroit habituel et coupai le moteur. Toni était intensément pâle. J'examinai sa blessure. Elle n'était pas très profonde, mais assez quand même.

— Vous connaissez un médecin ? lui demandai-je et il acquiesça. Alors, allez vite le voir. Je vous excuserai.

Nous sortîmes de la camionnette et il se dirigea lentement vers sa vespa, qu'il emmena d'une main tout en continuant de l'autre à tamponner sa blessure.

— Vous avez vu le gars qui a lancé la pierre ? me dit-il. Il l'a fait délibérément pour déclencher une bagarre. Mais je saurai le retrouver. Moi ou mes copains.

Il descendit lentement la colline en roue libre. Entrant dans la bibliothèque, je rapportai brièvement l'incident à Giuseppe Fossi, qui s'emporta aussitôt :

— Vous n'aviez pas à traîner, l'un et l'autre, autour de l'université à l'heure où les étudiants sortent des salles de lecture ! Un jour comme aujourd'hui, avec tous les bruits qui courent, c'est aller au-devant des ennuis. Maintenant, il va me falloir signaler le dégât subi par la camionnette, cela ira au bureau du secrétaire, le professeur Rizzio lui-même verra peut-être ce rapport…

— Concernant un pare-brise démoli ? l'interrompis-je. Écoutez, signor Fossi, je m'en vais aller le faire changer dans un garage d'en bas…

— Cela suscitera des commérages, dit-il avec agitation. Tout le monde ici connaît cette camionnette, quelqu'un a pu être témoin de l'incident et, d'ailleurs, on peut compter sur Toni pour le raconter dans tout Ruffano.

Je le laissai s'épuiser en récriminations puis, lorsqu'il se calma, je me remis à mon travail. Après tout, c'était son affaire et non la mienne. J'avais d'autres choses à penser. Le sentiment d'inquiétude qui m'avait tracassé tout au long de la journée s'était brusquement accru. Que les étudiants aient envahi le foyer des filles et s'y soient mal conduits, qu'ils fussent punis en conséquence ou qu'on étouffât l'affaire, cela ne me concernait pas. Ce qui me tourmentait, c'était la coïncidence. Je me rappelais ma traduction des livres allemands :

Les habitants de Ruffano… finirent par se soulever à l'instigation d'un citoyen éminent, dont la ravissante femme avait été profanée.

Je n'étais pas le seul à avoir eu ces volumes entre les mains et à lire l'allemand. Aldo les avait également montrés à un étudiant de lettres, un Allemand. On avait marqué la page. Je crus de nouveau entendre mon frère dire : *Il nous faut d'abord la partie amusante, la séduction de cette femme d'un éminent citoyen.*

Par la pensée, je me revis sortant de chez les Butali, regardant les routes de la vallée, écoutant la pétarade des vespas qui regagnaient la ville. Était-ce une coïncidence ? Ou l'attaque avait-elle été préméditée ?

J'eus de la peine à m'abstraire dans le classement des plus fastidieux ouvrages de philosophes anglais et allemands. Aussi, lorsque arriva la fin du travail, je fus le premier à m'en aller. Dehors, je trouvai la piazza Maggiore pleine d'étudiants. Ils allaient et venaient en groupes, certains se tenant par le bras, et tous avaient l'air belliqueux. J'ignorais à quelles facultés ils appartenaient, mais je me rendais compte qu'ils interpellaient les passants de façon agressive. Espérant échapper à leur attention, j'avais presque atteint les marches du Duomo quand un grand gars tourna la tête de mon côté et, me repérant, fonça aussitôt sur moi :

— Hé, mauviette ! cria-t-il en me tordant un bras derrière le dos. Où filais-tu comme ça ?

— Via San Michele, répondis-je. C'est là que j'habite.

— Ah ! oui, vraiment ? Et où travailles-tu ?

— Je suis employé à la bibliothèque.

— Employé à la bibliothèque, répéta-t-il en imitant mes intonations. C'est un boulot très salissant, hein ? À longueur de journée, on récolte de la poussière sur les mains et le visage. Hé ! cria-t-il en interpellant certains de ses camarades qui se trouvaient au bas des marches. Voici un petit gars des lettres qui a besoin d'être lavé. On lui rend ce service ? On le plonge dans la fontaine ?

Une vague de rires lui répondit, dont une partie seulement était bon enfant.

— Oui, passe-le ! On va le laver !

La fontaine se trouvait au centre de la place. Des étudiants se perchèrent aussitôt sur le rebord du bassin, riant et chantant. Je les voyais de plus en plus nombreux autour de moi, cinquante, cent... Je me sentais tout petit et très seul. Brusquement, une auto survint, arrivant de l'université et klaxonnant avec insistance. Les étudiants s'écartèrent pour lui laisser le passage. L'un d'eux, perdant l'équilibre, tomba dans le bassin. Cela provoqua un regain d'hilarité et, riant aussi, mon tourmenteur relâcha légèrement son étreinte. J'en profitai aussitôt pour lui fausser compagnie. La voiture avait ralenti. C'était l'Alfa Romeo, avec Aldo au volant. Assis à côté de lui, souriant et saluant de la main les étudiants disséminés sur la place, je reconnus le directeur des SEC, le professeur Elia.

Je me frayai un chemin à travers la foule en direction du passage menant de la via Rossini à la via dei Sogni. Là, tout était calme. J'aurais pu aussi bien me croire sur une autre planète. Personne dans la rue, sinon un chat solitaire qui, à ma vue, escalada le mur du jardin. Je poussai la grille et, suivant le chemin dallé, j'allai sonner à la porte de la maison. Après un moment, elle me fut ouverte par la fille qui, la veille, avait apporté les plats.

— La signora Butali ? m'informai-je.

— Je regrette, signore, mais la signora n'est pas là. Elle est partie pour Rome ce matin.

Je la regardai d'un air ahuri :

— Partie pour Rome ? Je croyais qu'elle ne devait y aller que dans le courant de la semaine ?

— Oui, signore, moi aussi. Mais quand je suis arrivée ce matin, elle était partie et m'avait laissé un mot, disant qu'elle était obligée de s'absenter. À sept heures, elle n'était déjà plus là.

— Serait-ce que l'état du professeur Butali s'est aggravé ?

— Je l'ignore, signore. Elle ne m'a donné aucune précision.

Derrière elle, je regardai l'intérieur de la maison. Déjà l'absence de la signora lui ôtait de son charme et de sa chaleur.

— Merci, dis-je.

Pour regagner la pension, je fis un long détour afin d'éviter la piazza della Vita. Dans les rues que je pris, il n'y avait pas d'étudiants et les gens que je croisais étaient de paisibles citoyens vaquant à leurs affaires. Quand j'atteignis la via San Michele, je vis que l'entrée du 24 était obstruée par Gino, Mario, plus un ou deux autres, ainsi que Paolo Pasquale et sa sœur. En m'apercevant, Caterina se précipita au-devant de moi et me prit par la main :

— Vous êtes au courant ? me demanda-t-elle.

Je soupirai. Ça recommençait. Impossible d'y échapper.

— Je n'ai entendu parler que de ça tout au long de la journée… même les livres de la bibliothèque étaient pleins de cette histoire ! On a pénétré par effraction dans le foyer des étudiantes. Elles sont toutes enceintes.

— Oh ! non, ça, on s'en moque ! fit-elle avec un geste d'impatience. Et je souhaite que la signorina Rizzio ait des jumeaux... Non, le président du Comité culturel vient de faire savoir que les étudiants des SEC pourraient participer au Festival en aussi grand nombre qu'ils le voudraient, nous montrant par là qu'il a confiance en nous et ne nous croit pas responsables de ce qui s'est passé la nuit dernière. Le professeur Elia a accepté en notre nom à tous, et une réunion doit avoir lieu ce soir au vieux théâtre, au-dessus de la piazza del Mercato. Nous allons tous y aller et vous viendrez avec nous.

Elle me regardait en souriant d'un air engageant, et son frère se joignit à ses instances :

— Oui, venez ! Personne ne vous connaît, et c'est une expérience à ne pas manquer. Nous brûlons tous de savoir ce que le professeur Donati va dire.

J'eus l'intuition que je le savais déjà.

13

Les portes du théâtre devaient être ouvertes à neuf heures. Nous dînâmes d'abord avec les Silvani et nous nous mîmes en route à neuf heures moins le quart. La piazza della Vita était déjà noire d'étudiants convergeant là de différents côtés, pour s'engager ensuite dans l'étroite via del Teatro qui menait au théâtre. J'eus vite perdu de vue Gino et ses compagnons, mais les Pasquale demeurèrent à mes côtés, me tenant chacun par un bras, et j'avais l'impression de ne presque plus toucher le sol, d'être une sorte de marionnette. Du temps de mon père, le théâtre n'était guère utilisé. À certaines époques, on y donnait des concerts ou des oratorios et, de temps à autre, si une personnalité littéraire était de passage dans notre ville, elle y allait de sa conférence. Cela mis à part, c'était un édifice d'une architecture splendide, mais peu connu des touristes et même des habitants de Ruffano. À présent, m'apprirent les Pasquale, tout était changé. Grâce au recteur de l'université et au président du Comité culturel, le théâtre servait d'un bout de l'année à l'autre. Représentations théâtrales, conférences, concerts, projections de films, expositions et même bals, tout avait lieu dans son auguste enceinte.

Quand nous arrivâmes, de nombreux étudiants faisaient déjà la queue pour entrer. Paolo, l'air résolu, parvint à nous frayer un chemin, Caterina et moi nous faufilant dans son sillage. Sans se formaliser de la resquille, les étudiants riaient et bavardaient, nous poussant à leur tour. Je me demandais ce qui avait si heureusement transformé ces garçons que j'avais vus tellement agressifs au début de la soirée, puis je me rappelai soudain que tous ceux-là étaient du même bord, que cette foule était formée uniquement d'étudiants des SEC.

Une grande clameur salua l'ouverture des portes et Paolo, resserrant son étreinte autour de mon bras, m'entraîna à l'intérieur avec la petite Caterina.

— Premier arrivé, premier servi ! nous lança quelqu'un au passage. Que les premiers entrés prennent place dans les fauteuils et n'en bougent plus !

La salle se remplissait rapidement tandis que claquaient les sièges des fauteuils, mais ce vacarme était encore dominé par un groupe d'étudiants qui se trouvaient sur la scène. S'accompagnant à la guitare, à la batterie et autres instruments, ils chantaient des airs à la mode, ce qui leur valut un tonnerre d'applaudissements de la part de l'assistance, surprise et ravie.

— Que se passe-t-il ? s'informa Paolo auprès d'un étudiant qui se livrait à une exhibition rythmée au milieu de l'allée. Quelqu'un ne doit-il pas prendre la parole ?

— Mon vieux, me demande pas ça à moi, répondit l'autre en continuant de se dandiner joyeusement. Nous sommes tous invités, mais je n'en sais pas plus !

— Qu'est-ce que ça peut faire ? Profitons-en ! s'exclama Caterina en riant.

Elle se plaça devant moi et, frappant dans ses mains, se mit à twister avec une grâce inattendue.

J'allais avoir trente-deux ans à mon prochain anniversaire et j'avais conscience de mon âge. Lorsque j'étais étudiant à Turin, je dansais la samba à la perfection, mais c'était onze ans auparavant. Un guide n'a guère l'occasion de pratiquer les arts d'agrément. Je me balançai au rythme de l'orchestre afin de sauver la face, mais je me rendais bien compte que je n'étais pas à la hauteur. Le vacarme était infernal, mais personne ne s'en souciait. Je pensai avec amusement que Carla Raspa aurait eu plaisir à être là, malgré son dédain des SEC, mais je ne voyais personne autour de moi qui pût appartenir au corps enseignant. Tous, garçons et filles, étaient incroyablement jeunes.

— Regardez, s'écria soudain Paolo, c'est sûrement Donati ? Là, qui s'installe à la batterie !

Mes efforts pour suivre le tourbillonnement de sa sœur m'avaient mis le dos à la scène, mais l'exclamation de Paolo me fit me retourner. Sans qu'on parût l'avoir remarqué, Aldo était arrivé sur la scène et, ayant pris la place de l'étudiant qui tenait la batterie, il se livrait maintenant à une exhibition personnelle. Les guitaristes et les autres musiciens se tournèrent vers lui, jouant et chantant avec une ardeur redoublée, au point que cela devint assourdissant. Reconnaissant Aldo, l'assistance électrisée applaudit et se bouscula vers la scène. On ne pouvait imaginer plus saisissant contraste avec l'arrivée de mon frère au palais ducal, telle que je l'avais vue le samedi. Ce soir, il n'y avait ni flambeaux, ni gardes du corps, ni silence, aucun élément de mystère. Sans aucun souci de ses fonctions, Aldo avait choisi de s'identifier à la foule estudiantine. Geste superbe et qui arrivait à point nommé. Je me demandai quand et comment l'idée lui en était venue.

— Vous savez, me dit Caterina, nous nous étions tous trompés sur son compte. Je le croyais poseur et dédaigneux comme le reste des profs, alors que… Non mais, regardez-le ! Regardez-le ! On dirait l'un d'entre nous !

— Je savais qu'il n'était pas vraiment vieux, dit Paolo, puisqu'il doit avoir tout juste la quarantaine. Mais nous n'avons jamais eu aucun contact avec lui, il n'est pas des nôtres…

— Ah ! si, maintenant, quoi qu'on puisse raconter, s'écria Caterina, pour moi, il est des nôtres !

Le tempo s'accélérait. Toute l'assistance se balançait et se secouait au rythme des guitares et de la batterie. Puis, brusquement, lorsqu'on fut presque à bout de souffle, la musique s'arrêta net sur un ultime accord. Aldo vint alors sur le proscenium et l'un des guitaristes lui avança vivement un fauteuil, surgi de nulle part.

— Allez, venez tous, dit Aldo. Maintenant que je suis crevé, on va pouvoir parler.

Il s'effondra dans le fauteuil en s'épongeant le front et une cordiale hilarité salua le geste. Il sourit et, relevant la tête, fit signe à ceux qui étaient debout ou se trouvaient aux premiers rangs de se rapprocher de lui. Je remarquai que la salle était maintenant dans la pénombre, alors qu'un projecteur invisible mettait en relief le visage de mon frère et de ses voisins immédiats. Aldo n'avait pas de micro. Il parla clairement, distinctement, mais sans rien de déclamatoire. Il semblait s'entretenir amicalement avec les étudiants qui étaient près de lui.

— Nous devrions faire cela plus souvent, dit-il tout en continuant de s'essuyer le front. L'ennui, c'est que je n'en ai pas le temps. Vous autres, c'est différent, vous pouvez ouvrir les soupapes et lâcher de la vapeur le soir que ça vous chante ou pendant le week-end – je ne fais pas allusion à la nuit dernière, nous en parlerons plus tard – mais pour un type comme moi, qui vit sous la menace d'un ulcère, passe la moitié de ses journées à discuter avec des professeurs ayant vingt ans de plus que lui et se refusant obstinément au moindre geste pour mettre Ruffano et l'université dans le vent, ce n'est pas possible. Il faut sans cesse batailler au sein de cette académie poussiéreuse, et je ne cesserai de le faire que lorsqu'on me flanquera à la porte !

Un rire général ponctua cette sortie, mais Aldo feignit d'en être étonné et promena autour de lui un regard surpris :

— Non, non, je ne plaisante pas ! S'ils pouvaient se débarrasser de moi, ils n'hésiteraient pas à le faire. Tout comme ils enverraient volontiers au diable les quinze cents que vous êtes. Je n'ai pas les chiffres devant moi, mais ce doit être à peu près ça. Et pourquoi voudraient-ils se débarrasser de vous ? Parce qu'ils ont peur. Les vieux ont toujours peur des jeunes, mais vous constituez aussi une menace pour la vie telle qu'ils la conçoivent. N'importe lequel d'entre vous, quittant cette université avec un diplôme en sciences économiques et commerciales, est un millionnaire en puissance. Et qui plus est, il aura l'occasion d'influer sur la direction de l'économie non seulement de ce pays, mais aussi de l'Europe et peut-être même du monde entier. Vous êtes les maîtres, mes jeunes amis, et nul ne l'ignore. C'est pour cela que l'on vous hait. La haine est engendrée par la peur, et vos contemporains qui n'ont ni votre intelligence, ni vos connaissances techniques, ni votre enthousiasme pour la vie comme elle doit être et sera vécue demain, ont peur de vous. Une peur bleue ! Il n'y a pas un instituteur, un prétendu homme de loi, un soi-disant poète ou peintre – et c'est ce que les étudiants des autres facultés cherchent à devenir – qui puisse vous damer le pion. L'avenir est à vous. Ne laissez donc pas une bande de croulants, flanqués de leurs élèves en nombre sans cesse diminuant, vous en barrer le chemin. Ruffano appartient aux vivants et non pas aux morts !

Des applaudissements frénétiques saluèrent le geste de mépris par lequel Aldo semblait rejeter loin de lui tout ce qui n'était pas son actuel auditoire. Il attendit que le calme revienne, puis se pencha en avant dans son fauteuil :

— Je n'ai pas le droit de vous parler comme je le fais. En tant que président du Comité culturel, je n'ai pas à me mêler de la politique de l'université. Mon boulot est de veiller sur les trésors du palais ducal, lesquels appartiennent à vous tous et non pas seulement à une minorité, comme certains voudraient s'en persuader. Si je suis venu ici ce soir, c'est parce qu'il existe une coterie – je ne prononcerai pas de noms – cherchant à vous détruire. Ces gens-là voudraient rendre votre faculté et les principes que vous défendez tellement odieux aux yeux des autorités que l'on finirait par vous chasser, vous, le professeur Elia et tout ce qui s'ensuit. Alors, pensent-ils, on retournerait à la règle patricienne et Ruffano se rendormirait une fois de plus. Les maîtres d'école, avocats et poètes en bouton pourraient de nouveau agir à leur guise.

Je jetai un coup d'œil à Paolo, qui était à ma droite. Le menton appuyé sur son poing fermé, il écoutait Aldo avec une extrême attention. À ma gauche, Caterina ne paraissait pas moins impressionnée. Cette foule d'étudiants, le visage levé vers lui, écoutait Aldo aussi intensément que le petit groupe d'élus réunis par lui au palais ducal, quarante-huit heures plus tôt. Mais ce qu'il leur disait était très différent.

— Ce qui s'est passé la nuit dernière, l'outrage commis – si tant est qu'il y ait eu vraiment outrage et qu'il ne s'agisse pas d'une histoire montée de toutes pièces –, a été délibérément conçu pour tenter de vous discréditer. C'est le genre d'expédients auxquels les guérillas sans scrupule ont recours en temps de guerre : on commet quelque atrocité parmi les siens et on l'impute ensuite à l'ennemi. Après ça, les balles crépitent. Pour l'instant, l'université de Ruffano ne part pas en guerre mais, comme vous le savez, je dirige quelque chose qui s'appelle le Festival et qui – si nous le voulons – pourra vous permettre de prendre votre revanche, de montrer à vos ennemis que vous êtes aussi puissants et résolus qu'eux-mêmes. La manifestation de cette année a pour thème la révolte, voici cinq cents ans, des jeunes citoyens de Ruffano, pleins de vie et d'avenir, contre le décadent duc Claudio et sa bande de sycophantes. Les marchands et la population laborieuse de la ville surpassaient de plusieurs milliers le nombre des courtisans, mais le duc avait des armes et la loi pour lui. Il commettait ses méfaits la nuit, se faufilant par les rues sous un déguisement et maltraitant des gens inoffensifs, exactement comme, à ce qu'on m'a dit, le fait de nos jours une certaine clique.

Étreignant ma main, Caterina me chuchota :

— La société secrète !

— Je désire donc, déclara Aldo en se levant, que vous tous, qui êtes le sang, la vie de cette université, incarniez les citoyens de Ruffano au cours du prochain Festival. Vous n'aurez pas besoin de répétitions minutieuses, mais je vous préviens que cela pourra être dangereux. Ceux qui joueront les courtisans seront armés, car il faut que cela fasse authentique. Alors, de votre côté, vous aurez des bâtons, des pierres, n'importe quelle arme improvisée. On se battra dans les rues, sur la colline et à l'intérieur du palais ducal. Ceux que cela risque d'effrayer pourront rester chez eux, et ça n'est pas moi qui leur en ferai le reproche. Mais pour vous, qui brûlez de prendre votre revanche sur ces gens, ce petit cercle de snobs qui croient avoir la haute main tant sur Ruffano que sur l'université, voici l'occasion rêvée. Venez vous porter volontaires, je vous garantis la victoire !

Tout en riant, Aldo eut un appel des deux mains et, derrière lui, quelqu'un ponctua sa tirade d'un roulement de tambour. Joint aux acclamations de l'assistance et aux claquements des fauteuils tandis que les étudiants se précipitaient vers la scène où Aldo les appelait en continuant de rire, ce bruit retentit à mes oreilles comme les hurlements de l'enfer même.

Quittant Caterina et Paolo qui clamaient leur enthousiasme à l'unisson des autres, je me frayai un chemin en direction de la plus proche sortie. J'étais le seul dans cette foule délirante à vouloir m'en aller. Le garçon qui était de garde à la porte – il me sembla reconnaître un de ceux qui vérifiaient les laissez-passer lors de la soirée au palais ducal – étendit le bras pour me retenir, mais je réussis à m'esquiver. Je remontai la rue vers la piazza della Vita, maintenant presque déserte, et me retrouvai bientôt dans ma chambre.

Il eût été vain de vouloir faire quoi que ce fût avant le lendemain. Pour ce que j'en savais, la réunion au théâtre pouvait se prolonger jusqu'à minuit et même plus tard. Il allait sans doute y avoir encore de la musique, on allait danser, discuter, cependant qu'Aldo inscrirait les volontaires. Le lendemain, j'irais chez lui et saurais la vérité. En vingt-deux ans, mon frère n'avait pas changé. Maintenant comme alors, sa technique était la même. L'unique différence était que, au lieu de jouer avec la seule imagination d'un cadet à sa dévotion, il enfiévrait maintenant celle de quinze cents étudiants. Pour les préparer à jouer un rôle lors du Festival, point n'était besoin de les diviser en factions rivales, au risque de provoquer un véritable drame. Mais peut-être était-ce le résultat cherché ? Aldo avait-il l'intention de déclencher un conflit entre les deux groupements d'étudiants pour en finir une bonne fois avec le malaise qui régnait ? Il y avait eu dans le passé des généralissimes pour préconiser cette méthode, mais elle n'avait jamais donné de bons résultats. Comme le terreau de feuilles mortes, le sang versé fertilise le sol et engendre de nouvelles luttes. Je regrettais que la signora Butali fût partie pour Rome. Je serais allé lui parler, la mettre en garde contre Aldo, ses innombrables machinations et l'emprise magnétique qu'il avait sur les êtres jeunes, vulnérables, sans méfiance. En le raisonnant, ou, au contraire, en tournant son plan en dérision, elle aurait pu le dissuader de le mettre à exécution.

Quand, peu après minuit, les étudiants regagnèrent la pension, j'éteignis aussitôt ma lumière. J'entendis le pas léger de Caterina dans l'escalier et, ouvrant ma porte, elle m'appela doucement. Je feignis le sommeil et elle se retira. Je n'étais pas en humeur d'ouïr son enthousiasme, ni d'expliquer ma propre conduite.

Le lendemain matin, avant de gagner à mon tour la salle à manger, j'attendis que tous les étudiants fussent partis. Je trouvai la signora Silvani assise à table, en train de lire le journal.

— Ah ! vous voilà, fit-elle. Je disais que vous étiez peut-être parti très tôt, mais les enfants n'en avaient pas l'impression. Tenez, voici votre café… Avez-vous été aussi impressionné qu'eux par le président du Comité culturel ?

— Il sait y faire et il est extrêmement persuasif.

— C'est ce que je crois, oui. En tout cas, il a su convaincre toute notre bande, et beaucoup d'autres aussi, j'imagine.

Tandis que je buvais mon café, elle poussa le journal vers moi :

— C'est le journal régional. Il y a un entrefilet concernant ce qui s'est passé au foyer des filles, mais on dit que rien n'a été volé et qu'il s'agissait simplement d'un chahut d'étudiants. La signorina Rizzio, souffrant d'une crise d'asthme – aucun rapport avec l'incident du foyer –, est allée passer une quinzaine de jours à la montagne.

Je beurrai ma tartine en silence et lus l'entrefilet. Carla Raspa avait vu juste. La pauvre signorina Rizzio n'avait pas eu le courage d'affronter les moqueries. Que ce fût vrai ou non, passer pour une vieille fille déflorée fait de vous un objet d'ironique mépris.

— Ruffano en vedette dans les journaux, reprit la signora Silvani. Vous avez vu là, en haut, au sujet de cette femme assassinée à Rome ? Elle était de Ruffano et son corps va être ramené ici pour l'enterrement. Ils ont arrêté le type qui a fait le coup. C'est un repris de justice.

Mon regard se porta vivement vers le gros titre en haut de la page.

La nuit dernière, la police romaine a arrêté Giovanni Stampi, journalier actuellement sans travail, qui avait déjà purgé une peine de neuf mois de prison pour vol. Il reconnaît avoir subtilisé un billet de dix mille lires à la morte, mais nie l'avoir tuée.

J'achevai de boire mon café et repoussai le journal de côté.

— Il nie, dis-je.

— N'en feriez-vous pas autant à sa place ? me rétorqua la signora Silvani.

Je m'en fus à mon travail par la via Rossini. Cela faisait une semaine que j'étais arrivé à Rome avec mes touristes et avais vu la femme – dont il était maintenant établi que c'était Marta – endormie sous le porche de l'église. Une semaine seulement.

Mon geste impulsif avait provoqué son assassinat, mon retour à Ruffano, ma rencontre avec mon frère que je croyais mort. Hasard ou prédestination ? Les savants sont incapables de nous le dire, non plus que les psychologues ou les prêtres. Mais, si je n'étais pas allé faire un tour dans la rue ce soir-là, j'aurais été maintenant en train de ramener mes touristes de Naples vers Gênes. À présent, j'avais sans doute définitivement perdu mon emploi de guide. Qu'avais-je en échange ? Un poste provisoire d'aide-bibliothécaire que je ne pouvais, que je n'osais quitter à cause d'Aldo qui, revenu d'entre les morts, était ma raison de vivre. Ma mère et moi l'avions abandonné jadis, provoquant sans aucun doute cet état d'esprit ambivalent qui était actuellement le sien. Jamais plus je n'agirais ainsi. Quoi que mon frère choisît de faire, je devais rester à ses côtés. Maintenant que l'assassin était arrêté, le meurtre de la pauvre Marta ne me concernait plus. Mon seul problème, c'était Aldo.

En arrivant à la bibliothèque, je trouvai, comme la veille, mes compagnons de travail en pleine effervescence. La secrétaire, la signorina Catti, démentait avec véhémence la nouvelle rapportée par Toni que l'infortunée signorina Rizzio, après avoir passé une radio à l'hôpital, avait quitté Ruffano pour aller se faire avorter ailleurs.

— C'est pure méchanceté que raconter cela ! protestait-elle. Cette histoire est totalement dénuée de fondement. La signorina Rizzio est asthmatique et souffrait d'un mauvais rhume. C'est pourquoi elle est allée à Cortina avec des amis.

Ça n'était certainement là que racontars d'étudiants, déclara de son côté Giuseppe Fossi.

— En tout cas, cette regrettable affaire va maintenant se terminer, grâce au professeur Donati qui a provoqué une réconciliation entre le professeur Rizzio et le professeur Elia. En leur honneur à tous deux, il donne ce soir un grand dîner à l'hôtel Panorama. Ma femme et moi avons été invités, ainsi que tous les professeurs. Cela va être un événement marquant, comme vous pouvez le penser. Cela dit, si nous arrêtions là ces discussions oiseuses et nous mettions au travail ?

Tandis que je m'activais suivant ses directives, je me sentis le cœur plus léger. Une réconciliation entre les doyens des deux facultés rivales ne pouvait être qu'une bonne chose. Si c'était là ce que visait Aldo, alors je l'avais mal jugé. Peut-être son speech de la veille aux étudiants des SEC était-il vraiment ce qu'il semblait être à première vue, un malicieux appel aux volontaires pour le Festival, et rien de plus. Certes, ma sensibilité confinait à l'intuition en ce qui concernait les actes et les paroles d'Aldo, mais j'ignorais tout ce qu'il avait déjà fait pour le Festival. La signora Silvani et Carla Raspa m'avaient parlé avec enthousiasme du réalisme des précédentes manifestations organisées par lui. Lors du dernier Festival, les Butali avaient joué un rôle et le professeur Rizzio également. Après tout, pourquoi celui de cette année eût-il été différent des autres ?

Je retournai déjeuner à la pension et fus immédiatement assailli par mes compagnons de la nuit précédente.

— Déserteur… froussard… traître ! me crièrent Gino et ses amis, jusqu'à ce que le signor Silvani réclamât le silence en menaçant de nous flanquer tous dehors, sa femme et lui.

— Si ça vous dit, vous pourrez hurler au Festival jusqu'à en devenir aphones, déclara-t-il, mais pas sous mon toit. Ici, je suis le maître. Asseyez-vous et ne faites pas attention à eux, ajouta-t-il à mon bénéfice avant de dire à sa femme : Sers en premier le signor Fabbio.

— Pour ne rien vous cacher, dis-je en m'adressant à l'ensemble des étudiants, je suis rentré de bonne heure hier soir parce que je souffrais de l'estomac. (Des grognements sceptiques saluèrent ma déclaration.) Je ne sais pas danser le twist, et c'est peut-être d'avoir voulu m'y essayer qui m'a rendu si malade.

— On vous pardonne, me lança Caterina. Silence, les autres ! Après tout, nous oublions que ce n'est pas un étudiant. Pourquoi se compromettrait-il ?

— Parce que qui n'est pas avec nous est contre nous, rétorqua Gerardo.

— Non, dit Paolo, ça ne vaut que pour les gens d'ici. Et Armino n'est pas de Ruffano.

Il tourna vers moi son jeune visage empreint de gravité :

— Nous ne vous laisserons pas brimer, mais vous avez quand même dû vous rendre compte quel beau geste faisait le professeur Donati en invitant tout un chacun à participer au Festival ?

— Il a besoin d'acteurs, dis-je. C'est tout.

— Non, ce n'est pas tout, protesta Paolo. Il a tenu à montrer par là, publiquement, qu'il était de notre côté. Cela équivaut à un vote de confiance à l'égard de chaque étudiant des SEC et, émanant d'un observateur désintéressé comme le président du Comité culturel, cela nous met en pinacle.

L'approbation fut générale. Le signor Silvani s'essuya la bouche et recula sa chaise.

— Vous savez ce qu'on dit à l'hôtel de ville ? demanda-t-il. On dit que l'université finit par se donner de trop grands airs, que toutes ces facultés nous cassent les pieds et que nous ferions mieux de vous renvoyer tous, en bloc, pour transformer la ville en un beau centre touristique, avec un établissement thermal et une piscine sur chacune des collines.

Cela mit fin à la discussion et je pus achever de déjeuner sans m'attirer d'autres foudres. Comme je m'apprêtais à regagner la bibliothèque, je vis qu'une lettre m'attendait dans le vestibule de la pension. À ses entrelacs, je reconnus l'écriture de Carla Raspa.

Je n'ai pas oublié que nous avons rendez-vous ce soir, m'écrivait-elle. Mais, au lieu que vous m'emmeniez à l'hôtel dei Duchi, je suggère que nous mettions nos ressources en commun pour tâter un peu de l'hôtel Panorama et de ses splendeurs. Un grand dîner y est donné par le président du Comité culturel et nous pourrons nous faufiler dans un coin pour avoir un apercu de cet événement mondain. Passez me prendre à sept heures.

Son insistance ne se laissait décourager par rien, mais je doutais fort que cela lui valût d'être admise un jour au 2 via dei Sogni. Si elle approchait Aldo, ce ne serait jamais qu'en public, comme dans ce restaurant ouvert à tout le monde. Je griffonnai un mot d'acceptation que j'allai déposer chez elle.

À la bibliothèque, l'après-midi se passa sans incident et aussi, pour surprenant que ce fût, sans commérages. L'étudiant des SEC qui, la veille, avait voulu me plonger dans la fontaine n'avait pas tort en ce qui concernait la poussière. Les rayons que nous abordions maintenant, Toni et moi, en étaient couverts et les livres que nous prenions n'avaient pas bougé de là depuis des années. Un legs, placé tout en haut, portait un nom qui éveilla un écho dans ma mémoire. Luigi Speca. Où avais-je récemment entendu ou lu ce nom ? Luigi Speca… Mais, ne parvenant pas à me le rappeler, j'y renonçai avec un haussement d'épaules. Le legs se révéla d'ailleurs dépourvu d'intérêt. La *Divina Commedia* de Dante, l'œuvre poétique de Leopardi, les *Sonnets* de Pétrarque, dans une même édition, plus quelques autres ouvrages. *Don fait à l'université de Ruffano par Luigi Speca*. Donc, cela pouvait aller à la nouvelle bibliothèque. Je les rangeai dans un des paniers. Il y avait aussi un coffret de documents divers, mais je le laissai pour une autre fois car, un œil sur la pendule, Giuseppe Fossi commençait à s'impatienter.

— Je ne peux pas me permettre d'être en retard, expliqua-t-il. Les invitations sont pour huit heures un quart, ce qui veut dire que l'on se mettra à table vers neuf heures moins le quart. Le smoking est facultatif, mais, bien entendu, je mettrai le mien.

Même s'il l'avait pu, je doute qu'il eût échangé son rendez-vous contre le mien. Il s'en fut peu après six heures, aussi gonflé d'importance qu'un clerc convié à un festin papal. Je l'imitai une vingtaine de minutes plus tard. Puisque je n'avais pas de smoking pour impressionner Carla Raspa, mon seul et unique costume foncé devrait suffire.

— Vous irez voir les arrivées au Panorama ? me demanda Toni. D'après ce que j'ai entendu raconter en ville, tout Ruffano va s'y rendre.

— Oui, j'irai probablement voir ça moi aussi, lui dis-je. Vous n'aurez qu'à me chercher quand vous y serez.

Lavé, changé, bien peigné, j'arrivai au 5 via San Michele comme sept heures sonnaient au campanile. Je montai au premier étage et, voyant une carte au nom de CARLA RASPA sur l'une des portes, j'y frappai. Elle s'ouvrit aussitôt, me révélant Carla habillée pour le soir : une robe dont le haut, blanc et très décolleté, contrastait avec la raide ampleur de la jupe noire. Ses cheveux luisants étaient soigneusement ramenés derrière les oreilles et elle avait les lèvres exsangues. Un vampire, prêt à fondre sur sa victime pour s'en repaître, n'eût pas semblé plus dangereux.

— Vous me comblez, dis-je en m'inclinant. Mais, si vous partez ainsi à pied, vous allez vous faire chahuter, et nous n'arriverons jamais jusqu'à l'hôtel Panorama.

— Ne vous tracassez pas, rétorqua-t-elle en me faisant entrer dans l'appartement, j'ai tout prévu. Vous n'avez pas vu la voiture qui est en bas ?

En pénétrant dans la maison, j'avais remarqué une Fiat 600 rangée le long du trottoir.

— Si, répondis-je. Elle est à vous ?

— À moi pour la soirée, m'expliqua-t-elle en souriant. Je l'ai empruntée à un voisin très aimable, qui habite l'étage au-dessus. Prenons l'apéritif. Du Cinzano, qui vient de votre Turin.

Elle me tendit un verre et se servit aussi. Je regardai autour de moi. L'appartement était loué meublé, mais différentes choses, visiblement achetées par Carla, embellissaient le mobilier standard. Le divan-lit était jonché de gros coussins aux couleurs éclatantes. Près de lui, il y avait un lampadaire en fer forgé – *made in Ruffano ?* – avec un abat-jour en parchemin pour tamiser la lumière. La petite cuisine contiguë était carrelée de rouge et, dans un angle de la chambre, un coin salle à manger avait été ménagé avec une table et deux chaises noires. C'était là que Giuseppe Fossi devait se mettre à l'aise avant d'assouvir sa passion sur le divan-lit.

— Vous me semblez très bien installée, dis-je. Mes compliments, signorina.

— J'aime avoir mes aises, répondit-elle, et c'est aussi le cas des amis qui viennent me voir. Si vous voulez être du nombre, appelez-moi Carla.

Je levai mon verre et bus à cette promotion. Carla se déplaça dans la pièce tout en allumant une cigarette. Le parfum qu'exhalait son corps était trop fort pour mon goût. Son but était sans aucun doute d'échauffer le sang et de stimuler le désir, mais il demeurait sans effet sur moi. S'apercevant dans le miroir accroché au mur, Carla esquissa une moue ravie.

— Quel plaisir y a-t-il à aller voir un défilé de professeurs accompagnés de leurs femmes ? demandai-je.

— Mais vous ne vous rendez pas compte ! Ça va être un moment extraordinaire ! Il paraît que le professeur Rizzio et le professeur Elia ne se sont pas adressé la parole depuis plus d'un an. Je tiens à être témoin de cette rencontre. D'ailleurs, n'importe quelle réception donnée par Aldo Donati vaut la peine d'être vue. Le seul fait de se trouver à proximité des élus est follement excitant !

Ses narines en frémissaient par avance. On eût dit une poulinière sur le point d'être conduite à l'étalon. Je n'aurais pas été autrement surpris de la voir se mettre à piaffer.

— Vous savez, demandai-je, que Giuseppe Fossi et sa femme sont invités ? S'il nous voit, cela ne va-t-il pas gâcher la belle amitié qui vous unit tous deux ?

— Oh ! qu'il s'estime encore heureux d'avoir ce qu'il a ! D'ailleurs, il sera tellement gonflé de fierté qu'il n'aura pas d'yeux pour nous. On y va ?

Il était à peine sept heures un quart. À la bibliothèque, j'avais entendu Fossi dire que les invitations étaient pour huit heures un quart. J'en fis la remarque à Carla Raspa.

— Je le sais, me répondit-elle, mais voici quelle est mon idée. Nous allons dîner de bonne heure et puis, lorsque les invités de Donati arriveront, nous nous faufilerons hors du restaurant pour nous joindre à eux. Tant que l'on ne passera pas à table, personne ne peut se rendre compte si nous sommes invités ou non.

Lorsque j'étais guide, ce genre de combinaison entrait dans mes attributions. Mes clients étaient ravis pour la soirée, si je réussissais à leur faire passer cinq minutes à proximité de vedettes ou de diplomates, afin qu'ils aient un instant l'illusion d'appartenir à ce monde qui n'était pas le leur.

— Comme vous voudrez, dis-je à ma compagne. À la seule condition que nous ne suivrons pas les invités au restaurant, pour ne pas avoir l'humiliation d'être rejetés dans les ténèbres extérieures.

— Je vous promets de bien me conduire. Mais on ne sait jamais. On a pu se tromper dans le compte des couverts et, s'il reste des places vacantes, je n'aurai absolument aucun scrupule à en occuper une.

Je doutais que la réception d'Aldo manquât à ce point d'organisation, mais je laissai ses illusions à Carla. Nous gagnâmes la rue et, à la suggestion de ma compagne, je pris le volant de la voiture empruntée. Nous descendîmes la rue et, passant devant l'église San Cipriano, je me lançai à l'assaut de la colline nord, en direction de la piazza del Duca Carlo, pour m'arrêter finalement à quelque deux cents mètres de l'imposant hôtel Panorama.

Il était trop tôt pour que fussent déjà là les curieux annoncés par Toni, mais notre arrivée ne passa point inaperçue. Un portier en uniforme se précipita pour nous aider à descendre de voiture. Un autre, tout aussi resplendissant, manœuvra la porte à tambour. Je pensai avec compassion à mon vieil ami le signor Longhi et à l'hôtel dei Duchi.

Dans le vaste hall à colonnes, dallé de pierre, il y avait des orangers en caisse et des fontaines. Au fond, les fenêtres donnaient sur une terrasse où, m'apprit ma compagne, durant la saison chaude les clients pouvaient non seulement farnienter mais aussi dîner. Le Panorama, qui en était maintenant à sa seconde année d'existence, appartenait à une société dont le professeur Elia, le doyen des SEC, faisait partie, disait-on, ce qui n'était pas pour me surprendre.

— Ne vous tracassez pas pour l'addition, me chuchota Carla Raspa. Si vous êtes juste, j'ai suffisamment d'argent. Les prix sont exorbitants. C'est un hôtel destiné aux touristes américains et allemands, bien sûr. Personne d'autre ne peut s'offrir ce luxe, si ce n'est les Milanais.

Nous traversâmes le restaurant, encore désert. L'immense table, prévue au centre pour la réception, me rappela tout à fait celles que je faisais moi-même préparer pour les clients des Sunshine Tours. Il n'y manquait que les petits drapeaux. Le maître d'hôtel, suivi de ses acolytes, nous conduisit cérémonieusement à la table que Carla Raspa avait réservée et nous remit des menus qui avaient le format d'une proclamation. J'étudiai le mien en silence, préoccupé surtout par les prix. Carla Raspa prit l'initiative et, par bravade, commanda pour nous deux un plat unissant le poulpe à l'anguille, qui me parut devoir garantir l'insomnie. Peut-être était-ce le but cherché par Carla.

— J'aimerais, me dit-elle, pouvoir toujours vivre sur ce pied-là. Mais ça ne risque pas de se produire aussi longtemps que je resterai professeur ici.

Comme je lui demandais quelle était l'autre branche de l'alternative, elle eut un haussement d'épaules :

— Un homme riche, et de préférence marié. Les célibataires se lassent plus vite : ils ont un tel choix !

— Vous ne le trouverez pas à Ruffano.

— Je n'en sais trop rien. Je vis toujours dans cet espoir. Le professeur Elia a une femme qui ne quitte jamais Ancône. Elle ne sera même pas là ce soir.

— Je croyais, fis-je avec un geste expressif, que tout cela était destiné à séduire Donati ?

— Quel mal y aurait-il à séduire les deux ? me rétorqua-t-elle. Donati est difficile à prendre, mais je me suis laissé dire qu'Elia avait un plus grand appétit.

Elle était d'une franchise désarmante et je me sentis en sécurité. La table tête à tête de son appartement et le divan-lit n'étaient pas pour moi.

— Bien sûr, continua-t-elle, s'il se présente du moindre fretin qui me propose le mariage, je l'accepterai. Mais uniquement s'il a un gros compte en banque.

Je fis mine de prendre ça pour moi et exhalai un soupir. Elle me tapota gentiment la main :

— Comme escorte, vous êtes l'idéal. Si jamais je ferre mon poisson et que vous restiez à Ruffano, vous profiterez de l'aubaine.

Je me déclarai très obligé, puis nous devînmes quelque peu éméchés, grâce à une bouteille de Verdicchio destinée à faciliter le passage de l'anguille et du poulpe. Je me surpris à sourire sans raison. Les murs de l'hôtel Panorama me semblèrent reculer. Le maître d'hôtel devint moins attentif à nos désirs, s'en allant fréquemment jusqu'à la porte pour jeter un coup d'œil dans le hall.

— Avez-vous assez mangé ? me demanda Carla Raspa. Si oui, je pense que le moment est venu de passer à l'action. Les invités commencent d'arriver… Je m'en rends compte aux bruits qui nous parviennent de dehors. Demandez l'addition.

L'addition était prête, pliée sur une assiette. Nous n'avions mangé qu'un seul plat mais, à voir le total, on ne l'aurait pas cru. Je sortis mon portefeuille tandis que, sous le couvert de la nappe, ma compagne me glissait dans la main l'aide dont j'avais grand besoin.

Avec hauteur, tel un dieu qui s'est sustenté avant l'arrivée des humbles mortels, je payai, puis escortai ma compagne hors du restaurant. Quand nous nous y retrouvâmes, le hall commençait à se remplir d'invités. Des serveurs s'affairaient, présentant des plateaux chargés de verres. Comme Giuseppe me l'avait dit, les hommes étaient en smoking et les femmes arboraient tout un assortiment de robes du soir. Les coiffeurs de Ruffano avaient dû faire des heures supplémentaires.

Sans sourciller, Carla Raspa prit un verre sur le plateau du serveur le plus proche, et je l'imitai.

— Le voici, m'annonça ma compagne. Il est encore plus beau en smoking ! Oh ! j'en mangerais, de cet homme !

Aldo nous tournait le dos mais, en dépit du brouhaha ambiant, le ton de Carla Raspa convenant mieux à un cours fait en classe qu'à une réunion de ce genre, la remarque dut parvenir jusqu'à ses oreilles. Il se retourna et nous vit. L'espace d'un instant, il parut déconcerté, chose extrêmement rare pour mon frère. Je l'imaginai pensant en un éclair : deux des invitations se seraient-elles égarées ? Mon air gêné dut le rassurer, ainsi que mon léger recul. Il m'ignora complètement, mais eut une inclination de tête à l'adresse de ma compagne. Puis il s'éloigna pour accueillir un nouvel arrivant, le professeur Rizzio, qui était seul, sans sa sœur. Le recteur adjoint de l'université paraissait las et contraint. Il échangea une poignée de main avec Aldo, et murmura quelque chose que je ne pus saisir lorsque mon frère s'enquit avec sollicitude de la santé de sa sœur. L'air hagard de Rizzio m'inquiétait et j'osais à peine le regarder. Discrètement je m'éloignai hors de portée d'oreille et assistai à l'arrivée d'autres invités qui, tous, m'étaient inconnus. Dans cette foule, je ne repérai que Giuseppe Fossi qui paraissait sur le point de faire éclater son smoking trop étroit. Il était avec sa femme laquelle, gloussante et l'œil dardé, ressemblait plus que jamais à une poule.

Je louchai du côté de l'entrée et des curieux qui se pressaient au-delà de la rangée de voitures. Certes, tout Ruffano n'était pas là, mais il y en avait quand même une bonne partie, des étudiants et des gens sortis pour prendre l'air. Quand je regardai de nouveau le hall, je vis que Giuseppe Fossi, ayant repéré Carla Raspa, se hâtait d'entraîner sa femme dans la direction opposée. S'entretenant toujours avec le professeur Rizzio, Aldo jeta un coup d'œil à sa montre et fronça les sourcils. Ma compagne se rapprocha de moi :

— L'autre invité d'honneur est en retard, me dit-elle. Presque neuf heures moins dix. C'est à dessein, bien entendu. Pour faire une entrée plus remarquée que celle de Rizzio.

J'avais oublié le professeur Elia et que cette réception avait pour objet sa réconciliation publique avec Rizzio, réconciliation qui serait un triomphe pour Aldo.

Le brouhaha des voix allait croissant, les verres tintaient. Lorsqu'un serveur me présenta son plateau, je secouai la tête.

— Si nous partions, à présent ? suggérai-je à Carla Raspa.

— En manquant la rencontre des géants ? Ah ! non, alors !

L'horloge de l'hôtel indiquait maintenant neuf heures moins trois minutes. Aldo avait cessé de s'entretenir avec le professeur Rizzio et trahissait son impatience par un léger battement de pied.

— A-t-il beaucoup de chemin à faire ? demandai-je à ma compagne.

— Non ! Trois minutes en voiture. Il habite la grande maison qui est à l'angle de la piazza del Duca Carlo. Oh ! non, la manœuvre est évidente. C'est une façon de marquer l'importance qu'il se donne par rapport aux autres.

Sur le comptoir de la réception, le téléphone se mit à sonner. Je l'entendis parce que je me trouvais à proximité. Je vis le préposé décrocher le combiné, écouter, puis prendre son bloc et y griffonner un message d'un air quelque peu ahuri. Repoussant le groom qui s'empressait, et fendant la foule des invités, il alla lui-même porter le message à mon frère. J'observai Aldo. Il lut la feuille qu'on venait de lui remettre, puis interrogea vivement le commissionnaire. Je me rendis compte que celui-ci, visiblement troublé, devait lui répéter ce qu'il venait d'entendre au téléphone. Aldo éleva alors les mains pour réclamer le silence, qui se fit immédiatement tandis que tous les visages se tournaient vers lui.

— Je crains, dit-il, que quelque chose ne soit arrivé au professeur Elia. On vient de recevoir un coup de téléphone anonyme, suggérant que je me rende immédiatement au domicile du professeur. Il peut s'agir d'une plaisanterie, mais j'aime mieux m'en assurer. Je vous prie donc de m'excuser. Je vais aller chez lui immédiatement. Si tout va bien, je téléphonerai aussitôt ici.

Un murmure consterné courut parmi les invités. Le professeur Rizzio, l'air plus las que jamais, retint Aldo par le bras. De toute évidence, il lui proposait de l'accompagner. Aldo acquiesça, tout en commençant à se frayer un chemin en direction de la sortie. Tandis que Rizzio le suivait, plusieurs autres se séparèrent de leurs femmes et l'imitèrent. Carla Raspa, me prenant par la main, m'entraîna derrière eux.

— Venez ! Ça peut être grave comme ça peut n'être rien mais, de toute façon, il nous faut savoir de quoi il retourne !

Je m'engageai à sa suite dans la porte à tambour. J'entendis vrombir l'Alfa Romeo d'Aldo comme il faisait demi-tour pour foncer à toute vitesse vers la piazza del Duca Carlo.

14

Nous le suivîmes aussitôt dans notre voiture d'emprunt, mais d'autres avaient eu la même idée. Ceux des invités qui, comme Aldo et nous, avaient garé leurs voitures à proximité de l'hôtel, furent vite en chemin. La foule d'étudiants et d'habitants de la ville venus là en curieux, mais devinant, à l'agitation soudaine, que quelque chose n'allait pas, se mirent aussi à courir vers le haut de la colline. Ce fut bientôt un vacarme de klaxons mêlé au bruit de violents changements de vitesse et de voix surexcitées.

— La maison d'Elia, c'est celle qui est au coin, m'indiqua Carla Raspa. Là où les fenêtres sont éclairées.

L'Alfa Romeo était déjà arrêtée devant cette maison qui s'élevait, précédée d'un jardin, à droite de la piazza del Duca Carlo. Je vis Aldo bondir hors de sa voiture et se précipiter vers la porte, suivi plus posément par le professeur Rizzio. Je ralentis, ne sachant trop que faire. Nous ne pouvions guère nous ranger près de la voiture d'Aldo et, derrière nous, on klaxonnait avec impatience.

— Je vais faire le tour de la place, dis-je, et revenir ici.

J'appuyai sur l'accélérateur mais, la tête à la portière, Carla Raspa m'annonça :

— Ils ressortent déjà. Il ne doit pas être chez lui.

Derrière moi, à proximité de la maison, c'était maintenant un véritable chaos. Le rayonnement de phares venait sans cesse frapper mon rétroviseur et des gens s'interpellaient bruyamment.

— Donati regagne sa voiture, me dit Carla Raspa. Non… Il s'en détourne… Attendez, Armino, attendez ! Rangez-vous là, à droite, le long du jardin public !

La piazza del Duca Carlo aboutissait au jardin public, dont les allées de gravier, les arbres et les bosquets étaient dominés par la statue du duc Carlo. Je garai la voiture sous des arbres et nous en descendîmes.

— Pourquoi ces projecteurs ? demandai-je à Carla.

— On les allume tous les soirs pendant la semaine du Festival. Vous ne les aviez pas remarqués hier ? Oh ! mon Dieu…

Carla m'avait saisi le bras et, de l'autre main, me montrait la statue du duc Carlo qui, magnifique et serein sur son piédestal de marbre, considérait avec bienveillance l'allée de gravier serpentant à ses pieds. Éclairé par les projecteurs, il constituait un tableau assez saisissant, mais moins cependant que l'homme assis immédiatement au-dessous de lui, sur les marches de pierre entourant le piédestal. À vrai dire, cet homme était écartelé plutôt qu'assis. Les membres en croix, il avait les mains et les pieds attachés à de gros poids qui lui interdisaient tout mouvement. En outre, il était complètement nu. Bien que je fusse à quelque vingt-cinq mètres de lui, je n'eus aucune peine à reconnaître la carrure puissante et la masse de cheveux bruns du professeur Elia.

Tandis que nous demeurions figés sur place, ma compagne étouffant un cri où la frayeur le disputait à l'hystérie, nous vîmes Aldo, suivi d'une demi-douzaine d'hommes, traverser la place en courant. L'instant d'après, ils entourèrent l'infortuné professeur et, se penchant vers lui pour le libérer, l'escamotèrent à notre vue. Aldo se détacha du groupe, agitant le bras, réclamant une voiture. Une autre silhouette retraversa la piazza en courant. Pendant ce temps, de nouvelles voitures s'étaient arrêtées à proximité, et les premiers étudiants qui s'étaient lancés à l'assaut de la colline débouchèrent à leur tour sur la piazza. De toute part, on s'interpellait : « Que se passe-t-il ? Qui est-ce ? Qu'est-il arrivé ? »

Nous nous rapprochâmes, cédant au terrible besoin qui s'empare de tout être en présence d'un drame. L'instinctif désir d'être là, de savoir… Étant arrivés les premiers sur les lieux, nous étions avantagés par rapport aux autres curieux, bien qu'Aldo et ceux qui l'avaient suivi nous masquassent en partie le malheureux Elia.

Quelqu'un ayant coupé les liens, les bras et les jambes fléchirent et le corps tout entier parut sur le point de tomber. Elia leva la tête. Il n'était pas bâillonné. Il aurait donc pu, s'il l'avait voulu, appeler au secours et être libéré plus tôt. Pourquoi ne l'avait-il pas fait ? Privés des habituelles lunettes, ses yeux scrutaient les visages de ceux qui, saisis de compassion, s'efforçaient de faire écran entre lui et la masse des curieux. Ces yeux répondirent à la question que je me posais. C'est par honte que le professeur Elia n'avait pas appelé à l'aide. Honte du spectacle tout à la fois choquant, lamentable et ridicule qu'il eût offert aux inconnus accourus à son secours. L'homme qui se tenait maintenant devant lui le considérait avec une pitié confinant à l'angoisse et fut le premier à saisir la couverture qu'on avait vite été chercher dans une voiture. C'était le rival d'Elia, le recteur adjoint de l'université, le professeur Rizzio dont la sœur avait été malmenée quelque quarante-huit heures auparavant.

— Aidez-le à gagner la voiture en l'entourant de façon qu'on ne le voie pas, commanda Aldo. Et dispersez-moi toute cette populace !

Avec le concours du professeur Rizzio, il aida Elia à se remettre debout. Un très court instant, nous entrevîmes la victime dans sa navrante nudité, la blancheur livide de ses membres contrastant avec sa toison sombre. Puis la couverture l'enveloppa, des bras protecteurs l'environnèrent. Ses amis l'entraînèrent vers la voiture cependant que, déconcertés, les curieux s'écartaient de chaque côté pour leur livrer passage. Laissant Carla Raspa suivre l'opération, je m'en fus vivement derrière un arbre et vomis. Lorsque je revins sur mes pas, Carla était déjà près de la voiture.

— Venez vite ! me cria-t-elle avec impatience. Nous allons nous lancer à leur poursuite !

Je regardai la piazza. La voiture, avec son pitoyable chargement, s'était arrêtée de nouveau devant le domicile d'Elia.

— Nous ne pouvons pas entrer chez lui ! protestai-je. Nous n'avons rien à faire dans cette maison !

— Il ne s'agit pas de lui, m'expliqua-t-elle en montant rapidement dans la voiture, mais de la bande qui lui a fait ça. Ils ne peuvent pas être bien loin. Vite… Vite !…

De nouveau, ceux qui étaient aussi en voiture eurent la même idée que nous. On pouvait maintenant laisser la victime aux bons soins de ses amis et du médecin appelé en hâte, mais on allait donner la chasse à ceux qui avaient perpétré cet outrage.

Quatre voies partaient de la piazza del Duca Carlo, entre lesquelles il fallait choisir. Celles se trouvant à gauche allaient vers l'ouest et sortaient rapidement de la ville. À droite, une rue dévalait la colline vers la Porta Malebranche et la via delle Mura. Une autre artère, s'orientant vers le sud, nous eût ramenés une fois de plus à la piazza della Vita et au centre de la ville. J'optai pour la rue de droite et j'entendis une seconde voiture s'y engager derrière moi. Nous descendîmes ainsi jusqu'à la Porta Malebranche, puis je laissai l'autre voiture me dépasser. Elle fila en direction de l'est, par la via delle Mura, où la suivirent deux étudiants montés sur une vespa. Je ne doutais pas que d'autres poursuivants eussent quitté par l'ouest la piazza del Duca Carlo. Nous nous retrouverions tous sur la colline sud, derrière les foyers d'étudiants.

Dans la via delle Mura, j'arrêtai la voiture sur l'un des remparts dominant la vallée et dis en me tournant vers ma compagne :

— C'est inutile de vouloir donner la chasse à ceux qui ont fait ça. Ils ont eu tout le temps de se disperser par les rues de traverse, pour aller ensuite flâner comme tout un chacun sur la piazza della Vita.

— S'ils n'avaient pas de voiture, comment ont-ils pu emmener Elia hors de chez lui et jusqu'à la statue ? me demanda Carla.

— En le portant, enveloppé dans une couverture, répondis-je. Il y avait tant de monde pour voir les invités arriver à l'hôtel Panorama que la piazza del Duca Carlo devait être déserte. Les auteurs de ce mauvais coup le savaient, et ils en ont profité. Après quoi, ils ont téléphoné à l'hôtel de chez le professeur Elia, puis ils ont décampé.

Sortant de ma poche un paquet de cigarettes, j'en allumai une pour elle et une autre pour moi.

— De toute façon, continuai-je, ils finiront par être pris. Donati va alerter la police.

— N'en soyez pas si sûr, me dit Carla Raspa.

— Pourquoi donc ?

— Il lui faudra d'abord l'assentiment du professeur Elia, et celui-ci ne voudra pas voir sa mésaventure publiée dans la presse et partout, pas plus que Rizzio n'a tenu à informer le monde de ce qui était arrivé à sa sœur. Je suis prête à vous parier mille lires que cette nouvelle affaire sera étouffée comme la précédente.

— Impossible ! Trop de gens en ont été témoins !

— Qu'ont-ils vu ? Un groupe d'hommes entourant quelqu'un enveloppé dans une couverture. Si les autorités constituées veulent étouffer ça, elles le peuvent. Vous rendez-vous compte que le Festival a lieu vendredi ? Que ce jour-là, des touristes et les familles des étudiants vont venir à Ruffano ? Ce serait bien le moment d'annoncer un pareil scandale.

Je gardai le silence. Oui, le moment avait été bien choisi. À moins d'expulser les étudiants en bloc, il n'y avait pas grand-chose que l'on pût faire.

— De deux choses l'une, reprit Carla Raspa. Ou bien ce sont les étudiants de lettres et de l'enseignement qui ont voulu venger l'insulte faite aux Rizzio, ou bien il s'agit d'un double bluff imaginé par ceux des SEC pour jeter le discrédit sur le clan adverse. Au fond, peu importe : comme chahut, c'était de première !

— Vous trouvez ? dis-je.

— Oui. Pas vous ?

Je ne savais ce qui m'avait le plus bouleversé : le visage contraint du professeur Rizzio faisant abstraction de toute fierté et serrant la main de mon frère à l'hôtel Panorama, ou le regard torturé du professeur Elia voyant découvrir sa nudité. Deux êtres touchant le fond de l'humiliation, et extrêmement pathétiques.

— Non, répondis-je. Peut-être parce que je ne suis pas de Ruffano, ces deux affaires me révoltent.

Tout en riant, elle baissa la glace de la portière et jeta sa cigarette au-dehors. Elle en fit autant de la mienne après l'avoir cueillie entre mes lèvres. Puis, se tournant vers moi, elle saisit mon visage entre ses mains et m'embrassa sur la bouche.

— Je crois que vous avez grand besoin d'être fermement guidé, dit-elle.

Ce soudain élan de passion me prit de court. Je ne m'attendais absolument pas à ce baiser, à ces jambes qui se nouaient aux miennes, à ces mains qui s'égaraient. Ces avances, qui eussent sans aucun doute ravi Giuseppe Fossi, me répugnèrent. Si le moment convenait à Carla, ce n'était pas mon cas et, la repoussant violemment contre la portière, je la giflai.

— Pourquoi tant de violence ? demanda-t-elle, surprise mais nullement rebutée.

— Faire l'amour dans une voiture me paraît une offense au bon goût.

— Fort bien, dit-elle. Dans ce cas, allons chez moi.

Je mis de nouveau la voiture en marche, suivis la via delle Mura, revins vers le centre de la ville puis, par une rue de traverse, gagnai la via San Michele. À tout autre moment, je n'aurais vu aucun inconvénient, bien au contraire, à répondre aux initiatives de Carla Raspa. Mais pas ce soir-là. Je me rendais compte que son désir n'émanait pas du plaisir que nous avions pu avoir à passer la soirée ensemble, mais était suscité par la scène dont nous venions d'être témoins. J'arrêtai la voiture devant le 5. Carla en descendit et entra dans la maison, dont elle laissa la porte ouverte à mon intention. Mais, au lieu de la suivre, je remontai la colline vers la via dei Sogni.

Je me demandai combien de temps elle m'attendrait. S'approcherait-elle de la fenêtre ? Apercevant la Fiat toujours garée devant la maison et n'arrivant pas à croire que j'aie pu lui fausser ainsi compagnie, irait-elle jusqu'à descendre voir si je n'étais pas resté dans la voiture ? Peut-être même traverserait-elle la rue pour aller au 24 demander aux Silvani si, par hasard, le signor Fabbio était rentré et dans sa chambre.

Après quoi, je chassai Carla Raspa de mon esprit. Dépassant mon ancienne demeure, aux volets clos, j'arrivai devant chez mon frère. Je sonnai à la porte de service, celle de gauche. Après un moment, Jacopo apparut. À ma vue, il eut un large sourire.

— Pouvez-vous me laisser entrer pour que j'attende Aldo ? lui demandai-je. Je sais qu'il est sorti, mais je désire le voir dès son retour.

— Bien sûr, signor Beo, me dit-il. Puis me voyant quelque peu haletant, car j'avais marché vite, il s'enquit : Quelque chose ne va pas ?

— Il s'est produit un incident, piazza del Duca Carlo, qui a bouleversé la réception donnée à l'hôtel. Aldo est en train de s'en occuper.

D'un air soucieux, Jacopo ouvrit l'autre porte et me conduisit dans le living-room où il alluma :

— Les étudiants, je suppose, dit-il. L'approche du Festival les surexcite toujours beaucoup. Et puis, il y a eu cette histoire de dimanche soir. Est-ce un incident du même genre ?

— Oui, répondis-je. Aldo vous expliquera.

Il s'enquit alors si je voulais quelque chose à boire. Je lui répondis que non, que je me servirais si j'avais soif. Il attendit un instant encore, ne sachant si je désirais ou non converser avec lui, mais le doigté qu'il avait acquis au long de tant d'années passées avec mon frère lui fit comprendre que je préférais rester seul. Il se retira donc, et je l'entendis refermer la porte d'entrée, puis regagner son domaine personnel.

Je me mis à errer dans la pièce, jetai un coup d'œil par la fenêtre, considérai longuement le portrait de mon père, pour me laisser finalement tomber dans un fauteuil. J'étais environné par la tranquillité de la maison et le cadre m'était familier, mais je me sentais néanmoins mal à l'aise, au bord de la nausée. Me relevant, j'allai prendre sur la table le volume allemand *Vie des ducs de Ruffano*. Il s'ouvrit à la page marquée que je parcourus du regard jusqu'à ce que j'eusse trouvé le passage dont je me souvenais.

… Quand les habitants de Ruffano, indignés, formulèrent ouvertement leurs accusations, le duc Claudio rétorqua qu'il avait été chargé par Dieu d'infliger à ses sujets le châtiment qu'ils méritaient. L'arrogance serait mise à nu ; la superbe, violentée ; la calomnie, réduite au silence, et la vipère mourrait de son propre venin. De la sorte, la balance de la Justice divine recouvrerait son équilibre.

Refermant le livre, j'allai m'asseoir dans un autre fauteuil. Deux visages m'obsédaient. L'un était celui de la signorina Rizzio, hautaine et daignant à peine me parler par-dessus son verre d'eau minérale ; l'autre, celui du professeur Elia, déjeunant avec ses amis dans le petit restaurant de la via San Cipriano, s'esclaffant bruyamment au récit de ce qui s'était passé au foyer, plein de suffisance et d'arrogance. Je n'avais pas revu la signorina Rizzio depuis le dimanche matin. Qu'elle fût à Cortina avec des amis ou bien ailleurs importait peu. Son humiliation avait disparu avec elle. Le professeur Elia, lui, cela faisait moins d'une heure que je l'avais revu, et son humiliation, sa honte persistaient.

Le téléphone se mit à sonner. Je regardai l'appareil, sans bouger. Comme la sonnerie continuait inlassablement, je me levai et pris le combiné. La standardiste me demanda : « Voulez-vous prendre une communication de Rome ? » Je répondis « Oui » machinalement. Après un moment, j'entendis une femme s'enquérir : « C'est vous, Aldo ? »

C'était la signora Butali. Je reconnaissais sa voix. J'allais lui dire que mon frère était sorti, mais elle continua de parler, prenant mon silence pour un assentiment ou peut-être de l'indifférence. Elle semblait désespérée.

— Toute la soirée j'ai cherché à vous joindre, Aldo. Gaspare ne veut rien entendre. Il insiste pour rentrer à la maison. Depuis que le professeur Rizzio lui a téléphoné, hier, et l'a mis au courant de ce qui s'était passé, il ne tient plus en place. Les médecins disent qu'il vaut mieux pour lui s'en retourner à Ruffano plutôt que de rester à l'hôpital en se mettant dans des états pareils. Mon chéri… pour l'amour du ciel, dites-moi que faire. Aldo, vous m'entendez ?

Je reposai le combiné sur son support. Cinq minutes plus tard, la sonnerie reprit. Je ne répondis pas et demeurai assis dans le fauteuil d'Aldo.

Il était plus de minuit quand j'entendis la clef tourner dans la serrure et la porte d'entrée se refermer. Jacopo avait dû, lui, entendre arriver la voiture et sortir avertir mon frère que je l'attendais, puis regagner ensuite ses quartiers, car il n'y eut aucun bruit de voix. Quand Aldo entra dans la pièce, il me regarda sans rien dire et se dirigea vers la desserte, où il se servit à boire.

— Étais-tu piazza del Duca Carlo ? me demanda-t-il.

— Oui.

— Qu'as-tu vu ?

— La même chose que toi : le professeur Elia, complètement nu.

Emportant son verre, il se laissa glisser en travers d'un fauteuil, une jambe par-dessus l'accotoir.

— Il n'a même pas de meurtrissures, me dit-il. J'ai fait venir un médecin pour qu'il l'examine.

Heureusement, la nuit était douce et il n'aura pas de pneumonie. D'ailleurs, il est fort comme un bœuf.

Je ne fis pas de commentaire. Aldo but puis, posant son verre, se remit debout.

— J'ai faim, dit-il. Je n'ai pas dîné. Je me demande si Jacopo a de quoi faire un sandwich. Je reviens tout de suite.

Quand il reparut, cinq minutes plus tard, il portait un plateau sur lequel il y avait du *prosciutto*, de la salade et des fruits. Il le déposa sur une petite table, près du fauteuil.

— J'ignore ce qu'ils auront fait, au Panorama, reprit-il. J'ai téléphoné au directeur pour lui dire que le professeur Elia n'était pas bien et que je restais près de lui, en compagnie du professeur Rizzio. J'ai demandé qu'on veuille bien nous excuser et que la réception continue sans nous. Je pense qu'elle aura effectivement continué. La plupart des professeurs, avec ce qu'ils gagnent, n'ont pas la possibilité de venir dîner au Panorama, non plus que leurs femmes. Qu'est-ce que tu y faisais toi-même ?

— Je regardais arriver les invités.

— Ce n'est pas toi qui avais eu cette idée, j'imagine ?

— Non.

— Eh bien, elle a eu de quoi se régaler… Après ça, elle devrait être tranquille pour une nuit ou deux. Est-ce qu'elle t'a… molesté ?

J'ignorai la question et Aldo sourit, tout en continuant de manger.

— Mon petit Beo, dit-il, ton retour au bercail est plutôt mouvementé. Qui aurait pensé que Ruffano pourrait s'agiter à ce point ? Tu étais plus tranquille quand tu pilotais tes touristes. Allez, tiens-moi compagnie.

Prenant une orange sur le plateau, il me la lança.

— J'étais au théâtre, hier soir, dis-je tout en pelant lentement le fruit. Tu es vraiment un as à la batterie.

Ça, il ne s'y attendait pas. Je m'en rendis compte à la pause presque imperceptible qu'il y eut entre l'instant où il coupa un morceau de son jambon et celui où il le porta à sa bouche.

— Tu vas partout, dis donc ? Qui t'y avait emmené ?

— Les étudiants des SEC qui sont à ma pension et qui, tout comme l'ensemble de ton auditoire, ont paru aussi impressionnés par tout ce que tu as dit que ceux des lettres réunis par toi, samedi soir, au palais ducal.

Il attendit un moment avant de répondre. Puis, repoussant son assiette de côté et attirant à lui le saladier, il remarqua simplement :

— Les jeunes sont très malléables.

J'achevai de peler l'orange et lui en offris la moitié. Nous mangeâmes en silence. Je vis son regard se poser sur *Vie des ducs de Ruffano*, puis il le ramena vers moi.

— *L'arrogance mise à nu ; la superbe, violentée...* citai-je. Que cherches-tu à faire, au juste ? Tu te substitues à la Justice divine, comme le duc Claudio ?

Son appétit rassasié, Aldo alla porter le plateau sur une petite table d'angle, puis se servit un demi-verre de vin et se campa sous le portrait de notre père.

— Mon objectif immédiat est d'entraîner des acteurs. S'ils choisissent de s'identifier aux personnages de leurs rôles, tant mieux. La représentation n'en sera que meilleure le jour du Festival.

Son sourire, que tout autre eût trouvé désarmant, ne m'abusa point. Je le connaissais depuis trop longtemps. Trop souvent, dans le passé, il y avait eu recours pour arriver à ses fins.

— Il y a eu deux incidents, dis-je, qui avaient été soigneusement préparés. Ne me raconte pas qu'ils ont pu être conçus par une bande d'étudiants.

— Tu sous-estimes la nouvelle génération, me répliqua Aldo. Elle est très douée pour l'organisation, quand elle veut s'en donner la peine. Par ailleurs, ces jeunes ont faim d'idées. Fais-leur une suggestion et, hop ! les voilà partis.

Il ne niait point avoir participé à ce qui s'était passé, aussi bien au foyer que, ce soir, piazza del Duca Carlo, mais n'en convenait pas non plus. Je ne doutais pas un seul instant qu'il ait été l'instigateur des deux choses.

— Cela ne te gêne pas, demandai-je, d'avoir humilié deux personnes – trois même, en comptant le professeur Rizzio – au point qu'elles n'auront plus désormais aucune autorité ?

— L'autorité est une blague, à moins qu'on ne la puise en soi-même. Alors, c'est de l'inspiration et elle nous vient de Dieu.

Je regardai fixement Aldo. Il n'avait jamais eu l'esprit religieux. Dans notre jeunesse, si nous allions à la messe les dimanches et jours de fête, c'était purement par routine et parce que nos parents nous le commandaient, ce qui n'empêchait pas mon frère d'en profiter pour m'effrayer. Le retable de San Cipriano était déjà un exemple de cette faculté qu'il avait de faire travailler l'imagination jusqu'à tout déformer.

— Garde ça pour tes étudiants, dis-je. C'est le genre de trucs que le Faucon racontait à son entourage.

— Et son entourage croyait ce qu'il disait.

Le pincement de lèvres ironique était absent. Les yeux, étincelant dans la pâleur du visage, avaient quelque chose d'inquiétant. Remuant dans mon fauteuil, je pris une cigarette. Lorsque je regardai de nouveau Aldo, l'instant de tension s'était dissipé. Mon frère achevait de boire son vin.

— Sais-tu quelle est la chose que nul en ce pays ne peut supporter ? me demanda-t-il d'un ton léger, en considérant son verre dans la clarté de la lampe. Non seulement dans ce pays, d'ailleurs, mais dans le monde entier et à travers toute l'histoire ? C'est perdre la face. Nous nous faisons une image de nous-mêmes et si quelqu'un vient démolir cette image, nous sommes appelés à paraître ridicules. Tu parlais à l'instant d'humiliation, ce qui est la même chose. L'homme ou la nation qui perd la face, ou bien ne s'en remet jamais et se désintègre, ou bien apprend l'humilité, ce qui est tout autre chose que l'humiliation. L'avenir nous dira quelles seront les conséquences pour les Rizzio et Elia, comme pour le reste de ceux qui constituent le petit monde de Ruffano.

Je pensai soudain à quelqu'un qui avait dû perdre la face durant ces trois dernières heures : ma compagne de la soirée, Carla Raspa. Peut-être n'avait-elle pas l'épiderme suffisamment sensible pour en convenir. Au lieu de considérer cela comme un échec personnel, elle se dirait que c'était moi qui n'avais pas été à la hauteur des circonstances. Ça m'était égal. Qu'elle attribue donc mon manque de galanterie à ce qu'elle voudrait !

— Au fait, dis-je, on t'a téléphoné de Rome vers dix heures et demie.

— Ah ? fit Aldo.

— Oui, la signora Butali, et elle paraissait très inquiète. Le recteur tient absolument à rentrer, à cause, je crois, de ce qui s'est passé dimanche soir.

— Quand veut-il rentrer ?

— Elle ne me l'a pas dit. Pour ne rien te cacher, j'ai coupé la communication alors qu'elle était en train de parler. Elle pensait avoir affaire à toi, et je ne l'ai pas détrompée.

— Ce qui est stupide de ta part. Je te croyais plus intelligent.

— Désolé.

La nouvelle le tracassait. Je le vis regarder le téléphone et, sans qu'il eût besoin de me parler, je me levai pour prendre congé.

— De toute façon, dis-je, lorsque le professeur Butali apprendra l'incident de ce soir…

— Il n'en saura rien, m'interrompit Aldo. De quoi penses-tu que nous ayons discuté jusqu'à minuit, Rizzio, Elia et moi ?

— Il ne l'apprendra pas officiellement, mais si tu t'imagines qu'il n'y aura personne pour lui rapporter la chose…

Mon frère haussa les épaules :

— C'est un risque à courir.

Je me dirigeai vers la porte. En venant via dei Sogni et en y attendant Aldo, je n'étais arrivé à rien de précis, sinon avoir confirmation de ce que je soupçonnais. Et laisser voir à Aldo que je savais à quoi m'en tenir.

— Si le recteur revient, demandai-je, que va-t-il faire ?

— Rien. Il n'en aura pas le temps.

— Pas le temps ?

Aldo sourit :

— Les recteurs aussi sont vulnérables. Ils peuvent perdre la face comme les autres mortels. Beo…

— Oui ?

Il prit un journal qui se trouvait sur une chaise près de la porte.

— As-tu vu ça ?

Il me montra l'entrefilet que j'avais lu en prenant mon petit déjeuner, et que les événements de la journée m'avaient fait complètement oublier.

— Ils ont arrêté l'assassin, dis-je. Et j'en rends grâce au ciel.

— Ils ont arrêté le voleur, rectifia Aldo, ce qui, semble-t-il, n'est pas la même chose. J'ai reçu ce matin un coup de fil du commissaire de police. Le type qui a pris les dix mille lires ne veut pas démordre de son histoire. Il soutient que Marta était déjà morte lorsqu'il s'est emparé du billet, et la police a le sentiment qu'il dit la vérité.

— Déjà morte ? m'exclamai-je. Mais alors…

— Alors, ils continuent à rechercher l'assassin, ce qui peut se révéler malsain ou à tout le moins ennuyeux pour quiconque s'est trouvé dans les parages de la via Sicilia mardi, entre minuit et les petites heures.

Posant sa main sur ma tête, il m'ébouriffa les cheveux :

— Ne t'en fais pas, mon Beo, ils ne te retrouveront pas. Et s'ils te retrouvaient, tu serais vite acquitté. Ton visage respire l'innocence.

Je me sentis désemparé par ce qu'il venait de me dire. L'horreur de ce meurtre me poursuivait encore, alors que je l'avais crue enterrée.

— Que faut-il que je fasse ? m'enquis-je avec désespoir. Dois-je aller trouver la police ?

— Non, me dit-il, oublie tout ça. Viens à ma réunion, demain soir, et range-toi au nombre des élus. Voici ton laissez-passer.

Fouillant dans sa poche, il en sortit un petit disque que décorait une tête de faucon.

— Avec ça, mes gars te laisseront entrer. Sois à neuf heures à la porte de la salle du Trône. Et viens seul. Je n'ai pas l'intention de recevoir aussi la signorina Raspa, ou tes amis du 24 via San Michele. Dors bien.

Il me poussa vers la rue.

Il était plus d'une heure du matin ; dehors, tout était obscur et tranquille. Je ne rencontrai âme qui vive entre la maison d'Aldo et la via San Michele. Le 24 était aussi paisible que les autres maisons aux volets clos. La porte n'était pas fermée à clef et je pus regagner mes pénates sans déranger personne.

À en juger par les éclats de voix provenant de la chambre occupée par Paolo Pasquale, tous les autres étudiants s'y étaient réunis et on discutait ferme. Le lendemain, je saurais s'ils étaient allés du côté de la piazza del Duca Carlo.

Je me réveillai vers cinq heures du matin, non point à cause d'un rêve ou d'un cauchemar, ou parce que je revoyais le doyen des SEC écartelé en une ignominieuse nudité sous le piédestal de marbre supportant la statue de bronze du duc Carlo, mais parce que je venais brusquement de me rappeler où j'avais déjà lu le nom de Luigi Speca, problème qui m'avait tracassé à la bibliothèque, durant l'après-midi. Luigi Speca avait été le parrain d'Aldo. J'avais vu sa signature sur le registre conservé à la sacristie de San Cipriano.

15

À huit heures on frappa à ma porte et, avant même que j'aie pu répondre, Paolo entra, suivi de Caterina.

— Excusez-moi, dit-il en voyant que j'étais en train de me raser, mais nous voudrions savoir si vous venez avec nous. Tous les élèves des SEC ont décidé de sécher les cours pour aller manifester devant chez le professeur Elia.

— À quel propos ? demandai-je.

— Vous le savez bien. Nous vous avons vu, intervint Caterina. Vous étiez dans une voiture, avec la Raspa. Nous vous avons vu quitter l'hôtel et filer en direction de la piazza del Duca Carlo. Vous avez dû être aux premières loges.

— Oui, enchérit Gino dont la tête apparut au-dessus de Caterina, car ensuite nous avons repéré cette même voiture près du jardin public. Vous avez dû voir ce qui s'est passé. Vous étiez beaucoup plus près que nous.

Posant mon rasoir, je pris une serviette.

— Je n'ai rien vu, dis-je, si ce n'est un groupe de professeurs entourant la statue. Ils paraissaient très agités, parlaient avec animation et, ensuite, ils ont emporté quelqu'un ou quelque chose. C'était peut-être une bombe.

— Une bombe ! s'exclamèrent les autres en chœur.

— Ça, c'est encore la meilleure ! dit Caterina. Et savez-vous qu'il pourrait bien avoir raison. Peut-être avaient-ils attaché Elia à une bombe, réglée pour exploser au bout d'un certain nombre de minutes.

— Et qu'est-elle devenue, alors, cette bombe ?

— Ce qui nous importe, c'est de savoir s'il a été blessé ou estropié. Personne ne veut nous le dire !

La discussion passionnée, qui avait dû se prolonger pendant une bonne partie de la nuit, menaçait de reprendre dans ma chambre.

— Fichez-moi le camp d'ici, tous tant que vous êtes ! dis-je. Allez manifester si ça vous chante. Moi, je ne suis pas un étudiant, mais un employé.

— Un espion ? suggéra Gino. Ça ne fait pas une semaine que vous êtes ici, et voyez tout ce qui est déjà arrivé !

Le rire qui salua cette sortie n'était pas tout à fait spontané. Il s'y mêlait un certain doute. Se retournant avec impatience, Caterina poussa les autres hors de la chambre.

— Allez, laissez-le donc tranquille ! dit-elle. À quoi bon insister ? Ça ne l'intéresse pas.

Puis, pour me donner une dernière chance, elle me lança par-dessus son épaule :

— Nous allons manifester en masse devant chez le professeur Elia et réclamer qu'il se montre à nous. Si nous constatons qu'il va bien, qu'il n'est pas blessé, alors nous n'insisterons pas davantage et irons à nos cours.

Quelques minutes plus tard, je les entendis quitter la maison. Suivit l'inévitable pétarade de vespas que je supposai devoir appartenir à Gino et à Gerardo. Près de la fenêtre, je les accompagnai du regard jusqu'à ce qu'ils eussent disparu vers le bas de la rue. Alors, je tournai les yeux vers le premier étage du 5. Les volets étaient rabattus contre le mur, les fenêtres ouvertes. Carla Raspa avait commencé sa journée.

Le signor Silvani achevait de prendre son petit déjeuner quand je descendis pour le café. Il me demanda aussitôt si je savais quelque chose touchant les événements de la nuit précédente. Je lui dis être allé sur la piazza del Duca Carlo et avoir vu un rassemblement.

— Nous savons seulement ce que nous ont dit nos jeunes pensionnaires, m'expliqua-t-il, mais je n'aime pas ça… Il y a déjà eu ici des chahuts, comme dans n'importe quelle université, mais là, il semble y avoir quelque chose de vicieux… Est-ce vrai qu'ils avaient roulé le professeur Elia dans de la plume, après l'avoir enduit de goudron ?

— Je l'ignore, dis-je. Je n'ai rien vu.

— Je m'en vais savoir la vérité par la *prefettura*, me déclara-t-il. S'il s'est produit hier soir quelque chose de grave, on va sûrement faire venir des renforts de police pour les prochains jours. Il y a déjà suffisamment de remue-ménage le jour du Festival, sans que des manifestations viennent s'y ajouter.

Je cherchai du regard un journal du matin, mais n'en vis point. Peut-être se trouvait-il dans la cuisine ou n'était-il pas encore arrivé. Avec l'intention d'en acheter un, je me dirigeai vers la piazza della Vita dès que j'eus bu mon café. On décelait dans l'air une certaine agitation. La piazza était pleine de gens allant à leurs occupations matinales et, au centre, se tenait l'habituel groupe d'hommes qui, n'ayant pas choisi l'oisiveté mais y étant contraints, venaient là pour regarder passer les autres et tâter le pouls de la ville. Un peu partout, il y avait des étudiants en train de discuter, dont la plupart montaient ensuite vers la piazza del Duca Carlo. Des rumeurs, flottant d'une colline à l'autre et convergeant ensuite de tous les coins de la piazza della Vita, tourbillonnaient là comme de la vapeur s'échappant d'un chaudron en ébullition.

Il y avait eu un complot communiste pour faire sauter l'université… Il s'agissait d'un complot fasciste pour s'emparer de la mairie… Les gens invités au dîner de l'hôtel Panorama avaient été empoisonnés… On avait cambriolé le domicile des doyens… Un fou, qui avait assassiné à Rome une femme de Ruffano, la pauvre Marta Zampini, était maintenant à Ruffano même et avait attenté à la vie du professeur Elia…

J'achetai un journal. On n'y faisait aucune allusion à l'affaire de la nuit précédente, et je n'y trouvai que quelques lignes concernant le meurtre. La police de Rome maintenait l'arrestation du voleur, mais l'enquête se poursuivait ailleurs. *Ailleurs.* À Ruffano.

Du côté de la via dei Martiri, il se fit un soudain remous dans la foule. Les gens s'écartèrent pour laisser passer un prêtre et un enfant de chœur, derrière lesquels venaient quatre hommes portant un cercueil recouvert d'un drap mortuaire. Suivaient les gens du deuil, un homme qui louchait et donnait le bras à une femme voilée de crêpe. Ils traversèrent la piazza en direction de San Cipriano et la foule se referma derrière eux. Marchant comme en un rêve, je me retrouvai à l'intérieur de l'église, au milieu de gens de la ville, venus là par curiosité. J'écoutai l'exorde : *Requiem aeternam dona eis, Domine. Et lux perpetua luceat eis.* Puis faisant demi-tour, je ressortis.

Comme je franchissais le seuil, je vis un homme debout près de la table où l'on vendait des cierges. Il observait la foule et son regard se posa sur moi. J'eus l'impression de le connaître et, à l'interrogation qui passa dans ses yeux, qu'il me reconnaissait aussi. C'était l'agent qui se trouvait dans la pièce et avait pris des notes lorsque les deux touristes anglaises avaient fait leur déposition au commissariat de Rome. Mais aujourd'hui, il était en civil.

Dévalant les marches de l'église, je m'élançai à travers la piazza della Vita, puis enfilai la via del Teatro et gravis la longue montée qui s'achevait sous les murs du palais ducal. C'était d'instinct que je m'étais mis à courir et avais pris ce chemin détourné. Si l'agent m'avait reconnu comme étant le guide qui, à Rome, avait fait une déposition concernant la femme assassinée, il se souviendrait que ce même guide se rendait à Naples avec un groupe de touristes, et se demanderait donc ce que le guide en question faisait à Ruffano. Un coup de fil aux Sunshine Tours, une rapide vérification à l'agence de Rome ou de Gênes l'informeraient qu'Armino Fabbio avait demandé à être remplacé pour le voyage de Naples et était parti vers le nord, en compagnie d'un certain Herr Turtmann et sa femme. Il ne tarderait certainement pas à apprendre aussi que le guide Fabbio avait abandonné Herr Turtmann à Ruffano et que, depuis lors, on n'avait plus aucune nouvelle de lui.

Je regardai autour de moi. Le policier ne m'avait pas suivi. Ou, s'il l'avait fait, j'avais réussi à le semer. Sur la piazza Maggiore, les gens se croisaient, allant à leurs affaires. Je pénétrai dans le Duomo par une porte latérale, traversai la nef et ressortis de l'autre côté, juste en face du palais ducal. La minute d'après j'en franchissais l'entrée et traversais la cour carrée en direction de la bibliothèque. Ce fut seulement alors que, m'arrêtant un instant pour reprendre mon souffle, j'eus conscience d'avoir stupidement cédé à la panique. Rien ne prouvait qu'il s'agissait bien de l'agent de police. Et, si c'était lui, je n'avais aucune raison de penser qu'il m'avait reconnu. J'avais eu la réaction d'un coupable. Comme je demeurais un instant à m'éponger le front, la porte de la bibliothèque s'ouvrit pour livrer passage à Toni et à l'autre aide, chancelant sous le poids d'un panier de livres.

— Salut ! me lança Toni. Qui vous a donné la chasse ?

Piqué de voir sa curiosité faire ainsi mouche, je rempochai mon mouchoir et dis :

— Personne, mais j'ai été retardé en ville.

— Que se passe-t-il, au juste ? Ils font grève ? Ils manifestent ? me demandèrent-ils simultanément.

— Qui ça ? répliquai-je.

Toni leva les yeux au ciel :

— Est-ce que vous vivez ici ou non ? Ne savez-vous pas que tout Ruffano est en effervescence, à cause de ce qui s'est passé la nuit dernière sur la piazza del Duca Carlo ?

— Il paraît que les communistes se sont emparés du professeur Elia, me dit son compagnon, et ont failli lui défoncer le crâne. Fossi est en train de donner des ordres pour que nous transportions tout ce que nous pourrons dans la nouvelle bibliothèque, au cas où l'on chercherait à incendier le palais ducal.

Ils reprirent à travers la cour leur progression que le poids du panier rendait laborieuse, et j'entrai dans la bibliothèque où je plongeai en plein chaos. Un peu partout sur le sol il y avait de hautes piles de livres et Giuseppe Fossi, secondé par la signorina Catti, entassait pêle-mêle des volumes dans un autre panier d'osier. Se redressant, il tourna vers moi son visage en sueur et m'abreuva de reproches. Puis, envoyant la secrétaire à l'autre bout de la salle avec un chargement de livres, il me chuchota à l'oreille :

— Avez-vous appris ce qu'ils ont fait au professeur Elia ?

— Non, répondis-je.

— Ils l'ont émasculé ! Je le tiens de l'un des invités d'hier soir. Il paraît que les médecins se sont relayés toute la nuit à son chevet pour tenter de le sauver. Et il ne serait pas la seule victime !

— Signor Fossi, je suis sûr que rien de pareil…

Il m'interrompit d'un froncement de sourcils, hochant la tête en direction de la secrétaire :

— Ils ne reculeront devant rien, *rien* ! Quiconque détient une certaine autorité est menacé !

Je murmurai quelque chose touchant la protection que pouvait assurer la police.

— La police ? faillit-il hurler. Il ne faut pas y compter ! Elle veillera uniquement sur les « huiles », et l'ossature même de l'université, les hommes qui font tout le travail, devront se défendre par leurs seuls moyens.

Vouloir le calmer eût été vain. Vert de fatigue après une nuit sans sommeil, il s'assit sur une des panières et me regarda ranger les livres dans une autre. Je me demandai lequel de nous deux était le plus froussard : lui, que des fausses rumeurs rendaient tout tremblant, ou moi, à cause de la rencontre que j'avais faite à San Cipriano.

Nous n'allâmes pas déjeuner. Toni nous apporta des sandwiches et du café qu'il était allé chercher à la cantine de l'université. Les nouvelles étaient rassurantes. Les étudiants des SEC avaient décommandé la grève et assisté aux cours de la matinée. Une délégation d'élèves s'était rendue chez le professeur Elia. Celui-ci les avait reçus en robe de chambre et leur avait assuré que tout allait bien, qu'il n'avait pas été blessé. Il s'était refusé à toute autre déclaration, mais les avait suppliés d'assister à leurs cours comme d'ordinaire et de ne pas chercher à se venger sur d'autres étudiants de l'université.

— Ils se sont déclarés d'accord pour le tranquilliser, me murmura Toni à l'oreille. Mais ça n'est pas fini. Ils continuent d'être très agités, tous tant qu'ils sont.

Giuseppe Fossi nous quitta dans l'après-midi pour se rendre à une réunion du Conseil de l'université qui devait avoir lieu à trois heures, et je m'en fus à la nouvelle bibliothèque avec Toni, pour superviser le déballage des livres.

Ce fut un bien pour la réputation de Giuseppe Fossi que j'aie pris cette initiative. En effet, les volumes avaient été entassés dans les panières sans ordre aucun, ce qui nous donna double travail, non seulement à nous, mais aussi aux employés de la nouvelle bibliothèque. Je déléguai Toni à la camionnette – de nouveau en service, avec un pare-brise tout neuf – et restai diriger les opérations à la nouvelle bibliothèque. Un des employés, plus efficace que les autres, eut bientôt épousseté et rangé chaque volume à sa place, tandis que, pour mon compte, je m'occupais du catalogue.

En soufflant sur les volumes et en les secouant, cet employé énergique amena au jour un assortiment hétéroclite – fleurs séchées, vieilles plaques de porte, lettres oubliées, etc. – que, après m'avoir consulté, il jeta dans la corbeille à papiers. L'heure de la fin du travail approchait et Giuseppe Fossi n'était toujours pas de retour, quand mon aide m'apporta encore une lettre qu'il venait de trouver.

— Elle était dans un recueil de poèmes, me dit-il, mais comme elle est signée par le professeur Donati, le président du Comité culturel, peut-être vaut-il mieux ne pas la jeter ?

Il me tendit la lettre et je regardai la signature. Aldo Donati. Ce n'était pas l'écriture de mon frère, mais celle de mon père.

— Très bien, dis-je. Je m'en occuperai.

Et comme l'employé retournait à son classement, je lui demandai :

— Où dites-vous que vous l'avez trouvée ?

— Dans une édition des œuvres complètes de Leopardi, appartenant à un nommé Luigi Speca. Du moins est-ce le nom imprimé sur l'ex-libris.

La lettre était courte. En haut de la feuille, il était indiqué comme adresse : *8 via dei Sogni, Ruffano,* et comme date : *30 novembre 1925*. Cette encre pâlie, ce papier gris, l'écriture de mon père… Je me sentis étrangement ému. La lettre avait dû rester pendant près de quarante ans entre deux pages de Leopardi.

> *Cher Speca,*
>
> *Tout va bien. Nous sommes extrêmement fiers de notre jeune gars. Il prend rapidement du poids et a un appétit magnifique. Il promet aussi d'être très beau ! Ma femme et moi ne pourrons jamais vous remercier assez pour l'extraordinaire compréhension, la sympathie et l'amitié que vous nous avez témoignées durant ces pénibles moments,*

qui maintenant, heureusement, appartiennent au passé. Ma femme et moi nous tournons avec confiance vers l'avenir. Ne manquez pas de passer chez nous voir le petit, quand vous aurez une minute.

Votre ami,
ALDO DONATI.

P.-S. – *Marta s'affirme non seulement comme une nourrice dévouée, mais aussi comme une excellente cuisinière. Elle vous envoie son respectueux souvenir.*

Je relus trois fois cette lettre, puis la mis dans ma poche. L'encre avait beau être fanée, ce message me paraissait aussi vivant que s'il avait été écrit la veille. Il me semblait entendre la voix de mon père, forte et claire, pleine de la fierté que lui donnait son fils, maintenant complètement rétabli après une dangereuse maladie. Je m'expliquais à présent l'inscription portée sur le registre des baptêmes. Luigi Speca devait être notre médecin à l'époque, un prédécesseur du docteur Mauri. Même le post-scriptum à propos de Marta avait quelque chose de poignant. C'est alors qu'elle était entrée au service de mes parents et elle leur était restée fidèle jusqu'à la fin… La fin… J'en avais été témoin ce matin dans l'église San Cipriano. *Requiem aeternam dona eis, Domine.*

La porte s'ouvrit et Giuseppe Fossi entra, suivi d'un Toni plutôt boudeur. Mon supérieur n'avait plus l'air traqué, il avait recouvré son assurance et se frottait les mains d'un geste vif.

— Tout est en ordre ? Tout est classé ? demanda-t-il. Que font là ces panières ? Ah ! elles sont vides… Bon, parfait.

Il s'éclaircit la gorge, rejeta les épaules en arrière et se dirigea vers le bureau que je venais de quitter.

— Il n'y aura pas d'agitation ce soir, nous annonça-t-il. Le Conseil de l'université a décrété le couvre-feu à neuf heures pour tous les étudiants. Passé neuf heures, tous ceux que l'on rencontrera dans la rue seront signalés et leur expulsion sera automatique. Cela s'applique également aux employés de l'université qui habitent à l'hôtel ou dans une pension, lesquels, au lieu d'être expulsés, perdront leur emploi.

Il nous regarda avec intention, Toni, les autres employés et moi.

— Ceux que leur travail obligerait à circuler après le couvre-feu demanderont des laissez-passer au secrétariat, ajouta-t-il. Mais, si l'on abusait de cette faculté, les autorités auraient tôt fait de s'en rendre compte. De toute façon, être chez soi de bonne heure ne fera de mal à personne. Naturellement, ces mesures seront rapportées demain puisque c'est la veille du Festival.

Je m'expliquais maintenant l'air morose de Toni. Impossible d'aller rejoindre sa petite amie, piazza della Vita, ou de faire un tour de la ville sur la vespa.

— Et le cinéma ? demanda-t-il d'un air boudeur.

— Vous pouvez y aller, répondit Giuseppe Fossi, à condition d'être rentré chez vous pour neuf heures.

Toni eut un haussement d'épaules et s'en fut, en marmottant, prendre une des panières vides pour l'emporter dans la camionnette. Devais-je parler à Fossi de l'invitation d'Aldo pour la réunion qui devait se tenir au palais ducal ? J'attendis que les autres employés fussent hors de portée d'oreille, et m'approchai de lui :

— Le professeur Donati a eu l'amabilité de me donner un laissez-passer pour que j'aille ce soir au palais ducal, où il y a une réunion à propos du Festival…

Il parut surpris :

— Alors, c'est sous sa responsabilité. En tant que président du Comité culturel, il est au courant du couvre-feu. S'il juge bon de remettre des invitations à des gens qui sont relativement étrangers à notre communauté, c'est son affaire.

Il me tourna le dos, trouvant visiblement à redire que l'on m'eût fait cette invitation, qu'il considérait comme un honneur. Je fouillai ma poche, en quête du disque remis par mon frère. Il s'y trouvait en compagnie de la lettre, vieille de quarante ans, que mon père avait écrite à Luigi Speca. Il me tardait de montrer cette dernière à Aldo. En attendant, j'estimai préférable d'aller au secrétariat demander un laissez-passer, pour pouvoir circuler après le couvre-feu. Il importerait peu à mon frère que je sois ou non à la réunion, mais ma curiosité me poussait à y aller.

Comme sept heures sonnaient, nous cessâmes le travail à la nouvelle bibliothèque et je m'en fus au secrétariat déjà assiégé par les étudiants désirant avoir un laissez-passer. La plupart d'entre eux étaient accompagnés de parents ayant organisé, en leur honneur, un dîner qui menaçait de devoir être annulé. Si l'on n'obtenait pas les laissez-passer, c'en serait fait de la précélébration du Festival, et les familles demeureraient à se morfondre dans les hôtels.

— C'est absolument ridicule, disait un père furibond. Mon fils est en quatrième année, et les autorités le traitent comme un enfant en bas âge !

Patient, l'employé lui répéta pour la seconde fois que c'étaient les ordres donnés par le Conseil de l'université, et que les étudiants les avaient provoqués par leur inconduite.

— Leur inconduite ? répéta dédaigneusement le père écœuré. Parce qu'ils s'amusent un peu ? N'en avons-nous pas fait autant lorsque nous avions leur âge ?

Il regarda autour de lui en quête d'une approbation qu'on ne lui ménagea point. Tous les parents qui faisaient la queue pour obtenir les laissez-passer étaient unanimes à critiquer les membres du Conseil de l'université, clamant qu'ils retardaient d'un quart de siècle.

— Emmenez votre fils dîner, signore, dit l'employé excédé, mais ramenez-le au foyer à neuf heures. Ou à sa pension, s'il loge en ville. Demain et après-demain, vous aurez largement le temps de rattraper ça.

Un à un, les parents s'en retournaient, suivis de leur progéniture déçue et maugréante. Je me présentai au guichet, sans grand espoir de succès.

— Je m'appelle Fabbio, dis-je, Armino Fabbio. Je suis aide-bibliothécaire et j'ai une invitation du professeur Donati pour la réunion qui a lieu au palais ducal, ce soir, à neuf heures.

À ma surprise, au lieu de me renvoyer aussitôt, le préposé consulta une liste qu'il avait près de lui.

— Armino Fabbio, fit-il. Oui, c'est d'accord. Nous avons votre nom sur la liste. (Il me tendit un laissez-passer.) Signé par le président du Comité culturel lui-même, précisa-t-il en m'octroyant par surcroît un sourire.

Je pris la feuille et quittai la queue avant que les parents se trouvant à proximité aient eu le temps de protester. Problème suivant : où manger ? Je n'avais pas l'intention de me rendre dans l'un ou l'autre des quelques restaurants de la ville qui devaient être pleins à craquer, non plus que de rallier la table d'hôte des Silvani. Je décidai de tenter ma chance à la cantine de l'université. Là, il fallait manger debout, mais ça m'était égal. Une assiettée de soupe et un plat de salami, qui me changeaient agréablement du poulpe de la veille, calmèrent quelque peu mon appétit. Autour de moi, les étudiants étaient tellement occupés à manger tout en pestant contre le maudit couvre-feu qu'ils ne me remarquèrent même pas, ou bien pensèrent que j'étais quelque membre mineur du corps enseignant.

Les oreilles aux aguets, je crus comprendre que l'intention générale était, par mesure de représailles, de faire les quatre cents coups dans la nuit du jeudi au vendredi. Ce serait proprement infernal.

— Et ils ne nous en empêcheront pas !

— Ils ne peuvent pas nous expulser tous.

— Moi, j'ai mon diplôme, alors je leur dis m… !

Debout à l'autre extrémité du comptoir se tenait un étudiant fort en gueule, qui me tournait le dos. Et c'était une chance qu'il me tournât le dos, car il s'agissait de celui qui avait voulu me plonger dans la fontaine.

— Pas question que je m'incline ! disait-il. Mon père a le bras long et, si ça tourne au vilain, il fera saquer quelques-uns de ces profs qui siègent au Conseil de l'université. Ils ne me traiteront pas comme un gamin de dix ans : j'en ai vingt et un ! Je ne tiendrai aucun compte du couvre-feu et circulerai dans les rues jusqu'à minuit si ça me chante. D'ailleurs, ce n'est pas pour les étudiants des SEC qu'il y a le couvre-feu, mais pour ces petits piocheurs de grec et de latin qui font dodo au foyer !

Il regarda autour de lui, cherchant visiblement la dispute. Le lundi, j'avais capté son regard et je ne tenais nullement que cela se reproduisît. Je m'esquivai de la cantine et descendis la colline pour me rendre au palais ducal. La piazza Maggiore commençait à prendre son air de festival. Bien que ce fût à peine le crépuscule, les projecteurs éclairaient déjà le palais et aussi le Duomo. Les murs roses du premier avaient quelque chose d'incandescent et sur la façade est, lumineuse et d'une blancheur de marbre, les grandes fenêtres prenaient soudainement vie. Le palais n'était plus un musée, un lieu décoré de tableaux et de tapisseries où le touriste se promenait avec indifférence, mais une entité vivante. C'était ainsi qu'il apparaissait sous la lune, cinq cents ans auparavant, à la clarté des torches et des flambeaux. Les sabots des chevaux sonnaient sur le pavé, se mêlant au cliquetis des éperons. Des ferrures tintaient tandis que l'on désharnachait les montures, valets et palefreniers s'affairaient cependant que, de retour parmi les siens, sa gauche gantée reposant sur la garde de l'épée, le descendant des Malebranche franchissait le grand portique sculpté.

Comme il restait encore une vingtaine de minutes avant le couvre-feu, des étudiants allaient et venaient, donnant le bras à des parents arrivés à Ruffano pour la circonstance. Quelques garçons groupés près de la fontaine émirent des sifflements appréciateurs et interpellèrent deux filles, qui passaient en bavardant, feignant l'indifférence. Quelque part une vespa se mit à pétarader, ailleurs un rire fusa. Allant à l'entrée de côté, je sonnai avec le sentiment d'être un voyageur perdu entre deux mondes. Derrière moi le présent, civilisé, policé, uniforme, des jeunes qui étaient partout les mêmes, engendrés en grande série, comme des œufs ; et devant moi le passé, sinistre et inconnu, monde de rapine et de poison, de puissance et de beauté, fastueux et sordide, où un tableau pouvait être promené dans les rues et admiré aussi bien par les riches que par la populace, un monde qui craignait Dieu et où l'on mourait de la peste comme un chien.

La porte fut ouverte, non par le gardien de nuit, mais par un adolescent habillé en page. Il me demanda mon laissez-passer et je lui tendis le disque qu'Aldo m'avait donné. Il le prit sans rien dire puis, saisissant le flambeau posé près de lui, il me précéda à travers la cour carrée. Il n'y avait pas de lumière et je n'avais jamais imaginé à quel point le palais pouvait être obscur sans l'électricité. Le samedi, j'avais vu les appartements éclairés par des torches mais, là en bas et dans l'escalier, l'électricité était allumée. Ce n'était pas le cas ce soir et, tandis que nous gravissions le grand escalier, la clarté du flambeau transformait nos ombres en géants. Le page en haut-de-chausses et pourpoint, qui montait devant moi, ne semblait pas déguisé. L'intrus, c'était moi.

La galerie surplombant la cour était d'un noir d'encre. Une seule torche, fichée dans un support, jetait une lueur sinistre sur la porte de la salle du Trône. Le page heurta par deux fois l'huis qui s'ouvrit devant nous.

La salle du Trône était déserte, éclairée elle aussi seulement par deux torches. Nous la traversâmes pour gagner la salle des Chérubins où, le samedi, avait eu lieu la réunion. Elle était également déserte et éclairée par des torches. Les portes donnant accès à la chambre du duc et à la salle d'audience étaient closes. Le page frappa deux fois à celle de la chambre, qui fut ouverte par un jeune homme en qui je reconnus un des guitaristes qui, le lundi, s'étaient si joyeusement démenés sur la scène du théâtre. Mais je reconnus uniquement son visage, car il était maintenant vêtu d'un justaucorps vert bouteille aux crevés pourpres et son haut-de-chausses était noir. Sur son cœur, il arborait l'emblème à tête de faucon.

— Armino Donati ? s'enquit-il.

Je fus surpris par ce nom que je ne m'entendais plus donner depuis au moins dix-sept ans.

— Oui, répondis-je avec circonspection, appelé aussi parfois Armino Fabbio.

— Ici, nous préférons Donati, me rétorqua-t-il.

De la tête, il me fit signe d'entrer. J'obéis et la porte se referma, laissant le page dans la salle des Chérubins. Je regardai autour de moi. Moitié moins grande que la salle précédente, la chambre du duc était éclairée elle aussi par des torches, placées de chaque côté d'un tableau pour le mettre en relief de telle façon qu'il dominât la pièce. C'était *La Tentation du Christ*, où Jésus avait le visage du duc Claudio.

Douze hommes se trouvaient là, dont le guitariste qui m'avait introduit. Ils étaient tous vêtus comme des courtisans du début du XVe siècle et portaient l'insigne du faucon. Parmi eux, il y avait les garçons qui, le samedi, vérifiaient les laissez-passer, les deux duellistes et d'autres que j'avais vus sur la scène, le lundi soir. Dans mes vêtements modernes, je devais avoir l'air aussi idiot que je me sentais et, en quête d'une contenance, je m'approchai du tableau pour l'étudier. Personne ne parut me prêter attention. Nul ne pouvait ignorer ma présence mais, peut-être par délicatesse, ils affectaient tous de ne pas la remarquer.

À la clarté des torches, le Christ Claudio faisait davantage impression que durant la journée. Le manque de fini n'apparaissait plus, la gaucherie de l'attitude, avec une main à la ceinture, et l'inélégance des pieds étaient maintenant estompées. Les yeux aux paupières lourdes plongeaient leur regard dans un avenir troublé qui avait pu paraître imminent au peintre et menacer son monde, ou bien suffisamment éloigné pour que plusieurs siècles le séparassent encore de cette éruption. Le tentateur, Satan, était ce même Christ vu de profil, et l'on comprenait qu'il y avait là non point pénurie de modèles, mais un téméraire désir d'atteindre à la vérité. S'il n'avait plus le pouvoir de terrifier, ce tableau n'en continuait pas moins à causer un malaise. Je m'étonnais qu'il eût survécu durant cinq cents ans pour confondre les vandales et moquer l'Église. Le touriste d'aujourd'hui, un œil sur sa montre, ne comprendrait pas le message et passerait sans se poser de questions.

Je sentis une main sur mon épaule. Mon frère se tenait derrière moi. Il avait dû arriver par la garde-robe au-delà de laquelle on accédait à la chapelle.

— Qu'est-ce que tu en penses ? me demanda-t-il.

— Tu l'as su autrefois, dis-je. Je l'ai incarné, tout comme j'ai joué le rôle de Lazare, mais jamais de mon plein gré.

— Il se pourrait que tu le fasses encore.

Pivotant sur place, il me montra à ses douze compagnons. Il portait comme eux un costume d'époque, mais avec une différence toutefois. À l'instar du tentateur, il était tout en noir.

— Voici votre Faucon, dit-il. Il incarnera le duc Claudio à notre Festival.

Les douze hommes me regardèrent et sourirent. L'un d'eux prit une tunique safran qui était posée sur un tabouret près de la porte de la garde-robe et m'en enveloppa, en attachant la ceinture. Un autre me coiffa d'une perruque blonde et bouclée, cependant qu'un troisième m'apportait un miroir. Le temps pour moi devenait une sorte de songe. Je n'étais plus à l'époque actuelle, mais pas davantage au XVe siècle. Je croyais être encore au temps de mon enfance, dans ma chambre de la via dei Sogni, prêt à obéir aux ordres de mon frère. Les hommes qui m'entouraient étaient alors ses compagnons de lycée. Et comme autrefois, protestant que je ne voulais pas jouer, je balbutiai ce que j'espérais être des paroles d'adulte :

— Non, Aldo, je n'y tiens pas. Je suis venu ici en spectateur. Pas pour jouer un rôle.

— Du moment que tu es ici, tu as un rôle à jouer, répliqua Aldo. Nous sommes tous dans le coup. Je t'offre le choix. Ou le rôle du Faucon, brève heure de gloire et d'aventure qui ne se représentera jamais plus dans ta vie ; ou bien alors, on te rejette dans les rues de Ruffano sans laissez-passer. Tu seras appréhendé, on découvrira ton identité et tu seras soumis à un minutieux interrogatoire par la police locale qui, on me l'a dit tantôt, reste en contact permanent avec celle de Rome.

Aucun des jeunes visages qui m'environnaient n'exprimait l'hostilité. Ils me regardaient avec sympathie, mais j'y lisais aussi qu'ils étaient gens à ne reculer devant rien. Et ils étaient là, attendant ma réponse.

— Ici, tu es en sûreté, me dit Aldo, aussi bien avec eux qu'avec moi. Tous les douze ont fait serment de te défendre quoi qu'il advienne. Tandis que, si tu ressors seul du palais, qui sait ce qui peut t'arriver ?

Quelque part, dans le centre de la ville, ou arpentant en civil la via Rossini, ou embusqué près de la porta del Sangue, mon policier de Rome me guettait peut-être pour me questionner. Inutile de me dire qu'ils n'arriveraient pas à prouver ma culpabilité. Le problème était inverse : parviendrais-je à démontrer mon innocence ? Les deux branches de l'alternative m'inspiraient de la crainte, mais c'était encore la seconde qui m'effrayait le plus. La voix qui s'échappa de mes lèvres n'était pas ma voix d'adulte ; à mes oreilles, elle sembla l'écho de celle d'un enfant de sept ans qui, vêtu d'une chemise le transformant en Lazare, était jeté vivant dans la tombe.

— Que désires-tu que je fasse ? demandai-je à mon frère.

16

Nous retournâmes dans la salle d'audience. C'était là qu'une tapisserie dissimulait la porte du mur ouest donnant accès à l'une des tours jumelles, et que je m'étais fait éjecter par le gardien près d'une semaine auparavant. Mais ce soir, il n'y avait pas de gardien ; j'étais seul avec Aldo et sa garde, et la tapisserie ne laissait pas soupçonner que derrière elle se trouvaient une porte dérobée et un étroit escalier en spirale.

La salle d'audience était éclairée elle aussi par des torches et à gauche, sur son chevalet, il y avait le portrait de la patricienne, ce portrait que mon père aimait tant et qui me faisait penser à la signora Butali. On avait placé au centre de la pièce une grande table de bois sur laquelle étaient posés des verres et une carafe de vin. Aldo s'en approcha et servit à boire pour chacun de nous.

— Tu feras ce que je te dirai, lorsque le moment sera venu, me déclara-t-il alors, en réponse à la question que je lui avais posée dans l'autre pièce. Tu n'auras pas besoin de jouer la comédie. Tout te viendra naturellement, car le rôle te va à la perfection.

Il rit et, levant son verre, il conclut :

— Buvons à la santé de mon frère !

Le visage tourné vers moi, tous l'imitèrent en criant : « Armino ! » Puis Aldo me les présenta l'un après l'autre, en se déplaçant le long de la table et en les gratifiant d'une tape sur l'épaule au moment où il me les nommait :

— Giorgio, né près de Monte Cassino, parents tués dans le bombardement, élevé par des cousins… Domenico, né à Naples, parents morts de la tuberculose, élevé aussi par la famille… Romano, trouvé dans les collines après que les Allemands eurent battu en retraite, il a été élevé par des résistants… Antonio, *dito*… Roberto, *dito*… Guido, un Sicilien, son père ayant été tué par la Mafia, il s'est enfui de chez lui et a été recueilli par les Petites Sœurs des Pauvres… Pietro, parents noyés lors d'une inondation du Pô, élevé par des voisins… Sergio, né dans un camp de concentration, mère encore en vie… Federico, *dito*, mais ses parents ont péri et c'est un oncle qui l'a élevé… Giovanni, né à Rome, abandonné sous le porche d'une église, il a été élevé par des parents nourriciers… Lorenzo, né à Milan, père mort, mère remariée avec un dépravé ; il s'est enfui de chez lui et a travaillé en usine pour gagner de quoi aller à l'université… Cesare, né à Pesaro, le père s'est noyé en mer et sa mère est morte en le mettant au monde ; il a été élevé dans un orphelinat.

Parvenu à l'autre extrémité de la longue table, Aldo posa sa main sur mon épaule :

— Armino, familièrement appelé Beo, ou Il Beato, à cause de ses cheveux bouclés et de son air angélique. Né à Ruffano, son père est mort dans un camp de prisonniers des Alliés, sa mère a fui avec un officier allemand et l'a emmené jusqu'en Allemagne ; plus tard, elle s'est remariée à Turin. Et maintenant, vous vous connaissez tous… Ou peut-être devrais-je dire que vous vous êtes reconnus ? Vous faites tous partie des perdus et des abandonnés, de ceux que l'on a méprisés, rejetés. Tous élevés par des gens qui ont fait pour vous ce qu'ils devaient, mais guère plus. Je bois à vous tous !

Il éleva son verre avec une légère inclination de tête à l'adresse de chacun des douze puis, après m'avoir gratifié du même salut, il but.

— Et maintenant, au travail, dit-il en reposant son verre.

Le garçon qui se trouvait le plus près de lui, Giorgio, apporta une carte qu'Aldo étala sur la table. C'était un plan à grande échelle de Ruffano.

Je m'approchai avec les autres. Cette série de présentations, aussi inattendues que fantastiques, avait eu pour effet, provisoire sans doute, de me faire perdre mon identité. Je n'étais plus Armino, guide sans but et sans emploi, peut-être recherché par la police, mais un autre Giorgio, un autre Lorenzo.

— Comme vous le savez, commença Aldo, la course se déroulera de la piazza del Duca Carlo à la piazza Maggiore. Autrement dit, le char descendra la colline nord vers le centre de la ville et la piazza della Vita, pour gravir ensuite l'autre colline, par la via Rossini, jusqu'au palais ducal. Les habitants de la ville, représentés par les étudiants des SEC, convergeront vers la place par toutes les voies d'accès, à l'exception de la via Rossini où se tiendra la cour, c'est-à-dire les élèves de lettres et de l'enseignement. L'insurrection commencera immédiatement après que le cortège du Faucon aura traversé la piazza della Vita et abordé la via Rossini. Vous et les courtisans qui seront de garde au palais maintiendrez la foule jusqu'à ce que le Faucon ait traversé la cour et monte ici. C'est clair ?

— Parfaitement clair, acquiesça Giorgio, qui semblait être le porte-parole du groupe.

— Bon, reprit Aldo. Alors, il ne reste plus qu'à assigner à chaque courtisan une place dans la via Rossini, ce que vous pourrez arranger avec les volontaires. Ensuite, on passera le plan des rues de traverse aux chefs des SEC. Ils seront trois fois plus nombreux que nous, mais c'est ce qui fait l'action d'éclat.

Aldo replia la carte. J'hésitai à poser ma question :

— Mais le public ? demandai-je. La foule des gens venus pour voir ? Qui dégagera les rues ?

— La police, me dit Aldo. Ils s'en chargent tous les ans, mais cette fois ils auront des instructions plus précises. Après une certaine heure, il ne devra être toléré personne dans ce secteur en dehors des acteurs.

— Mais d'où les gens verront-ils le spectacle ?

— De toutes les fenêtres situées sur le parcours, me répondit mon frère en souriant, de la piazza del Duca Carlo jusqu'ici.

Je mordillai l'ongle de mon pouce, habitude que j'avais étant enfant. Aldo étendit la main, comme pour me donner une tape, et instinctivement mon bras retomba le long de mon corps.

— L'année dernière, à ce qu'on m'a dit, repris-je, bon nombre de professeurs participaient au Festival, et il y avait beaucoup de spectateurs à l'intérieur même du palais.

— Cette année, seuls quelques privilégiés seront admis ici. La plupart des professeurs seront sur la piazza del Mercato.

— Mais c'est au-dessous du palais ! fis-je remarquer avec stupeur. Comment pourront-ils voir quelque chose de là-bas ?

— Ils entendront, répondit Aldo, et pour le dernier acte, qui est le plus sensationnel, ils seront les mieux placés.

On frappa à la porte qui faisait communiquer la salle d'audience avec la galerie extérieure.

— Allez voir ce que c'est, ordonna Aldo.

Un des étudiants – Sergio, me sembla-t-il – entrouvrit la porte et eut un bref colloque avec le page qui m'avait introduit dans le palais. Après quelques instants, il revint annoncer :

— Les sentinelles ont appréhendé un garçon qui rôdait sous le portique ouest. Il n'avait pas de laissez-passer et, lorsqu'on lui a posé des questions, il s'est montré insultant. On vous fait demander s'il faut le relâcher.

— Un étudiant ou un civil ? s'informa Aldo.

— Un étudiant des SEC, du genre grand méchant qui cherche la bagarre.

— Eh bien, s'il cherche la bagarre, on va le satisfaire, déclara mon frère qui commanda à Sergio d'amener l'intrus.

— C'est peut-être bien celui qui, lundi, au moment de la manifestation, voulait me flanquer dans la fontaine, dis-je. Il était ce soir à la cantine, clamant qu'il n'avait pas de laissez-passer, mais n'en ferait pas moins à sa guise.

Aldo se mit à rire :

— Eh bien, parfait ! Il va peut-être nous distraire. Les masques, tout le monde, et donnez-en un à Armino.

Giorgio s'approcha de moi et me tendit un loup noir, semblable à ceux que portaient les duellistes, le samedi soir. Conscient d'être regardé, je mis le masque, comme Aldo et les douze autres. Quand nous eûmes tous ainsi dissimulé nos visages, je regardai autour de moi et constatai que nous étions seuls à être éclairés par les torches, le reste de la salle étant plongé dans l'obscurité. Je me rendis compte que, pour quelqu'un amené là, l'effet n'avait rien de rassurant et devait même être plutôt saisissant.

Les sentinelles, masquées comme nous, arrivèrent en maintenant le prisonnier entre elles. On lui avait bandé les yeux, mais je reconnus immédiatement le braillard de la cantine. Aldo me regarda et j'acquiesçai d'un hochement de tête.

— Lâchez-le, commanda mon frère.

Les sentinelles obéirent et ôtèrent le bandeau à leur captif.

Clignant des yeux, l'étudiant promena son regard autour de lui tout en se frottant les bras. Ce qu'il pouvait voir, c'était une pièce sombre, éclairée par des torches, et quatorze hommes déguisés qui étaient masqués.

— Pas de laissez-passer ? s'enquit Aldo avec douceur.

Le bravache le dévisagea. Je me dis qu'il n'avait peut-être encore jamais pénétré à l'intérieur du palais ducal, auquel cas le cadre avait de quoi l'impressionner.

— En quoi cela vous regarde-t-il ? S'il s'agit d'un chahut organisé par des gars des lettres, je vous préviens que vous le regretterez !

— Il ne s'agit de rien de semblable, déclara Aldo. Ici, c'est moi qui commande.

Aucun des autres ne réagit. L'étudiant se balança d'un pied sur l'autre, arrangeant son col et sa cravate, quelque peu malmenés lorsqu'il s'était débattu pour échapper aux sentinelles.

— À quel titre ? riposta-t-il agressivement. Vous imaginez-vous m'effrayer parce que vous êtes déguisé ? Je m'appelle Marelli, Stefano Marelli. Mon père est propriétaire de toute une chaîne de restaurants et d'hôtels, le long de la côte.

— Ce n'est pas ton père qui nous intéresse, dit Aldo. Parle-nous de toi.

La douceur de la voix trompa le bravache qui en tira un regain d'assurance. Il nous regarda avec condescendance tout en répondant :

— SEC, troisième année, et si je suis renvoyé, je m'en fous pas mal. Je n'ai pas besoin de diplômes pour avoir une situation… Je prendrai la direction d'un des restaurants de mon père. Il fait d'ailleurs partie du consortium à qui appartient le Panorama, et la personne qui me renverrait sous un prétexte futile risquerait de se mettre à dos bon nombre de gens très influents.

— Dommage, murmura Aldo avant de se tourner vers Giorgio pour demander : Est-il sur la liste des volontaires ?

Giorgio, qui venait justement de vérifier la chose, secoua la tête.

Marelli éclata de rire :

— Si vous voulez parler de la réunion communiste qui a eu lieu lundi soir, non, je n'y étais pas. J'avais mieux à faire : je connais une fille à Rimini et j'ai une voiture rapide. Alors, vous pigez !

Bien qu'il me fût extrêmement antipathique, tant par son physique que pour avoir voulu me jeter dans la fontaine, je ne pus m'empêcher d'éprouver quelque compassion. Chaque parole qu'il prononçait rendait encore plus certain le sort qui l'attendait.

— Dans ce cas, tu ne participes pas au Festival ? demanda Aldo.

— Au Festival ? fit écho l'étudiant. Ce carnaval ? Ah ! non, pas de risque ! Je file à la maison pour le week-end. Mon père organise une grande réception en mon honneur.

— Dommage, répéta Aldo. Cela aurait pu te procurer des émotions fortes. Mais, au fait, pourquoi ne pas t'en donner une idée ce soir même. Federico ?

Un des séides s'approcha. Les masques contribuaient à les rendre tous pareils, mais, à sa silhouette souple et ses cheveux blonds, il me sembla reconnaître un des duellistes du samedi.

— Avons-nous dans le livre quelque chose qui puisse convenir à Stefano ? demanda Aldo.

Federico me regarda :

— Mieux vaut consulter Armino, répondit-il. C'est lui l'expert en la matière.

— Federico est mon traducteur, expliqua Aldo. Il a marqué plusieurs passages de l'ouvrage allemand. Étant né dans un camp de concentration, il est très doué pour les langues étrangères.

Le malaise que j'éprouvais depuis l'entrée de l'étudiant captif s'accrut brusquement.

— Je ne me rappelle rien, déclarai-je en secouant la tête.

Alors Aldo se tourna de nouveau vers Federico qui, sortant de son pourpoint une liasse de feuillets, se mit à les consulter. Nous attendîmes durant qu'il poursuivait sa lecture en silence.

— Il y a le page, dit-il enfin. L'incident du page pourrait très bien convenir à Stefano.

— Ah ! oui, le page, murmura Aldo. La punition du page qui avait oublié de veiller au luminaire. Couvrir de charbons ardents la tête de qui voulait jeter dans une fontaine un plus faible que lui me paraît, en effet, un dénouement adéquat. Quel couronnement pour la carrière d'un fanfaron ! C'est d'accord, allez-y.

En voyant les deux sentinelles et Federico se diriger vers lui, Marelli se mit à reculer :

— Hé, doucement, là… Si vous cherchez à me jouer quelque mauvais tour, je vous préviens que…

Il s'interrompit quand les sentinelles le saisirent chacune par un bras. Se caressant pensivement le menton, Federico parut réfléchir.

— Le vieux brasero, conservé à l'étage au-dessus avec d'autres ouvrages de ferronnerie, devrait le couronner assez joliment. Je lui lis d'abord le passage en question ?

Il ressortit de nouveau ses feuillets où il avait dû copier les notes remises par moi à Aldo.

— « Il arriva, lut-il, qu'un page oublia de renouveler le luminaire pour le dîner du duc. Aussitôt saisi par les gardes du corps du Faucon, l'infortuné fut enveloppé dans une toile enduite de produits combustibles et, après qu'on eut mis le feu à sa tête, on le promena à travers les salles du palais, jusqu'à ce qu'il ait expiré dans d'atroces souffrances… »

Federico replaça les feuillets dans son pourpoint, puis fit signe aux sentinelles :

— Allons-y, dit-il.

L'étudiant qui, moins de deux minutes auparavant, se vantait de sa fortune et de son influence se recroquevilla entre les gardes. Son visage était devenu terreux et il se mit à crier. Ses hurlements continuèrent tandis qu'on l'entraînait, et on les entendit résonner sur la galerie, puis dans l'escalier menant à l'étage supérieur.

— Aldo… balbutiai-je comme personne ne disait mot, Aldo…

Mon frère se tourna vers moi. Les hurlements cessèrent, et ce fut le silence.

— L'homme de la Renaissance ignorait la pitié, me dit mon frère. Pourquoi serions-nous différents de lui ?

Saisi d'horreur, je sentis ma bouche se dessécher et je fus incapable de déglutir. Aldo retira son masque et les autres l'imitèrent. Leurs jeunes visages étaient d'une effrayante gravité.

— L'homme de la Renaissance torturait et tuait sans le moindre scrupule, continua Aldo, mais il avait ordinairement une raison de le faire. On avait mal agi à son égard et il se vengeait. C'était peut-être une fausse raison, mais il y a là matière à discussion. De nos jours, des hommes ont tué par plaisir ou pour se livrer à des expériences. Ces hurlements que tu viens d'entendre, Armino, sont dus à la seule poltronnerie et non à la douleur. Il en allait différemment, jour après jour, mois après mois, à Auschwitz et dans les autres camps de concentration. Par exemple, dans celui où sont nés Federico et Sergio. Romano aussi a entendu hurler dans les collines quand l'ennemi a pris et torturé ses amis de la Résistance. Antonio et Roberto sont dans le même cas. Si tu avais été abandonné, Beo, cela aurait pu également t'arriver. Mais tu as eu de la chance. Protégé par les vainqueurs, tu as été à l'abri de tout cela.

J'arrachai mon masque. Je scrutai l'un après l'autre les graves visages tournés vers moi, tout en guettant des bruits en provenance de l'étage supérieur, mais je n'entendais plus rien.

— Ce n'est pas une raison, dis-je. Tu n'as pas le droit de torturer cet étudiant à cause de ce qui s'est passé dans les camps de concentration ou ailleurs.

— On ne va pas le torturer, rétorqua Aldo. Au maximum, Federico lui fera partir un pétard sur la tête avant de le renvoyer. Expérience déplaisante mais salutaire, qui incitera désormais Marelli à réfléchir un peu avant de précipiter dans les fontaines de plus chétifs que lui.

Puis, faisant signe à Giorgio de le rejoindre, il lui dit :

— Raconte à Beo la vérité concernant l'agression dont a été victime la signorina Rizzio.

Giorgio était un de ceux que je me rappelais avoir vus avec Aldo le samedi précédent. C'était lui qui, né près de Monte Cassino, avait eu ses parents tués lors du bombardement. Grand, large d'épaules, il avait une masse de cheveux en désordre et, lorsque je l'avais vu masqué, il m'avait fait une formidable impression.

— Nous introduire dans le foyer fut aisé, mais nous avons eu l'impression que les filles étaient déçues quand nous nous sommes bornés à les enfermer à clef dans leurs chambres, sans rien leur faire d'autre ! Cinq d'entre nous sont alors allés frapper à la porte de la signorina Rizzio. Elle était en robe de chambre lorsqu'elle ouvrit, croyant sans doute qu'il s'agissait d'une des pensionnaires. Quand elle réalisa son erreur et nous vit tous masqués, elle s'empressa de dire qu'elle n'avait ni argent ni bijoux, qu'elle ne gardait rien de valeur au foyer. Je lui rétorquai alors : « Signorina Rizzio, ce qui a le plus de valeur ici, c'est vous. Et c'est pour vous que nous sommes venus. » D'après mes paroles, elle aurait pu s'imaginer que nous voulions la kidnapper, mais elle sauta immédiatement à l'autre conclusion et déclara aussitôt que, si c'était cela que nous cherchions, il nous fallait aller chez les pensionnaires, lesquelles seraient sûrement consentantes. Nous pourrions faire ce que nous voulions avec les filles, du moment que nous la laissions tranquille. Je lui répétai donc : « Signorina Rizzio, c'est pour vous que nous sommes venus. » Alors heureusement – pour nous – elle s'évanouit. Nous la transportâmes sur son lit et attendîmes qu'elle reprît connaissance. Lorsque cela se produisit, une dizaine de minutes plus tard, nous nous tenions tous les cinq près de la porte et nous nous en allâmes après l'avoir remerciée de sa générosité. Voilà, Armino, ce qu'il en fut du viol de la signorina Rizzio. Le reste, c'est elle qui se l'est imaginé.

Le visage de Giorgio perdit son air grave et il éclata de rire. Les autres firent chorus. Je comprenais leur hilarité, j'appréciais la plaisanterie, et cependant…

— Et le professeur Elia ? demandai-je.

Giorgio regarda Aldo, lequel acquiesça. Alors Giorgio me dit :

— Pour Elia, je passe la parole à Lorenzo. C'est lui qui a dirigé cette opération.

Milanais comme Elia, Lorenzo n'était, quant à la carrure ou la taille, que la moitié du directeur des SEC qu'il avait aidé à déshabiller. Timide et évasif dans ses façons, il avait de grands yeux innocents.

— Filles ou garçons, murmura-t-il, plusieurs de mes camarades des SEC avaient eu à endurer certaines privautés de la part du professeur Elia. C'est pourquoi, après consultation avec Aldo, nous décidâmes d'agir. Nous n'eûmes aucune difficulté à pénétrer dans la maison, Elia ayant d'abord pensé que ces étudiants masqués venaient le trouver pour quelque piquant prélude à la réception du Panorama. Mais il fut vite détrompé.

Ainsi donc, j'avais eu raison de penser que mon frère était mêlé aux deux incidents. Je me rendais compte que, à ses yeux comme à ceux de ces autres garçons, justice avait été faite. L'équilibre de la balance divine avait été rétabli en recourant aux étranges méthodes dont usait le duc Claudio, dit le Faucon, quelque cinq cents ans auparavant.

— Aldo, dis-je alors, je te l'ai déjà demandé hier soir, et tu ne m'as pas répondu. Que cherches-tu à faire, au juste ?

Le regard de mon frère se porta vers ses douze compagnons, puis revint à moi :

— Demande-leur à quoi ils espèrent arriver dans la vie. Chacun d'eux, selon son tempérament, te donnera une réponse différente. Ce ne sont point des idéologues et ils ne sont pas davantage enclins au totalitarisme, mais ils ont tous leurs ambitions personnelles.

Je me tournai vers Giorgio, qui se trouvait être le plus proche de moi, et il me déclara :

— Délivrer le monde de l'hypocrisie, en m'attaquant en premier aux vieux ronchons de Ruffano, y compris les femmes. Ils sont venus au monde tout nus, comme n'importe lequel d'entre nous.

— Dans un bassin, me dit ensuite Domenico, l'écume surnage. Si vous l'ôtez, vous découvrez dessous l'eau claire et la vie. Ôtons l'écume.

— Ce que je souhaite, lança Romano, c'est vivre dangereusement. Peu m'importe où et comment, pourvu que ce soit avec mes amis.

— Je rêve de découvrir des trésors cachés, me dit alors Antonio, et j'ai le sentiment qu'on peut en trouver aussi au fond d'un tube à essai.

— Entièrement d'accord avec Antonio, déclara Roberto, sauf que, pour moi, il ne saurait être question de tubes à essai. Quelque part dans l'univers existe la réponse que nous cherchons… Et ce n'est pas du ciel que je veux parler !

— Moi, dit Guido, je veux nourrir ceux qui ont faim, pas seulement de pain mais d'idées.

— Mon idéal est de bâtir quelque chose de durable, dit Pietro, comme l'ont fait les hommes de la Renaissance qui ont construit ce palais.

— Moi, au contraire, ce que je veux, c'est démolir, dit Sergio. Démolir ces barrières qui se dressent partout dans le monde et séparent les hommes de leurs semblables. Il faut des chefs, oui, pour montrer le chemin, mais qu'il n'y ait plus de maîtres ni d'esclaves. C'est aussi le sentiment de Federico, je le sais… Nous en avons souvent discuté.

— Je souhaite apprendre aux jeunes à ne jamais vieillir, dit Giovanni, même quand ils entendront craquer leurs articulations.

— Moi, c'est aux vieux que je veux apprendre ce que c'est d'être jeune, affirma Lorenzo, et par jeune, j'entends : faible, sans défense, incapable de s'exprimer.

Les réponses jaillissaient l'une après l'autre, avec la vivacité et la netteté d'un coup de feu. Le dernier, Cesare, fut le seul à hésiter. Finalement, il dit en regardant Aldo :

— À mon sens, notre tâche doit être d'amener les hommes et les femmes de notre génération à se passionner. Peu importe que ce soit pour le football, la peinture ou de grandes causes, pourvu qu'ils se passionnent au point de ne pas hésiter, si besoin est, à sacrifier leur précieuse peau et à mourir.

Aldo me regarda et haussa les épaules :

— Que t'avais-je dit ? Ils t'ont tous donné une réponse différente. Pendant ce temps, à l'étage au-dessus, Stefano Marelli n'a qu'une idée en tête : se sauver.

Les hurlements reprirent soudain, accompagnés d'un bruit de course éperdue. Giorgio ouvrit la porte et l'on entendit quelqu'un dégringoler l'escalier, se précipiter dans la galerie en quête d'une issue. Traversant vivement la salle des Chérubins, nous allâmes à l'entrée de la galerie scruter les ténèbres. Nous vîmes accourir vers nous un homme aux mains liées derrière le dos. Il était coiffé d'un seau réduit de moitié et dans lequel on avait percé des trous. Chacun de ces trous avait été garni d'un pétard, qui fulminait et crachait des étincelles cependant que le malheureux précipitait sa course. Sanglotant, il trébucha et s'étala de tout son long aux pieds d'Aldo tandis que, se détachant de sa tête, le seau roulait à côté de lui. Les pétards moururent dans un ultime crachotement. Aldo se pencha et, d'un geste vif, à l'aide d'un couteau que je voyais seulement maintenant, il trancha la corde qui liait les mains de l'étudiant, puis le remit debout.

— Voilà tes charbons ardents, dit-il en décochant un coup de pied au seau hérissé de pétards éteints. Des enfants pourraient jouer avec eux.

Toujours sanglotant, l'étudiant regarda le seau, qui s'immobilisait de nouveau après avoir roulé dans la galerie. L'âcre fumée des pétards emplissait l'air.

— J'ai vu des hommes s'enfuir, telles des torches vivantes, de leur avion abattu en flammes. Sois reconnaissant au ciel de n'avoir pas été l'un d'eux. Et maintenant, décampe !

L'étudiant fit aussitôt volte-face et courut vers l'escalier. L'ombre de sa silhouette bondissante, projetée sur les murs par la clarté des torches, se déformait au point d'évoquer une gigantesque chauve-souris. Les sentinelles l'avaient suivi et ce furent elles qui, dans la cour, le dirigèrent vers la grande porte entre les tours, car il avait perdu tout sens de l'orientation. Le bruit de sa course terrifiée se perdit dans la nuit, qui se referma sur lui.

— Il ne l'oubliera ni ne le pardonnera jamais, dis-je alors. Il va grossir démesurément la chose en la racontant à ses camarades. Tiens-tu vraiment à avoir toute la ville contre toi ?

Aldo était le seul à n'avoir point répondu à la question que j'avais précédemment posée.

— Que Stefano en parle ou non à ses amis, c'est inévitable, me dit-il. Ne t'imagine pas que je sois ici pour apporter la paix à l'université ou à cette ville. Je suis venu semer le trouble et la discorde, dresser les uns contre les autres, faire éclater au grand jour la violence et l'hypocrisie, démasquer l'envie et la concupiscence, faire remonter tout cela à la surface, comme l'écume dans le bassin de Domenico. C'est seulement alors, lorsque cette lie bouillonne et fermente, qu'on peut écumer le bassin et lui rendre sa limpidité.

En cet instant s'imposa à moi la conviction que j'avais jusqu'alors repoussée par affection : Aldo était fou. Le germe de cette folie dormait en lui dès son enfance, mais c'était sans doute ce qu'il avait vu et souffert durant la guerre qui l'avait fait mûrir. Ensuite était venu le choc causé par la mort de notre père, la nouvelle que maman et moi avions disparu et devions aussi avoir péri. À la façon d'un cancer, cette folie avait peu à peu contaminé ses facultés intellectuelles. L'écume montant à la surface, c'était sa propre démence. Cette image qu'il avait choisie comme symbole de tout ce qui minait le monde s'appliquait à son propre mal. Et il n'y avait rien que je pusse faire, je n'avais aucun moyen de l'empêcher de provoquer, le jour du Festival, une conflagration capable d'embraser – au figuré – la ville entière. Ces étudiants lui étaient tout dévoués. Ayant eux-mêmes l'esprit faussé par les conditions dans lesquelles ils avaient grandi, ils lui obéiraient aveuglément sans poser de questions. Une seule personne aurait pu avoir de l'influence sur Aldo : la signora Butali. Mais, pour ce que j'en savais, elle devait être encore à Rome.

Aldo nous ramena dans la salle d'audience où, durant un moment, il discuta de différents détails concernant le Festival : l'horaire, le parcours et autres points techniques. J'écoutais à peine, car une chose me semblait d'une impérieuse urgence et c'était que le Festival fût annulé. Cela, seul le recteur pouvait le décider.

La demie de dix heures venait de sonner au campanile lorsque Aldo se leva :

— Et maintenant, Beo, si tu es prêt, je m'en vais te déposer via San Michele. Au revoir, mes braves. À demain !

Traversant la chambre du duc, il gagna la garde-robe où il retira pourpoint et justaucorps pour s'habiller de nouveau comme d'ordinaire.

— Fini la mascarade, dit-il. Fais comme moi. Tu n'as qu'à mettre tes affaires dans cette valise. Giorgio s'en occupera.

J'avais oublié que, depuis plus d'une heure, j'avais une perruque blonde et une robe safran. S'en rendant compte, Aldo éclata de rire :

— C'est facile, n'est-ce pas, de se reporter cinq cents ans en arrière ? Il m'arrive parfois de perdre toute notion du temps, et ce n'est pas le moins amusant de l'histoire !

Maintenant qu'il n'avait plus son déguisement et que je le revoyais dans son costume habituel, Aldo me paraissait aussi normal que n'importe qui.

Nous gagnâmes la galerie à travers la salle des Chérubins et la salle du Trône. Le page nous attendait pour nous éclairer avec son flambeau le long de l'escalier et à travers la cour jusqu'à la porte de côté. À présent, c'était lui qui paraissait déplacé et avait l'air d'un figurant se rendant à une reconstitution historique. Les murs du palais ducal, la cour silencieuse ne me semblaient pas plus inquiétants maintenant que n'importe quel musée obscur et désert. Nous suivîmes la ruelle pavée jusqu'à la piazza Maggiore éclairée par les projecteurs. L'Alfa Romeo était garée devant la porte centrale et, près d'elle, comme pour guetter les attardés que nous étions, il y avait deux *carabinieri*. À leur vue, je marquai une légère hésitation, mais Aldo alla droit à eux. Les hommes le reconnurent et le saluèrent. L'un d'eux s'empressa même de lui ouvrir la portière. Ce fut seulement alors que je rejoignis Aldo.

— Tout est calme ? s'enquit mon frère.

— Tout est calme, professeur Donati, répondit celui qui avait ouvert la portière. Quelques étudiants dépourvus de laissez-passer et dont nous nous sommes occupés. Mais la grande majorité s'est montrée extrêmement raisonnable. Ils tiennent à pouvoir s'amuser au cours des deux prochains jours.

— Et ils en auront l'occasion ! affirma Aldo en riant. Bonne nuit… et bonne chasse !

— Bonne nuit, Professeur.

Je pris place à côté d'Aldo et nous descendîmes la via Rossini, laquelle était aussi paisible que le soir de mon arrivée, presque une semaine auparavant. Mais ce soir, il n'y avait pas de neige, ni rien qui rappelât l'hiver enfui. L'air était chaud, avec une humide douceur venue de l'Adriatique par-dessus la chaîne de collines.

— Que penses-tu de mes garçons ? me demanda Aldo.

— Ils te font honneur, dis-je. Je regrette de n'avoir pas eu leur chance. Lorsque j'étais étudiant à Turin, personne n'a veillé sur moi, ni ne m'a dressé pour que je devienne le garde du corps d'un fanatique.

Il ralentit à l'entrée de la piazza della Vita :

— Un fanatique, répéta-t-il. Est-ce vraiment ce que tu vois en moi ?

— N'est-ce pas ce que tu es ?

La ville était vraiment morte. La grille du cinéma était tirée et même les couche-tard de Ruffano avaient regagné leur domicile.

— J'en étais un lorsque j'ai commencé à rechercher ces garçons, à les choisir à cause de leur naissance et de leurs antécédents. En chacun d'eux, c'était toi que je voyais, enfant abandonné sur quelque colline, baignant dans son sang, déchiré par les balles ou une bombe. Maintenant, c'est différent. On s'habitue à tout, même si l'on ne s'y résigne pas. De toute façon, je gaspillais mon attendrissement, puisque tu avais survécu.

Il vira dans la via San Michele et s'arrêta devant le 24.

— Élevé par les Teutons, les Yankees et les Turinois, continua-t-il, pour que s'épanouisse finalement en toi la vocation de guide des Sunshine Tours. Ceux qui sont chéris des dieux vivent longtemps !

De nouveau le doute était en moi. Le doute et l'effarement. Je doutais que quelqu'un raillant avec tant de pertinence pût être fou. Et j'étais effaré d'apprendre que tout ce qu'Aldo avait fait pour ces orphelins, il l'avait fait en pensant à moi.

— Quel est le programme maintenant ? demandai-je soudain.

— Maintenant ? fit-il en écho. Pour l'immédiat ou pour l'avenir ? Cette nuit, tu vas dormir et rêver, si ça te chante, de la signorina Raspa qui est de l'autre côté de la rue. Demain, tu pourras te promener à ta guise dans Ruffano et observer les préparatifs du Festival. Tu dîneras avec moi. Et après ça, nous verrons.

Il me poussa vers la portière. Comme je descendais de voiture, je me rappelai brusquement la lettre et la sortis de ma poche.

— Il faut que tu lises ça, dis-je. C'est une lettre que j'ai découverte par hasard, cet après-midi, dans un des volumes que nous étions en train de trier à la nouvelle bibliothèque. Elle te concerne.

— Moi ? À quel sujet ?

— On y parle de tes hauts faits lorsque tu étais bébé. Attends, je m'en vais te la lire, et tu la garderas ensuite comme souvenir.

Penché vers la portière de la voiture, je lus la lettre à voix haute. Lorsque j'eus fini, je regardai mon frère et lui souris en jetant la feuille sur ses genoux.

— C'est touchant, n'est-ce pas, dis-je, de voir à quel point ils étaient fiers de toi ?

Aldo ne répondit pas et demeura immobile, les mains sur le volant, le regard fixé droit devant lui. Son visage était très pâle et totalement dépourvu d'expression.

— Bonne nuit, me dit-il soudain et, avant que j'aie pu lui répondre, la voiture dévala en trombe la via San Michele.

Elle disparut au tournant tandis que je demeurais figé par la surprise.

17

Pourquoi la lettre avait-elle produit un tel effet sur Aldo ? Cette question ne cessa de m'obséder durant que je me mettais au lit et je la retrouvai présente à mon esprit lorsque je me réveillai le lendemain matin. Je ne me rappelais pas le texte mot à mot, mais il y était question de « notre jeune gars » qui prenait du poids et promettait d'être très beau. Notre père y remerciait aussi Luigi Speca pour l'amitié qu'il lui avait témoignée en de pénibles moments maintenant heureusement passés. Luigi Speca ayant signé le registre des baptêmes à San Cipriano, je savais qu'il était le parrain d'Aldo, mais ce devait être également lui qui, en tant que médecin, avait aidé à sa venue au monde, laquelle avait dû présenter de graves difficultés. Sans doute Aldo avait-il failli mourir – d'où l'ondoiement – et peut-être aussi notre mère. Les « pénibles moments » auxquels il était fait allusion dans la lettre. Mais pourquoi Aldo en était-il tellement frappé ? Certes, la lecture de cette lettre m'avait ému, mais pas à ce point. Je m'attendais qu'Aldo se mît à rire et même plaisantât en disant qu'il avait le don inné d'échapper à la mort. Au lieu de cela, un visage durci, figé, et ce brusque départ.

Je ne me pressai pas pour arriver à l'heure au travail, car je savais que nous y serions retenus jusqu'à tard. En effet, durant l'après-midi, les étudiants et leurs familles seraient autorisés à visiter la nouvelle bibliothèque et ses dépendances, dont l'inauguration officielle devait avoir lieu après les courtes vacances de Pâques. Les autres pensionnaires étant déjà partis, je me trouvai seul pour prendre mon petit déjeuner.

Comme j'achevais de manger, le téléphone se mit à sonner. La signora Silvani alla répondre et vint m'informer que c'était pour moi.

— Quelqu'un du nom de Jacopo, je crois... Il m'a dit que vous sauriez qui c'était.

Je me précipitai dans le hall, le cœur battant. Quelque chose était arrivé à Aldo. Il lui était arrivé quelque chose à cause de la lettre.

— Oui ? fis-je en portant le récepteur à mon oreille.

— Signor Beo ?

La voix de Jacopo était calme, sans la moindre inquiétude :

— J'ai une commission à vous faire, de la part du *capitano*. Les projets pour ce soir sont changés, car le recteur – le professeur Butali – et sa femme sont rentrés de Rome.

— Oui, je comprends, acquiesçai-je.

— Le *capitano* aimerait que vous passiez ici ce matin, ajouta-t-il.

— Bon, merci… Jacopo ! ajoutai-je vivement comme il allait raccrocher.

— Signore ?

— Aldo va bien ? Il n'a rien qui le tracasse ?

Il y eut une pause infime, puis Jacopo me dit :

— Je pense que le *capitano* ne s'attendait pas que le professeur Butali revienne si vite. Ils sont arrivés tard hier soir. On était en train de décharger les bagages lorsque, en rentrant, le *capitano* est passé devant chez eux peu après onze heures.

— Merci, Jacopo.

Je raccrochai le combiné. Une lettre écrite quarante ans auparavant devait être maintenant pour Aldo le cadet de ses soucis. Le malade avait fini par vaincre l'opposition de ses médecins et regagner Ruffano, sinon pour y reprendre ses fonctions, du moins pour qu'on pût facilement le consulter.

Entendant la signora Silvani ranger de la vaisselle dans la salle à manger, je m'empressai de quitter la maison pour éviter de nouer conversation. Il me fallait absolument voir la signora Butali avant qu'Aldo n'allât chez elle. Je la presserais d'user de son influence pour essayer de faire annuler le Festival… Dieu seul savait comment je m'y prendrais et quelle raison j'avancerais !

Il était neuf heures et demie. Après le long voyage de la veille, la signora Butali ne sortirait probablement pas de la matinée… et dix heures était une heure convenable pour me présenter chez elle. Je m'engageai dans la via San Martino et remontai la colline en direction de la via dei Sogni. Le ciel était sans aucun nuage, le soleil déjà chaud. La journée promettait d'être comme certaines de mon enfance dont je gardais le souvenir où, avec les montagnes au loin et les vallées frémissant dans une brume de chaleur, la ville de Ruffano, fièrement campée sur ses deux collines, semblait dominer le monde.

Je franchis la grille de notre ancien jardin et allai sonner à la porte de la maison. Elle me fut ouverte par la servante que je connaissais déjà et qui me reconnut aussi.

— Me serait-il possible de voir la signora ? demandai-je.

La fille parut en douter et me dit que la signora devait être occupée… que le professeur Butali et elle étaient rentrés de Rome la veille très tard…

— Je le sais, dis-je, mais c'est urgent.

Elle monta alors au premier étage. En attendant son retour, j'eus conscience que l'atmosphère de la maison avait changé. Elle ne paraissait plus triste et abandonnée comme le lundi matin. On la sentait de nouveau habitée. Non seulement la signora Butali avait laissé une paire de gants sur la table, son manteau jeté en travers d'un fauteuil, mais il y avait dans le hall une indéfinissable fragrance rappelant sa présence. Toutefois, elle n'y était plus seule. Contrairement aux précédentes fois que j'y étais venu, la maison, au lieu de ne contenir qu'elle et d'être de ce fait plus mystérieuse, plus attirante, plus troublante pour moi, abritait à présent aussi son mari. C'était là son chez-lui et il était le maître. Sa canne, plantée dans le porte-parapluie, était comme un fanion en informant le monde. Un pardessus, un chapeau, une valise non encore défaite, des paquets de livres… Il y avait par la maison une mâle odeur qui n'y était pas précédemment.

La servante redescendit rapidement l'escalier et j'entendis, dans son sillage, des bruits de voix, de portes refermées.

— La signora va venir dans un instant, m'annonça-t-elle. Si vous voulez bien entrer ici…

Elle m'introduisit dans la pièce de gauche, le bureau qui avait été notre salle à manger. Là aussi, le mari attestait sa présence. Une serviette de cuir posée sur le bureau, des livres encore et des lettres. Ainsi qu'une faible mais très nette odeur de cigare, d'un cigare qu'il avait dû fumer la veille en arrivant, qui ne s'était pas encore dissipée dans l'air du matin.

J'attendis là au moins dix minutes avant d'entendre son pas dans l'escalier. Alors, je fus pris de panique, ne sachant que lui dire. Elle entra dans la pièce. À ma vue, son visage qui exprimait une joyeuse attente en dépit de son extrême lassitude – elle semblait avoir beaucoup vieilli en l'espace de quatre jours – laissa paraître une surprise déçue.

— Beo ! s'exclama-t-elle. Anna m'avait dit… J'ai cru que c'était Aldo…

Puis, se ressaisissant rapidement, elle vint à moi la main tendue :

— Il vous faut me pardonner… Je ne sais plus ce que je fais. Cette sotte m'a dit : « C'est le signor qui a dîné ici dimanche soir » et dans ma précipitation, j'ai pensé…

Elle laissa la phrase en suspens, mais point n'était besoin qu'elle l'achevât. Dans sa précipitation, « le signor qui a dîné ici dimanche soir » ne pouvait être qu'un seul homme, et ce n'était pas moi.

— Je n'ai rien à vous pardonner, signora, dis-je. C'est à moi de vous présenter des excuses. J'ai appris par Jacopo que votre mari et vous étiez rentrés de Rome hier soir, très tard. Je ne serais donc pas venu vous déranger de si bon matin, le premier jour de votre retour ici, s'il n'y avait eu urgence.

— Urgence ? répéta-t-elle.

En haut, dans la salle de musique, le téléphone se mit à sonner. Elle eut une exclamation de contrariété et était sur le point de rebrousser chemin en murmurant : « Excusez-moi… » lorsque nous entendîmes un pas lent progresser au-dessus de nos têtes. La sonnerie s'interrompit et une voix mâle nous parvint de façon indistincte.

— Exactement ce que je voulais éviter ! me dit-elle. Si mon mari se met à répondre au téléphone, à parler avec l'un, puis avec l'autre…

Elle se tut, prêtant l'oreille, mais le murmure était trop faible.

— C'est inutile, dit-elle avec un haussement d'épaules. Maintenant, il a répondu et je ne peux plus rien faire.

J'étais péniblement conscient du dérangement que je causais. Je n'aurais pu me présenter à un plus mauvais moment. Sous les yeux de la signora Butali, les orbites étaient comme creusées par la fatigue et l'inquiétude. Ce n'était pas le cas le dimanche précédent. Ce soir-là, le monde aurait bien pu s'anéantir autour d'elle sans qu'elle s'en souciât.

— Comment va le recteur ? demandai-je.

Elle soupira :

— Aussi bien que possible, eu égard aux circonstances. Ce qui s'est produit au début de la semaine lui a causé un grand choc. Mais vous savez déjà…

Elle rougit et, sur son visage naturellement pâle, cela fit l'effet d'une tache soudaine.

— C'est à vous, je crois, que j'ai parlé mardi soir. Aldo me l'a dit, lorsqu'il m'a rappelée ensuite.

— Je vous dois également des excuses pour avoir raccroché. Je ne voulais pas vous mettre dans l'embarras.

Elle déplaça des lettres sur le bureau, de façon à me tourner le dos. C'était comme si elle avait quitté la pièce et me signifiait de ne pas insister sur ce point. Ma mission devenait plus délicate que jamais.

— Vous disiez avoir un urgent besoin de me voir ?

Dans le même temps qu'elle parlait, la voix au-dessus de nous se fit plus forte. Nous ne distinguions toujours pas les mots mais, de toute évidence, une discussion s'engageait qui menaçait d'être longue.

— Je ferais peut-être mieux de monter, dit-elle avec inquiétude. Tant de choses semblent être allées de travers ces derniers jours. Le professeur Elia…

— Ah ! vous êtes au courant ?

Elle eut des deux mains un geste expressif, se mit à aller et venir rapidement dans la pièce :

— Le premier coup de téléphone reçu ce matin avait pour but de faire à mon mari un récit exagéré d'une chose qui s'est produite mardi soir… Oh ! il n'émanait ni du professeur Elia, ni du professeur Rizzio, mais d'une de ces personnes, si nombreuses ici, qui se mêlent de ce qui ne les regarde pas. Quoi qu'il en soit, le mal a été fait et mon mari est bouleversé. Votre frère doit venir tout à l'heure lui expliquer les choses et le tranquilliser.

— Signora, dis-je, c'est au sujet d'Aldo que je suis ici.

Elle se raidit et son visage devint pareil à un masque, tandis que son regard se faisait circonspect :

— Et pour quelle raison ? s'enquit-elle.

— À cause du Festival, me lançai-je. Je l'ai entendu en parler aux étudiants et il a réussi à le rendre aussi réel pour eux qu'il l'est pour lui, au point que c'en est dangereux. Je pense qu'il faudrait l'annuler.

L'anxiété tapie au fond de ses yeux disparut, et elle sourit :

— Mais c'est précisément ce qui fait le succès du Festival ! C'est toujours ainsi. Votre frère réussit chaque fois à rendre l'histoire si réelle – quel que soit le thème choisi – que tous les participants finissent par avoir le sentiment de vivre leur rôle. C'est ce qui nous est arrivé l'an passé, et le résultat a été splendide. N'importe qui vous le dira.

— Je n'étais pas ici l'an passé. Je sais seulement que, cette année, c'est différent. Pour commencer, le Festival ne se déroulera pas à l'intérieur du palais ; c'est dans les rues mêmes de Ruffano que batailleront les étudiants.

Elle me regarda, souriant toujours. Qu'il ne fût pas question de ses relations avec Aldo lui causait un soulagement manifeste.

— L'année dernière aussi nous sommes allés en cortège dans les rues... Ou du moins mon mari, qui incarnait le pape Clément VII, avec toute sa suite. Moi, j'attendais son arrivée près du portique, en compagnie des dames et des seigneurs de la cour. Je vous garantis qu'il n'y a rien à craindre. La police a l'habitude, et tout se passera bien en ordre.

— Comment cela pourrait-il se passer bien en ordre, quand il s'agit de reconstituer une insurrection ? Comment être sûr que les étudiants, auxquels on a dit de s'armer avec tout ce qui leur tombera sous la main, sauront se contenir et ne pas se laisser aller à la violence ?

Ses mains exprimèrent une tranquille assurance :

— L'année dernière aussi, ils étaient armés. Et si certains exagéraient, vous devez bien comprendre qu'il serait facile de les en empêcher ? Ne croyez pas que votre inquiétude me laisse insensible, Beo, mais cela fait trois ans que nous avons un Festival de ce genre à Ruffano. Trois ans que mon mari s'en occupe avec l'aide de votre frère. Ils savent comment organiser ces manifestations.

C'était peine perdue. Ma mission avait été vaine. Rien de ce que je lui dirais ne réussirait à la convaincre, à moins que je ne trahisse ouvertement Aldo en répétant les déclarations qu'il m'avait faites la nuit précédente. Mais cela, la loyauté me l'interdisait.

— J'ai trouvé Aldo changé, dis-je en cherchant une autre approche. Il me paraît plus maussade, plus cynique, d'humeur plus instable. Il passe brusquement du rire et de la plaisanterie à un profond silence.

— Cela fait vingt-deux ans que vous ne l'aviez pas vu, me rappela-t-elle. Il vous faut en tenir compte.

— Tenez, insistai-je, hier soir, par exemple. Je lui ai montré une vieille lettre de notre père, que j'avais découverte dans un des livres de la bibliothèque. Une lettre adressée au parrain d'Aldo, un médecin je crois, disant combien le « jeune gars » promettait d'être beau. Je pensais que cela amuserait Aldo et je lui ai lu la lettre. Eh bien, il a filé aussitôt sans même me dire bonsoir !

Son patient sourire, quelque peu nuancé de commisération, était exaspérant.

— Peut-être a-t-il été trop violemment ému, dit-elle, et n'a-t-il point voulu vous le laisser voir. Il admirait beaucoup votre père, et votre père était très fier de lui, n'est-ce pas ? C'est du moins ce que j'ai toujours compris. Oui, je crois pouvoir m'expliquer pourquoi il a même oublié de vous dire bonsoir. Aldo peut vous sembler cynique, Beo, mais il ne l'est que superficiellement. En réalité…

Elle s'interrompit, car son émotion intérieure transparaissait soudain, démentant son air froid et réservé. Je pensai qu'elle devait être ainsi, le dimanche soir, dans la salle de musique au-dessus de nous, lorsque Aldo était venu l'y rejoindre après m'avoir raccompagné, tandis que les vespas pétaradaient autour de la ville et que les étudiants masqués envahissaient le foyer des filles pour y simuler le viol de la signorina Rizzio. « La femme d'un citoyen éminent avait été profanée… » Laquelle ? La réponse ne posait pour moi aucun problème.

— Je suis désolé d'avoir ainsi abusé de votre temps, dis-je. Quand vous verrez Aldo, ne lui parlez pas de ma visite, je vous prie. Mais recommandez-lui d'être prudent…

— Je n'y manquerai pas, m'assura-t-elle, et, de toute façon, mon mari désirera connaître en détail le programme du Festival, même si son état de santé ne lui permet pas d'y assister. Écoutez !

Au-dessus de nous, on avait cessé de parler. Des pas se dirigèrent vers la porte, atteignirent le palier, commencèrent à descendre l'escalier.

— Le voici qui vient ! s'exclama-t-elle. Alors qu'on lui a bien recommandé d'éviter les escaliers !

Elle avait vivement gagné la porte quand elle se retourna pour me dire, tandis que sa rougeur s'accentuait :

— Il ne sait pas qui vous êtes… enfin, votre parenté avec Aldo. Je lui ai raconté que quelqu'un venait me voir pour affaire, sans autre précision…

Son sentiment de culpabilité me contamina et je la rejoignis près de la porte :

— Je pars…

— Non… Vous n'en avez plus le temps.

Nous sortîmes dans le hall. Le recteur était déjà parvenu à la moitié de l'escalier. C'était un homme pouvant avoir n'importe quel âge entre quarante-cinq et soixante-cinq ans ; de taille moyenne, il était assez large d'épaules, avec de beaux yeux et des traits réguliers attestant qu'il avait dû être splendide dans sa jeunesse. Il était d'ailleurs encore bel homme, en dépit d'un teint grisâtre, reliquat de sa récente maladie. Il émanait de lui une autorité et une distinction inspirant d'emblée l'estime et le respect, voire l'affection. Mon sentiment de culpabilité s'accrut.

— C'est le signor Fabbio, dit sa femme comme il s'immobilisait à ma vue. Il est venu m'apporter un message de la bibliothèque, où il travaille comme assistant. Je le reconduisais…

Comprenant qu'elle souhaitait vivement me voir partir, je m'inclinai. Le recteur me salua d'un hochement de tête, avant de dire :

— Que je ne vous chasse surtout pas, signor Fabbio ! Si vous pouviez m'accorder aussi quelques minutes, j'aimerais que vous me parliez de la nouvelle bibliothèque.

Je m'inclinai derechef, retrouvant instinctivement mes façons de guide. La signora Butali secoua la tête :

— Les médecins vous ont pourtant bien recommandé de ne pas descendre, Gaspare, lui reprocha-t-elle. Je vous ai entendu répondre au téléphone. Vous auriez dû m'appeler.

Il atteignit le bas de l'escalier et me serra la main, cependant que ses beaux yeux me détaillaient, puis il se tourna vers sa femme :

— De toute façon, il m'aurait fallu prendre la communication. Il s'agissait de mauvaises nouvelles.

Je voulus m'éclipser, mais il me retint du geste :

— Non, ne partez pas. Cela n'a rien de personnel. Il s'agit d'un accident arrivé à un étudiant, que l'on a retrouvé mort ce matin, en bas des marches du théâtre.

La signora Butali émit une exclamation horrifiée, tandis que le recteur poursuivait :

— C'est le commissaire de police qui me téléphonait. Venant d'apprendre que j'étais de retour, il tenait à me mettre au courant. À ce que j'ai compris, continua-t-il à mon adresse, on avait décrété un couvre-feu hier soir, à cause de certains incidents survenus dans la semaine, et, à l'exception de ceux ayant un laissez-passer, tous les étudiants devaient avoir regagné leur pension ou logement pour neuf heures au plus tard. Ce garçon, comme d'autres peut-être, n'avait pas voulu tenir compte du couvre-feu. Il a dû avoir peur en entendant une patrouille, et se mettre à courir en prenant ces infernales marches comme raccourci. En ayant manqué une, il a roulé jusqu'en bas et s'est brisé la colonne vertébrale. On a découvert son cadavre ce matin, de bonne heure.

Le recteur étendit la main pour prendre sa canne que lui faisait passer la signora Butali, puis gagna lentement la pièce que nous venions de quitter et où nous le suivîmes.

— Quelle histoire terrible ! commenta la signora Butali. Et juste au moment du Festival ! A-t-on ébruité la nouvelle ?

— Ce sera fait dans le courant de la matinée, répondit son mari. Ce n'est pas le genre de choses que l'on peut étouffer. Le commissaire va d'ailleurs venir en discuter avec moi.

La signora Butali lui avança un fauteuil et il s'assit près du bureau. La pâleur grisâtre de son visage semblait s'être accentuée.

— Il me faut réunir le Conseil de l'université, dit-il. Je suis désolé, Livia, mais c'est vous qui allez devoir donner tous ces coups de téléphone, ajouta-t-il en tapotant la main posée sur son épaule.

— Bien sûr, fit-elle en me regardant d'un air désespéré.

— Je n'arrive pas à croire qu'il était nécessaire de décréter le couvre-feu, continua le recteur. Je crains que le Conseil n'ait cédé à la panique. Résultat : certains étudiants se sont rebellés et la fatalité a voulu que cela finisse en drame. Y avait-il beaucoup d'agitation ?

C'est à moi qu'il posait la question et je ne savais ce qu'il était préférable de lui répondre.

— Les étudiants sont toujours plus ou moins agités… Et il semblait exister une rivalité entre certains groupes… plus particulièrement entre les étudiants des SEC et ceux des lettres ou qui se préparent à l'enseignement. Le couvre-feu a causé un vif mécontentement. Hier soir, à la cantine, tout le monde en discutait.

— Exactement, acquiesça le recteur, et les plus fougueux ont décidé de passer outre. C'est ce que j'aurais fait moi-même quand j'étais étudiant.

Puis se tournant vers sa femme :

— C'est le jeune Marelli qui est mort. Vous vous souvenez de Marelli… Nous avions séjourné dans un de ses hôtels voici un an ou deux. Je ne sais pas grand-chose du fils, sinon qu'il était en troisième année, mais Elia me donnera toutes les précisions. Quelle tragédie pour les parents ! Un fils unique !

Ma gorge s'était desséchée et j'opinai d'une voix rauque, à l'unisson de la signora Butali, laquelle ne semblait plus aussi désireuse de me voir partir. Peut-être ma présence constituait-elle une sorte de diversion pour son mari.

— À quelle heure vient le docteur ? demanda le recteur.

— Il a parlé de dix heures et demie. Il va être là d'un moment à l'autre, maintenant.

— Si le commissaire arrive le premier, le docteur sera obligé d'attendre. Aussi, tâchez de le joindre, ma chérie… S'il n'est pas chez lui, il est probablement à l'hôpital et pourrait venir tout de suite. C'est à deux minutes.

Avant de quitter la pièce, la signora Butali me lança un regard d'avertissement. Cela pouvait signifier que je devais me garder de fatiguer son mari, ou de lui parler d'Aldo. Moi, tout ce que je souhaitais, c'était m'en aller avant l'arrivée du commissaire. Mais, auparavant, il me fallait en finir.

— Cet accident, monsieur le Recteur, va-t-il entraîner l'annulation du Festival ?

Il avait pris un petit cigare et s'occupait de l'allumer, si bien qu'il ne me répondit pas tout de suite.

— Non… L'université de Ruffano compte quelque cinq mille étudiants, et supprimer une de leurs grandes fêtes de l'année à cause de l'accident mortel survenu à un de leurs camarades risquerait de les mettre dans un état d'esprit déplorable. Ce serait vraiment la dernière chose à faire.

Il tira une bouffée de son cigare et répéta :

— Non, vous pouvez être assuré que nous ne décommanderons pas le Festival. Pourquoi, vous y participez ?

La question me prit au dépourvu. Le regard inquisiteur semblait me transpercer.

— Ce n'est pas sûr, mais il se pourrait que le professeur Donati ait besoin de moi pour un rôle mineur.

— Bien, ça, approuva-t-il. Plus il y aura de participants au Festival et mieux ce sera. J'attends d'ailleurs le professeur Donati, qui doit me donner tous les détails. Le thème choisi par lui cette année m'a plutôt surpris, mais je ne doute pas qu'il en tire un superbe parti. Il ne nous a jamais déçus. D'où venez-vous ?

— D'où je viens ? répétai-je.

— Oui, d'où êtes-vous, de quelle université ? Si j'ai bien compris vous n'êtes que provisoirement des nôtres ?

— Oui, dis-je tandis que ma gorge se contractait de nouveau. Je suis de Turin, et j'ai un diplôme de langues modernes. Alors, comme j'avais momentanément besoin d'un emploi…

— Oui, je comprends. Et que pensez-vous de notre nouvelle bibliothèque ?

— Elle m'a fait grande impression

— Depuis combien de temps travaillez-vous ici ?

— Une semaine.

— Une semaine seulement ?

Retirant le cigare de sa bouche, il me regarda fixement, d'un air surpris.

— Excusez-moi, dit-il, mais j'avais entendu la bonne dire à ma femme que le monsieur qui avait dîné ici dimanche désirait lui parler. Je n'avais pas réfléchi qu'elle avait donné une grande réception ce même jour.

J'avalai ma salive.

— Ce n'était pas une grande réception, mais il s'est trouvé que j'ai apporté des livres de la bibliothèque à la signora Butali, et qu'elle a eu l'extrême gentillesse de jouer du piano pour moi. C'est à la suite de cela qu'elle m'a invité à dîner.

— Je vois, fit-il.

Il me regarda de nouveau, mais d'une autre façon que précédemment. À la façon d'un mari qui se demande soudain pourquoi sa très jolie femme a éprouvé le besoin de jouer du piano pour un inconnu, et de l'inviter ensuite à dîner. De toute évidence, ce n'était pas dans les habitudes de la signora Butali.

— Vous aimez la musique ? me demanda-t-il.

— Oh ! oui, passionnément, répondis-je en souhaitant que cela suffît pour le rassurer.

— C'est bien, ça, fit-il. Puis brusquement, il me décocha une nouvelle question : Combien étiez-vous à cette réception ?

J'eus le sentiment d'être pris au piège. Si je répondais que nous étions une demi-douzaine, ce serait un mensonge et il le découvrirait facilement en interrogeant ensuite la signora Butali, que sa réponse compromettrait aussi.

— Vous m'avez mal compris, monsieur le Recteur, dis-je vivement. La réception a eu lieu le dimanche matin.

— Alors vous n'êtes pas venu dîner ?

— Si, je suis venu également dîner, en compagnie du professeur Donati.

— Ah… fit-il.

Je commençais à avoir chaud. Je ne pouvais pas dire autre chose, car il lui était loisible d'interroger la bonne, sinon sa femme.

— Il s'agissait d'une soirée musicale. Nous étions venus pour écouter la signora Butali. Elle a joué pour nous jusqu'à ce que nous partions. Une mémorable soirée !

— Je n'en doute pas.

Malgré moi, j'avais dû gaffer. En arrivant à Rome, le lendemain, sa femme lui avait peut-être raconté une tout autre histoire. Elle avait pu lui dire que, le dimanche soir, elle avait dîné seule et que, inquiète à son sujet, elle avait décidé de partir de bonne heure pour Rome, le lendemain matin, afin d'être auprès de lui. Comment savoir ?

— À Rome, dit-il comme suivant le fil de sa pensée, j'avais fini par ne plus guère avoir de contacts avec Ruffano.

— Oui, cela se comprend…

— Encore que des amis bien intentionnés fissent de leur mieux pour me tenir informé de tout ce qui s'y passait. Peut-être même certains d'entre eux n'étaient-ils pas tellement bien intentionnés.

Je souris. Un sourire forcé. De nouveau, le regard du recteur sondait le mien.

— Vous m'avez dit n'être ici que depuis une semaine ? réitéra-t-il.

— Cela fait une semaine aujourd'hui, oui. Je suis arrivé jeudi dernier.

— De Turin ?

— Non, de Rome.

Je sentais la sueur perler à mon front.

— Vous travailliez aussi dans une bibliothèque, à Rome ?

— Non, monsieur le Recteur. J'y étais de passage quand l'idée m'est venue de visiter Ruffano. J'avais besoin de vacances.

Même à mes oreilles, cette histoire sonnait faux. Aussi n'osais-je imaginer ce qu'il en pensait, d'autant que ma nervosité était visible. Il demeura un moment sans rien dire, prêtant l'oreille à la conversation téléphonique de la signora Butali, comme nous l'avions fait pour la sienne quelques minutes auparavant.

— Je m'excuse, signor Fabbio, reprit-il, de vous poser toutes ces questions. Mais il se trouve que, à Rome, j'ai reçu des coups de téléphone anonymes, insinuant certaines choses à propos du professeur Donati. J'ai essayé d'en découvrir la source, mais j'ai seulement pu savoir qu'ils étaient d'origine locale. Chose singulière, ma correspondante – je sais que c'était une femme, car je l'entendais chuchoter ses instructions – ne me parlait pas directement, mais par le truchement d'une autre personne qui était un homme. L'idée me vient – pardonnez-moi si je suis dans l'erreur – que vous pourriez être cet homme, et donc, en mesure de m'expliquer ces appels téléphoniques.

Cette fois, mon air totalement ahuri dut le rassurer.

— J'ignore absolument tout ce dont vous me parlez, monsieur le Recteur. Je crois préférable de vous dire, sans plus attendre, que je travaillais pour une agence de voyages dont le siège est à Gênes. Si je me trouvais alors à Rome, c'est parce que je véhiculais un groupe de touristes de Gênes à Naples. Ce n'est pas moi qui vous ai téléphoné. Et je n'avais même jamais entendu prononcer votre nom avant de venir à Ruffano.

— Cela suffit, fit-il en étendant la main. Oubliez, de grâce, ce que je viens de vous dire. N'en parlez à personne, et surtout pas à ma femme. Ces communications téléphoniques étaient aussi déplaisantes que des lettres anonymes mais, quand j'ai quitté Rome, cela faisait plus d'une semaine qu'elles avaient cessé.

La sonnerie de la porte d'entrée retentit soudain.

— Ce doit être le commissaire ou le docteur, dit Butali. Je vous prie encore de m'excuser, signor Fabbio.

— Mais je vous en prie, monsieur le Recteur, murmurai-je.

Je m'inclinai et me dirigeai vers la porte. J'entendais en même temps la bonne allant ouvrir au visiteur et la signora Butali qui descendait l'escalier. Parvenu dans le hall, je m'effaçai comme s'ouvrait la porte d'entrée. C'était le commissaire, en uniforme. Je me trouvai masqué à sa vue par la signora Butali qui le conduisit dans le bureau, avant de revenir me dire au revoir. La bonne était encore à proximité. Je ne pouvais donc mettre la femme du recteur au courant de la conversation que je venais d'avoir.

— J'espère que nous aurons le plaisir de vous revoir, me dit la signora Butali du ton de la parfaite maîtresse de maison prenant congé d'un hôte.

— Je l'espère aussi, signora, répondis-je.

À ce moment, son mari l'appela et elle disparut après m'avoir encore salué de la main.

Je gagnai la rue où attendait la voiture du commissaire, un policier en uniforme au volant. Je tournai à gauche, afin de ne point passer près de lui, et descendis rapidement la colline. Peu m'importait où j'allais, du moment que je m'éloignais de cette voiture. Je décidai de retourner à la pension et de rester un moment dans ma chambre, après quoi j'irais chez mon frère. J'avais été profondément bouleversé d'apprendre que Stefano Marelli était mort, mais ces coups de téléphone anonymes dont m'avait parlé le recteur me tracassaient aussi.

J'atteignais la via San Michele et me dirigeais vers la pension Silvani quand j'aperçus un homme nu-tête debout devant la porte et s'entretenant avec la patronne. Je reconnus immédiatement sa silhouette et son profil. C'était l'agent de Rome, le policier en civil que j'avais vu le mardi à l'église.

Me trouvant à hauteur du 5 dont la porte était ouverte, je m'y réfugiai instinctivement et montai au premier étage. Je frappai à la porte de Carla Raspa. Il n'y eut aucune réponse mais, lorsque je tournai la poignée, le battant céda sous ma poussée. J'entrai alors dans l'appartement en refermant la porte derrière moi.

18

Je crus que l'appartement était vide, mais le bruit de la porte refermée fit surgir de la salle de bains une femme en tablier, tenant une serpillière à la main, et qui me regarda d'un air soupçonneux :

— Qu'est-ce que vous voulez ? questionna-t-elle.

— J'ai rendez-vous avec la signorina Raspa, mentis-je. Elle m'a dit qu'elle serait peut-être en retard et m'a demandé de l'attendre.

— Très bien, alors. Cette pièce est faite, mais je n'ai pas encore fini dans la salle de bains et la cuisine. Vous n'avez qu'à vous asseoir et vous mettre à votre aise.

Elle retourna dans la salle de bains où l'eau se mit à couler bruyamment. M'approchant alors de la fenêtre, je regardai dans la rue. L'homme était toujours devant le 24. C'était surtout la signora Silvani, de plus en plus expansive, qui parlait, et je la voyais faire de grands gestes. Elle devait parler de moi, être en train de dire au policier que je travaillais tous les jours à la bibliothèque, que je m'y trouvais probablement en ce moment, que je n'étais pas de Ruffano et que j'habitais chez elle depuis une semaine exactement. S'il avait excipé de sa fonction en montrant sa carte, il allait sûrement demander à voir ma chambre, y monter, ouvrir les tiroirs, fouiller l'armoire et ma valise… Mais il n'y trouverait rien qui pût lui être utile. J'avais tous mes papiers sur moi. Pour l'instant toutefois, il ne semblait pas être question d'entrer. La conversation se poursuivait devant la maison. À ce moment, la femme de ménage revint dans la pièce et je m'écartai de la fenêtre.

— Voulez-vous une tasse de café ? me demanda-t-elle.

— Je vous en prie… Ne vous dérangez surtout pas pour moi !

— Il n'y a pas de dérangement, et c'est sûrement ce que souhaiterait la signorina.

Quelque chose dans le visage de cette femme me semblait familier. Elle était jeune et plutôt avenante, mais sa coiffure échevelée suggérait qu'elle avait essayé de copier celle de quelque vedette sur une affiche de cinéma.

— Je vous ai déjà rencontré, n'est-ce pas ? me dit-elle.

— J'étais en train de penser la même chose, répondis-je, mais Ruffano n'est pas grand. Nous nous sommes peut-être vus dans la rue.

— Oui, peut-être, fit-elle avec un sourire qu'elle accompagna d'un léger haussement d'épaules.

Elle passa dans la cuisine et je retournai à la fenêtre. Dans l'intervalle, l'homme avait disparu. Mais je n'avais aucun moyen de me rendre compte s'il était entré dans la maison ou reparti. Je m'installai près de la fenêtre et, prenant un magazine que je fis mine de feuilleter négligemment, je continuai de surveiller la pension. Quelques instants plus tard, la femme de ménage reparut avec le café.

— Voilà, signore, me dit-elle, et je sais maintenant où je vous ai vu. Vous regardiez le rassemblement, près d'Ognissanti. Vous m'avez demandé ce qui se passait et pourquoi il y avait une voiture de la police. J'avais ma fille dans les bras et elle pleurait. Vous vous rappelez ?

Oui, je me rappelais. Ruffano était vraiment tout petit. Pas d'esquive possible.

— Oui, oui, vous avez raison ! Deux personnes étaient en train de monter dans la voiture de la police.

— Oui, les Ghigi, et c'était bien ce que je vous avais dit : on les a emmenés à Rome pour identifier les vêtements de la pauvre Marta Zampini. Vous vous rendez compte : tout ce voyage dans une voiture de la police ! S'ils ne l'avaient pas fait pour une aussi pénible raison, ils en auraient été ravis, car, l'un comme l'autre, ils n'étaient encore jamais allés à Rome. Après, on a ramené le corps ici et l'enterrement a eu lieu hier. Quel crime, quand même ! Pour dix mille lires. Le type qu'ils ont arrêté continue de nier. D'après ce que mon mari a lu dans le journal, il avoue être l'auteur du vol, mais pas du meurtre. Je suppose qu'il espère sauver sa peau en mentant.

— Probablement, dis-je.

Je bus le café, en surveillant toujours d'un œil la pension Silvani.

— Ils le forceront bien à avouer, reprit ma compagne. La police a ses méthodes, tout le monde le sait.

Elle demeura plantée devant moi, à me regarder boire. Cette conversation constituait un petit entracte dans son travail de la matinée.

— Vous connaissiez la femme qui a été assassinée ? m'enquis-je.

— La Marta Zampini ? Tous ceux qui habitent du côté d'Ognissanti connaissaient Marta. Autrefois, elle et Maria Ghigi avaient travaillé chez le père du professeur Donati. Vous connaissez le professeur Donati ? Le président du Comité culturel ?

— Oui, je le connais.

— D'après ce que j'ai entendu dire hier, ce serait lui qui aurait obtenu de la police qu'on ramène le corps ici, et qui aurait payé l'enterrement. C'est un homme merveilleux et qui fait beaucoup pour

Ruffano, tout comme son père avant lui. Si la vieille Marta avait continué à travailler pour lui, elle serait encore en vie aujourd'hui,

— Pourquoi l'a-t-elle quitté ?

La femme haussa les épaules et fit le geste de boire :

— À cause de ça. D'après les Ghigi, au cours de ces derniers mois, ça n'avait fait qu'empirer. Elle était toujours à broyer du noir. Et sans raison, car les Ghigi prenaient bien soin d'elle. Maria Ghigi dit que, depuis la guerre, Marta n'était plus la même. La guerre a dispersé la famille Donati et Marta regrettait beaucoup le petit. Elle parlait tout le temps du petit, le frère du professeur, qui était parti avec les Allemands. Enfin, c'est la vie, n'est-ce pas ? Y a toujours quelque chose qui va de travers.

Ayant fini de boire mon café, je lui rendis la tasse en la remerciant.

— Espérons que la signorina Raspa ne tarde plus, dit-elle. Puis d'ajouter avec un regard en coulisse : Elle est jolie, n'est-ce pas ?

— Très jolie, acquiesçai-je.

— Elle a beaucoup d'admirateurs. Je le sais, parce qu'il me faut souvent remettre de l'ordre quand ils viennent dîner.

Je souris, mais ne fis aucun commentaire.

— Ah ! il faut que je m'en aille, dit-elle alors. J'ai encore mon marché à faire avant que mon mari rentre déjeuner. Heureusement, j'ai ma mère qui s'occupe de la petite pendant que je travaille ici.

Je ne voyais toujours personne sortir du 24. Le policier avait eu tout le temps de fouiller ma chambre et de redescendre. Peut-être était-il aussi en train de prendre le café, en compagnie de la signora Silvani ? Je fis mine de m'intéresser à mon magazine. Cinq minutes plus tard, la femme ressortit de la cuisine. Elle avait enfilé un cardigan par-dessus sa robe et tenait un filet à la main.

— Bon, je m'en vais, annonça-t-elle. Je vous souhaite une agréable journée avec la signorina.

— Merci, fis-je.

Elle me dit au revoir et quitta l'appartement. Je l'entendis descendre l'escalier et la suivis des yeux tandis qu'elle s'éloignait vers le haut de la via San Michele. Puis mon regard se fixa sur le 24, mais personne n'y entra, ni n'en sortit. Le policier devait être parti depuis un bon moment. Sans doute s'en était-il allé lorsque la femme de ménage était venue me proposer du café. Maintenant, il pouvait être n'importe où… Peut-être à l'université, en train de se renseigner au secrétariat, ou à la bibliothèque. Cette dernière, dès lors, m'était interdite, tout comme la pension Silvani. Je n'avais plus d'autres refuges que l'appartement où je me trouvais et la maison de mon frère, via dei Sogni. Mais, si je quittais l'appartement pour me rendre chez Aldo, je risquais de rencontrer le policier en chemin.

Peut-être même guettait-il mon retour à la pension Silvani…

Sortant de ma poche un paquet de cigarettes, je me mis à fumer. Je repensai au jeune Marelli qui s'était brisé la colonne vertébrale au bas des marches du théâtre. C'était sur ces mêmes degrés que, le vendredi précédent, j'avais rencontré un garçon terrifié. De toute évidence, il s'agissait aussi d'un étudiant. Ce soir-là, il n'y avait pas de couvre-feu ; les gardes d'Aldo avaient dû l'interpeller, le questionner par jeu. Ce jeu fantastique et médiéval auquel ils participaient tous. Mais, cette fois, le jeu avait abouti à la mort d'un étudiant. La balance de la Justice divine avait-elle recouvré son équilibre ? Le jeu pouvait-il maintenant s'arrêter ?

En sa qualité de président du Comité culturel, Aldo appartenait au Conseil de l'université. Il assisterait donc à la réunion que le recteur venait de décider. Comme les autres, il entérinerait l'explication officielle de la mort de Marelli : l'étudiant avait roulé au bas des marches en voulant échapper à une patrouille. Mais en lui-même, Aldo saurait sûrement reconnaître la véritable cause de cette mort.

Je regardai ma montre. Onze heures vingt-cinq. Je me mis à marcher de long en large dans la pièce, puis retournai regarder à la fenêtre. Tout continuait d'être calme au 24. Lorsque Carla Raspa allait revenir, comment justifierais-je ma présence chez elle ? Je ne l'avais pas revue depuis le mardi soir où je lui avais si peu galamment faussé compagnie. C'était un drôle de moment pour venir présenter des excuses.

Je passai dans la salle de bains. Des pots et des flacons s'alignaient sur les étagères, une robe de chambre était demeurée sur un tabouret. Une chemise de nuit, hâtivement lavée, séchait sur un cintre au-dessus de la baignoire. Le bidet était plein d'une eau savonneuse dans laquelle des bas avaient été laissés à tremper. Cette vue me donna la nausée et je gagnai vivement la cuisine. L'intimité de ce désordre me rappelait celui de chambres d'hôtel à Francfort et autres villes, où, à côté de la lingerie de ma mère, pareillement lavée et mise à sécher, il y avait des chaussettes et des mouchoirs d'homme, des cheveux collés aux parois de la baignoire. Tableau qui soulevait l'estomac au garçon de onze ou douze ans que j'étais alors. Ce relent de luxure m'avait poursuivi à travers toute l'Allemagne et jusqu'à Turin. Et je le retrouvais encore là.

J'allai de nouveau m'asseoir près de la fenêtre et allumai une autre cigarette. Je me demandais quelle était la femme que la jalousie avait pu pousser à téléphoner anonymement au recteur, lorsqu'il était à Rome. Peut-être une maîtresse délaissée par mon frère, ou bien une femme qui aspirait à ses faveurs et ne les avait point obtenues. Qui que ce fût, elle avait dû se douter des relations existant entre Aldo et l'épouse du recteur. Même si ces coups de téléphone avaient cessé, Aldo devait en être averti avant qu'il ne voie le recteur. Je pouvais téléphoner à Jacopo et le charger de dire à Aldo de me rappeler, chez Carla Raspa, dès qu'il rentrerait.

Je cherchai le numéro dans l'annuaire, puis le demandai et attendis. Il n'y eut pas de réponse. Jacopo devait être sorti, ou bien dans son propre domaine, où il n'entendait pas la sonnerie. Reposant le combiné sur son support, je retournai à la fenêtre. Un groupe d'étudiants remontait la rue en criant et sifflant. Avec les coiffures de couleurs qu'ils avaient mises pour la circonstance, ils semblaient se rendre à un bal costumé. L'un d'eux présentait aux passants un sac fixé au bout d'un bâton :

— Aidez les étudiants pauvres, svp ! clamait-il. Toute contribution, si minime soit-elle, est la bienvenue ! Chaque pièce donnée permet à un étudiant nécessiteux de parfaire son instruction ! Merci, signore, merci, signorina…

Un homme venait de déposer son obole en haussant les épaules. Une jeune fille, poursuivie par des exclamations et des sifflements expressifs, fit de même avant de s'enfuir en riant. Les étudiants avançaient maintenant en barrant la rue. Une voiture qui descendait la colline dut s'arrêter et le sac des quêteurs entra par la portière à la vitre baissée. Celui qui tenait le bâton s'inclina en soulevant son chapeau moyenâgeux :

— Merci, signore. Longue vie à vous, signore !

Toujours en chantant et criant, ils remontèrent la rue pour tourner finalement en direction de la piazza della Vita. Le campanile voisin du Duomo se mit à sonner midi et, avant qu'il eût égrené ses derniers coups, le clocher de San Cipriano lui fit écho. Midi sonnait dans tout Ruffano et je me rappelai que, dans les siècles passés, un fugitif pouvait trouver asile dans une église, auprès du maître-autel. À supposer que j'en fisse autant maintenant, je me demandais si j'obtiendrais aide et protection, ou bien si le sacristain de San Cipriano, terrifié, ne courrait pas aussitôt prévenir la police.

J'entendis alors quelqu'un gravir l'escalier. La porte s'ouvrit, livrant passage à Carla Raspa qui me regarda d'un air ahuri.

— J'étais en train de me demander, lui dis-je, s'il me valait mieux rester dans votre appartement ou aller chercher refuge dans une église.

— Tout dépend de votre crime, dit-elle en refermant la porte. Peut-être feriez-vous mieux de commencer par le confesser.

Elle posa son sac sur la table ainsi qu'un paquet de livres, puis me détailla du regard :

— Vous êtes en retard de trente-six heures pour notre rendez-vous. Je ne vois pas d'inconvénient à attendre une heure ou même deux, mais, après ce délai, je préfère prendre un remplaçant.

Elle chercha des cigarettes dans son sac et en alluma une. Passant ensuite dans la cuisine, elle en revint avec un plateau supportant une bouteille de Cinzano et deux verres.

— Je suppose que si vous vous êtes défilé, c'est parce que vous appréhendiez la suite. C'est arrivé à de plus grands garçons que vous, vous savez ? En général, je soigne assez bien ces accès de timidité. J'ai mes recettes !

Elle emplit les verres de Cinzano en disant :

— Courage ! Tant qu'on ne les a pas essayées, on ne peut pas savoir combien certaines choses sont agréables !

Elle me sourit en levant son verre. Jamais encore je n'avais rencontré quelqu'un d'aussi magnanime. Je pris l'autre verre et, tout en buvant le Cinzano, parvins à une décision.

— Je ne suis pas ici pour vous présenter des excuses, ni pour rattraper l'occasion perdue mardi soir, mais parce que j'ai le sentiment que la police me recherche.

— La police ? s'étonna-t-elle en reposant son verre. Alors vous avez vraiment commis un crime ? Ou plaisantez-vous ?

— Je n'ai commis aucun crime. Mais je me suis trouvé sur les lieux d'un crime, voici dix jours, et je soupçonne la police de vouloir me questionner.

Elle vit à mon visage que je ne plaisantais pas, et m'offrit une cigarette :

— Vous ne voulez pas parler du meurtre de cette vieille femme, à Rome ?

— Si. Je lui ai donné dix mille lires la nuit où elle a été tuée. Peu importe la raison de ce geste. Le lendemain matin, j'ai appris qu'on l'avait assassinée. Inutile de vous dire que je ne suis pas l'auteur de ce meurtre, mais il se peut que je lui aie donné cet argent quelques minutes seulement avant qu'on la tue. En conséquence de quoi, la police a des raisons de s'intéresser à moi.

— Pourquoi ? Ils ont arrêté l'assassin, n'est-ce pas ? C'était dans les journaux.

— Ils ont arrêté un homme, oui, mais qui, s'il convient du vol, nie avoir commis le meurtre.

— J'en ferais autant à sa place, dit-elle en haussant les épaules. C'est l'affaire de la police. Pourquoi vous tracasser ?

Je compris qu'il me fallait lui donner plus de détails. Je lui parlai des touristes anglaises et lui dis que je les avais accompagnées au commissariat où je n'avais soufflé mot des dix mille lires données par moi à la victime. Et le lendemain, j'avais quitté Rome pour Ruffano.

— Pourquoi ? demanda-t-elle.

— Parce que j'avais reconnu la femme. J'ai voulu venir à Ruffano m'assurer qu'il s'agissait bien d'elle.

Elle finit son Cinzano et, s'apercevant que mon verre était vide, le remplit. Son attitude continuait d'être extrêmement détachée, mais avec une nuance de circonspection.

— J'ai lu dans le journal que cette femme était de Ruffano. Comment se fait-il que vous la connaissiez ?

— Je suis né ici, répondis-je. J'ai habité Ruffano jusqu'à l'âge de onze ans.

Elle me jeta un coup d'œil par-dessus la table puis, ayant rempli son verre, elle alla s'asseoir sur le divan, arrangeant les coussins derrière son dos.

— Au cours de cette semaine, vous avez passé une bonne partie de votre temps à mentir, n'est-ce pas ?

— Si vous voulez.

— Et maintenant, vous êtes victime de vos mensonges ?

— Pas tellement de mes mensonges, non, mais de n'avoir pas dit la vérité à la police de Rome. Je crois qu'un policier en civil m'a reconnu, mercredi, à l'enterrement de Marta. Ma présence à cette cérémonie ne pouvait lui sembler une simple coïncidence. Voici une heure, ce même policier était devant la porte de la pension Silvani. Je l'ai aperçu de loin et me suis réfugié ici.

Elle se laissa aller contre les coussins en envoyant des ronds de fumée vers le plafond :

— Coïncidence ou pas, cela avait évidemment de quoi éveiller ses soupçons. Mais s'ils ont arrêté leur homme à Rome, pourquoi viendraient-ils vous embêter ici ?

— Je vous l'ai déjà dit. L'homme qu'ils ont arrêté nie être l'auteur du meurtre. Alors, s'ils l'ont cru, peut-être que la recherche de l'assassin se poursuit.

Elle demeura un moment pensive, puis me regarda :

— Et peut-être vais-je penser qu'ils ont eu raison de le croire.

Haussant les épaules, je me dirigeai vers la porte :

— Dans ce cas, mieux vaut que je m'en aille. Vous n'aurez qu'à appeler la police.

Au même instant, le téléphone se mit à sonner. J'y vis comme un signe du destin et me dis que c'était la fin. En allant décrocher, Carla Raspa me fit signe de rester.

— Allô ? Oui, Giuseppe… Déjeuner ? (Elle prit un temps, me regarda et secoua la tête.) Non, c'est impossible… J'attends du monde. Un étudiant et sa mère qui vont arriver d'une minute à l'autre… Mais je ne le savais pas, hier soir ! C'est seulement ce matin qu'ils m'ont téléphoné… Je l'ignore, Giuseppe, je ne peux pas faire de projets… Si c'est possible, je te téléphonerai tantôt à la bibliothèque. Au revoir !

Elle raccrocha en souriant :

— Comme ça, j'en suis débarrassée pour quelques heures. Vous avez de la chance qu'il ait téléphoné, au lieu de s'amener ici sans préavis. Nous étions plus ou moins convenus de déjeuner ensemble. Comme vous l'avez vu – et, je l'espère, apprécié –, je vous ai donné la préférence. Oh ! soyez sans inquiétude, nous n'allons pas sortir ! Je vais faire une omelette.

Elle se leva vivement, en arrangeant ses cheveux.

— Alors, lui demandai-je, vous ne me croyez pas coupable ?

— Non. Franchement, je doute que vous soyez capable de tuer même une guêpe… Alors, une femme, n'en parlons pas !

Elle entra dans la cuisine où je la suivis. Tandis qu'elle s'affairait entre le fourneau à gaz et le buffet, je m'assis pour la regarder. Ma confession m'avait soulagé et je me sentais soudain plus à l'aise avec Carla Raspa.

— Vous souhaitez, sans doute, que je vous aide à quitter Ruffano ? me demanda-t-elle. Ça ne devrait pas présenter grande difficulté. Je peux emprunter de nouveau la voiture…

— Non, je voudrais simplement pouvoir aller en haut de la colline, jusqu'à une maison de la via dei Sogni.

— Quelqu'un d'autre est donc au courant ?

— Oui.

Elle se mit à fredonner tout en cassant dans un bol des œufs qu'elle battit ensuite vigoureusement.

— Cela vous ennuierait de me dire qui est cette personne ?

J'hésitai. J'avais déjà remis mon sort entre ses mains et ne voyais aucune raison de lui livrer aussi mon frère.

— Vous n'avez pas besoin de me le dire, allez, je l'ai déjà deviné, me déclara-t-elle alors. Vous oubliez que Ruffano est une petite ville. Ma femme de ménage habite près d'Ognissanti et, par elle, je sais depuis plusieurs jours tout ce qui concerne la femme assassinée. La vieille Marta a vécu pendant des années chez les Donati et c'est elle qui a élevé Aldo Donati. Vous êtes-vous souvenu d'elle parce que vous alliez chez les Donati lorsque vous étiez enfant ?

L'hypothèse était ingénieuse et, bien qu'elle ne fût pas tout à fait exacte, je m'empressai d'acquiescer, car cela servait mon propos.

— Oui, exactement.

La poêle commençait à fumer et elle y versa les œufs.

— Si bien que vous êtes allé raconter votre histoire à Donati ? Et, au lieu de vous engager à quitter Ruffano, il vous a conseillé de ne pas bouger ?

— À peu près, oui.

— Était-ce dimanche dernier ?

— Oui, dis-je.

— Alors, c'est avec vous que Donati a passé tout l'après-midi et toute la soirée de dimanche ?

— Oui, dis-je de nouveau.

L'omelette était cuite. Elle la fit glisser dans une assiette et l'apporta sur la table.

— Mangez tant que c'est chaud, dit-elle en s'asseyant.

Je fis comme elle disait, tout en me demandant quelles questions elle allait encore me poser. Durant que nous mangions, elle ne parla point, se levant simplement pour aller chercher la salade ou une bouteille de vin. Mais elle avait un sourire énigmatique qui piqua ma curiosité.

— Pourquoi souriez-vous ? lui demandai-je.

— Parce que, soudain, la vérité m'apparaît. J'aurais dû m'en douter plus tôt, lorsque votre noble ami n'a pas pris la peine de répondre à ma lettre. Les femmes ne l'intéressent pas. Un camarade d'autrefois est plus à son goût. Surtout avec un visage angélique comme le vôtre.

C'était une curieuse conjecture, qu'Aldo eût certainement beaucoup appréciée. Je me demandai s'il fallait laisser faire ou démentir.

— Ma foi, la vie est pleine de surprises, continua ma compagne. J'avoue que je n'aurais jamais cru ça de lui. Ce qui montre bien comme on peut se tromper. Néanmoins, je vois là une sorte de défi... car on peut se blaser de ces... escapades.

Elle chipota sa salade d'un air pensif, puis regarda au-delà de moi :

— Certains bruits couraient parmi les étudiants, dit-elle, songeuse. Ces répétitions au palais ducal, toutes portes closes, pourraient servir de couverture à autre chose… Si c'est le cas, Donati m'a bien possédée, samedi. Je l'aurais suivi dans la tombe !

Je continuai de me taire. Tout commentaire dans un sens ou dans l'autre risquait d'avoir un effet désastreux.

— Savez-vous qu'un étudiant s'est rompu le cou, cette nuit ?

— J'ai entendu raconter quelque chose comme ça, oui…

— Ce n'est pas encore officiel, mais ça ne tardera pas à l'être. Ayant enfreint le couvre-feu, il a voulu échapper à une patrouille… Du moins, c'est ce qu'on dit. Un étudiant des SEC, troisième année. Je me demande comment les autres vont réagir. Ça pourrait bien être la goutte d'eau qui fait déborder le vase.

Une nouvelle fois elle se leva de table et revint avec des fruits. Elle choisit une poire, dans laquelle elle mordit sans la peler, laissant le jus couler sur son menton.

— Que voulez-vous dire, avec votre goutte d'eau ? demandai-je.

— Eh bien, que cela consomme la rupture entre ceux des SEC et nous. Si cela se produit, alors que Dieu nous vienne en aide demain, quand Donati lâchera ses figurants dans les rues ! Le fait qu'il ait invité les étudiants des SEC à participer au Festival n'est pas, comme il le croit, un geste de nature à réconcilier les deux camps… Bien au contraire !

Elle rit, suça le trognon de poire, puis le jeta dans la poubelle sous l'évier.

— Il n'a pas voulu armer les femmes, reprit-elle, mais je peux vous dire une chose. Les filles auxquelles j'ai fait des cours ces jours-ci sont bien décidées à ne pas manquer la bagarre. Si ceux des SEC tapent sur leurs amoureux, elles se déchaîneront, et alors je plains la police !

Elle se leva et se tint devant le fourneau, tandis que chauffait le café.

— En tout cas, continua-t-elle, les flics auront trop à faire pour s'occuper de vous. Vous serez bien tranquille et en sécurité dans la maison de Donati. Comment est-ce, chez lui ? Monacal, ou riche ? Avec des tapis moelleux, ou le plancher nu ?

— Si vous empruntez la voiture et me conduisez là-bas, vous pourrez le voir par vous-même.

Je n'avais pas plus tôt parlé que je le regrettai. Aldo avait déjà suffisamment de problèmes sans que Carla Raspa vînt ajouter à ses difficultés. D'un autre côté, je ne voyais pas comment arriver jusqu'à la via dei Sogni sans l'aide de la jeune fille.

— C'est juste, fit-elle en souriant. Si je lui amène son petit ami à domicile, le moins que puisse faire le professeur est de m'inviter à entrer.

De nouveau le téléphone se mit à sonner, et elle alla dans le living-room pour répondre.

J'attendis en prêtant l'oreille. N'importe quel coup de téléphone me semblait désormais ne pouvoir concerner que moi, le fugitif.

— Non, non, je les attends toujours, dit Carla Raspa d'un ton impatienté, en secouant la tête. Quelque chose a dû les retarder… Avec le monde qu'il y a déjà dans les rues, ça n'a rien d'étonnant.

Elle posa sa main sur la plaque sensible et chuchota en tournant la tête vers moi :

— Giuseppe, encore ! Il croit que j'attends du monde.

Puis, ôtant sa main de dessus la plaque :

— Tu as une réunion à deux heures moins le quart ? Oui, je comprends… Chez le recteur ? Il est de retour ? (Elle me regarda, en proie à une soudaine excitation.) Au sujet de l'accident, très certainement. Je me demande ce qu'il va vous raconter. Dis-moi… Est-ce que le professeur Donati y sera ? Oui, je vois… Eh bien, le mieux est que tu me téléphones ici lorsque ce sera fini. *Ciao !*

Elle reposa le combiné sur la fourche, respira profondément et me sourit.

— Butali est de retour, m'annonça-t-elle. Il réunit le Conseil de l'université chez lui, à deux heures moins le quart. Quand il apprendra tout ce qui s'est passé depuis une semaine, il risque d'avoir une autre thrombose !

Elle alla chercher le café dans la cuisine et je consultai ma montre. Il était juste une heure.

Traversant la pièce, j'allai jeter un coup d'œil par la fenêtre. La voiture que nous avions empruntée le mardi soir était rangée devant la maison.

— Giuseppe ignore si Donati sera ou non à cette réunion, dit Carla Raspa. Je ne vois pas la possibilité de vous conduire chez lui en son absence. Ce serait contraire à une civilité honnête et ingénue !

— Au diable, la civilité ! L'important est que j'arrive là-bas. Cela mettra le point final à vos responsabilités.

— Mais je ne tiens pas à ce qu'elles se terminent ainsi !

Quelqu'un se déplaça dans l'appartement au-dessus de nous. Un pas lourd fit trembler le plafond.

— C'est l'homme de la voiture, me dit Carla Raspa qui alla vivement ouvrir la porte et sortit sur le palier. Walter ! appela-t-elle après avoir gravi quelques marches.

— Oui ? cria-t-il en réponse.

— Puis-je emprunter la voiture pour une demi-heure ? J'ai une course importante que je ne peux pas faire à pied.

Le voisin lui cria quelque chose que je ne compris pas.

— Oh ! oui, lui répondit-elle. Vous l'aurez pour deux heures et demie.

Elle revint dans la pièce, toute souriante.

— Il est très obligeant, me dit-elle, mais, naturellement, je fais le nécessaire pour cela. Et vous voyez, c'est payant. Buvons notre café et partons. Nous trouverons peut-être votre illustre ami en train de déjeuner.

— Est-ce que je lui téléphone d'abord ?

Elle hésita, puis secoua la tête :

— Non. Il pourrait vous dissuader de venir, remettre ça à plus tard. Je ne veux pas perdre cette occasion unique de pénétrer chez lui.

Que faire, sinon m'incliner ? Mon espoir était qu'Aldo fût absent, et Jacopo seul à la maison.

Quand nous eûmes pris le café, ma compagne s'en fut dans la salle de bains. Lorsqu'elle en ressortit, son parfum s'était accentué et aussi le maquillage de ses yeux.

— Ce n'est pas que j'aie grand espoir, commenta-t-elle brièvement, mais enfin, on ne sait jamais.

M'approchant de la fenêtre, je regardai dans la rue. Elle était déserte.

— Allons-y ! dis-je.

Je suivis Carla Raspa dans l'escalier, puis hors de la maison. Je lui ouvris la portière de la voiture et elle se glissa derrière le volant.

— Je vais conduire. Même si les rues sont pleines de flics et de policiers en civil, avec moi au volant, ils ne risquent pas de vous regarder !

Sa bonne humeur était contagieuse et, pour la première fois de la journée, je faillis pouffer. Elle démarra et nous nous dirigeâmes vers la via dei Sogni. Elle conduisait vite, mais de façon pas très orthodoxe. Par deux fois, nous faillîmes heurter des piétons qui voulaient traverser au coin d'une rue.

— Prenez garde, dis-je, ou vous aussi, vous allez être recherchée par la police !

Elle fit le grand détour par la via delle Mura, de façon à ne pas devoir passer devant chez le recteur dans la via dei Sogni. Il n'y avait pas d'Alfa Romeo arrêtée devant le 2 et j'exhalai un soupir de soulagement. Ma compagne descendit et inspecta la rue tandis que je consultais ma montre. Il était presque une heure et demie.

— Montrez-moi le chemin, dit-elle, et ne vous imaginez surtout pas que vous allez pouvoir vous débarrasser de moi. Je suis venue pour rester.

Nous entrâmes sous le porche et je sonnai à la porte d'Aldo, en souhaitant que ce fût Jacopo qui vînt ouvrir. Ce fut lui. Mais il parut embarrassé en me voyant, et encore plus quand il s'aperçut que je n'étais point seul.

— Le professeur n'est pas là, dit-il vivement.

— Ça ne fait rien, rétorquai-je. Je vais entrer et l'attendre. Cette demoiselle est la signorina Raspa. J'ai promis de lui montrer le portrait qui est dans le living-room… Elle s'intéresse beaucoup à la peinture.

Jacopo parut plus mal à l'aise que jamais.

— Le professeur Donati a déjà quelqu'un qui l'attend… commença-t-il à expliquer.

Mais, bien décidée à ne pas se laisser rebuter, Carla Raspa passa devant lui en disant gaiement :

— Eh bien, comme ça, nous lui tiendrons compagnie.

Je la suivis vivement, avec l'idée de l'empêcher d'entrer dans le living-room. Mais c'était trop tard. Elle avait ouvert la porte. Une femme était assise sur le canapé qui, à notre vue, se leva comme pour protester contre l'intrusion. Mais nous étions déjà au milieu de la pièce et elle se borna à rester debout, sans prononcer une parole.

C'était la signora Butali.

19

Je ne saurais dire laquelle des deux femmes paraissait le plus surprise et décontenancée. Il me fallait prendre la situation en main.

— Je vous demande pardon, signora, dis-je. Le professeur Donati m'avait demandé de passer le voir, mais je crains d'être en avance. Puis-je vous présenter la signorina Raspa, qui a eu l'amabilité de m'amener ici en voiture ?

Un sourire glacé effleura un instant les lèvres de la signora Butali et disparut aussitôt. Son regard distant chercha Jacopo derrière nous et lui exprima un muet reproche, cependant qu'elle disait :

— Bonjour, signorina.

Étant la moins gênée des deux, Carla Raspa eut vite fait de se ressaisir. S'avançant avec une assurance quelque peu provocante, elle tendit la main :

— Nous ne nous étions encore jamais rencontrées, signora, mais cela n'a rien d'étonnant. Bien que participant toutes deux à la vie de l'université, nous évoluons dans des mondes différents. Je ne suis qu'une humble chargée de cours à la faculté des lettres, et passe la majeure partie de mon temps à promener des escouades d'étudiants à travers le palais ducal. J'espère que le recteur va mieux ?

— Oui, merci, répondit la signora Butali, il va mieux, mais il est encore très fatigué. Nous ne sommes de retour que depuis hier soir, très tard.

— Et vous trouvez Ruffano en effervescence, avec la mort soudaine d'un étudiant pour couronner le tout ! souligna Carla Raspa. Quel accueil ! J'en suis navrée pour vous deux.

Le moment était mal choisi pour aborder ce sujet brûlant, et la signora Butali le marqua par un raidissement de son attitude :

— Oui, c'est une tragique chose que cet accident, mais j'ignore de quelle effervescence vous voulez parler. Je n'ai rien constaté de semblable, ni mon mari non plus.

Carla Raspa se tourna vers moi en souriant :

— Le recteur et la signora ont de la chance. Vous et moi avons été témoins d'un incident assez tumultueux, à tout le moins. Mais peut-être va-t-on en discuter à la réunion ?

Et faisant de nouveau face à la femme du recteur, elle expliqua :

— Le signor Fossi, le bibliothécaire, est un excellent ami à moi. Il m'a dit que le Conseil se réunissait chez vous à deux heures moins le quart.

La signora acquiesça d'un signe de tête. Tout commentaire devait lui paraître inutile. Un silence embarrassé suivit et Jacopo, qui était demeuré près de la porte, s'empressa de disparaître en m'abandonnant toute initiative. Je consultai ma montre.

— N'oubliez pas, rappelai-je à Carla Raspa, que votre voisin a besoin de sa voiture.

— J'ai largement le temps. J'ai promis de la lui rapporter pour deux heures et demie. Quelle pièce ravissante !

Elle fit quelques pas, regardant autour d'elle, appréciant d'un œil rapace le décor et le mobilier. Elle se dirigea vers le portrait de mon père qui décorait le mur :

— Donati l'Ancien, je suppose ? Il n'était pas aussi beau que son fils, et n'avait point son charme ravageur. Toutes ces choses doivent sans doute venir de sa maison. N'est-ce point celle que vous habitez actuellement, signora ?

Elle s'était à demi tournée vers la femme du recteur laquelle, ressemblant plus que jamais à la noble dame dont le portrait était au palais ducal, inclina de nouveau la tête avec une hauteur toute florentine.

— C'est exact, dit-elle. Nous avons ce plaisir.

— Je me demande si le professeur Donati y trouve à redire ? sourit Carla Raspa.

— Il ne l'a jamais laissé paraître, en tout cas.

Déjà plutôt froide, l'atmosphère menaçait de devenir glaciale. La signora, qui se trouvait la première dans la pièce et était aussi l'aînée des deux femmes, continuait de demeurer debout mais, sans souci du protocole, ma compagne alla se percher sur le bras du canapé.

— Oh ! il n'est pas homme à le montrer ouvertement, dit-elle en allumant une cigarette et en présentant son paquet à la signora Butali qui secoua la tête. Mais je le crois très capable de vous ravir cette maison comme par enchantement. Il a un regard qui vous hypnotise… Vous ne trouvez pas, Armino ?

Son sourire s'était accentué, cependant que, de provocante façon, elle exhalait vers moi la fumée de sa cigarette. Me rappelant les relations qu'elle croyait exister entre Aldo et moi, je ne doutais pas qu'elle tirât grand plaisir de ce qu'elle pensait être une situation équivoque.

— Il a des yeux sombres, répondis-je, mais j'ignore s'ils ont des qualités hypnotiques.

— C'est l'avis de tous ceux qu'il dirige en vue du Festival, aussi bien les hommes que les femmes, continua-t-elle, un œil sur la signora Butali. Tous lui sont dévoués corps et âme. Je suppose que tout comme nous, humbles membres du corps enseignant, chacun d'eux espère retenir son attention.

Il y eut de nouveau une légère pause, puis Carla Raspa se tourna complètement vers la femme du recteur :

— Vous ne jouez aucun rôle cette année, signora… quel dommage ! Au précédent Festival, sous la superbe direction du professeur Donati, vous faisiez une magnifique duchesse de Ruffano.

Le compliment provoqua une inclination de tête, rien de plus. J'avais adopté une expression d'aimable attention qui ne quittait plus mon visage.

— Cette année, les répétitions ont été entourées du plus grand secret, continua Carla Raspa, maintenant parfaitement maîtresse de la situation. Elles avaient lieu à n'importe quelle heure de la nuit et toutes portes closes. Aucune femme n'y était admise, sauf lors de réunions spéciales, pour lesquelles il fallait encore avoir des autorisations. J'ai eu la chance d'en obtenir deux, du professeur Donati lui-même, et j'ai amené Armino avec moi. Je peux vous dire que ç'a été une véritable révélation… Mais vous avez certainement dû assister vous-même à une ou deux répétitions ?

Pleine d'assurance lorsqu'elle était chez elle, la signora Butali paraissait étrangement vulnérable sous ce toit qui n'était pas le sien. Son attitude même, avec ces mains auxquelles il manquait de tenir un sac ou des gants – elle avait dû sortir en hâte, pour intercepter Aldo avant qu'il n'ait vu son mari –, était celle d'une femme prête à fuir ou appréhendant de devoir se défendre.

— Non, hélas, répondit-elle. Je n'en ai pas eu la possibilité. La plupart du temps, jusqu'à hier, il m'a fallu être à Rome.

Je la vis consulter furtivement sa montre en baissant les yeux sur ses mains jointes devant elle, puis son regard se porta vers moi en une intense supplication. Mais il n'y avait rien que je pusse faire. Mon seul espoir était qu'Aldo revienne et prenne la situation en main, car je n'avais aucune autorité pour faire sortir Carla Raspa de cette maison, et la signora Butali pas davantage. L'intruse, consciente de sa force et n'ayant aucun scrupule à s'immiscer dans une visite qui avait visiblement un caractère privé, intercepta le regard de la signora Butali et crut y lire de l'hostilité à mon égard.

— Le professeur Donati a dû être retardé, dit-elle. Mais c'est sans importance pour Armino, qui peut attendre tout l'après-midi s'il le faut. N'est-ce pas, Armino ?

— Je suis à la disposition du professeur, répondis-je brièvement.

— Ce quartier est vraiment un des plus agréables de Ruffano, reprit Carla Raspa en allumant une nouvelle cigarette au mégot de la première. Peu de passage, pas d'étudiants paradant interminablement, ni de voisins aux aguets de qui entre ou qui sort… Vous-même habitez au bas de cette rue, n'est-ce pas, signora ?

— Oui.

— C'est commode pour le professeur Donati, lorsqu'il a besoin de consulter le recteur pour une raison ou une autre. Mais, bien sûr, comme vous le faisiez remarquer, vous avez été beaucoup à Rome ces derniers temps.

La voix de Carla Raspa avait maintenant une inflexion ironique. Encore une allusion à la proximité des deux maisons et elle risquait, dépassant la mesure, de devenir nettement insultante. Je me demandais si, en pareille occurrence, la signora Butali riposterait de façon cinglante ou tendrait l'autre joue.

— Heureusement pour les élèves à qui vous enseignez la musique, vous pouviez quand même revenir à Ruffano de temps à autre, continuait la voix de Carla Raspa. J'en ai deux ou trois qui assistent à mes cours et ils parlent toujours de vous avec beaucoup de reconnaissance. Je ne crois pas qu'aucun d'eux ait été privé d'une seule leçon en dépit de vos absences.

— La signora Butali fait toujours passer l'intérêt des autres avant le sien, déclarai-je. La semaine dernière, elle a même trouvé le temps de jouer pour moi.

Cette interruption ne fit aucun bien. Elle parut même aiguiser l'appétit de la jeune fille.

— Les psychologues disent que jouer du piano est une thérapeutique permettant de se défouler. Est-ce votre avis, signora ?

Le visage de la victime se crispa :

— Cela procure certainement une détente.

— Je crois que ce serait sans effet pour moi, soupira Carla, encore que les avantages du jeu à quatre mains ne m'échappent pas. On doit se sentir alors stimulé... Avez-vous déjà essayé de jouer à quatre mains, signora ?

Cette fois, l'intonation ne permettait plus de se méprendre. Le dimanche soir, alors qu'Aldo et la signora Butali étaient seuls avec moi à la clarté des bougies, une remarque de ce genre eût paru chargée de sous-entendus provocants. La signora aurait souri et riposté sur le même ton de badinage amoureux. Mais ce n'était plus le cas. Il s'agissait maintenant d'une attaque tendant à chercher le défaut de la cuirasse chez l'adversaire.

— Non, signorina, répondit la femme du recteur. Je laisse cela aux enfants. Mes élèves étudient en vue d'obtenir des diplômes et de devenir eux-mêmes professeurs.

Carla sourit. Je sentis qu'elle rassemblait ses forces pour la mise à mort. Il était temps que j'intervienne. Avant que j'aie pu le faire, nous entendîmes claquer la porte d'entrée puis il y eut un conciliabule dans le hall avec Jacopo, une violente exclamation émanant de mon frère, que suivit un silence de mauvais augure. La signora Butali pâlit et Carla Raspa, d'un geste instinctif, éteignit sa cigarette. La porte s'ouvrit et Aldo entra dans la pièce.

— Vous me voyez extrêmement honoré, dit-il d'une voix laissant entendre qu'il n'attendait la visite d'aucun de nous. J'espère que Jacopo s'est occupé de vous, ou bien avez-vous déjà tous déjeuné ?

Sans attendre la réponse, il traversa la pièce et baisa la main de la signora Butali.

— Signora, dit-il, je me rendais chez vous quand, voyant à ma porte une voiture que je ne connaissais pas, j'ai éprouvé le besoin de venir aux nouvelles.

— C'est ma voiture, annonça Carla Raspa, ou plus exactement celle que j'ai empruntée pour la circonstance. Armino a déjeuné avec moi et j'ai voulu le déposer ici.

— Comme c'est aimable à vous, signorina, répondit Aldo. Les collines de Ruffano doivent effectivement être fatigantes pour les jambes d'un guide.

Puis se tournant vers la femme du recteur, il s'enquit d'un air tout aussi détaché :

— Que puis-je pour vous, signora ? La réunion chez le recteur serait-elle décommandée ?

La longue attente et la conversation qui avait suivi semblaient avoir vidé la signora Butali de toute énergie, de toute ressource. Je me rendis soudain compte qu'elle avait dû être dans l'impossiblité de téléphoner à Aldo depuis son retour ou n'avait pu le faire qu'en présence de son mari, si bien que ce devait être leur première reprise de contact depuis la soirée de dimanche. Ses yeux cherchaient ceux d'Aldo et son angoisse était visible.

— Non, dit-elle, la réunion n'est pas décommandée.

Elle s'efforçait courageusement de trouver des mots qui ne pussent fournir à Carla Raspa matière à commérage dans toute l'université.

— J'étais simplement venue vous consulter, Professeur, pour une chose à vrai dire sans grande importance. Une autre fois peut-être…

Le mensonge était pitoyable. Pour une chose de si peu d'importance, aurait-elle attendu Aldo aussi longtemps ? Mon frère me regarda. Il devait se demander pourquoi, voyant la signora Butali chez lui, je n'avais pas eu la discrétion de repartir en emmenant ma compagne avec moi.

— Vous voudrez bien nous excuser, signorina, dit-il en se tournant vers la cause de tout l'embarras. Beo, occupe-toi des liqueurs et des cigarettes… Signora, je suis navré… Si vous vouliez bien venir par ici ?

Du geste, il indiquait le hall. La signora Butali quitta la pièce et Aldo referma la porte derrière eux. M'approchant du plateau chargé de verres et de bouteilles, je servis à Carla Raspa un verre de liqueur qu'elle ne méritait pas.

— Vous vous êtes montrée odieuse, lui dis-je. Jamais plus maintenant vous ne serez invitée chez les Butali.

Elle vida le verre d'un trait, puis me le présenta de nouveau pour que je le remplisse.

— Comment est-ce que Donati vous a appelé ? fit-elle avec curiosité.

— Beo, dis-je. C'est un diminutif de Il Beato… le béni du ciel.

Ses yeux s'agrandirent.

— Que c'est touchant ! murmura-t-elle.

Puis avec un geste vers le hall, elle ajouta :

— La noble dame est-elle au courant ?

— Au courant de quoi ?

— Pour vous et Donati ?

La tentation fut trop forte. Après tout, au point où en étaient les choses, peu m'importait.

— Oh ! oui, dis-je. Avec elle, nous n'en faisons aucun mystère.

— Vous me sidérez !

La surexcitation de Carla Raspa la fit se lever en renversant un peu du contenu de son verre, que je m'empressai d'essuyer avec mon mouchoir.

— Mais elle est folle de lui, un enfant s'en rendrait compte ! Ça saute aux yeux. Et néanmoins, elle n'y voit pas d'inconvénient ?

— Non, dis-je. Pourquoi en verrait-elle ?

— Une femme comme elle ? Qui brûle d'être la seule et unique ? Mon pauvre Armino ! À moins que..

Elle entrevoyait soudain tout un monde de possibilités. Des images flottaient devant ses yeux.

— … Livia Butali, Donati et vous. Ce n'est pas possible…

Elle ne savait plus où elle en était. Je lui repris le verre et le posai sur le plateau.

— Maintenant, voulez-vous partir ? la pressai-je.

— Ah ! non, par exemple. Pas après une telle nouvelle ! Donati devra me chasser d'ici. Où sont-ils allés ? Dans la chambre à coucher ?

Je regardai ma montre.

— Ça m'étonnerait. Il est deux heures moins dix maintenant et Donati est déjà en retard de cinq minutes pour la réunion chez le recteur.

— Dans un instant, vous allez me dire que le recteur aussi est dans la confidence ?

— Ma foi, fis-je en haussant les épaules, pour ce que j'en sais, c'est bien possible.

Il y eut un bruit de voix dans le hall, la porte d'entrée se referma. Un instant plus tard, Aldo reparut.

— À qui, maintenant ? demanda-t-il. Je préfère recevoir un seul client à la fois.

Je devançai vivement ma compagne.

— La police est allée au 24 via San Michele, dis-je. J'ai donc préféré me réfugier chez Carla Raspa, en lui donnant mes raisons d'agir ainsi.

— Ils sont allés aussi à la bibliothèque, m'informa Aldo. Fossi m'a téléphoné à ce sujet, et c'est ce qui m'a mis en retard.

Se tournant alors vers la jeune fille, il ajouta :

— Merci pour ce que vous avez fait, signorina. Ce garçon risque de se trouver dans les ennuis. Mais j'ai pu gagner du temps et ici, avec moi, il est à peu près en sûreté.

Parvenue à ses fins et ayant réussi à demeurer face à face avec Aldo, la signorina s'estimait maintenant satisfaite.

— J'ai été d'autant plus heureuse de lui rendre service, déclara-t-elle franchement, que cela m'a enfin permis de pénétrer chez vous. Jusqu'alors, bien que venue trois fois ici, je n'y étais pas arrivée.

— Oh ! je suis désolé… murmura Aldo. Je devais sans doute être occupé.

— Oui, dit-elle en me regardant. Avec lui.

Elle prit son sac et, désireuse de montrer qu'elle n'ignorait rien de ce qu'elle pensait être la vérité, déclara avec emphase :

— Je ne me doutais absolument pas, Professeur, qu'Armino et vous étiez aussi intimes.

Cette flèche du Parthe manqua son but.

— Cela n'a rien d'étonnant, rétorqua brièvement Aldo, puisque nous sommes frères. L'un comme l'autre, nous nous croyions morts. Nous nous sommes revus dimanche dernier, pour la première fois depuis vingt-deux ans.

L'effet fut saisissant. Carla Raspa, qui n'avait pas sourcillé en apprenant que j'étais soupçonné de meurtre, devint écarlate en entendant cela. On aurait cru qu'Aldo venait de la souffleter.

— Mais j'ignorais… Je ne pouvais pas imaginer… Armino ne m'avait rien dit !

Son regard allait de l'un à l'autre, exprimant le désarroi puis, soudain, à mon vif ennui, elle fondit en larmes :

— J'ai perdu deux frères à la guerre… Ils étaient bien plus âgés que moi, mais je les aimais tendrement… Oh ! je suis désolée. Je vous supplie de me pardonner !

Elle chancelait en direction de la porte mais, la saisissant par le bras, Aldo lui fit opérer une volte-face et plongea son regard dans le sien.

— Vous vous sentez très seule, n'est-ce pas ?

— Seule ? répéta-t-elle. (Son rimmel avait été délayé par les larmes et, maintenant que sa rougeur avait disparu, son teint paraissait jaune sous le maquillage.) Je n'ai jamais dit que je me sentais seule.

— Vous n'avez pas besoin de le dire, rétorqua-t-il brutalement. Tout votre corps le crie chaque fois que vous vous entichez d'un nouvel homme.

Cette soudaine violence de mon frère me sidéra. En se mettant soudain à pleurer, Carla Raspa s'était révélée vulnérable à sa façon, comme la signora Butali l'était à la sienne. Pourquoi Aldo ne pouvait-il la laisser partir en paix ? Elle soutint son regard et, comme par miracle, d'un seul coup, toute bravade disparut dans son attitude et elle cessa de feindre :

— C'est tout ce que j'ai, dit-elle. Je n'ai rien d'autre à donner que mon corps.

— Et votre vie ? riposta-t-il. Ne pouvez-vous pas la donner aussi ?

Il lui lâcha le bras et elle continua de le regarder. Ses yeux étaient maintenant tout noircis par le rimmel.

— Je serais prête à la donner pour vous, si vous me le demandiez.

Aldo sourit et se baissa pour ramasser le sac que les mains tremblantes de la jeune fille avaient laissé tomber.

— Alors, c'est tout ce qui importe, dit-il.

Il rendit son sac à Carla, lui donna une petite tape sur l'épaule, lui caressa la joue avec un doigt, lui montra le noir ainsi récolté et rit. Elle sourit en retour et essuya avec son mouchoir le doigt sali.

— Demain, au Festival, il se peut que je vous demande votre vie, lui dit-il, alors rappelez-vous que vous me l'avez promise. J'aurai peut-être besoin de vous au palais ducal. Vous recevrez vos instructions par téléphone dans le courant de la soirée.

— Maintenant et toujours, je ferai ce que vous me direz de faire, déclara-t-elle.

Il la poussa doucement vers la porte en disant :

— Une chose en tout cas est certaine : si vous voulez mourir, vous ne mourrez pas seule.

En gagnant le hall, elle me regarda par-dessus son épaule :

— Est-ce que je vous reverrai, Armino ?

— Je l'ignore, répondis-je, mais merci de m'avoir donné asile.

Elle se tourna vers Aldo d'un air interrogateur, mais il ne lui laissa rien augurer de mon avenir et elle quitta la maison.

Par la fenêtre ouverte de la pièce où nous nous trouvions, Aldo et moi, nous parvinrent les deux coups de l'heure sonnant à San Cipriano.

— Il faut que je m'en aille, dit Aldo. J'ai déjà un quart d'heure de retard. J'ai téléphoné à Cesare pour lui dire que tu étais ici. Giorgio et lui ont passé la matinée à te chercher partout.

Ses façons avec moi devenaient soudain brusques, évasives. Était-ce à cause du souci que je lui avais causé ou pour une autre raison, je l'ignorais. Mais il donnait l'impression de ne pas tenir à rester seul avec moi.

— Lorsque Cesare viendra, je désire que tu fasses ce qu'il te dira. Tu comprends ?

— Non, répondis-je, pas pour l'instant. Mais peut-être comprendrai-je lorsque Cesare sera là.

Puis j'ajoutai, après une hésitation :

— Je ne sais pas si la signora te l'a dit. Je suis allé chez elle, ce matin.

— Non, elle ne me l'avait pas dit.

— J'ai fait la connaissance de son mari et, quand elle s'est absentée de la pièce, nous avons eu quelques minutes d'entretien, lui et moi. Durant cette brève conversation, il m'a déclaré – je n'entre pas dans les détails maintenant, tu es pressé –, il m'a déclaré avoir reçu des coups de téléphone anonymes lorsqu'il était à l'hôpital, à Rome. C'est une femme qui lui téléphonait, et elle se livrait à des insinuations à ton égard.

— Merci, dit Aldo.

Sa voix restait la même, son expression n'avait pas changé.

— J'ai pensé qu'il valait mieux te prévenir, dis-je avec embarras.

— Merci, répéta-t-il en se tournant vers la porte.

— Aldo, je m'excuse pour ce qui vient de se produire… ce regrettable accrochage entre la signora Butali et Carla Raspa.

— Pourquoi regrettable ? s'enquit-il, une main sur la poignée de la porte.

J'eus un geste vague :

— Elles sont si différentes… Il n'y a absolument aucun point commun entre elles.

Il me regarda et ses yeux se firent plus énigmatiques, plus durs :

— C'est là que tu te trompes. Toutes deux ne désirent qu'une chose. Carla Raspa en est convenue plus franchement, voilà tout.

Il quitta la pièce et j'entendis claquer la porte d'entrée. Mon frère parti, je sentis retomber sur moi toute l'incertitude de ce qui était encore à venir.

20

Je ne voulais pas rester seul et me mis en quête de Jacopo, lequel était sur le point de se retirer dans la partie de la maison qui lui était plus spécialement dévolue.

— Je peux aller avec vous ? lui demandai-je avec gêne.

Après avoir laissé paraître quelque surprise, il se montra ravi et m'invita à passer le premier :

— Mais je vous en prie, signor Beo ! Je suis en train de faire l'argenterie. Venez me tenir compagnie.

Nous gagnâmes donc son domaine et il me conduisit dans sa propre cuisine, qui lui tenait aussi lieu de salle de séjour et dont la fenêtre donnait sur la via dei Sogni. La pièce était gaie, confortable. Dans sa cage, un canari chantait au rythme de la musique diffusée par un poste à transistors que, sans doute par déférence à mon égard, Jacopo éteignit aussitôt. Les murs étaient couverts de photos d'avions, qui avaient été découpées dans des magazines et encadrées. Au milieu de la table, il y avait tout un assortiment de couverts, plats et pots en argent que Jacopo était en train de nettoyer, les uns enduits d'une pâte rose, les autres déjà astiqués.

Je reconnus la plupart d'entre eux et, prenant une petite écuelle, je dis en souriant :

— Elle était à moi. Un cadeau de baptême. Marta ne voulait jamais que je m'en serve, prétendant qu'elle était trop belle.

— Le *capitano* y met du sucre et l'utilise toujours pour son petit déjeuner. La sienne est trop encombrante.

Il me montrait une autre écuelle, plus grande, qu'il n'avait pas encore astiquée.

— Je m'en souviens aussi, lui dis-je. Elle était dans la salle à manger et ma mère y mettait des fleurs.

Les deux pièces d'argenterie, celle d'Aldo et la mienne, portaient nos initiales : A. D.

— Le *capitano* est très maniaque pour toutes ces choses de famille, me déclara Jacopo. Si quelque porcelaine vient à être brisée – ce qui n'arrive pas souvent –, il en est bouleversé. De même, lorsqu'un objet se perd… Il ne jette jamais rien de ce qui lui rappelle le passé et son père.

Je reposai l'écuelle sur la table. Jacopo la prit et se mit à l'astiquer.

— C'est étrange qu'il ait tant de respect pour la tradition, remarquai-je.

— Étrange ? répéta Jacopo d'un air surpris. Je vous assure bien que non, signor Beo. Il a toujours été ainsi depuis que je le connais.

— Peut-être… Mais, enfant, c'était un révolté.

— Ah ! ça… Nous sommes tous différents de ce que nous étions dans notre enfance. Le *capitano* aura quarante ans en novembre.

— Oui, dis-je.

Le canari se remit à chanter. Son chant était joyeux, spontané.

— Je m'inquiète au sujet de mon frère, Jacopo.

— Vous avez tort, me répondit-il d'un ton bref. Le *capitano* sait toujours très bien ce qu'il fait.

Prenant une peau de chamois, je me mis à polir mon écuelle.

— N'a-t-il pas changé, ces dernières années ? demandai-je.

Tout en continuant son travail, Jacopo fronça légèrement les sourcils et parut réfléchir :

— Il est devenu plus pensif, peut-être, déclara-t-il après un temps. Il lui arrive d'être plus ou moins bien luné, tout comme moi, et mieux vaut ne pas le déranger quand il s'abstrait dans ses songeries.

— À quoi songe-t-il ainsi ?

— Si je le savais, me répondit Jacopo, je ne serais pas ici en train d'astiquer l'argenterie, mais au Comité culturel, tout comme lui, à dire aux gens ce qu'ils doivent faire.

Je ris et n'insistai pas. Jacopo ne manquait pas de sagesse, pour fruste qu'elle fût.

— Nous nous entendons parfaitement, le *capitano* et moi. Nous nous comprenons. Je n'ai jamais cherché à m'immiscer dans ses préoccupations, comme le faisait Marta.

— Marta ? répétai-je, surpris.

— Oui, ce n'était pas seulement qu'elle buvait, signor Beo. D'année en année, elle devenait sans cesse plus possessive. L'âge, sans doute. Elle voulait tout savoir : ce que faisait le *capitano*, où il allait, qui étaient ses amis, quels étaient ses projets, et d'autres choses encore. Je l'ai dit à votre frère : « Si jamais je deviens comme ça, congédiez-moi sur-le-champ, je saurai pour quelle raison. » Il m'a promis de le faire. Mais il n'a pas à se tracasser. Ça ne se produira pas.

Mon écuelle était bien brillante et mes initiales s'y détachaient avec éclat. Jacopo me tendit celle d'Aldo, que j'entrepris d'astiquer aussi.

— Qu'est-il arrivé, finalement ? demandai-je. Aldo l'a chassée de la maison ?

— C'était en novembre dernier, juste après son anniversaire. À cette occasion, il avait réuni quelques étudiants de l'université et une dame tenant lieu de maîtresse de maison, la signora Butali.

Il prit un temps, puis ajouta, pensant peut-être expliquer un fait susceptible de me surprendre, voire de me choquer :

— À ce moment-là, le professeur Butali était à Padoue, pour une conférence. Aussi, s'agissant d'étudiants qui appartenaient à l'université de son mari, la signora n'a pas vu d'inconvénient à faire fonction d'hôtesse pour les recevoir. Marta a préparé le dîner et c'est moi qui l'ai servi. La soirée a été très réussie. Les étudiants avaient apporté leurs guitares et ils ont chanté, après quoi le *capitano* a reconduit la signora chez elle. Marta avait bu et ne voulait pas se coucher, insistant pour attendre le retour du *capitano*. Ce qui s'est passé au juste, je l'ignore, mais ils se sont violemment disputés et, le lendemain matin, Marta a fait ses bagages pour aller vivre chez les Ghigi.

— Et Aldo ? questionnai-je.

— Il en a été bouleversé, reconnut Jacopo. Il a pris la voiture et est demeuré absent pendant près de cinq jours. À son retour, il m'a dit être allé au bord de la mer, puis il a ajouté brièvement qu'il ne voulait pas discuter de Marta, ni de ce qui s'était passé. Néanmoins, il a continué à s'occuper d'elle… J'ai su par les Ghigi que c'était lui qui payait sa pension chez eux. Marta ne leur a jamais dit ce qui avait motivé la dispute. Même quand elle avait bu

– et cela lui arrivait de plus en plus souvent après nous avoir quittés – elle n'a jamais laissé échapper un mot à ce sujet, ni seulement prononcé le nom du *capitano*. Mais je vais vous dire, signor Beo : pour moi, ce n'était ni plus ni moins que de la jalousie.

Il sifflota à l'adresse du canari qui, se balançant sur son perchoir et le plumage tout ébouriffé, chantait à s'en faire éclater le cœur.

— Les femmes sont toutes les mêmes, reprit Jacopo, que ce soient des dames de qualité comme la signora ou des paysannes comme Marta. Elles ne pensent qu'à accaparer un homme, elles se dressent entre son travail et lui.

Je présentai l'écuelle d'Aldo à la lumière. Dans les entrelacs des initiales gravées, j'y vis mon visage reflété. Je me demandai ce dont ils étaient en train de discuter au 8 via dei Sogni et si, lorsque les autres s'en iraient, le recteur retiendrait mon frère pour lui parler en tête à tête, s'il le mettrait alors au courant des coups de téléphone anonymes.

Et soudain, je compris. C'est Marta qui avait dû téléphoner. C'est pour cela qu'elle était allée à Rome. Marta, renvoyée par Aldo après le dîner d'anniversaire, avait passé des semaines et des mois à ressasser ses griefs. Peut-être s'était-elle doutée, lorsque le professeur Butali était tombé malade à Rome après Noël, qu'Aldo était plus intime avec la signora, qu'il la voyait plus souvent et qu'il avait dû finir par devenir son amant. Parce que Aldo avait fait fi de son dévouement jaloux, Marta avait sombré dans la boisson et le désespoir, puis l'idée lui était venue de se venger en mettant le recteur au courant.

Posant l'écuelle sur la table, j'allai me planter devant la fenêtre, sous la cage du canari. Cela faisait maintenant plus d'une semaine, m'avait dit le recteur, que ces appels téléphoniques avaient cessé. Et ils avaient cessé pour une excellente raison : la personne qui téléphonait était morte. Depuis dix jours que le drame s'était produit, je me réjouis pour la première fois que Marta fût morte. La Marta qu'on avait assassinée n'était point celle dont je me souvenais. L'alcool, tel un poison, avait corrompu le sang généreux qui coulait dans ses veines. Comme une bête malade, son dernier réflexe avait été de mordre la main de son maître et, au terme de son ultime voyage, elle avait trouvé la mort qui l'attendait.

En un sens, c'était justice. La calomnie avait été réduite au silence, la vipère était morte de son propre venin… Pourquoi me revenaient soudain à l'esprit les maximes démentielles du Faucon, citées par l'érudit allemand dans son livre sur les ducs de Ruffano ? *L'arrogance serait mise à nu ; la superbe, violentée ; la calomnie, réduite au silence, et la vipère mourrait de son propre venin…*

Le chant du canari s'acheva sur un dernier trille passionné. Je le regardai. Sa gorge ténue palpitait, puis elle s'immobilisa.

— Jacopo, demandai-je lentement, quand est-ce que mon frère est allé à Rome pour la dernière fois ?

Jacopo était en train de disposer sur un plateau l'argenterie qu'il venait d'astiquer, afin de l'emporter de l'autre côté, dans la maison d'Aldo.

— À Rome, signor Beo ? répéta-t-il. Laissez-moi réfléchir… C'était le dimanche d'avant… cela fera deux semaines dimanche prochain, celui des Rameaux. Il est parti pour Rome le vendredi, afin de consulter certains manuscrits de la Biblioteca Nazionale, et il a regagné Ruffano dans la nuit du mardi. Il adore conduire la nuit. Le mercredi matin, il était là pour le petit déjeuner.

Jacopo emporta le plateau dans l'autre partie de la maison, en laissant les portes ouvertes. Je m'assis sur une de ses chaises de cuisine, regardant droit devant moi. Aldo avait pu tuer Marta. Aldo avait pu passer en voiture devant l'église, comme l'avait fait notre car, et reconnaître la silhouette tapie sous le porche. Il avait pu descendre de voiture et aller lui parler. Et elle, ivre, désespérée, avait pu lui dire ce qu'elle avait fait… Alors, il avait pu la tuer. Je me rappelais le couteau si promptement surgi de sa manche la veille, au palais ducal, lorsqu'il avait coupé les liens de Marelli. Aldo pouvait avoir emporté ce couteau à Rome. Aldo pouvait avoir tué Marta.

J'entendis quelqu'un passer sous la fenêtre de la cuisine, hésiter sous le porche, puis obliquer vers la porte de Jacopo. Une voix juvénile appela : « Armino ? »

C'était Cesare, l'étudiant. Il avait mis mon pardessus, mon chapeau et portait ma valise.

— Je suis allé chercher vos affaires à la via San Michele, me dit-il. Giorgio et Domenico ont accaparé l'attention de la signora Silvani, en lui réclamant son obole pour la caisse de secours. Elle ne s'est même pas rendu compte que je montais dans votre chambre et emportais vos affaires. Ça m'a pris moins de cinq minutes. Je suis venu vous chercher pour vous emmener hors de Ruffano.

Je le regardai d'un air stupide. Ses paroles me semblaient dépourvues de signification. Pourquoi me fallait-il quitter Ruffano ? Mes réflexions au cours de ces dernières minutes me laissaient le cerveau comme engourdi.

— Je suis désolé, dit-il, mais ce sont les ordres d'Aldo. Il a pris ce matin les dispositions nécessaires. Si nous vous avions trouvé plus tôt, vous seriez déjà parti.

— Mais je croyais que je devais incarner le Faucon pour le Festival ?

— Plus maintenant. Je vais vous conduire à Fano, où vous vous embarquerez sur un bateau de pêche. Aldo a tout arrangé en ce sens, mais il ne m'a donné aucune raison.

Mon frère avait agi vite. Avait-il pris cette décision dès la veille au soir, lorsque nous nous étions quittés avec une telle brusquerie, ou seulement plus tard ? Je n'aurais su le dire et Cesare semblait l'ignorer tout autant que moi. Peut-être cela n'avait-il aucune importance. Peut-être plus rien n'avait-il d'importance, sinon qu'Aldo souhaitait être débarrassé de moi.

— Très bien, dis-je. Je suis prêt.

Je me levai et Cesare me donna mon pardessus ainsi que mon chapeau. Je le suivis hors de la cuisine et, sous le porche, nous rencontrâmes Jacopo qui revenait avec son plateau vide. Il hocha la tête et dit bonjour à Cesare.

— Il faut que je m'en aille, Jacopo, lui annonçai-je. J'ai reçu mes ordres.

Son visage demeura impénétrable.

— Vous nous manquerez, signor Beo, se borna-t-il à déclarer.

Je lui serrai la main, puis il disparut dans son domaine. L'Alfa Romeo était rangée devant la maison. Cesare ouvrit la portière et posa ma valise à l'arrière, avant de prendre place au volant. Je m'assis à côté de lui et, sortant de la ville, nous prîmes la route de Fano.

Pour la seconde fois en vingt ans, je quittais ma maison et la ville où j'étais né. Je n'agitais plus un drapeau ennemi, mais j'étais toujours un fugitif, fuyant un crime que je n'avais pas commis. Peut-être

– Dieu seul le savait – servais-je de bouc émissaire à mon frère. D'où la nécessité de mon bannissement, de ma fuite vers Fano. Je traçais une fausse piste qui entraînerait les limiers loin de Ruffano et d'Aldo.

Je regardai la route. Ruffano était maintenant derrière nous, caché par les collines qui l'entouraient, et la terre à ma gauche, où le blé commençait à percer, était safran, comme la robe du Faucon. La route était tout en virages et bientôt la rivière vint nous tenir compagnie avant d'engloutir ses flots de turquoise dans l'Adriatique, déjà brûlante sous le soleil d'avril. Plus nous nous rapprochions de Fano et plus je me sentais comme perdu, en proie à un désespoir rageur.

— Cesare, demandai-je, pourquoi suivez-vous Aldo ? Qu'est-ce qui vous donne foi en lui ?

— Nous n'avons personne d'autre à suivre, Giorgio, Romano, Domenico et le reste. Il parle un langage que nous comprenons. Personne ne l'avait encore fait. Nous étions orphelins et il nous a en quelque sorte recueillis.

— Comment vous a-t-il trouvés ?

— En cherchant, par l'intermédiaire d'anciens camarades de la Résistance. Puis il est intervenu auprès du Conseil de l'université pour qu'on nous octroie des bourses. Il y en a déjà qui ont obtenu leurs diplômes et sont partis… Ils lui doivent tout.

C'est en pensant à moi que mon frère avait agi ainsi. Il avait fait cela parce qu'il me croyait mort.

Et maintenant, sachant que j'étais en vie, il m'envoyait loin de lui.

— Mais si, au long de toutes ces années, il a œuvré pour l'université et des garçons comme vous qui n'avaient pas les moyens de faire leurs études, insistai-je, pourquoi veut-il maintenant tout détruire en vous dressant les uns contre les autres et en combinant ces pénibles plaisanteries, dont la dernière a eu pour conséquence la mort de Marelli ?

— Vous considérez ça comme des plaisanteries ? Pas nous. Rizzio et Elia non plus. Ça leur a appris l'humilité. Quant à Marelli, il est mort parce qu'il a fui. Les prêtres ne vous ont pas enseigné cela lorsque vous étiez enfant ? Quiconque cherche à sauver sa vie la perdra.

— Si, répondis-je, mais c'est différent.

— Vous croyez ? Nous ne le pensons pas. Et Aldo non plus.

Nous arrivions en vue de Fano, dont les maisons, nues et impersonnelles comme des boîtes de biscuits, se déployaient à l'horizon. Un terrible désespoir m'envahit.

— Où m'emmenez-vous ? demandai-je.

— Au port, répondit Cesare, pour vous confier à un pêcheur, un ancien résistant, nommé Marco. Vous allez vous embarquer sur son bateau, et dans un jour ou deux il ira vous déposer plus haut sur la côte, peut-être à Venise. Vous n'avez à vous soucier de rien. Il va attendre qu'Aldo lui donne ses instructions.

Lesquelles seraient modifiées selon ce que la police laisserait transpirer et suivant qu'Armino Fabbio, le guide recherché par elle, aurait réussi ou non à faire perdre sa trace.

La baie arrondie était immobile et bleue, tandis que la grande plage, blanche comme une coquille d'huître renversée, se piquetait déjà de touristes. On venait de repeindre les rangées de cabines qui s'alignaient les unes derrière les autres. Il ne restait plus qu'une semaine avant Pâques. Le canal était à notre droite et, dans l'air doux, il y avait une senteur marine.

— Nous voici arrivés, dit Cesare.

Il s'était arrêté devant un café de la via dello Squero, en bordure du canal, tout près de l'endroit où les bateaux de pêche étaient amarrés. Un homme en blue-jeans délavés, à la peau noircie par le soleil et la mer, était assis à une table avec un verre devant lui, en train de fumer. À la vue de l'Alfa Romeo, il se leva d'un bond et vint à nous. Nous descendîmes de voiture ; Cesare me fit passer la valise.

— Voici Armino, dit-il. Le *capitano* vous envoie ses amitiés.

Tendant sa grande main, Marco le pêcheur étreignit la mienne :

— Soyez le bienvenu. Je serai heureux de vous avoir sur mon bateau. Donnez-moi donc cette valise et votre pardessus. Nous allons embarquer sous peu. Il ne me manquait plus que vous et mon mécanicien. En attendant, prenez un verre…

Jamais, même enfant, je ne m'étais senti aussi incapable d'influer sur mon sort. J'étais comme un colis déposé sur un quai, attendant qu'une grue le transfère dans la cale d'un bateau. Cesare parut avoir pitié de moi, car il me dit :

— Tout ira bien une fois que vous serez en mer. Avez-vous un message pour Aldo ?

Un message pour Aldo ? *Ce que je suis en train de faire, c'est pour toi que je le fais.* Mais cela, il le savait déjà.

— Dites-lui ceci, Cesare : avant que l'arrogance n'ait été mise à nu et la superbe, violentée, la calomnie avait été réduite au silence et la vipère était morte de son propre venin.

Ces mots ne signifiaient rien pour Cesare. C'était son camarade Federico qui les avait traduits de l'allemand. Les manuscrits que mon frère était allé consulter à Rome devaient aussi rapporter les maximes du duc Claudio.

— Au revoir, me dit Cesare, et bonne chance.

Il remonta dans la voiture et l'instant d'après il était parti. Marco m'observait avec curiosité. Il s'enquit de ce que je voulais boire et je demandai de la bière.

— Ainsi donc, vous êtes le jeune frère du *capitano* ? Vous ne lui ressemblez pas du tout.

— Non, malheureusement.

— Quel homme épatant ! Nous nous sommes battus côte à côte dans les collines, nous avons échappé au même ennemi. Maintenant, quand il a besoin de se changer les idées, il vient me trouver et part en mer.

Il sourit en m'offrant une cigarette :

— La mer chasse la poussière, les soucis et les ennuis de la vie qu'on mène en ville. Vous allez le constater vous-même. Quand il est venu ici, en novembre dernier, votre frère était mal en point, ça se voyait. Cinq jours en mer – c'était pourtant l'hiver – et il a été complètement rétabli.

On m'apporta mon verre de bière que je levai à la santé de mon compagnon.

— C'était après son anniversaire ? demandai-je.

— Son anniversaire ? Il n'a pas parlé d'anniversaire. Ce devait être dans la troisième semaine de novembre. « J'ai eu un choc, Marco, m'a-t-il dit en arrivant. Ne me pose pas de questions. Si je suis ici, c'est pour oublier. » Au physique, il était toujours aussi solide et il abattait autant de travail qu'un membre de l'équipage. C'était sûrement le moral qui n'allait pas. Une femme, peut-être.

Il leva son verre en réponse à mon toast :

— À votre santé, et puissiez-vous aussi perdre vos soucis en mer !

Je bus ma bière et repensai à ce que Marco venait de me dire. De toute évidence, c'était après le dîner d'anniversaire et sa dispute avec Marta qu'Aldo était venu le trouver. Profondément religieuse et attachée à la morale comme le sont les paysannes, Marta avait dû, dans son ivresse et son indignation, l'injurier, l'accuser d'avoir une liaison avec une femme mariée, la propre femme du recteur. Cela avait dû irriter mon frère, au point qu'il avait chassé Marta de la maison. Mais pourquoi avait-il parlé d'un choc ?

Des pas se rapprochèrent et un autre homme s'immobilisa près de la table. Petit et grisonnant, il avait la peau encore plus hâlée que celle de Marco.

— Je vous présente Franco, me dit le pêcheur. C'est mon second et mon mécanicien.

Franco me tendit une main aussi velue qu'une patte de singe et couverte de graisse.

— J'ai bien encore pour deux heures de boulot, annonça-t-il à son patron. J'ai préféré venir vous le dire, puisque ça oblige à retarder le départ.

Marco émit un juron et cracha par terre, puis se tourna vers moi en haussant les épaules :

— J'avais promis à votre frère que nous serions en mer pour midi. Ça, c'était quand il m'a téléphoné de bonne heure, ce matin. Ensuite, je crois qu'il a eu du mal à vous joindre. Et maintenant, c'est notre moteur qui fait des siennes. Nous pourrons nous estimer heureux si nous partons à cinq heures.

Se levant, il pointa le doigt vers le canal où les bateaux étaient amarrés :

— Vous voyez le bleu, avec le mât jaune et le *deck house ?* C'est notre bateau, le *Garibaldi*. Franco et moi allons emporter votre valise à bord, ainsi que votre pardessus, et vous pourrez nous rejoindre plus tard, dans une heure environ. Ça vous va, ou préférez-vous venir tout de suite avec nous ?

— Non, dis-je, non, je vais rester ici et finir mon verre.

Ils s'éloignèrent le long du canal et, de la terrasse du café, je les regardai monter à bord. Je n'étais aucunement enchanté de devoir prendre mes quartiers sur le *Garibaldi*. Marco avait eu raison de dire que je n'étais pas du tout comme mon frère. J'étais rompu aux voyages, mais pas en mer. En tant que guide, je m'étais déshonoré devant mes clients en ayant le mal de mer dans la baie de Naples. Pour plate qu'elle fût, la houle de l'Adriatique ne me paraissait pas plus engageante.

Je finis de boire ma bière. C'était l'heure morte de la journée. Je me demandai si, via dei Sogni, la réunion était terminée. Je me levai et m'en fus d'un pas nonchalant le long du canal mais, au lieu d'aller directement au bateau, je pris à gauche et gagnai la plage. Des fervents du soleil étaient déjà là, torse nu et étendus sur le sable. Des enfants criaient en pataugeant au bord de l'eau. Les rangées de cabines s'alignaient, fraîchement repeintes, et devant elles des parasols rouges et orange dressaient leurs dais au-dessus du sable aveuglant. Je n'arrivais pas à secouer le découragement qui m'accablait.

Un groupe d'enfants en uniformes gris, les cheveux tondus, arrivèrent sur la plage, escortés par une religieuse. Ils montrèrent la mer tandis que leurs petits visages rayonnaient d'une intense surprise, puis revinrent en courant vers la religieuse, pour lui demander la permission de retirer leurs chaussures. Elle y consentit, le regard bienveillant derrière ses lunettes à monture d'or.

— Doucement, les enfants, doucement, recommanda-t-elle.

Et tandis qu'elle se baissait pour rassembler autour d'elle les chaussures abandonnées, ses jupes et son voile s'enflèrent comme un ballon. Soudain ivres de liberté, les petits coururent vers la mer en levant les bras.

— Ils sont heureux, dis-je.

— C'est la première fois qu'ils voient la mer, m'expliqua la religieuse. Ils viennent tous d'orphelinats situés à l'intérieur des terres et, à Pâques, nous organisons ici un camp de vacances à leur intention. Il y en a un autre à Ancône.

Dans l'eau jusqu'aux genoux, les gosses criaient en s'aspergeant l'un l'autre.

— Je ne devrais pas les laisser faire ça, mais je me dis que cela n'a pas grande importance, au fond. Et ils ont si peu de joies.

Un tout-petit, s'étant fait mal à un orteil, se mit à pleurer et vint se réfugier près de la religieuse. Elle le prit dans ses bras, le réconforta, découvrit dans ses vastes poches de quoi panser l'orteil meurtri, puis envoya le bambin rejoindre les autres.

— C'est le travail que je préfère, me confia-t-elle, amener les enfants au bord de la mer. Des religieuses de plusieurs couvents se relaient pour cela. Moi, je n'ai pas beaucoup de chemin à faire. Je suis de Ruffano.

Le monde est petit. Je pensai à l'édifice morose qui voisinait maintenant avec le resplendissant hôtel Panorama.

— L'hospice des Enfants trouvés ? dis-je. Je le connais. Moi aussi, je suis de Ruffano. Mais j'en suis parti depuis longtemps et sans avoir jamais pénétré à l'intérieur de l'hospice.

— Il aurait besoin de réparations, et nous allons peut-être le quitter. Il est question de construire de nouveaux bâtiments à Ancône, où est mort notre ancien directeur.

Debout l'un près de l'autre, nous regardions les enfants barboter dans la mer.

— Ils sont tous orphelins ? demandai-je en pensant à Cesare.

— Oui, tous, me répondit-elle. Orphelins, ou abandonnés à la porte de l'hospice, quelques heures après leur naissance. Il arrive parfois que la mère soit trop faible pour aller loin ; alors, nous la retrouvons et nous occupons d'elle en même temps que dû bébé. Après quoi, elle s'en va travailler en laissant l'enfant confié à nos soins. Quelquefois, mais c'est très rare, nous trouvons une maison où l'on accepte de la prendre avec son bébé.

Elle leva le bras et cria aux petits de ne pas s'aventurer trop loin.

— C'est la meilleure solution, aussi bien pour la mère que pour l'enfant. Mais, de nos jours, bien peu nombreux sont les gens qui acceptent de recueillir une fille mère avec son enfant. De temps à autre aussi, de jeunes mariés, qui ont perdu leur premier bébé à la naissance, viennent en chercher un chez nous pour le remplacer tout de suite. Ils l'élèvent alors comme s'il était vraiment à eux.

Elle se tourna vers moi, le regard toujours bienveillant derrière les lunettes :

— Mais pour cela il faut qu'une grande confiance existe entre ces parents éplorés et le directeur de l'hospice, car la chose reste à jamais secrète. C'est mieux ainsi pour tout le monde.

— Oui, bien sûr, dis-je.

Sortant un sifflet d'une des vastes poches ménagées dans sa jupe, elle en tira deux coups stridents. Les enfants tournèrent la tête et la regardèrent puis, se précipitant hors de l'eau, ils revinrent vers elle en gambadant comme de jeunes chiens.

— Vous voyez ? dit-elle en riant. Je les ai dressés.

Je regardai ma montre. Moi aussi, j'étais dressé. Il serait bientôt quatre heures. Peut-être ferais-je mieux de m'en retourner vers le *Garibaldi* et m'installer à son bord.

— Si vous êtes aussi de Ruffano, reprit la religieuse, vous devriez venir un jour à l'hospice, voir les enfants. Pas ceux-ci, bien sûr, mais ceux dont je m'occupe habituellement.

— Merci, oui, j'irai peut-être, mentis-je poliment.

Puis, plutôt pour me montrer civil que par curiosité, je lui demandai :

— Irez-vous au nouvel orphelinat d'Ancône, s'ils décident d'en construire un là-bas ?

— Oh ! oui, dit-elle, ma vie appartient aux petits. Il y a quelque cinquante ans, moi aussi, j'ai été une enfant trouvée.

Je fus saisi de compassion. Ce visage simple et heureux n'avait jamais connu d'autre façon de vivre, un autre monde. Elle et des centaines d'autres avaient été abandonnés devant une porte, à la pitié d'autrui.

— À Ruffano ? m'informai-je.

— Oui, mais, à l'époque, c'était beaucoup plus dur. Le règlement était très strict et nous menions une existence spartiate. Il n'était pas question alors d'envoyer les orphelins au bord de la mer, en dépit de la grande bonté de notre directeur, Luigi Speca.

Les enfants s'étaient rassemblés autour de la religieuse et elle se mit à leur distribuer des oranges et des pommes qu'elle puisait dans un sac à provisions.

— Luigi Speca ? répétai-je.

— Oui, mais il est mort voici longtemps maintenant, en 1929. Comme je vous l'ai dit, il est enterré à Ancône.

Je pris congé de la religieuse en la remerciant. Je ne sais de quoi je la remerciais. Peut-être de l'illumination qui m'était venue du ciel. Comme je m'en retournais au-delà des rangées de cabines, un rayon du soleil couchant me frappait en plein visage, et je pensai à l'aveuglante lumière qui avait renversé Saul sur la route de Damas. Soudain, je comprenais, je savais tout. La lettre de mon père et la double entrée sur le registre des baptêmes s'expliquaient. Aldo aussi avait été un enfant trouvé. Mes parents ayant perdu leur premier fils, Luigi Speca leur avait donné Aldo. Le secret, gardé pendant près de quarante ans, avait été trahi par Marta au mois de novembre précédent. Aldo, si fier de son lignage, de son héritage, de tout ce qui lui était le plus cher, avait appris la vérité, et depuis cinq mois la renfermait en lui. C'était Aldo qui avait été mis à nu et violenté, Aldo qui avait perdu la face, non point devant ses amis qui n'en savaient rien, mais à ses propres yeux. Le mystificateur avait été mystifié. Lui qui voulait démasquer l'hypocrisie, s'était trouvé lui-même démasqué.

Je suivis le canal dans la direction opposée au *Garibaldi* et entrai ainsi dans la ville. Mes quelques affaires restaient à bord du bateau, mais peu m'importait. Je n'avais plus qu'une idée en tête : retourner auprès d'Aldo. Il devait bien y avoir à Fano un train ou un car qui me ramènerait à Ruffano. Le Festival avait lieu le lendemain, et il me fallait être avec Aldo lorsque le Faucon tomberait.

21

En arrivant à l'arrêt du car, je constatai que j'avais seulement deux mille lires dans mon portefeuille. Ce matin-là, j'aurais dû aller au secrétariat de l'université toucher ma première semaine de salaire, mais ma visite à la signora Butali et le fait de m'être caché ensuite dans l'appartement de Carla Raspa m'en avaient empêché. Je me rappelai que je devais aussi ma semaine de pension à la signora Silvani, mais peut-être Aldo y aurait-il pensé.

Me faire conduire en voiture à Ruffano m'eût coûté plus de deux mille lires. À la station, on m'informa que le dernier car pour Ruffano était passé à trois heures et demie. Un autre était sur le point de repartir pour Pesaro, le long de la côte, et comme Pesaro me rapprochait de dix kilomètres, je m'empressai de monter dans ce car. À un moment donné, la route franchissait le canal. Je regardai du côté du port, pensant à Marco et à son second qui s'affairait sur le moteur. Ils attendaient que je les rejoigne. Lorsqu'ils ne me verraient pas venir, ils iraient me chercher en ville, s'enquérant de moi dans les bars et les cafés. Puis Marco téléphonerait à Aldo et lui dirait que j'avais disparu.

Tout en regardant défiler le paysage, je m'efforçai d'arrêter un plan. Si Aldo avait tué Marta, il l'avait fait non point parce qu'elle menaçait de révéler sa possible liaison avec la signora Butali, mais bien de divulguer le secret de sa naissance. Le président du Comité culturel n'était pas le fils Donati mais un enfant trouvé, le dernier des citoyens de Ruffano. C'était là, pour Aldo, une humiliation et une honte intolérables. Je voulais lui dire que je le comprenais et que tout cela m'était égal ; qu'il était mon frère autant qu'avant et que tout ce que j'avais à moi était à lui. Adolescent, il m'avait tour à tour chéri et tourmenté ; devenu homme, il avait continué de même. Mais je savais maintenant ce que j'ignorais auparavant : Aldo était vulnérable. À cause de cela, nous allions enfin nous trouver sur un pied d'égalité.

Les douze kilomètres séparant Fano de Pesaro furent bientôt franchis. Je descendis du car et étudiai l'horaire. Il y avait un aller pour Ruffano à cinq heures et demie, ce qui signifiait une heure d'attente. Je me promenai donc dans les rues pleines de piétons, dont la plupart étaient des touristes, aussi désœuvrés que moi, qui léchaient les vitrines ou s'en allaient vers la plage située au-delà de la ville. Un coup de klaxon prolongé déchira mes oreilles, deux vespas zigzaguèrent sur la chaussée près de moi et une voix féminine cria « Armino ! » dans un concert d'appels et de coups de sifflet. Je me retournai. Je vis Paolo Pasquale sur sa vespa, avec Caterina à califourchon derrière lui. Ils étaient suivis par une autre vespa, que montaient Gino et Mario, deux étudiants habitant aussi la pension Silvani.

— Ah ! on vous tient et vous ne nous échapperez pas ! me lança Caterina. Nous savons tout : comment vous êtes monté en catimini prendre vos affaires dans votre chambre et avez filé sans payer ce que vous deviez à la signora Silvani.

Tous les quatre avaient mis pied à terre et m'entouraient. Des passants se retournèrent.

— Écoutez, dis-je, je vais vous expliquer…

— Oui, vous ferez bien de vous expliquer, intervint Paolo, car on n'agit pas ainsi avec les Silvani et nous ne le tolérerons pas. Donnez-nous l'argent que vous leur devez ou nous vous conduisons au poste de police.

— Je ne peux pas vous donner l'argent. J'ai moins de deux mille lires sur moi.

Nous gênions la circulation. Le conducteur d'une voiture invectiva au passage les étudiants. Paolo fit alors signe à Caterina :

— Tu nous retrouves au café Rossini. Armino va monter derrière moi sur la vespa. Là-bas, nous serons plus à l'aise pour nous expliquer. Gino et Mario, vous suivez pour veiller à ce qu'il ne fasse pas de blagues.

Je ne pouvais que m'incliner. Vouloir discuter n'eût fait que compliquer la situation. Je haussai les épaules et m'installai à l'arrière de la vespa. Nous fonçâmes vers la piazza del Popolo où nous nous arrêtâmes près de la colonnade qui est au-dessous du palais ducal. Les vespas garées, Gino et Mario m'encadrèrent, tandis que Paolo nous précédait en direction d'un petit café-bar situé quelques mètres plus loin. Nous y entrâmes et Paolo indiqua une table près de la vitrine :

— Mettons-nous là… Caterina va nous rejoindre tout de suite.

Il commanda de la bière pour tout le monde, moi y compris puis, le garçon reparti, il me fit face en croisant les bras sur la table :

— Maintenant, demanda-t-il, qu'avez-vous à dire ?

— Je suis recherché par la police. J'ai été obligé de m'enfuir.

Les trois étudiants s'entre-regardèrent.

— C'est ce que pensait la signora Silvani ! s'exclama Gino. Quelqu'un est venu demander après vous ce matin, mais sans dire pour quelle raison. Un type qui avait l'air d'un flic en civil.

— Je sais, dis-je. Je l'avais repéré. C'est pourquoi j'ai pris la fuite. Du coup, je n'ai pu aller au bureau du secrétariat toucher ce qui m'était dû, ni payer la signora Silvani. À ma place, vous auriez agi comme moi.

De nouveau, les trois amis se regardèrent. Le garçon revint avec nos demis, les posa sur la table et s'en fut.

— Qu'avez-vous fait ? demanda Paolo.

— Rien, répondis-je, mais les circonstances tendent à m'accuser et je crois que je sers de bouc émissaire à quelqu'un. Si c'est vrai, je vais laisser faire, car ce quelqu'un se trouve être mon frère.

Caterina survenait, décoiffée et hors d'haleine. Prenant une chaise à une autre table, elle s'assit entre Paolo et moi.

— Qu'est-il arrivé ? s'informa-t-elle.

Paolo le lui expliqua brièvement et elle me regarda.

— Je le crois, dit-elle après un moment. Nous le connaissons depuis une semaine, et ce n'est pas un garçon à s'enfuir ainsi sans avoir une bonne raison de le faire. Est-ce quelque chose concernant l'agence de tourisme pour laquelle vous travailliez avant de venir à Ruffano ?

— Oui, dis-je.

Et, en un sens, c'était vrai.

Mario, qui était jusqu'alors demeuré silencieux, se pencha en avant :

— Mais pourquoi Pesaro ? demanda-t-il. Avec seulement deux mille lires. Comment comptiez-vous vous en aller d'ici ?

Ils n'étaient plus violents, ni méfiants. Gino m'offrit une cigarette. Je les regardai en pensant qu'ils étaient de la même génération que Cesare, Giorgio et Domenico. Comme eux, ils étaient jeunes et inexpérimentés. Pour différents que fussent leur avenir et les buts qu'ils visaient, ils aspiraient tous à vivre intensément et connaître l'aventure.

— J'ai eu le temps de réfléchir au cours des dernières heures, dis-je, et je me rends compte que j'ai commis une erreur en quittant Ruffano. Je veux y retourner. Je vais prendre le car de cinq heures et demie.

Ils me considérèrent en silence, tout en buvant leur bière. Ils devaient être quelque peu déconcertés.

— Pourquoi retourner à Ruffano ? demanda Paolo. La police va vous pincer !

— Peut-être, mais ça ne me fait plus peur. Ne me demandez pas pourquoi.

Ils ne rirent ni ne se moquèrent. Ils prirent ma déclaration au sérieux, comme l'auraient fait Cesare ou Domenico.

— C'est une chose dont je ne peux pas discuter avec vous en détail, repris-je, mais mon frère est à Ruffano, sous un autre nom que le mien. S'il a fait ce que je pense, c'est par fierté de famille, et je veux arranger ça. Il faut que je lui parle.

Ils le comprenaient très bien, et ne me posèrent pas de question. Leurs quatre visages exprimaient un vif intérêt. Impulsivement, Caterina me toucha le bras.

— Ça me paraît très raisonnable, dit-elle. Si je soupçonnais Paolo d'avoir fait quelque chose, même si j'étais prête à en endosser le blâme, je voudrais savoir pourquoi il a agi ainsi. Entre gens du même sang, on doit être d'une totale franchise. Paolo et moi sommes jumeaux. Peut-être cela nous fait-il encore plus proches l'un de l'autre.

— Il n'y a pas que les liens de famille, intervint Gino, il y a aussi ceux de l'amitié. J'endosserais bien la responsabilité d'une chose faite par Mario, mais je voudrais d'abord savoir pourquoi.

— Tel est aussi votre sentiment à l'égard de votre frère ? questionna Caterina.

— Oui, dis-je.

Ils burent de nouveau, puis Paolo déclara :

— Nous veillerons à ce que la signora Silvani touche son argent, mais c'est maintenant secondaire. Dans l'immédiat, ce qui importe, c'est que vous retourniez à Ruffano tout en évitant d'être pris par la police. Nous allons vous y aider. Mais il nous faut d'abord dresser un plan d'action.

Leur générosité me toucha. Pourquoi me croyaient-ils ? Ils n'avaient aucune raison de le faire, pas plus que Carla Raspa n'en avait une pour me cacher dans son appartement. Je pouvais être un assassin, et elle m'avait cependant fait confiance. Je pouvais n'être qu'un vulgaire filou, et pourtant ces étudiants ajoutaient foi à mes dires.

— Mais le Festival, bien sûr ! s'exclama soudain Caterina. Nous n'avons qu'à déguiser Armino comme nous, pour participer à l'insurrection, et je défie bien la police de le repérer au milieu de deux mille autres figurants.

— Le déguiser comment ? objecta Gino. Donati nous a dit de venir tels que nous sommes.

— Oui, d'accord : en blue-jeans et chemise ou pull-over. Mais regarde Armino... Regarde ce costume de ville, ce col, ces chaussures ! Il continue de s'habiller comme s'il était encore guide. Coupe-lui les cheveux différemment, donne-lui des jeans, une chemise de couleur, et lui-même ne se reconnaîtra plus !

— Caterina a raison, approuva Paolo. Emmenons-le chez le coiffeur le plus proche pour qu'il lui coupe les cheveux comme nous. Et au marché, nous trouverons de quoi l'habiller. Nous nous partagerons la dépense. Gardez vos deux mille lires, Armino, vous pouvez en avoir besoin.

Je laissai faire, abandonnant toute initiative. Paolo paya les consommations et nous quittâmes le café pour nous rendre chez un coiffeur qui, de l'élégant représentant des Sunshine Tours (Gênes) que j'estimais être jusqu'alors, me transforma en un quelconque voyou de faubourg. La métamorphose devint encore plus nette lorsque les étudiants me conduisirent ensuite dans une boutique de surplus où, derrière un étalage d'articles soldés, je me dépouillai du seul costume qu'il me restât – l'autre était dans la valise, à bord du *Garibaldi* – et le troquai contre des jeans noirs, une chemise vert jade, un blouson en similicuir et une paire de chaussures de basket. On fit de mes vêtements un paquet que je remis à Caterina. Elle me déclara qu'ils étaient affreux et qu'elle tâcherait de les perdre. Alors, ils m'emmenèrent devant une glace et – à cause surtout de ma nouvelle coupe de cheveux – je doutai qu'Aldo lui-même me reconnût. On aurait pu me prendre pour un émigrant italien fraîchement débarqué aux États-Unis – mais déjà à demi intégré aux « barbares » – auquel il ne manquait qu'un couteau à cran d'arrêt.

— Oh ! vous êtes sensass ! me dit Caterina, en m'étreignant la main. Beaucoup mieux qu'avant !

— Maintenant, vous avez un genre, ajouta Gino. Avant, vous n'aviez rien.

Leur admiration m'ahurissait et me décourageait. Si ce que j'étais devenu leur plaisait, quels points communs pouvions-nous bien avoir ? Mais peut-être voulaient-ils simplement se montrer aimables ?

— Nous allons rester ici un peu plus longtemps, décida Paolo. Inutile de rentrer à Ruffano avant la nuit. Armino reviendra avec moi et Caterina prendra le car, que nous escorterons. Allons voir si le Palais des Sports est ouvert. Tu nous y retrouves, Caterina !

De nouveau, je montai derrière Paolo sur sa vespa et, au cours des heures qui suivirent, je menai la vie d'un étudiant en vacances. Nous roulions à toute vitesse le long de la plage, devant les hôtels, descendant et remontant le viale Trieste, faisant parfois la course avec Gino et Mario ou bien donnant la chasse à des touristes en voiture. Nous allâmes dans les bars où il y avait le plus de monde et où la radio braillait le plus fort, pour finir dans un restaurant où nous ingurgitâmes de grandes assiettées de *brodetto*, cette soupe de poissons aromatisée de safran, d'ail et de tomates que Marta me faisait quand j'étais enfant. Puis, lorsqu'il fut près de neuf heures, nous accompagnâmes à son car Caterina, portant toujours mon paquet de vêtements, nous l'escortâmes ensuite jusqu'à Ruffano, à la grande fureur tant du chauffeur que du receveur. Peu m'importait désormais le sort qui m'attendait. J'avais cessé de m'en soucier, quelque cinq heures auparavant, lorsque j'étais sur la plage de Fano. Je me cramponnais à la ceinture de Paolo et, pareils à des insectes qui eussent précédé le car, nous zigzaguions à toute vitesse sur la route montueuse.

Telle une cité céleste, Ruffano surgit devant nous toute clignotante de lumières, tandis que le Duomo et le campanile, inondés par la clarté des projecteurs, semblaient rayonner d'une colline à l'autre. Du côté où nous arrivions, le palais ducal était masqué par d'autres édifices, mais un pâle reflet dans le ciel nocturne révélait sa présence et, au-delà, celle de l'université. Tandis que nous roulions vers le mur d'enceinte, je me disais que, parmi ces lumières, il y avait celle de la maison qui avait été la mienne, dans la via dei Sogni, et où les Butali devaient maintenant être en train de dîner.

Lorsque nous étions enfants, à l'une de ces fenêtres impossibles à distinguer, Aldo et moi regardions la vallée en éprouvant un sentiment de supériorité par rapport aux habitants des fermes d'en bas. Nous approchions de la Porta Malebranche et comme, cramponné à la ceinture de Paolo, je repensais à cela, je levai instinctivement les yeux vers la rangée de lumières, uniforme et droite, qui était celle de l'hospice des Enfants trouvés. Sans mon père et Luigi Speca, Aldo aurait grandi là, dans ce triste édifice. En blouse grise, les cheveux coupés ras, il eût été un enfant trouvé et, devenu adulte, aurait porté un autre nom. Et c'est moi qui, naissant quelques années plus tard, seul fils de mes parents, eusse été baptisé Aldo à sa place.

J'aurais été différent, moi aussi. Au lieu de grandir dans l'ombre d'Aldo, timide, craintif, docile à ses ordres, j'aurais vu ma vie prendre un tout autre cours. Nous passâmes sous la Porta Malebranche et j'eus conscience de ne point souhaiter qu'il en eût été ainsi. Aldo pouvait n'être pas mon frère, ni le fils de mes parents, il ne m'en avait pas moins, dès le premier instant, possédé corps et âme, et cela continuait. Il était mon dieu, et aussi mon démon. Tout au long de ces années où je l'avais cru mort, le monde m'avait semblé vide, dépourvu de sens.

Le car s'arrêta de l'autre côté du mur d'enceinte. Paolo et moi, ainsi que l'autre vespa, poursuivîmes notre course vers la colline nord et la piazza del Duca Carlo. Sur cette place qui avait vu la dramatique scène du mardi précédent, le duc Carlo, pareillement éclairé par les projecteurs, regardait avec bienveillance la foule au-dessous de lui. Les étudiants et les habitants de Ruffano se promenaient en tous sens sur la piazza et autour des jardins environnant la statue. Ceux qui avaient reçu leur diplôme avec mention paradaient, arborant selon l'usage, m'expliqua Paolo, un médaillon suspendu à une chaîne. Ils étaient suivis et applaudis par des groupes de camarades admiratifs. Une musique improvisée emplissait l'air, issue de guitares et d'harmonicas. Des parents pénétrés de fierté promenaient autour d'eux un regard indulgent, et l'on entendait tinter les inévitables troncs de collecte. Des pétards éclataient qui ameutaient les chiens. Les voitures roulaient lentement le long de la piazza, tandis que les vespas, parmi lesquelles se trouvaient les nôtres, ronflaient et rugissaient en décrivant un cercle toujours plus grand.

— Qu'est-ce que je vous avais dit ? me fit remarquer Paolo comme deux *carabinieri* passaient posément près de nous dans leur uniforme immaculé. Même s'il y avait une douzaine de flics en civil, ils ne vous accorderaient pas plus d'attention. Ce soir, vous êtes l'un des nôtres.

Le groupe le plus important, un groupe de plusieurs centaines d'étudiants, s'était formé sous les fenêtres du professeur Elia qu'ils réclamaient à grands cris.

— Elia... Elia... répétaient-ils sur l'air des lampions.

Lorsqu'il apparut quelques instants sur le seuil de sa maison et les salua de la main, les étudiants lui firent une ovation. Derrière lui se tenaient des collègues de la même discipline. À le voir ainsi, souriant et agitant le bras, j'eus le sentiment qu'il avait recouvré en partie son assurance et son autorité, mais en partie seulement. Quand, en bordure de la foule, un invisible étudiant cria : « Où est ton caleçon de bain ? », question immédiatement suivie par l'éclatement d'un pétard et une vague de rires involontaires, Elia eut une brève hésitation, puis salua une dernière fois de la main et rentra dans la maison. Visiblement, il n'était pas encore près d'oublier la nuit de mardi.

— Qui a crié cela ? s'exclama Gino avec colère en se retournant, ainsi que plusieurs autres étudiants, vers l'arrière du groupe où se situait le trublion.

Aussitôt, tout autour de nous, un murmure s'éleva : « C'est un type des lettres, un de l'autre colline ! Attrapez-le ! Tuez-le ! » L'instant d'après, ce fut la confusion ; des têtes se tournèrent, le groupe se disloqua, des gens se mirent à courir.

— Un avant-goût de ce qui va se produire, me dit Paolo à l'oreille. Pourquoi nous soucier de lui maintenant ? Nous les aurons tous en vrac demain.

Une fois de plus, il actionna le démarreur de sa vespa et Caterina, surgissant brusquement de la foule, courut vers nous pour se nicher dans l'étroit espace entre les poignées du guidon.

— Vas-y ! dit-elle, haletante. On peut bien rouler à trois ! Allons voir ce qui se passe sur l'autre colline !

Suivis par Gino et Mario, nous quittâmes la piazza del Duca Carlo pour gagner la route qui, au sud-ouest, encerclait la ville au pied des remparts. La façade éclairée du palais ducal nous apparut dans toute sa splendeur, dominée par les tours jumelles. On eût dit le palais suspendu entre ciel et terre, telle une sculpture se silhouettant sur un dais étoilé. Nous descendîmes en trombe dans la vallée, puis nous lançâmes à l'assaut de la colline sud. Comme nous arrivions en haut de la côte, près des bâtiments de la nouvelle université, nous vîmes les rues desservant ces derniers bloquées par des étudiants, qui étaient non seulement nombreux, mais armés.

— Que se passe-t-il ? Les gars des lettres répètent ? leur cria Gino quand nous vîmes luire l'acier des armes.

Mais au lieu de répondre, ils descendaient rapidement vers nous, en silence. Comme Gino freinait, fendant l'air, un javelot vint se ficher devant nous dans le sol.

— Si vous continuez d'avancer, ce sera à vos risques et périls ! cria une voix.

— Mon Dieu, s'exclama Paolo, ce n'est pas une répétition !

Et, imitant Gino, il fit demi-tour avant qu'un second javelot ne vienne rejoindre le premier.

Nous redescendîmes à fond de train jusque dans la vallée, sous les remparts, ne nous arrêtant qu'une fois parvenus de l'autre côté. Là, nous nous entre-regardâmes cependant que, au loin, le palais ducal continuait de rayonner avec une sereine indifférence. Nous étions tous d'une extrême pâleur et Caterina tremblait, mais d'excitation, non de peur.

— Maintenant, nous sommes fixés ! dit Gino, haletant. Voilà ce qu'ils nous réservent pour demain.

— Nous étions prévenus, dit tranquillement Paolo. Donati nous avait avertis lundi soir, au théâtre. Il s'agit de frapper les premiers, c'est tout. Si nous attaquons leurs avants avec des pierres et réussissons à les mettre en déroute, nous pourrons nous précipiter sur eux et faire du corps-à-corps avant qu'ils n'aient eu le temps de nous lancer leurs javelots ou de sortir leurs épées.

— Tout de même, dit Mario, nous devrions informer nos délégués de ce que nous venons de voir. N'ont-ils pas une réunion ce soir, via dei Martiri ?

— Si, confirma Gino.

Paolo se tourna vers moi :

— Cela ne vous concerne sans doute pas, mais maintenant vous êtes dans le coup… Votre frère ? Est-il en rapport avec l'université ?

— Indirectement.

— Alors, vous feriez bien de l'avertir de ce qu'il risque s'il sort demain dans les rues.

— Je crois qu'il le sait, déclarai-je.

Impatiemment, Caterina frappa du pied :

— Pourquoi perdre du temps à discuter ? Ne devrions-nous pas aller mettre les autres au courant ?

Son petit visage passionné paraissait maintenant comme tordu sous la masse des cheveux :

— Cette nuit, continua-t-elle, aucun de nous ne devrait dormir ! Il faudrait amener tous les autres avec nous dans la campagne, pour déterrer des pierres. Nous n'en trouverons pas assez en ville. Ce qu'il nous faut, ce sont des pierres coupantes, et de cette taille, expliqua-t-elle en formant un cercle avec ses mains. Nous les attacherons au bout d'une ficelle afin de pouvoir les lancer avec plus de force.

— Caterina a raison ! approuva Gino. Allons d'abord via dei Martiri, prévenir les délégués… Ils voudront peut-être modifier leurs instructions. Viens, Mario !

Il remonta sur sa machine, Mario prit place derrière lui, et ils se lancèrent dans la rue menant à la porta dei Martiri.

Paolo me regarda :

— Nous, qu'est-ce qu'on fait ? Voulez-vous qu'on vous conduise chez votre frère ?

— Non, répondis-je.

Ma décision était prise. Retourner à la pension ne m'avancerait à rien. Aldo serait même capable de commander à ses étudiants de me ramener immédiatement à Fano. Tandis que, le lendemain… Le lendemain, le cortège du Faucon partirait de la piazza del Duca Carlo à dix heures du matin. En quoi consisterait-il au juste, je l'ignorais, et personne ne semblait le savoir. Mais une chose était certaine : Aldo en ferait partie.

La nuit était chaude et je me sentais suffisamment couvert avec le blouson de similicuir acheté à Pesaro. Je passerais donc la nuit à la belle étoile, sur un des bancs du jardin public qui se trouvait derrière la piazza del Duca Carlo.

Quand je fis part de cette décision à Paolo, il haussa les épaules :

— Si vous préférez agir ainsi, nous ne vous en empêcherons pas, mais ne manquez pas de nous rejoindre demain matin. Nous serons sur les marches de San Cipriano. Si vous n'y êtes pas à neuf heures, vous risquez qu'on vous empêche de passer. Tenez, prenez ça, ajouta-t-il en me tendant un couteau. Gino m'en procurera un autre. Après ce que nous venons de voir, vous en aurez besoin.

Caterina et moi nous installâmes de nouveau sur la vespa de Paolo qui remonta la colline nord. La foule se faisait moins dense. Les gens de Ruffano, tout comme les étudiants et leurs familles ou les touristes de passage, descendaient vers le centre de la ville. J'aurais le jardin public pour moi seul.

— N'oubliez pas, me recommanda Caterina, de bourrer vos poches de pierres. Vous en trouverez des quantités sous les arbres. Prenez votre paquet : il vous servira d'oreiller. À demain, et bonne chance !

Je les accompagnai du regard jusqu'à ce qu'ils aient disparu à mes yeux et, au même instant, sans avertissement, tous les projecteurs s'éteignirent. La statue du duc Carlo se fit ombre, et onze heures sonnèrent au campanile du Duomo. Une à une, les autres églises suivirent cet exemple. Lorsque le dernier coup eut retenti, je m'étendis sur l'un des bancs du jardin, mon paquet sous la nuque, et, croisant les bras, je regardai le ciel obscur.

22

Je ne me rappelle pas avoir dormi, mais seulement des périodes d'anéantissement entre des instants de froid. À un moment donné, frappant des pieds et soufflant dans mes mains, je me sentis tellement transi et courbatu que je fus sur le point de me réfugier dans la relative tiédeur du porche de la maison habitée par le professeur Elia. Si je ne le fis pas, ce fut parce que, assez étrangement, cette nuit à la belle étoile constituait pour moi une sorte de test. Autrefois, nuit après nuit, Aldo avait connu cela au milieu de ses camarades de la Résistance. Romano, Antonio, Roberto… élevés à la même époque au milieu des collines, avaient également vécu cela étant enfants. Mais pas moi. Mon enfance avait connu non point la vie rude au grand air, mais le mobilier en contreplaqué des hôtels de second ordre. Pour plafond, je n'avais pas eu le ciel, mais celui, limité, écrasant, d'une pièce d'appartement. Les adultes qui me choyaient et me gâtaient pour obtenir les faveurs de ma mère parlaient une langue étrangère. Au lieu de la sueur et de la terre que devaient sentir les vêtements déchirés des partisans, leurs uniformes à eux avaient les relents du vin renversé la veille et d'une transpiration provoquée non par le combat, mais par le rut. Aldo et ses camarades, les orphelins et leurs proches, avaient le sol pour lit ou, au mieux, un sac de couchage, tandis que j'étouffais sous les édredons et les couvertures, dans la petite chambre qu'une mince cloison séparait de celle de ma mère. Je n'avais connu ni les cris nocturnes des collines, ni le bruit des torrents, ni l'écho des orages répercuté par les monts sauvages, mais seulement les soupirs pâmés d'un regain voluptueux.

C'est pourquoi, en cette nuit au moins, je voulais partager l'exaltante dureté d'une réalité qui m'était inconnue. Si j'avais froid, si je me sentais transi et courbatu, cela me faisait participer à ce qui avait été. La raideur de mes membres devenait une offrande, et ce froid dans tout mon corps un tardif sacrifice.

Comme je l'ai dit, j'eus des moments de torpeur puis, quand la température fut au plus bas, je m'éveillai complètement et allai près de la porte de l'orphelinat, regarder l'aube poindre sur Ruffano. Sa première lueur fut grise et glacée, une lueur spectrale qui pâlissait à peine les ombres de la nuit, puis la blancheur du ciel s'affermit, et l'aurore teignit de rose la ville endormie. Le soleil surgit au sommet des collines assoupies, des flèches d'or assaillirent le quadrillage des vallées, puis vinrent frapper les volets clos de la cité. Les arbres du jardin municipal frémirent. Hésitant au bord de cette nouvelle journée, les oiseaux secouaient leurs plumes en lançant quelques pépiements puis, lorsque le jour grandit et que le soleil vint les caresser, ils se mirent à chanter.

Enfant, j'étais chaque jour éveillé par la voix d'Aldo ou par Marta appelant de la cuisine, mais jamais ainsi. Je baignais alors dans un sentiment de sécurité, de certitude, et chaque matin était une promesse d'éternité. À présent, tandis que le soleil transformait les clochers de la ville en épées flamboyantes et la coupole du Duomo en une boule de feu, il n'était plus en ce matin de promesse, ni d'éternité. Ou alors une éternité qui serait seulement la répétition de millions d'années déjà enfuies sans que nul s'en souciât, en entraînant vers la mort tous ceux qui avaient vécu. Les hommes qui avaient bâti Ruffano ne vivaient plus que dans le souvenir. Telle était leur épitaphe. Ils n'avaient vécu qu'un bref instant, le temps de se consumer, mais il suffisait qu'ils eussent créé de la beauté.

Pourquoi souhaiter plus ? me demandai-je. Pourquoi aspirer à nous perpétuer en un sempiternel paradis ? Tel Prométhée enchaîné à son rocher symbolique, l'homme est lié à la terre. Le défi est de vouloir s'en arracher, d'oser braver l'extinction.

Je demeurais à regarder le soleil apporter vie et chaleur à ma ville de Ruffano. Je songeais non seulement à Aldo, mais à tous les étudiants encore endormis et qui, dans quelques heures, se battraient dans les rues. Ce Festival n'était ni une fête ni un spectacle ; il ne visait point à nous donner un aperçu de la splendeur médiévale. Non, c'était un appel à la destruction. Et je ne pouvais pas plus m'y opposer qu'un homme seul ne peut empêcher une guerre d'éclater. Même si, à la dernière minute, l'ordre était donné d'annuler la reconstitution, les étudiants n'en tiendraient aucun compte. Ils étaient décidés à tuer, tout comme leurs prédécesseurs l'avaient fait dans ces mêmes rues. Et cette fois, je n'y échapperais pas, je serais des leurs.

Il était près de sept heures quand j'entendis les chevaux. Le bruit de leurs sabots provenait de la piazza derrière moi. M'en retournant jusqu'à la statue, je vis les premiers d'entre eux atteindre le sommet de la colline. Ils allaient par deux, chaque cavalier emmenant un second cheval avec lui, et ils arrivaient par la longue route qui montait de la vallée jusqu'à Ruffano.

Je me rappelai alors que la veille au soir, lorsque nous faisions le tour de la ville sur nos vespas, j'avais vu des lumières dans le stade, sur notre droite. Mais l'excitation de la course m'avait empêché de m'attarder à ce détail. Les chevaux et leur escorte avaient dû s'installer là avant le coucher du soleil. Ils arrivaient maintenant sur la piazza pour participer au cortège dont Aldo avait parlé, le mercredi soir, au palais ducal.

Les cavaliers mirent pied à terre et conduisirent leurs montures à l'ombre des arbres. Le soleil commençait à chauffer, vaporisant la rosée qui trempait l'herbe autour de la statue du duc Carlo et cela emplissait l'air matinal d'une senteur rappelant celle du foin.

Me rapprochant, je comptai les chevaux. Il y en avait dix-huit, de beaux coursiers au poil luisant qui levaient leur tête fière pour regarder avec curiosité autour d'eux. Aucun n'était sellé. Leur pelage était comme poli, et leurs queues, chassant les premières mouches de la journée, évoquaient des panaches de conquérants.

— D'où viennent-ils ? demandai-je à l'un des hommes.

— De Senigallia, me répondit-il.

Je le regardai, incrédule.

— Vous voulez dire que ce sont des chevaux de course ?

— Oui, tous, me confirma-t-il en souriant. Ils sont prêtés pour le Festival, et chacun a subi à cet effet un entraînement spécial dans les collines, tout au long de l'hiver.

— Un entraînement spécial ? Mais pour quoi ?

Cette fois, ce fut lui qui parut surpris :

— Mais pour participer à la course de ce matin, bien sûr ! On ne vous tient donc pas au courant de ce qui se passe dans votre propre ville ?

— Non, dis-je, non. Nous savons seulement qu'un cortège doit partir d'ici à dix heures pour se rendre au palais ducal.

— Un cortège ? Évidemment, on peut appeler ça un cortège, mais le mot est pauvre pour décrire ce que vous allez voir !

Il s'esclaffa et appela un de ses compagnons :

— Hé ! voilà un étudiant de Ruffano désireux de savoir ce qui va se passer. Dis-le-lui avec ménagements !

— Si j'ai un conseil à vous donner, c'est de vous tenir à distance ! déclara l'autre. Les chevaux sont assurés, et c'est tout ce qui importe à leurs propriétaires.

Puis il ajouta :

— D'après ce qu'on nous a dit, le coup avait déjà été tenté voici cinq cents ans, mais jamais plus depuis lors. On doit élever des cinglés dans votre ville ! Enfin, s'il se casse le cou, c'est son affaire et pas la nôtre. Tenez, regardez-moi ça.

Un van, destiné au transport des chevaux de course, venait de s'arrêter non loin de nous et, sautant à terre, l'homme assis à côté du conducteur alla ouvrir les portes de l'arrière. Avec son compagnon, il installa un plan incliné, puis deux autres hommes vinrent les aider. Avec beaucoup de précaution, deux d'entre eux tenant le timon et les deux autres les roues, ils firent descendre de la voiture un petit véhicule rouge et or. C'était la copie exacte d'un char romain, portant à l'avant et au-dessus de chacune des roues l'emblème des Malebranche, le faucon aux ailes déployées.

Ainsi donc, c'était vrai. La tentative insensée faite par le duc Claudio, plus de cinq cents ans auparavant, allait être renouvelée. Le dimanche précédent, j'avais cité ironiquement à Aldo ce détail relevé dans le livre allemand, mais sans penser un seul instant qu'on pût le représenter autrement que par un simulacre, avec peut-être deux chevaux. Mercredi, Aldo lui-même n'avait fait allusion qu'à un cortège. Or, c'étaient dix-huit chevaux que le duc Claudio avait attelés à son char pour aller de la colline nord à la colline sud, et il y avait aussi maintenant dix-huit chevaux devant moi. Ce n'était pas possible, c'était de la folie ! J'essayai de me remémorer ce que disait le livre : *La population presque tout entière lui donna la chasse après que de nombreuses personnes eurent péri sous les sabots de ses chevaux.*

Un deuxième van déboucha sur la piazza, plus petit que le premier, et d'où l'on descendit des harnais, des traits ainsi que des colliers de cheval cloutés et arborant comme emblème une tête de faucon. Le tout fut transporté sous les arbres, à côté des chevaux, et la senteur du cuir poli, douce-amère comme celle d'une épice, se mêla à l'odeur chaude des montures et au parfum des arbres.

Posément, méthodiquement, tout en bavardant entre eux, les palefreniers se mirent à trier les pièces de harnachement. Le calme qui émanait de ce tableau, l'absence de toute fébrilité, comme s'il s'agissait de préparatifs très ordinaires, ajoutaient encore au fantastique de la chose. Le soleil continuait son ascension dans le ciel, et l'horreur de ce qui allait se produire devenait chaque instant plus proche. Je me sentis envahi par une sorte de terreur qui, partant de mon ventre, me saisit le cœur en paralysant mon cerveau. Simultanément, mon ouïe sembla s'affiner, magnifiant les bruits. Les cloches avaient sonné d'abord à six heures, pour la première messe, puis à sept heures, et de nouveau à huit heures. Pour mon esprit bouleversé, elles semblaient annoncer la fin de Ruffano, puis je me souvins que c'était la semaine de la Passion dont le vendredi est consacré à la Mère de Dieu. Quand nous étions petits, Marta nous conduisait à San Cipriano et nous déposions des bouquets de fleurs sauvages devant la statue qui représentait la Vierge des Sept Douleurs. Et je me dis que, au lieu de commémorer ces souffrances de Marie, les prêtres de Ruffano eussent mieux fait de sortir dans les rues pour empêcher le massacre.

Des policiers en uniforme formaient maintenant un cordon autour de la piazza pour arrêter la circulation et tenir à distance les premiers curieux. Ils souriaient et plaisantaient, mis de belle humeur par la perspective du Festival. De temps à autre, en riant, ils lançaient des ordres aux palefreniers occupés à harnacher les chevaux.

La dimension cauchemardesque de la scène devenait à chaque instant plus intense, plus horrifiante. Aucun de ces hommes n'était au courant de ce qui allait se passer, ils ne se doutaient de rien. M'approchant d'un des policiers, je lui touchai le bras.

— Est-ce qu'on ne peut pas arrêter ça ? Décommander tout ? demandai-je. Même maintenant, il n'est pas trop tard…

C'était un grand gaillard à la mine joyeuse, qui me regarda tout en essuyant la sueur de son front :

— Si vous avez une place à l'une des fenêtres situées sur le chemin du cortège, allez-y vite. Après neuf heures, on ne laissera plus passer que les participants au Festival.

Il n'avait pas entendu ce que je lui avais dit. Ça ne l'intéressait pas. Son travail était de veiller que la piazza demeurât bien dégagée, pour le passage des chevaux et du char. Il s'éloigna et la panique m'envahit. Je ne savais où aller, ni que faire. C'est une peur semblable qui doit s'emparer des combattants avant l'assaut, et dont seuls les sauvent la discipline et l'entraînement. Mais pour moi, il n'y avait ni discipline ni entraînement. Je fus submergé par le puéril désir de fuir, de me cacher, de ne plus rien voir ni entendre. Je me mis à courir vers les frondaisons du jardin public, me disant que si je me jetais à plat ventre dans l'herbe, derrière un buisson, le monde cesserait pour moi d'exister. Et comme je fonçais vers l'agitation colorée des chevaux, des harnais, du char et des palefreniers insouciants, je vis l'Alfa Romeo virer sur la piazza. Son conducteur dut aussi m'apercevoir, car il freina brusquement et s'arrêta. Sans ralentir ma course folle, j'obliquai en direction de la voiture. La portière s'ouvrit et, bondissant au-dehors, Aldo me reçut dans ses bras comme je m'effondrais.

Il me remit debout et je me cramponnai à lui, en balbutiant avec incohérence :

— Arrête tout, je t'en prie… Oh ! je t'en supplie, au nom du ciel, arrête tout…

Il me frappa et je m'engloutis dans l'oubli que je souhaitais. La douleur me fit sombrer dans de soulageantes ténèbres. Lorsque je rouvris les yeux, la tête me tourna et je sentis une nausée croître en moi. Je vis que j'étais assis le dos contre un arbre, et qu'Aldo, accroupi près de moi, une thermos à la main, versait du café chaud dans la timbale.

— Bois ça, commanda-t-il, et puis mange.

Je pris la timbale et bus. Alors, rompant un petit pain qu'il tenait à la main, il m'en mit un morceau dans la bouche et, machinalement, j'entrepris de le mâcher.

— Tu as désobéi aux ordres, me dit-il. Dans la Résistance, celui qui agissait ainsi était immédiatement fusillé. Si nous le trouvions, bien sûr. Autrement, on le laissait pourrir tout seul dans les collines.

Le café me réchauffa. Le pain était frais et savoureux. Je pris l'autre bout et le dévorai.

— Quand on désobéit aux ordres, on met les autres dans l'embarras. Cela fait perdre du temps, les plans sont compromis… Allez, bois encore un peu.

Autour de nous les préparatifs se poursuivaient et les chevaux frappaient du pied, faisant tinter leur harnachement.

— Cesare m'a transmis ton message, poursuivit mon frère. Aussitôt, j'ai téléphoné à Fano, au café, en demandant qu'on aille chercher Marco. Quand il m'a dit que tu ne l'avais pas rejoint à bord comme convenu, je me suis douté de quelque chose de ce genre. Mais je n'aurais jamais pensé que tu reviendrais ici.

Je n'aurais su dire si c'était l'effet du coup reçu ou à cause de la nourriture qui maintenant calmait mon ventre affamé, mais ma panique avait cessé.

— Que pouvais-je faire d'autre ? demandai-je.

— Aller trouver la police, par exemple, répondit-il en haussant les épaules. Tu pouvais penser arriver à te disculper en m'accusant. Mais ça n'aurait pas marché, tu sais. Ils ne t'auraient jamais cru.

Se redressant, Aldo s'approcha d'un des palefreniers, lui emprunta une peau de chamois qu'il m'apporta après l'avoir trempée dans un seau d'eau :

— Lave-toi la figure avec ça. Tu as du sang autour de la bouche.

Je me débarbouillai tant bien que mal, puis mangeai un autre petit pain, bus une seconde timbale de café.

— Je sais pourquoi tu as tué Marta, dis-je. Si je suis revenu, ce n'est pas avec l'idée d'aller trouver la police – qu'ils m'arrêtent si ça leur chante – mais pour te dire que je comprenais.

Je me remis debout, lui lançai la peau de chamois et me mis à brosser la terre qui souillait mes vêtements. Alors seulement je me rendis compte à quel point je devais paraître insignifiant dans mon nouvel accoutrement, pas rasé, négligé et avec les cheveux coupés comme ceux d'un forçat. Aldo, lui, était habillé comme je l'avais vu le mercredi soir au palais ducal, en pourpoint et haut-de-chausses, une courte cape accrochée aux épaules. Élégant et splendide, il s'intégrait parfaitement au tableau, tout comme les chevaux qui paradaient maintenant sous la statue du duc Carlo.

— Il y a deux entrées sur le registre des baptêmes de San Cipriano, dis-je. La première pour le fils qui est mort, la seconde pour toi. Lorsque je les ai vues, ces deux entrées à ton nom m'ont paru dénuées de sens. Le nom de ton parrain, Luigi

Speca, ne m'avait pas davantage éclairé, non plus que la lettre que je t'ai remise mercredi soir. C'est seulement hier, sur la plage de Fano, que j'ai deviné la vérité. Il y avait là une religieuse qui s'occupait d'un petit groupe d'orphelins. Elle m'a appris que, voici quelque quarante ans, le directeur de l'hospice des Enfants trouvés de Ruffano se nommait Luigi Speca.

Le visage fermé, Aldo me regardait. Brusquement, faisant volte-face, il m'abandonna pour aller du côté des chevaux et se mit à donner des ordres aux palefreniers. Je l'attendis en regardant faire les valets. Les préliminaires terminés, le harnachement avait commencé. Chacun des chevaux avait maintenant un collier écarlate bordé d'or ; les brides qu'ils portaient jusqu'alors avaient été remplacées par d'autres décorées de la même façon, et le frontail était marqué de la tête du faucon. Deux des chevaux avaient une petite selle fixée près de leur encolure par de larges bandes écarlates qui leur passaient sous le ventre. Ce fut ceux-là qu'on attela au char, dont le timon fut rattaché aux selles par des chaînes dorées. Ces deux chevaux, qui encadraient le timon, furent flanqués chacun de deux autres, ce qui en fit six en tout, dont les traits étaient fixés à l'avant du char. Les douze chevaux qui restaient furent harnachés à leur tour et mis par groupes de quatre en avant de ceux déjà attelés. Leurs guides allaient jusqu'au char. Celui-ci, très léger, comportait sur le devant et les côtés une garde semi-circulaire et un socle sur lequel il y avait place pour deux personnes au maximum ; l'arrière était ouvert, sans barre ni marche. Des chaînes, fixées à l'avant et aux côtés à la façon des ceintures de sécurité dans les avions, attachaient les conducteurs aux parois du char. Ainsi étaient-ils dans l'impossibilité de tomber, à moins que le char ne se retournât, auquel cas les chevaux lancés au grand galop continueraient à les traîner avec lui jusqu'à ce que mort s'ensuive.

Maintenant que le harnachement était terminé et le char en place, tout mouvement avait cessé. Les palefreniers, immobiles à la tête des chevaux, demeuraient silencieux, de même que les policiers qui ceinturaient la piazza. Alors, s'écartant du char, Aldo revint vers moi. Son visage était pâle et impénétrable, comme le mercredi soir dans l'Alfa Romeo.

— Je t'avais envoyé à Fano, estimant que c'était la meilleure solution pour toi et pour moi. Mais, puisque tu es revenu, tu peux aussi bien jouer ton rôle, le rôle du Faucon qui te reste dévolu. À condition, bien sûr, que tu t'en sentes le courage.

La voix d'Aldo me reportait aux jours de mon enfance. Elle continuait de me lancer un défi, avec toujours la même grâce condescendante et cette intonation qui tendaient à suggérer mon infériorité. Mais, chose curieuse, ce ton railleur n'arrivait plus à me piquer.

— Qui aurait incarné le Faucon si je m'étais embarqué avec Marco ? demandai-je.

— Mon intention était de partir seul. Voici cinq cents ans, le Faucon conduisait lui-même son char.

— Eh bien, dis-je, aujourd'hui, tu pourras conduire le mien.

Ma réponse le surprit tout autant que moi-même, et il fut momentanément décontenancé. Il avait dû s'attendre que, comme autrefois, je le supplie de ne pas m'entraîner dans ses aventures. Puis il sourit :

— Tu trouveras la robe du duc Claudio dans la voiture, ainsi que la perruque. Jacopo est là-bas. Il te les donnera.

Je n'éprouvais plus de peur, ni aucun sentiment. J'avais été prédestiné à ce qui allait arriver. La décision était prise. Je me dirigeai vers l'Alfa Romeo, près de laquelle se tenait Jacopo. Je ne l'avais pas remarqué lorsque la voiture était arrivée, mais il devait être assis à côté d'Aldo.

— Je vais avec lui, dis-je.

— Bien, signor Beo.

Son regard exprimait quelque chose que je n'y avais encore jamais vu. La surprise, certes, mais aussi le respect, voire l'admiration.

— Je vais incarner le duc Claudio, précisai-je, et Aldo sera le conducteur de mon char.

Jacopo ne fit aucun commentaire mais, ouvrant la portière, il prit la robe dans la voiture et m'aida à l'enfiler, nouant la ceinture autour de ma taille. Puis il me fit passer la perruque dont je coiffai mes cheveux tondus. Après quoi, je me regardai dans le rétroviseur.

À l'endroit où Aldo m'avait frappé, ma bouche était blessée et le sang avait séché. La perruque blonde encadrait mon visage blême et qui n'était pas rasé. Pâles et fixes, les yeux, qui me regardaient, ressemblaient à ceux du duc Claudio sur le portrait du palais ducal. C'étaient aussi les yeux de Lazare dans l'église San Cipriano.

— De quoi ai-je l'air ? demandai-je en me tournant vers Jacopo.

Il me considéra gravement, en penchant la tête un peu de côté.

— On dirait tout à fait votre mère, la signora Donati, me répondit-il.

Il voulait me faire plaisir, mais c'était l'ultime insulte, et je ressentis de nouveau toute l'humiliation d'autrefois. La silhouette ridicule qui rejoignait le char et montait à côté d'Aldo n'était pas celle du duc Claudio. Non, je n'étais pas ce Faucon que j'étais censé incarner, mais la caricature d'une femme que je reniais et méprisais depuis vingt ans.

Immobile, je laissai Aldo m'attacher au char avec les chaînes, puis il fit de même pour lui. Toutes les guides lui furent passées par les valets d'écurie et il les rassembla entre ses mains. Alors les palefreniers lâchèrent la bride des chevaux et ceux-ci, sentant la tension des rênes, partirent en avant. Répétées par toutes les églises de Ruffano, dix heures sonnèrent au lointain campanile du Duomo. Le Vol du Faucon venait de commencer.

23

Nous fîmes d'abord le tour de la piazza, fièrement, posément, quelque chose dans le style de l'entrée triomphale de l'empereur Trajan à Rome. Obéissant aux guides, les douze chevaux de tête tournèrent vers la droite et les six de front les imitèrent, entraînant à leur suite notre char peint, dans un mouvement évoquant celui d'un gigantesque éventail qui se fût lentement ouvert.

Ainsi que me l'avait annoncé l'agent de police, les rues étaient désertes, mais chaque fenêtre était grande ouverte et noire de monde. Tandis que nous paradions ainsi devant eux, leurs exclamations de surprise émerveillée se fondirent en un seul cri qui, jaillissant de cette multitude de gorges, devint une acclamation unanime, puis les applaudissements crépitèrent et ces mains levées qui battaient l'air faisaient penser à d'innombrables ailes. Indifférents à tout ce bruit, les dix-huit chevaux poursuivaient leur mouvement tournant. Le soleil matinal faisait étinceler leur harnachement dont les sonnailles étaient comme une musique de défi s'opposant au tumulte de la foule. Ils avaient été spécialement ferrés et leurs sabots, tout comme les roues de notre char, ne faisaient qu'un bruit sourd, étrangement étouffé.

Deux fois nous fîmes ainsi le tour de la piazza, puis des valets d'écurie reprirent les chevaux par la bride pour les diriger vers l'extrémité de la piazza qui était la plus large. De la sorte, nous nous trouvâmes bientôt juste en face de la via del Duca Carlo qui descendait la colline vers la ville. Là, on procéda à certains ajustements concernant les rênes, les traits et les sangles. Les valets examinèrent chacun des chevaux, puis vinrent rendre compte à Aldo. Cela prit environ quatre minutes, après quoi Aldo rassembla de nouveau les grandes guides entre ses mains tandis que les valets s'écartaient de chaque côté. En ces quelques instants, j'atteignis le point culminant de la terreur ; rien, ni l'ultime holocauste ni l'écrasement final, ne pourrait dépasser cet instant.

Je regardai Aldo. Il était pâle, comme à son ordinaire, mais son visage laissait transparaître une sorte d'excitation tendue que je ne lui avais encore jamais vue, et le sourire embusqué au coin de sa bouche tenait de la grimace.

— Dois-je prier ? lui demandai-je.

— Si cela peut chasser ta peur, oui, me répondit-il. La seule prière permise est celle qui demande l'octroi du courage.

Aucune des prières que j'avais apprises durant mon enfance ne convenait à ce propos, pas plus le *Pater Noster* que l'*Ave Maria*. Je pensai aux millions et millions d'hommes qui avaient prié Dieu et étaient morts… même le Christ sur la croix.

— C'est trop tard, dis-je. De toute façon, je n'ai jamais eu de courage. Je m'en remets au tien.

Il rit et secoua les guides. Les chevaux prirent le trot, puis le galop, accélérant leur course. Leurs sabots résonnaient sourdement sur le sol dur.

— Ton commandant allemand aurait dû te citer Nietzsche, me dit Aldo. *Celui qui ne sait plus voir de grandeur en Dieu ne la trouvera nulle part ailleurs ; il lui faudra nier qu'elle existe ou, alors, la créer.*

Nous allions sortir de la place et aborder l'avenue ; la foule, voyant galoper les chevaux, se déchaîna de nouveau en un tonnerre d'applaudissements. Les clameurs de la piazza derrière nous étaient maintenant relayées de fenêtre en fenêtre par tous ceux qui y attendaient notre passage. L'espace d'un instant, au moment où nous allions quitter le sommet de la colline nord, je vis au-dessous de nous toute l'étendue de la ville avec ses toits, ses églises, ses clochers, puis au loin le Duomo et le palais ducal. Après quoi la via del Duca Carlo s'ouvrit devant nous comme la descente vers l'enfer. Elle tournait, se rétrécissait mais, obéissant aux guides, les chevaux de tête ne ralentissaient jamais leur course vertigineuse. Les maisons semblaient se pencher vers nous en un équilibre précaire, tels des décors accrochés à la colline, et, dans un fracas tumultueux, de chaque fenêtre jaillissait un visage, un cri…

Là, il n'y avait plus de cordons de sécurité, ni de police ; la rue était à nous seuls et lorsqu'elle s'étrécit avant d'atteindre la piazza della Vita, au cœur de la ville, les six chevaux qui précédaient immédiatement le char occupèrent toute sa largeur. Que l'un des douze chevaux de tête vînt à s'arrêter ou faire un écart, et immédiatement tous s'effondreraient les uns sur les autres, nous ensevelissant au milieu d'eux avec le char renversé.

Quand nous atteignîmes la plus étroite portion de l'avenue, les chevaux durent effleurer les murs des maisons. Tandis que nous plongions ainsi vers le cœur de la ville, je n'avais plus conscience de la vitesse, ni de la voix d'Aldo encourageant les chevaux, ni des secousses et du balancement du char où je me trouvais, mais seulement de ces visages terrifiés qui fleurissaient les fenêtres, du tumulte que leur arrachait notre course folle. L'âcre odeur des coursiers emplissait mes narines et sous mes mains crispées la barre d'appui devenait brûlante. L'église San Cipriano surgit à gauche dans mon champ de vision, avec ses degrés noirs d'étudiants lançant des clameurs… des étudiants encore massés dans les rues transversales… Puis sur la piazza della Vita où nous débouchâmes dans un bruit de tonnerre, les fenêtres n'étaient plus que bouches hurlantes et mains qui gesticulaient. Les chevaux, se retrouvant en terrain plat, se ruèrent vers la via Rossini à l'autre extrémité de la place et se lancèrent à l'assaut de la colline en direction du palais ducal, entraînés par leur élan, excités et aiguillonnés par le crescendo de la clameur unanime.

Regardant par-dessus mon épaule, je vis les étudiants jaillir des rues, des portes et des fenêtres, se déverser sur la place qu'ils recouvrirent soudain à la façon d'un raz de marée. Mais, au lieu des hurlements de colère, des volées de pierres, des cliquetis d'armes, de la brusque explosion de haine que j'attendais au moment où les factions rivales se heurteraient, se confondraient, je les vis se lancer derrière nous au pas de course, en agitant les bras et en clamant : « *Donati… Donati… viva Donati !* »

Et tandis que nous poursuivions au galop l'ascension de la via Rossini où notre char oscillait en tressautant, d'autres étudiants surgirent des maisons pour rejoindre leurs camarades. Les cris et la terreur avaient fait place maintenant à des acclamations d'une violence frénétique. La ville tout entière semblait hurler ce seul mot : « Donati… Donati ! » Aldo cria dans mon oreille : « Ils ont déjà commencé de se battre ? » et je lui criai en retour :

« Ils ne se battront pas ! Ils nous suivent ! Tu ne les entends pas t'acclamer ? »

Tout aux chevaux, il se contenta de sourire. La montée devenait plus abrupte, et les chevaux de tête s'efforçaient d'atteindre le sommet tant que se maintenait encore leur formidable élan, avant que, en s'incurvant vers la droite, la rue parvînt à freiner leur vitesse.

— *Arri ! Arri !* hurla Aldo, et ce cri éperonna les coursiers de tête qui, talonnés par les six autres, s'enlevèrent superbement dans la dernière montée et atteignirent enfin la piazza Maggiore, débouchant devant le palais ducal. Là, tandis qu'ils chancelaient au terme de l'effort, les étudiants qui attendaient derrière la fontaine se précipitèrent vers eux et les prirent par la bride. Les six autres qui nous tiraient après eux atteignirent à leur tour le terrain plat et, sentant enfin les guides les retenir, s'arrêtèrent, les flancs haletants, à l'endroit où la piazza s'élargissait devant les portes du palais.

De toute part, les cris continuaient de jaillir et tandis que, complètement étourdi, une main toujours crispée sur la barre du char, je regardais autour de moi, je vis des grappes de visages aussi bien aux fenêtres du palais ducal qu'à celles des maisons s'élevant en face de lui. Il y avait foule sur les degrés du Duomo, des gens étaient accrochés à la fontaine. À ce moment, les étudiants qui nous avaient suivis en courant depuis la piazza della Vita atteignirent à leur tour le sommet de la colline. Ils allaient nous rejoindre, nous environner, nous submerger, mais ceux qui, armés, attendaient devant les portes du palais vinrent aussitôt former un cercle autour de nous, tandis que chacun des dix-huit chevaux était encadré par deux garçons qui tenaient sa bride. Les étudiants qui nous protégeaient étaient, comme nous, en pourpoints et hauts-de-chausses, portant des épées. Je reconnus les amis d'Aldo : Cesare, Giorgio, Federico, Domenico, Sergio et d'autres encore qui constituaient sa garde personnelle. Le tableau qu'ils formaient, cet éclaboussement de couleurs auprès du char et des dix-huit chevaux que leur course victorieuse laissait encore haletants, freina l'élan des étudiants accourus à notre suite. De nouveau, une clameur enfla : « *Donati… viva Donati !* », qui se répercutait des fenêtres du palais à celles des maisons situées en face de lui, rebondissant sur les marches du Duomo. Je regardai Aldo. Il tenait encore les guides dans ses mains et considérait les dix-huit chevaux, comme inconscient des vivats. Puis il se tourna vers moi :

— Nous avons réussi… *Nous avons réussi !*

Renversant la tête, il se mit à rire, à rire, tandis que redoublaient les acclamations. Puis il me délivra des chaînes qui m'attachaient au char, se libéra ensuite et cria alors aux étudiants agglutinés derrière le cordon de protection :

— Voici le Faucon ! Voici votre duc !

La clameur crût encore, tandis que les bras s'agitaient frénétiquement et que l'on sautait de joie. Les étudiants qui nous protégeaient criaient aussi tandis que, silhouette ridicule dans ma robe safran et ma perruque blonde, ahuri, désemparé, je saluais machinalement en réponse à ces acclamations qui ne me visaient pas.

Quelque chose frappa ma joue et tomba sur la plate-forme du char. Ce n'était pas une pierre mais une fleur, et qui m'avait été lancée par Caterina.

— Armino ! criait-elle. Armino !

Ses yeux immenses riaient et je m'aperçus que, toute de travers, ma robe laissait voir la chemise jade et la paire de jeans noirs que je portais en dessous. Une vague de rire déferla autour de moi, heureuse, amicale, ricochant sur les acclamations.

— Ce n'est pas moi qu'ils veulent, c'est toi, dis-je à Aldo.

Il ne me répondit pas. Me tournant de son côté, je vis qu'il avait sauté en bas du char et, plongeant sous le cordon de protection, courait vers la porte latérale du palais.

— Arrêtez-le ! Arrêtez-le ! criai-je à Giorgio.

Mais lui, riant, secoua la tête :

— Cela fait partie du plan, dit-il. C'est dans le livre. Il va se montrer, depuis le palais, à la foule qui est sur la piazza del Mercato.

Me dépouillant de ma robe et de la perruque, je les jetai par terre avant de bondir hors du char pour me lancer à la poursuite d'Aldo. Des rires et des acclamations saluèrent mon geste. J'échappai à la main de Domenico qui tentait de m'arrêter. J'entrai dans le palais par la porte de côté, me ruai dans la cour carrée sur les traces de mon frère. Je l'entendis qui gravissait rapidement l'escalier menant à la galerie, et j'accélérai de plus belle pour le rejoindre. Il riait tout en courant et ouvrit en grand la porte de la salle du Trône, pour me la claquer ensuite au nez. Le temps de la rouvrir, il avait traversé la pièce et atteint, au-delà, la salle des Chérubins.

— Aldo… Aldo ! appelai-je.

Lorsque j'y parvins, la salle des Chérubins était déserte, tout comme la chambre du duc, la garde-robe et le petit oratoire situé sous la tour de droite. Entendant des voix, je sortis sur le balcon sculpté entre les deux tours. La signora Butali s'y trouvait en compagnie du recteur, et tous deux regardaient la piazza del Mercato qu'ils dominaient de haut. En m'entendant survenir derrière eux, ils se retournèrent. Le recteur me considéra d'un air surpris et sa femme, avec une soudaine inquiétude.

— Qu'y a-t-il ? Qu'est-il arrivé ? demanda-t-elle. Nous avons entendu des cris, des acclamations… Est-ce terminé ?

— Mais non, ce ne peut pas être terminé, intervint son mari. Donati nous a dit lui-même que l'apothéose suivrait la course en char. Nous n'avons encore rien vu.

Il semblait perplexe, déçu de n'avoir pas été témoin de ce qui provoquait ces acclamations enthousiastes. Du balcon, je passai dans la salle d'audience, déserte comme les autres pièces. J'appelai de nouveau Aldo et, au même instant, Carla Raspa surgit de la galerie. Elle tendit ses mains vers moi, en riant et criant :

— Je vous ai vus de la fenêtre ! C'était superbe, merveilleux ! Tous deux sur ce char, derrière les chevaux, arrivant sur la piazza Maggiore… Où est-il parti ?

Aujourd'hui, il n'y avait là ni guides ni gardiens. Le portrait de la noble dame était sur son chevalet, la tapisserie… Courant vers cette dernière, je l'écartai violemment et ouvris la porte qu'elle dissimulait. Puis, m'appuyant des deux mains aux marches de l'étroit escalier en spirale, je me mis à monter en appelant : « Aldo ! » La nausée et le vertige dont je souffrais étant enfant me saisirent de nouveau. Plus haut… encore plus haut… toujours plus haut… La poussière des ans maculait mes mains tâtonnantes, cependant que mon estomac se contractait et que mon cœur semblait devoir éclater… Je m'entendis sangloter tandis que je poursuivais mon ascension sans que le sommet de la tour parût se rapprocher. Le temps était comme suspendu, tout repère semblait aboli, je n'éprouvais plus que le besoin de poursuivre cette ascension qui me maintenait entre le ciel et l'enfer tandis que je trébuchais, glissais sur les degrés de pierre. Enfin, levant la tête, je sentis un souffle d'air. La porte donnant accès à la balustrade n'était pas fermée. Appelant de nouveau « Aldo ! », je rouvris les yeux pour la première fois depuis que je m'étais engagé dans l'escalier en spirale. Ce bout de ciel éclatant de soleil brouilla ma vision. Il me sembla voir un oiseau aux ailes déployées se silhouetter dans l'encadrement de la porte. Au bord de la nausée, j'agrippai la dernière marche et regardai autour de moi, sans rien reconnaître.

La porte était moitié moins grande que je n'en gardais le souvenir et l'étroit rebord que je voyais au-delà du seuil n'était pas la balustrade sur laquelle nous grimpions. Il était rond alors qu'elle était octogonale. Soudain, je compris. J'étais plus haut que la balustrade. Il s'agissait du petit parapet ceinturant le minaret. Juste au-dessus de moi, le clocheton se découpait sur le ciel.

Des mains me saisirent et me traînèrent de l'escalier vers le rebord.

— Ne bouge pas, me dit Aldo. Le parapet est à hauteur de ta cuisse. Si tu regardes en bas, tu vas tomber.

Il me sembla que la tour se mettait à vaciller. Mes mains se crispèrent sur celles d'Aldo. Les miennes étaient moites de sueur, les siennes sèches et froides.

— Comment as-tu trouvé le chemin ? me demanda-t-il.

— La porte, dis-je. La porte cachée derrière la tapisserie. Je m'en suis souvenu.

Surpris, inquisiteur, son regard devint rieur :

— Tu as gagné. Je n'avais pas prévu cela. Pauvre Beato…

Puis, fronçant les sourcils et me soutenant avec son bras, il dit :

— Tu aurais mieux fait d'aller avec Marco, sur son bateau. Je t'avais envoyé à lui exprès. Ce combat n'est pas le tien. Je l'ai compris mercredi soir.

Sur la piazza Maggiore, près de l'entrée du palais, les cris et les vivats continuaient toujours. Maintenant, ils avaient gagné la piazza del Mercato, en bas des tours. Étendu contre Aldo, je ne pouvais voir que le ciel. Montant d'en bas, les clameurs s'élevaient vers nous de tous les côtés. Les étudiants avaient dû déferler de la piazza Maggiore jusqu'à celle du Mercato, située une centaine de mètres plus bas, de l'autre côté de la Porta del Sangue et du mur de la ville.

— Ils ne se sont pas battus, dis-je. Tu as commis une erreur de calcul. Tes discours incendiaires ont été faits en pure perte. Écoute ces acclamations !

— Non, c'est ce que je voulais. L'inverse aurait pu aussi bien se produire. Si nous avions échoué, si nous nous étions écrasés quelque part avec les chevaux, ils seraient maintenant à s'entre-tuer, chaque faction criant au sabotage. C'était l'un ou l'autre.

Je le dévisageai avec stupeur.

— Tu as fait cela délibérément ? demandai-je. Tu les as dressés les uns contre les autres, jouant des centaines de vies – y compris la tienne – sur le fait, bien hasardeux, que l'exploit de Claudio pouvait les réconcilier momentanément ?

Aldo me regarda et sourit :

— Pas momentanément, non. Tu vas voir. Maintenant, ils ont humé l'odeur du sang et c'est ce qu'il leur fallait, tout comme à la ville. Tous ceux qui ont assisté à la course en char y ont participé comme un seul homme. Pour quiconque organise un spectacle, c'est ça le but à atteindre, la seule chose qui importe : que toute l'assistance réagisse comme un seul homme.

Me tenant toujours, il me rapprocha de l'étroit parapet et, cramponné à son bras, je regardai tout en bas la piazza del Mercato. Elle était noire de monde ainsi que les rues qui y menaient, et juste au-dessous de nous, sur la pente que dominait le palais, se tenaient des groupes d'étudiants, la tête renversée.

— Si, par impossible, je venais à échouer dans mon second exploit, je t'ai laissé tout ce que je possède. Cela te revient de droit. J'ai fait mon testament mercredi soir, après que tu m'as eu remis cette lettre. Livia Butali et son mari l'ont signé en qualité de témoins. Ce testament dit que nous sommes frères… Ma vanité m'empêche de convenir du contraire.

— Donati !

De nouveau, ce cri s'élevait de la piazza del Mercato où les étudiants venus de la piazza Maggiore grossissaient maintenant le nombre de ceux rassemblés au-dessous de nous. Ils avaient dû nous voir bouger sur l'étroit rebord ceinturant le minaret, car les clameurs se firent plus fortes, mêlées de vivats, tandis que tous les visages se tournaient vers le ciel.

— Tu avais raison de penser que j'étais résolu à ne pas perdre la face, continua Aldo, mais tort de m'accuser d'avoir réduit la calomnie au silence. Le voleur de Rome a tout avoué. Il a non seulement pris l'argent, mais tué aussi. Très tard, hier soir, le commissaire m'a téléphoné pour me l'annoncer. La police ne te recherchait pas pour t'arrêter. Ils voulaient simplement savoir si tu n'en savais pas plus que tu ne leur en avais dit.

— Tu n'as pas tué Marta ? balbutiai-je, stupéfait et honteux.

— Si, je l'ai tuée… Mais pas avec ce couteau, qui ne lui a donné que le coup de grâce. Je l'ai tuée en la dédaignant, en me montrant trop orgueilleux pour accepter le fait que j'étais son fils. Ne te semble-t-il pas que cela équivaille à un meurtre ?

Aldo était le *fils* de Marta. Du coup, tout devenait clair, chaque détail s'expliquait. Avec sa mère pour s'occuper de lui, l'enfant trouvé était venu vivre sous le toit de mes parents, remplaçant le fils qu'ils avaient perdu. La mère était restée, se consacrant à Aldo et ensuite à moi. Elle avait gardé le secret jusqu'au mois de novembre précédent où, après le dîner d'anniversaire, ayant bu, se sentant trop seule, elle avait brusquement révélé la vérité.

— C'était aussi un meurtre, n'est-ce pas ? insista Aldo.

Je ne pensais plus aux liens qui le rattachaient à Marta, mais à ma propre mère qui, à Turin, était morte du cancer. Quand elle m'avait écrit quelques lignes de l'hôpital, je ne lui avais pas répondu.

— Oui, dis-je, c'était un meurtre. Mais nous sommes aussi coupables l'un que l'autre, et pour la même raison.

Ensemble, nous considérâmes la foule au-dessous de nous. Ces clameurs, « *Donati... viva Donati !* », ne s'adressaient ni à lui ni à moi, mais à une figure légendaire que les étudiants de l'université et les habitants de Ruffano avaient créée dans leur esprit, poussés par ce besoin qu'ont les hommes de vénérer quelque chose de plus grand qu'eux.

— Le Vol du Faucon est fini, Aldo. Dis-leur que c'est terminé.

— Non, ce n'est pas terminé. Le véritable vol n'a pas encore eu lieu, qui a été essayé dans les collines tout comme la course en char.

M'appuyant contre le parapet, il alla de l'autre côté de l'étroite corniche circulaire. Il ramassa quelque chose de long, d'étroit et d'argenté, fait d'un million de plumes qui frémirent sous le vent lorsqu'il les toucha. Ces plumes étaient cousues sur de la soie, la soie d'un parachute, tendue sur une armature d'osier aux fibres entrelacées. Au centre pendaient des cordes, formant une sorte de harnais. Aldo souleva l'appareil et, le mettant debout près de lui, il le déplia. Je vis alors que c'étaient des ailes.

— Aucune traîtrise à craindre, me dit-il. Nous y avons travaillé tout l'hiver. Quand je dis nous, j'entends mes anciens camarades de la Résistance qui font maintenant du vol à voile. Ces ailes ont été conçues spécialement, et sont identiques à celles d'un faucon. Nous les avons essayées dans les collines, comme nous l'avons fait pour les chevaux, et je peux t'assurer qu'elles m'effraient beaucoup moins qu'eux.

Debout devant moi, il me regardait en riant. Chaque aile avait environ six mètres de long. Maintenant qu'elles étaient étendues, je voyais les arceaux prévus pour les bras et les mains ; je me rendais également compte que le harnais était constitué par des lanières, entrelacées de façon à évoquer le corps d'un oiseau, avec des courroies supplémentaires pour les pieds.

— Lors de mon dernier vol, j'ai tenu en l'air pendant dix minutes. C'était sur le versant occidental du Monte Cappello. Je te le répète, Beo, il n'y a rien à craindre. Le mécanisme ne peut pas se détraquer. Si quelque chose flanche, ce sera l'homme. Et après ce que je viens de réussir, ça me paraît peu probable !

Il n'était plus pâle et tendu comme avant la course. Le joyeux sourire qui éclairait maintenant son visage n'avait plus rien d'une grimace. Il leva un bras pour saluer, en réponse aux ovations de la foule.

— L'atterrissage manquera peut-être de grâce, mais pas le vol. Je vais m'arranger pour dépasser la piazza et aller me poser sur le flanc de la vallée, où le terrain est plus mou. Le parachute qui se trouve derrière les ailes s'ouvrira lorsque je lâcherai les cordes, et il fera fonction de frein. Lorsque j'ai effectué les essais dans les collines, les gars m'ont dit que, au moment où je saute, j'ai l'air d'un cerf-volant qui tombe. Mais, cette fois, je vais peut-être réussir à faire meilleur effet.

Débordant d'une assurance quelque peu arrogante, il regarda les collines au loin et sourit.

— Non, Aldo, ne fais pas ça ! C'est de la folie ! Un suicide !

Il ne m'écoutait pas, ne me prêtait aucune attention. Sa foi était une foi fanatique, le genre de foi qui, tout au long des siècles, a entraîné la perte de ceux qu'elle animait. Comme Claudio avant lui, Aldo ne pouvait que mourir.

Il endossa le harnais, bouclant les courroies autour de son buste, de ses épaules, de ses pieds, puis il glissa ses bras dans les arceaux d'osier qui étaient sous les ailes. Quand il déploya ces dernières, le harnachement me parut le réduire à l'impuissance et le rendre presque grotesque. Jamais il n'arriverait à se libérer de tous ces liens qui l'emprisonnaient.

Sur la piazza del Mercato, quelque cent mètres plus bas, la foule soudain avait fait silence. Les têtes renversées ne criaient plus : « Donati ! » Toutes regardaient, en attente, la silhouette qui s'était dressée et, immobile, se découpait sur le ciel.

Rampant vers Aldo, je nouai mes bras autour de ses jambes :

— Non, suppliai-je, non !

J'avais dû crier, car ma voix me revint comme en écho pour me moquer, avant de descendre jusqu'à la foule attentive où elle engendra la peur. Une sorte de soupir, fait de protestation et d'effroi, monta vers nous.

— Écoute-les ! criai-je. Ils ne veulent pas que tu fasses cela ! Ils ont peur ! Tu viens de leur prouver ta valeur. Pourquoi, au nom du ciel, vouloir recommencer ?

Il me regarda alors et sourit :

— Parce que c'est ainsi. Une fois n'est jamais assez. C'est ce qu'il leur faut apprendre. Une seule fois, c'est zéro. Toi, Cesare, ces étudiants, tout Ruffano… sachez vous risquer une seconde fois, une troisième, une quatrième, quel que soit le but que vous voulez atteindre. Laisse-moi !

Me repoussant violemment avec son pied, il m'envoya rouler vers la porte. Je tombai de côté, ma poitrine heurta la marche et, momentanément privé de souffle, je fermai les yeux. Lorsque je les rouvris, Aldo était monté sur le parapet en étendant les ailes, prêt à s'élancer. Il n'était plus grotesque, mais splendide. Quand il se jeta dans le vide, l'air s'engouffra sous les ailes, les gonfla et les fit soudain se tendre, comme sous l'effet d'un déclic. Entre les ailes, le corps d'Aldo était horizontal, ses bras et ses jambes se confondant avec l'appareil. En un vol léger, dépourvu d'effort, il plana au-dessus de la foule, porté par le vent comme il l'avait prévu. Les plumes argentées tournèrent à l'or dans le soleil. Filant vers le sud, il atterrirait dans la vallée située au-delà de la place del Mercato.

Je m'attendais à le voir libérer le parachute, ainsi qu'il me l'avait annoncé. Il n'en fit rien. Tout au contraire, il avait réussi à se dégager de l'appareil et, l'abandonnant, ce furent ses seuls bras qu'il étendit comme des ailes. Puis, les ramenant à ses côtés, il plongea vers la terre tandis que son corps dessinait un trait noir sur le ciel.

EXTRAIT DU « COURRIER DE RUFFANO »

Le professeur Aldo Donati, président du Comité culturel, et l'un des plus éminents citoyens de notre ville bien-aimée, mort dans un tragique accident le jour du Festival, sera pleuré non seulement par son frère et ses amis, mais aussi par chaque étudiant de l'université, par ses collègues et ses adjoints, par tous les habitants de Ruffano qu'il aimait tant. Fils aîné d'Aldo Donati – qui fut longtemps surintendant du palais ducal –, il était né dans notre ville le 17 novembre 1925 et y avait fait toutes ses études. Engagé volontaire dans l'aviation, il avait vite conquis ses ailes de pilote. Abattu avec son appareil en 1943, il avait réussi à en réchapper et, durant l'occupation allemande, il avait formé un groupe de résistants dans les montagnes, et avait combattu avec eux jusqu'à la Libération.

À son retour à Ruffano, il avait appris la mort de son père, survenue peu de temps auparavant dans un camp allié de prisonniers, et que sa mère ainsi que son jeune frère avaient dû périr également dans un bombardement. Refusant de se laisser abattre par le chagrin, Aldo Donati reprit le cours de ses études à l'université de Ruffano, et passa son agrégation de lettres. Nommé alors président du Comité culturel, il lui consacra le reste de sa vie, veillant à la conservation du palais ducal et de ses trésors, mais se dévouant aussi en faveur des étudiants orphelins. En ma qualité de recteur de l'université, j'ai eu le privilège de travailler avec lui aux manifestations du Festival, et je puis dire n'avoir encore jamais rien vu qui égalât ses réalisations dans ce domaine, bien qu'il n'eût aucune qualification spéciale pour cela. C'était un homme extrêmement brillant, et son enthousiasme se communiquait si bien à tous ceux qui participaient au Festival qu'ils finissaient par croire – et j'en parle par expérience, ma femme et moi ayant été du nombre jusqu'à cette année – vivre réellement les événements qu'ils reconstituaient.

Que le thème élu par lui pour le Festival de cette année ait été ou non bien choisi n'a pas à être discuté ici. Le malheureux duc Claudio n'est pas de ceux dont nous souhaitons ranimer le souvenir. Comme celui d'hier, le Ruffano d'aujourd'hui préfère l'oublier. C'était un mauvais homme animé de mauvaises intentions à l'égard de tous, et admiré seulement par un tout petit cercle d'amis aussi ignobles que lui. Il ne nous a légué qu'un héritage de haine. Néanmoins, Aldo Donati avait estimé que Claudio méritait d'être célèbre, ne fût-ce que pour avoir conduit dix-huit chevaux de la colline nord à la colline sud, à travers Ruffano. Que le duc Claudio ait vraiment réussi cet exploit demeure assez incertain. Mais Aldo Donati, lui, y est parvenu. Tous ceux qui l'ont vu vendredi matin sur son char n'oublieront jamais cet instant.

S'il s'en était tenu là, c'eût été suffisant. Il avait accompli quelque chose de fantastique, de sublime même. Mais il visait encore plus haut, et il est mort en voulant atteindre cet autre but qu'il s'était fixé. Il n'y a pas eu d'accident mécanique. Les experts l'affirment, qui ont examiné les débris de l'appareil. Aldo Donati paraît avoir omis de tirer sur la corde qui devait libérer son parachute. Pourquoi a-t-il fait cela, nous ne le saurons jamais. Son frère Armino – revenu à Ruffano la semaine précédente après plus de vingt ans d'absence et qui, nous l'espérons, restera avec nous pour continuer à s'occuper des étudiants orphelins – m'a dit penser que, en plein vol, Aldo avait dû avoir comme une vision, une sorte d'extase qui lui avait fait oublier le danger.

C'est possible. Comme Icare, Donati a volé trop près du soleil et, comme Lucifer, il a chu. Mais tous ici, à Ruffano, nous saluons le courage de l'homme qui a osé risquer ainsi sa vie.

Ruffano, en la semaine de Pâques.

GASPARE BUTALI,
Recteur de l'université de Ruffano.

PAPIER À BASE DE
FIBRES CERTIFIÉES

Le Livre de Poche s'engage pour l'environnement en réduisant l'empreinte carbone de ses livres.
Celle de cet exemplaire est de :
350 g éq. CO_2
Rendez-vous sur
www.livredepoche-durable.fr

Composition réalisée par PCA

Achevé d'imprimer en France par
CPI BRODARD & TAUPIN (72200 La Flèche)
en avril 2021
N° d'impression : 3043197
Dépôt légal 1re publication : avril 2021
LIBRAIRIE GÉNÉRALE FRANÇAISE
21, rue du Montparnasse – 75298 Paris Cedex 06

85/4437/1